"祝你生日快乐

祝你后天天有我！"

牟鹏有担

"一生只爱一个人"

羊鹏春作

天雪文化

TIANXUE
Culture

夜落闻声来

半颗青橙 著

天津出版传媒集团

天津人民出版社

图书在版编目（CIP）数据

夜落闻声来 / 半颗青橙著. —— 天津：天津人民出
版社, 2022.8

ISBN 978-7-201-18593-4

Ⅰ.①夜… Ⅱ.①半… Ⅲ.①中篇小说—中国—当代
Ⅳ.①I247.5

中国版本图书馆CIP数据核字(2022)第112232号

夜落闻声来
YE LUO WEN SHENG LAI

半颗青橙 著

出　　版	天津人民出版社
出版人	刘　庆
地　　址	天津市和平区西康路 35 号康岳大厦
邮　　编	300051
邮购电话	（022）23332469
电子信箱	reader@tjrmcbs.com

责任编辑	谢仁林
特约编辑	王琳琳　栾　佚
封面插图	小石头
装帧设计	小茜设计 Minqian

制版印刷	北京金康利印刷有限公司
经　　销	新华书店
开　　本	880毫米 × 1230毫米　1/32
印　　张	10.5
字　　数	290千字
版次印次	2022 年 8 月第 1 版　2022 年 8 月第 1 次印刷
定　　价	49.80元

引子

五月，春末。

因为错过了上班早高峰，正午时候的地铁三号线，还算空荡。

姜芥今早送礼服去专柜保养，归途中买了本书后，晃晃悠悠地上了地铁。"亲爱的乘客，您好，本次列车开往中山公园方向，列车运行前方是体育中心站，请需要下车的乘客提前做好准备……"姜芥找了个空位坐下，翻开了新买来的书《漫长的旅行》。

要说起来，姜芥是个爱看书的人，但有些文学著作，她着实是看不进去。她买这本书，是冲着它的获奖名头，心血来潮买的。

这趟回程几乎是从站头到站尾，途中乘客上上下下，播报语音一条又一条，却丝毫未影响到姜芥看书时的全神贯注。

一页。

两页。

三页。

正当姜芥准备翻过第四页时，身侧冷不丁传来一道低沉的男声：

"等一下，我还没看完。"

姜芥翻页的手指一顿，偏头看去，这才发现旁边不知何时坐了一个年轻的男人。

这个男人，相貌英俊，衣着端正，背脊稍稍靠着光滑的椅背，一双眼深沉清透，视线正专注于她手里的那本书上。

姜芥张了张口，看着他想了半天都不知道该说什么，最后轻声问了句："看……看完了吗？我翻了？"

男人抬起那双墨黑的眼，看向她，稍一颔首："翻。"

她默默翻过去。

旁边这个男人，让眼前的字字句句都看不进去了，姜芥捧着书，开始发呆。她现在好想掏出手机给焦妍发条微信。

要不，趁机要个联系方式吧！不行不行，太唐突了……

姜芥又小心翼翼地扭头瞄了他一眼。

这男人比第一眼看时还要帅！

这时，列车上响起即将到站的语音播报，男人对姜芥道了声谢，挺起背脊，站起身，走到了车门前。

姜芥的目光随之望过去。

他背着身，穿着套铁灰色的西装，一手插在西装裤兜里，一手抓着吊环，像一位优雅的绅士。

开门的提示音响起，男人手松了吊环，第一时间迈开长腿下了车。

姜芥坐在位子上怔愣了好半响，直到车门重新关上，她才迟迟回过神来，抬头看了眼站点——市立医院站。

姜芥立马给焦妍发了条微信：

"天呐！老盐巴，我好像恋爱了！"

第一章　遇见你是等待的种子

> 我未曾想过或许不算惊喜的人生，会因为某个遇见就发生那么大的改变，我多么庆幸能有这么一个时间，我看到了你，还记住了你。

1.因祸得福

九月末，一早，下雨了。

滴滴答答的雨打在宿舍窗台上，空气黏糊糊的，身子都沉了几分。

"哼——"一声长音，这是姜芥第十五次擤鼻涕了。

因为患了重感冒，她向辅导员请了一天假。看过校医回到宿舍，姜芥提了包纸巾上床，窝被子里和远在北阳的闺密焦妍视频聊天。

焦妍一脸嫌弃："瞧瞧你这冒着鼻涕泡、卷着被子瑟瑟发抖的样子……"

姜芥疲倦极了，耷拉着眉眼，没气力应声。

焦妍翻了个白眼，骂道："因为一个素不相识的男人每天跑去地铁来来回回地找，也就你这傻瓜了。"

姜芥又抽了张纸巾，捏着鼻尖依旧没吭声。

焦妍又道："拜托，四个月了，暑假都过去了，没名字没电话的，你还指望找到人？那男人说不定就是个外地人，恰好坐了这趟地铁而已，你怎么就这么犟呢？"

姜芥揉揉鼻头，不死心道："不是，他肯定不是。"

焦妍："不是什么？"

"不是外地人。"姜芥语气坚定，"我的直觉告诉我，他就是本地人。"

焦妍："……"

姜芥翻了个身，忽然长叹一口气："其实我自己也知道，希望不大……可就是忍不住，闲下来就想去看看，说不定就撞上了呢？"

看着这孩子傻愣天真的模样，焦妍这位"老母亲"简直操碎了心，她沉默了半晌，望着手机里鼻子通红的姜芥："你咋突然就这么死心眼儿呢？"

姜芥鼻子一吸，嗓音里透着浓重的鼻音："因为我第一次见到一个人，长到了我心里。"

姜芥是个土生土长的北阳人，她和闺密焦妍打小一起长大，两家父母都经商，向来感情深厚。

虽说家境优渥，但姜芥却不娇气，凭着自己的努力，考进了延川大学音乐学院声歌系，目前大二，和焦妍分隔两地。

和焦妍挂了电话后，姜芥吃过药便蒙头大睡了，晕晕乎乎的一直睡到室友沈北寒下课回来。

沈北寒打包了麻辣香锅和米饭，刚脱了外套，见姜芥掀开床帘，笑眯眯地举起桌子上的打包盒，诱惑道："麻辣香锅哦，有你最爱的藕片和鸡腿，吃不吃？"

姜芥舔了舔嘴唇，这才感到肚子饿，点头道："吃吃吃！"

沈北寒："穿好衣服下来，我买了两碗饭。"

姜芥手脚麻利地下床。她刚洗了脸从浴室出来，寝室门就响了。

"咚咚"两声之后，门被推开，隔壁宿舍的萧悦走了进来，一边照着对门的全身镜一边不走心地问着："怎么样啦姜芥，感冒好点儿了没？"

姜芥抿唇笑了下："还好啦，吃了药舒服一点儿了。"

萧悦伸脖子望一眼她们桌上的饭菜："吃什么呢？"

姜芥："麻辣香锅。"

萧悦"啧"一声："感冒还吃这么重口啊？小心喉咙发炎，加重感冒。"

闻言，沈北寒背着她翻了个白眼，筷子往饭碗里一戳，不冷不热地强调一声："我没加辣！你赶紧吃你的去吧。"

萧悦讪讪地撇了下嘴："行吧，我走了，下午上课叫我一起！"话音未落，她转身拉开门出去了。

沈北寒"喊"了一声，往嘴里送了棵小青菜，语气有些许嫌恶："不懂她来干吗。"

姜芥没回应，只浅淡地一笑。

和姜芥同寝室的除了沈北寒外，还有两位大五[①]的学姐，学姐们临近毕业，基本不住校了，只是偶尔回来两趟。寝室里人少，隔壁寝室的同系同学便会来串门，萧悦算是其中来得最频繁的一个，哪怕沈北寒总是不待见她……

沈北寒："你的寻夫之路，进行得如何？"

姜芥长叹一声："如果有进展，我也不会如此憔悴。"

沈北寒"咯咯"一笑，劝道："缘分天注定，你也别执着于此了，身体更重要，做个快快乐乐的高才生吧！"

"我懂！"姜芥又擤一纸鼻涕，带着浓重的鼻音说，"所以等我病好了，我就重回乐场！好好练歌！"

翌日，姜芥的病没见起色，反而加重了，到了得去医院的程度。

温时卿昨晚当值，一夜未眠。趁着今早下班前，他想详细了解一下昨晚刚从门诊转过来的一位病人的具体病况，便下楼去了趟门诊部。

到徐靳之办公室门口的时候，大门敞开，里面意外地没人。

温时卿抬手看了眼腕表。

也不过才十点多钟，想着徐靳之大概是去洗手间了，他便直接进去等了。

屁股刚着凳，门外就由远及近传来一道脚步声，温时卿下意识地抬眸。倒不是徐靳之，而是位姑娘。她套着件针织长衫，戴着口罩和鸭舌帽，手里捏着就诊卡和病历，脑袋低垂，整个人似乎很虚弱，走进来的时候，还不停在咳嗽。

---

① 声歌系是五年制。

"医生……"姜芥吸了吸鼻子,声线沙哑地唤了一声,"麻烦给我看看……"

温时卿愣了愣,正想说"医生出去了,稍等一会儿",她已经径直走过来,拉开椅子坐下了。

见她实在难受,温时卿改口问道:"哪里不舒服?"

姜芥拉好椅子,扯下口罩,边说边抬头:"咳嗽,鼻塞,流……"话说到一半,她停住了,像是憋着一口气,喉咙里随气要咳上来的那口痰,硬生生被她咽了回去。

这男人……不正是她心心念念,在地铁里寻寻觅觅了四个月的"男神"吗?

此刻的他,穿着白大褂,里头的浅灰色衬衫和领带系得严谨又工整,轮廓精致分明,双目修长幽深,鼻梁英挺,薄唇微抿,皮肤似玉般洁润,清俊严肃的面孔在他洁白医袍的衬托下,多了几分生人勿近的疏远感。

他居然……是个医生!

心里的躁动越发地按捺不住,姜芥瞬间觉得自己的鼻子通畅清爽,甚至连头都不疼了。

"流鼻涕?"温时卿见她没继续说下去,眉峰微动,张口替她说完。

姜芥半晌才回神,木讷地"啊?"了一声,而后不动声色地瞥了眼桌前的名牌。

徐靳之……

"来,测一下体温。"温时卿握起手边的电子测温枪,抬手对着她。

"哦。"姜芥微微仰起身,向前靠近。

"嘀"的一声,仪器的小屏上有了显示:38.1℃。

"有点儿烧。"温时卿放下测温枪,又拆了支压舌板,抓着手电筒伸过头来,"张嘴。"

姜芥看着眼前骨节分明的手指,慌乱地咽了口唾沫,心里一个劲儿担心毁形象,半天张不开嘴。

温时卿见她迟迟没动作,微微一笑,温柔的嗓音简直令人沉醉:"我看看扁桃体有没有发炎。"

姜芥揪着裤腿，忐忐忑忑地把嘴张大："啊——"

"发炎了。"手电筒被按灭，温时卿扔了压舌板，熟练地挤了点儿手边的免洗消毒液，待搓干净后说道，"病历和卡给我。"

姜芥脸红心跳地递过去。

温时卿接过来，垂眸看见她的名字后，眉峰微动："姜芥？"

她胡乱地点点头。

温时卿忽而扬唇。一味良药，挺好。

写了症状和处方，温时卿落笔签了字，将就诊卡和病历一块儿递还回去，并嘱咐道："出了办公室门右拐走到头就是取药处，回去按时吃药，要多喝热水。"

姜芥从他手里拿回来病历和就诊卡，心不在焉应答的时候，顺带瞧了眼病历上的几行字。

潦草简洁，繁乱无序，果然不是凡人能看懂的文字。

至于那签名……

她就当那是徐靳之三个字吧……

慢悠悠从椅子上站起身，姜芥有些不舍得离开。

刚迈出去两步，她又不由自主地停了下来，缓缓转身。

温时卿见她半天没走，从手机上抬头，问："还有问题吗？"

姜芥怔愣半晌："呃……能留个电话吗，医生？我怕我到时候忘了怎么吃药。"

闻言，温时卿莞尔："这个不用担心，配药师会写明的。"

话都这么说了，她还能说什么？于是……

"哦，那谢谢医生。"

算了算了，再来就好了……

姜芥前脚走，徐靳之后脚就从洗手间回来了，套着白大褂，急匆匆地跑进来，抬头一见诊桌前的人，愣住了："咦，什么时候来的？"

"十五分钟前。"温时卿问，"你干什么去了？"

徐靳之抽纸擦干手上的水，讪讪道："人有三急。"

温时卿着实有些累了，掩唇打了个哈欠，说道："刚刚来了个病人，感冒发烧，我替你看了。"

徐靳之笑着调侃："有你这未来的外科一把手替我坐诊，那可是我的荣幸。"

温时卿懒得搭理他，直接道明来此的目的："把昨晚那个刘珍的具体情况和我说说。"

看诊的病人过多，徐靳之回忆了数秒才反应过来他说的是谁，恍然地"哦"一声："心内膜炎那个。"他拉开椅子坐下，"她七岁的时候做过心脏手术，四年前复查发现主动脉瓣关闭不全，没有及时动手术，这次是因为腹泻导致细菌通过血管，感染心脏引发感染性心内膜炎。"

温时卿听着，没吭声，想来在思考。

半晌，他又突然起身往外走。

徐靳之扬声喊他："周六晚上来我家吃饭啊！"

温时卿没回头，只一招手，算是答应了。

从门诊室出来后，姜芥简直激动到难以言语，看着手里的病历本亲了又亲，嘴里还碎碎念道："这是'男神'摸过的，这是'男神'摸过的！他叫徐靳之，徐靳之！啊啊……"

最后，在人来人往的医院长廊中，姜芥无视路人怪异的目光，又蹦又跳地去了取药室。

拿了药离开医院，姜芥第一时间给焦妍打了通电话。焦妍这会儿正上课，冒着被老师"抓包"的危险，她从后门偷溜出去，接通电话后开口便道："我冒着被画考勤的风险出来接你电话，你要是没什么大事，我就直接把你拉黑了！"

姜芥高呼："老盐巴！我跟你说，我跟你说！我我……"

"什么？"

"我找到他了！"

"谁？"

"地铁上的'男神'！"

焦妍第一反应："你又跑去地铁站蹲点了？"

"不是，不是！"姜芥兴奋地跺脚，"我今天来医院看病，然后就遇上他了！"

焦妍："他也来看病？"

"不！他给我看病！"

焦妍讶然："他是医生啊？"

姜芥狂点头："是啊是啊，怪不得他那天在市立医院下地铁，我怎么就没想到他是医生呢！这病得太好了，实在太好了！见到他之后，我的鼻子瞬间就不塞了，喉咙也不痛了，脑袋都清醒了！"

焦妍："……"

姜芥越说越难以抑制："正脸实在太帅了，那双眼睛看得我脸红心跳，我现在只想赶紧吃完药，然后去复诊，跟他要——电——话！"

电话那头的焦妍扶额沉默了一阵，问："知道他叫什么了？"

"知道，知道。"姜芥再次翻开那本病历上她压根儿看不懂的签名，语气娇羞地应道，"徐靳之。"

2.意外

回到宿舍，沈北寒还没回来，姜芥倒了杯热水，吃过药后想起"徐医生"刚刚"多喝热水"的嘱咐，又喜滋滋地给自己灌了好几杯水。

沈北寒这时刚好回来，推门看她正在喝水，关心地问道："看完啦？医生怎么说？"

姜芥咽下嘴里的水，眉开眼笑地跑过去，拉着她的手蹦跶了两下，高声道："我找到我'男神'啦！"

沈北寒一手还没放下包，站那儿愣了片刻，待反应过来她说的是谁后，表情逐渐诧异："真的假的？在哪里？"

"医院啊，他是个医生，早上给我看的病！"说着，她抓过桌上的那袋药，"喏，这药就是他给我开的，嘻嘻。"

沈北寒也替她高兴，放了包兴致勃勃地问："你接下来打算怎么办？他叫什么名字？有女朋友吗？"

姜芥咬唇蹙眉："……我不知道他有没有……"

沈北寒机灵俏皮地眨眨眼，说："下次想办法问问不就知道了！"

姜芥拍了拍手，点点头："你说得对。"

回到家里，已经中午了。温时卿困得两眼发蒙，连午饭都没工夫吃，冲过凉倒头便睡了。

一觉睡到天黑，温禾来了电话。

黑暗中，伴着一阵有节奏的震动声，手机屏幕在不断闪烁。

温时卿睡意蒙眬地摸过手机，揉了揉眉心，接起。

"喂，哥，起了吗？"温禾清亮的嗓音从那头传来。

温时卿瞬间清醒了不少，声线沙哑地问她："几点了？"

温禾："五点半啦，你还没睡醒呀？不是说好今晚和念念一起吃饭吗？"

"嗯。"温时卿伸手按开床头灯，"你们先去，我一会儿就来。"

温禾："万象城这儿的海底捞餐厅啊，别找错地方了。"

挂了电话，温时卿掀了被子，下床洗脸换衣服。

到海底捞后，温时卿才反应过来某件事，在找到温禾和温念坐的位置后，张口严厉道："温念怀孕，不是让你们少吃这些吗？"

正在涮肉的两人动作一顿，齐齐抬头。

温念："哥，你来啦。"

温禾放了筷子起身拉他坐下，一本正经回道："这又不是垃圾食品，肉啊菜的，我会烫得熟熟的给她吃，念念之前孕吐那么久，好不容易最近有了胃口，当然要让她好好吃一顿了！"

温念点头附和："对啊对啊，哥，偶尔一餐。"

温时卿看着她渐大的肚子，无奈妥协："别吃太多。"

两姐妹小鸡啄米似地点点头。

温时卿往碗里舀了勺番茄汤："这个月产检什么时候？"

温念："后天。"

温时卿："之炎陪你一起去吗？"

温念摇头："他那天刚好要上庭，我自己去就可以了。"

"那怎么行！"温禾低呼一声，第一个不同意，"到时候我请个假，陪你去！"

温念忙推拒："不用，姐，我自己可以，有司机送我的。"

闻言，温禾张嘴还想说什么，温时卿先一步插话："那到时候到医院给我打电话，后天我上午没班，提前到医院接你。"

温念想了片刻，应下来："那好。"

听温时卿这么说，温禾才放下心来："这样倒是可以。"

送过温念和温禾再回到家，已经十点多了，下午那一觉显然没有补足，温时卿脸上还显倦态。

去厨房倒了杯热水，温时卿回卧室按开了音响。

一阵歌曲前奏后，清透空灵的女声从那黑色精致的音响中缓缓传出：

> 这一路，经历了，爱与恨，错与对，
>
> 一句话，很难说得完全；
>
> 有时候，我也会，想要掉一些泪，
>
> 哭完了，再站起来面对；
>
> 我们是彼此的翅膀。

在音响完美音质的衬托下，那道动听的歌声仿佛一缕灿烂的阳光，照进心扉，温暖又令人感到心安。

这首歌，是温时卿四年前读研期间偶然在某音乐网络电台听到的。

那会儿的他，因为医学上烦琐的课程和学术研究而感到压力倍增，从而患上了失眠。

那晚，依旧是被课题缠扰的夜晚，心情烦郁的他点开了网络音乐电台，在千篇一律的翻唱歌声中，他发现了这道清澈动人的嗓音。

那名主播，叫"闻声来"。

没有头像，没有简介，也没有歌单，只有每晚八点的电台直播。

后来的几日，他夜夜伴着她的歌声入睡，心里的烦躁和郁闷像是用了什么良药，渐渐得以纾解。

守着她直播的第七天，她唱了首《有形的翅膀》。

平缓的旋律伴着清晰的吐词，一句一句唱出了他的心声。

他不是什么迷信的人，但就此之后，犹如魔怔了似的，再也离不开这道歌声了。

第八天，他没有守到她的直播。

甚至到后来的第九、第十、第十一天，她都了无声迹。

就这么毫无预兆地，她从电台上消失了。

只留下这支他只来得及录下一半的歌。

夜深了，窗外忽然下起了雨，滴滴答答地打在窗沿，嵌着这道歌声，一同将温时卿送入了梦乡。

不知道是否因为爱情的力量过于强大，被感冒缠身了将近一周的姜芥，在吃了"男神"开的药两天后就痊愈了。

这对于姜芥来说，既是好事，也是坏事。

好的是她终于可以正常上声乐课了，坏的是……药都没吃完她还怎么去复诊！

沈北寒看着一整节乐理课下来都郁郁寡欢的姜芥，无声地叹口气：这该死的爱情。

沉默了一节课的姜芥，在临下课前盯着黑板上几行工整的音符，忽然豁然开朗，猛地抓过沈北寒的手，凑近耳语："寒寒，我决定了。"

沈北寒一头雾水："嗯？"

姜芥邪恶一笑："来个无中生有。"

上午的一节课，上到十点就结束了，姜芥争分夺秒，誓不放过见"男神"的任何机会，收了书包，连宿舍都不回，一溜烟地跑出了教室。

只留沈北寒在后头高喊："傍晚前要回来啊，我们约了琴房的！"

下地铁时，刚好十点半。姜芥捏着就诊卡和病历站在医院门前，内心莫名就涌上一股视死如归的心情。

不达目的，绝不罢休！

然而……

当她踏进医院突然看到自己念想许久的"男神"正体贴地搀扶着一位孕妇进电梯时，头顶顿时犹如有一盆凉水哗啦浇下，灭了她的热忱，心也凉了半截儿。

姜芥错愕地怔在那忙忙碌碌、人来人往的医院大堂中，动弹不得。

不……不可能，"徐医生"一定没结婚！

可是看他刚刚那副体贴温柔的模样……

说不定那是他姐姐或者妹妹呢！

这个假设在脑子里浮现，姜芥仿佛又看到了一丝希望，立马回神追了上去。而电梯一分钟前已经往上走了。

此时此刻，姜芥无可奈何，只得去挂号处，挂个徐医生的号——守株待兔。

不过意外地，她没有等很久，在等候处连椅子都没坐热，播报通知就响了，要她去徐医生的门诊办公室。

那股潜在心底的紧张感一下子又涌了上来，深呼吸两口气，姜芥迈步朝那间办公室走去。

敲门后，姜芥拧开门把推开门，之后面色一怔。

这里没有"男神"，也没有他老婆，只有一位她完全不认识的医生。

到嘴边的那声"徐医生"瞬间叫不出来了。

姜芥一脸愕然地走近诊桌，凑到那块名牌前又仔细看了一眼：徐靳之。

这名字没错啊！

徐靳之看着这小姑娘从进门来就变化多端的脸色，不解道："姑娘，怎么了？"

姜芥立在那里，指着那名牌，操着口标准的普通话，问道："医生，这不是您的办公室吧？"

徐靳之有些莫名其妙："这是我的办公室。"

姜芥又问："您是叫徐靳之吗？"

徐靳之笑了："是我。"

"那……那这……"她大吃一惊，边说边翻开手里的病历，递过去，"这是谁写的啊？"

徐靳之接过来扫了一眼，顿时明白了："哦，这不是我写的，你看下头的落笔签名，是温医生的。"

"温……温医生？"姜芥有点儿混乱，"可是那天，我是在您办公室看的病啊！"

他解释道："那天我临时不在，是温医生替我给你问的诊。"

"哦……"姜芥收了病历缓缓转了个身。

正当徐靳之以为她要离开之际，这姑娘又忽然回身，面色微赧地看着他，问道："那徐医生……您知道温医生在哪间办公室吗？"

闻言，徐靳之心里大概有了数。

看来，这又是被温时卿折服的小迷妹。

他抬眸再瞅了眼这姑娘。

她扎着马尾，脸蛋很漂亮、巴掌大，皮肤白嫩得似能掐出水来，一双杏眼透彻墨黑，带着灵气，鼻梁好看的弧度顺着粉嫩的唇向下，到尖而圆润的下巴，将她整张脸的轮廓勾勒得恰到好处，尤其笑起来时，唇红齿白，明艳动人。

徐靳之忽然就起了点儿小心思，微微一笑，提示道："他是心胸外科的主治医师。"

姜芥喜上眉梢，感激地冲徐靳之鞠了一躬："谢谢徐医生！大恩大德没齿难忘！"

徐靳之："……"

得到最新的消息后，姜芥简直是哭笑不得。

亏她这些天还在乐理本上写了几百遍"徐靳之"！

懊恼万分地敲了敲脑袋，姜芥走到楼道看了眼心胸外科的所在处：十一楼。

站在电梯门前，她看着进进出出的身影，忽然就有些怯懦了。

万一他真的已经结婚了。

难道自己这段待放的初恋，就要这么被扼杀了……

"叮"一声，又一部电梯的门开了，恰好是单数层停靠。

姜芥注视着那即将关上的电梯门，最终一咬牙，进去了。

我就看一眼，看到他老婆正脸我就走！姜芥心里想。

因为是单数层停靠，电梯很快就抵达了。姜芥心情忐忑地迈出去，径直去了护士站。

"那个……你好。"

闻声，正在埋头工作的小护士抬起头，看向姜芥。

姜芥小声问："请问温医生在哪间办公室？"

小护士目光微妙地看她一眼："复诊吗？"

姜芥迟疑半会儿："呃……是。"

小护士垂头继续忙活，说："温医生下午一点才上班。"

姜芥抬眼看了下挂钟，皱了下鼻子："哦，谢谢啊。"

现在才十一点……

"还有两小时。"姜芥边走边喃喃，"吃个饭再回来等！"

医院附近刚好有家麦当劳，取了餐后，姜芥立马给焦妍发了微信视频。

焦妍那张漂亮熟悉的脸在屏幕上显现："怎么啦？"

姜芥喝了一大口可乐，畅快地轻呼一声："老盐巴，我差点儿闹乌龙，我居然搞错我'男神'的名字了……"

焦妍满脸疑惑。

姜芥自己都要被自己蠢哭了："人家根本不叫徐靳之！人家姓温！"她叹气道："大意了，大意了……"

焦妍听着她周围闹哄哄的声音，问道："你在哪儿呢？"

姜芥拆开汉堡咬了一口，含糊不清地应道："医院附近的麦当劳呢，我打算吃完饭，去医院继续蹲人。"

焦妍："……"

姜芥咽下嘴里的东西，又说："对了，我早上在医院看到'男神'搀扶着一个孕妇进电梯了。"

焦妍一脸冷漠，"Excuse me？（拜托）你不是要和我说准备插足当坏人吧？"

"呸呸呸，说什么呢！"姜芥啐她，"只是搀着个孕妇，那不一定是他老婆好吗……再说了，我下午就去确认一下，如果真是他老婆，我马上转身走人，绝对消失得无影无踪！"

焦妍无情地揭穿她："喔！您可别是自欺欺人就行。"

"去！"姜芥骂道，"有你这样当闺密的吗！"

"得……"焦妍没个正经，"如果是他老婆记得知会一声，我会好好安慰你的！"

姜芥："……闭嘴！"

3.追到你能看见我

姜芥吃过饭再回到医院，也不过才十二点多。她在等候处的椅子上坐下，视线扫了四周一圈，正打算拿手机玩两局消消乐，目光忽然就被墙上的"医护人员一览表"给吸引了。

她"男神"年轻英俊的面貌在一堆相貌平平的照片中格外引人注目，姜芥当即起身凑了过去。

他严峻端正的证件照下，写着两行介绍。

"温时卿，心胸外科主治医师。"姜芥痴痴地笑了，低低呢喃，"比徐靳之还好听的名字。"

而后，姜芥拿出手机，将温时卿那张俊朗的证件照拍了下来。她心满意足地摸了摸手机屏幕，顺带看了眼时间。还剩半小时。

瞧着安静的长廊，她思虑片刻，最后步子一转，一间一间地找寻起来。

除去住院的病房，姜芥对每一间紧闭房门的房间都进行了探查，也没见到自己等候已久的"男神"。

就这样，她一直走到了最里间。

温时卿送了温念回去，回到办公室没多久，换了白大褂正准备去查房，抬头就见自己办公室门的玻璃窗口上多了一双窥视的眼睛。

温医生冷不丁一愣，着实被吓到了。

门外的姜芥发现被人瞧见了，下意识就把脑袋缩了回来。

温时卿有些莫名，皱皱眉想过去开门看看，外头的人已经拧开把手，推门进来了。

再次见到"男神"，姜芥整个人都不淡定了，只感觉浑身的血液都在沸腾，连带着神经都在"突突"地跳，看着他不知言语。

温时卿看着这年轻的姑娘，问道："有什么事儿吗？"

姜芥期期艾艾："呃，我……我来复诊！"

温时卿颔首："坐。"

姜芥走过去坐下，两手抓着裤腿一脸局促。

在近期诊治过的几位病人中，温时卿印象里似乎没有这样一位年轻漂亮的女孩儿，不过也有可能是自己太忙不记得了，便问："是术后复诊吗？"

"不是……"姜芥心虚，捏着病历硬着头皮问他，"那个……温医生，你……还记得我吗？"

温时卿想了一会儿，无奈道："抱歉，最近很忙，确实没什么印象。"

姜芥忙递上病历推了过去："你前几天给我看过病……"

温时卿垂头看了眼名字。

姜芥。

片刻，他想起来了。

是一味良药。

"嗯，我想起来了。"温时卿弯唇，声线温润，"那天徐医生不在，我看你不太舒服，就替他给你开了药。"

姜芥笑："嗯嗯，我知道。"

温时卿又道："所以如果复诊的话，你应该找徐医生，不用特地来找我。"

姜芥连连摆手："不不，我还是习惯从头到尾都是一个医生替我看病。"

话都这么说了，温时卿也没法再推辞，拿过她的病历本："嗯，药都吃完了吗？"

姜芥扯谎："吃完了。"

温时卿："喉咙还疼吗？"

姜芥作势咽了下口水，摇摇头："不疼了……"

"还鼻塞、流鼻涕吗？"

姜芥盯着他认真问诊的模样，心不在焉地摇摇头。

"还咳嗽吗？"

她还是摇头。

对此，温时卿诊断："看来药物挺管用，你的感冒应该好得差不多了。"

闻言，姜芥的思绪瞬间被拉了回来，看着他开始胡乱编造："不不，温医生，我最近老是头疼……"

温时卿颇有耐心，又问："怎么个疼法？一阵阵的吗？还是持续性的？"

"一阵阵的。"

"疼的时候会想呕吐吗？"

"呕，呕吐……"姜芥垂头想了一会儿，"不会。"

"会耳鸣耳胀吗？"

"也……不会。"

"最近有没有哪里磕着碰着的？"

姜芥想都没想："没有，没有。"

"生理期？"

"刚过……"

"你还是学生吧？"他突然这么问。

姜芥点点头。

温时卿："最近学业紧张吗？"

姜芥下意识地想到宿舍里一堆没练的歌谱，小鸡啄米似的忙点头道："很紧张。"

温时卿："你这么年轻，应该没有高血压之类的病史吧？"

姜芥："肯定没有！"

温时卿语气温和："有可能是学习压力太大造成的肌肉收缩性头痛，你先休息几天看看，如没有缓解，建议去神经内科就诊，我这儿是心胸外科。"

姜芥："好好，麻烦你了温医生。"

从医院出来，姜芥满心欢喜，脚步蹦跶蹦跶的，就差飞起来了。

焦妍的微信视频来得很是时候。姜芥戴好耳机，风情万种地对着屏幕打了声招呼："Hello！（你好）"

"来，说说你中午的经过。"焦妍靠在软椅上，手撑着下巴，一脸看好戏的模样。

姜芥："你倒是来得及时，我这刚从医院出来，你就来了。"

"别废话了，"焦妍急躁道，"我只想知道他有没有老婆。"

闻言，姜芥一愣，脚步顿时停住，而后高呼一声："呀！我忘记问了！"

焦妍："那你这一小时干吗去了？"

姜芥："找温医生看病呢。"如果手机可以隔空打人的话，焦妍手里的东西已经狠狠地甩到姜芥脸上了。

"你现在是昏了头了？没病你看什么病？"

"谁说我没病了！"姜芥应得义正词严，"我明明得了相思病！"

焦妍气结："……闭嘴！"

姜芥笑了："哎哟，我要不这样，温医生哪里会搭理我啊？"

焦妍翻了个白眼嚷道："难道你就打算一直这样？整天没病装病？"

"不会吧……"姜芥咕哝道，"等下次再见，问过他有没有老婆我再决定怎么办！"

焦妍："……愚蠢，挂了。"

周六，温时卿应约到徐靳之家吃晚饭。

徐靳之有个四岁的女儿，叫徐恩典，长得白嫩可爱，性格活泼乖巧，嗓音都甜糯糯的，格外讨温时卿喜爱。

摆好碗筷坐下，徐靳之给恩典碗里夹了棵小青菜，对温时卿说："这么喜欢小孩儿，自己也赶紧生个。"

夏眠解了围裙坐下，笑着应和："是呀，你也老大不小了，靳之和你同年毕业，孩子都四岁了，你还不抓点儿紧？不要整天待在医院了，多出去认识认识女孩儿。"

温时卿被周围人催促惯了，只是笑笑说："那我也得像靳之这样，早早就有个女朋友不是？"

徐靳之、夏眠、温时卿三人都毕业于北阳医科大学，温时卿和徐靳之是临床医学专业，夏眠则是护理学专业。

所谓"老乡见老乡，两眼泪汪汪"，作为同是从延川远道而来求学的老乡，徐靳之与温时卿有种惺惺相惜的感觉，吃饭、念书几乎是常常在一起，后者也因此熟识了夏眠，成了朋友。

本科毕业后，温时卿留校读研，徐靳之则和夏眠回了延川，两人同在市立医院上班，徐靳之在门诊部当医生，夏眠在心胸外科当护士，没过多久便结婚了，再后来就有了恩典。

从寒窗苦读到大学毕业，从校服到婚纱，他们俩之间的爱情长跑着实令人羡慕。

话说到这里，徐靳之忽然就想起前两日认错了人的年轻姑娘，便试探着开口道："对了，上次那个姑娘，找到你了吗？"

温时卿愣了半会儿，反应过来后淡淡地"嗯"了一声。

夏眠一脸好奇："哪个姑娘？"

徐靳之笑道："上次时卿替我在门诊看了个病人，前两天那姑娘来复诊，瞧着我不是时卿，一脸失望，还向我问了时卿的科室。"

温时卿不冷不热瞥他一眼："门诊病人推到心胸外科来，你怎么想的？"

徐靳之反驳："病人有选择医生的权利。再说了，要不是看人家姑娘年轻漂亮的，我也懒得做这好事。"

温时卿轻哂："你什么时候还兼职做媒了？"

徐靳之："……"

旁边的夏眠被他俩逗到笑得肩膀一抖一抖的："行了行了，有什么好争的，你两个妹妹都结婚了，靳之也是想你早日脱单……"夏眠夹了块肉到恩典碗里，又问，"所以后来呢，那女孩儿对你说什么、做什么了吗？"

温时卿面不改色："没有，只是来看病。"

"如果人家姑娘不错，可以试着接触一下。"

温时卿："普通医患关系而已。"

徐靳之"啧"一声："你脱了白大褂出了医院，不就不是医患关系了吗！"

温时卿抬眸看他，目光疏淡："目前还没有这个打算。"

"……"

空气滞了几秒钟，小恩典看着忽然沉默下来的三个大人，一脸疑惑地皱着眉，嘴里还吧唧吧唧嚼着肉。

徐靳之简直恨铁不成钢："寂寞死你得了！"

温时卿："……"

气氛有些尴尬，夏眠干巴巴笑一笑，出声化解道："好啦，今天叫时卿来，不是为了庆祝他通过考试荣升主治医师的吗？缘分天注定，咱们不聊这个，不聊这个了哈！"

徐靳之斟满酒杯，嘟嘟囔囔道："也是，反正不是我没老婆。"

温时卿闷头不语。

翌日，是国庆假期第一天。姜芥起得很早，去琴房练了一小时声后，看着时间差不多了，背上小包，合上琴盖，心情愉快地朝医院去了。

距离上次来医院已经三天时间了。今天刚好撞上节假日，来医院的人尤其多，电梯里的空气简直令人难以呼吸。

"叮"的一声，好不容易抵达十一层，姜芥左挤右挤地出了电梯后，猛吸一大口气，内心感叹：追求真爱太不容易了！

依旧是安静的长廊。姜芥看着尽头那间紧闭的房门，一咽口水，挺起胸膛迈了过去。

姜芥"咚咚"敲了两下门，里头传来温时卿沉润的嗓音："进来。"

她推门进去的时候，温时卿恰好背着她在诊桌旁的洗手池前洗手，背影挺拔修长。

温时卿扭头一见是她，一愣，脑子里突然想起昨天徐靳之说的话。

姜芥带上门走进来，小心翼翼道："温医生……那个……我来复诊……"

温时卿抽了张纸巾拭手，神色淡淡地说："坐吧。"

姜芥坐下，递上门诊卡和病历，又问："呃……忙吗……忙的话你可以先……"

"忙过了。"

温时卿应得有些冷淡，姜芥顿时心生不好的预感。

不会被发现装病了吧……

"怎么又来了？"他问。

姜芥目光慢慢向下，落到他交握的两只手上。干净修长，指骨分明，瘦削有力。

姜芥咽了咽口水，扯谎："我胸闷。"

"这几天头痛怎么样？"

姜芥僵硬地一抬唇："……有好一些。"

温时卿淡淡道："你这情况应该去神经内科。"说完，他递还了病历本给她。

姜芥接过，要起身却又不想起身，捏着病历本的尖角僵持在椅子上。

温时卿看她这般，又问："怎么了？"

姜芥睁着那双圆眼看他，心里紧张地在一个劲儿咽口水："温医生，我想问你个问题……"

温时卿："什么？"

"请问你……你……"姜芥喉咙再次滚了两滚，最后一鼓作气道，"您有老婆吗？"

一心只怕冒犯人家，姜芥改口，说了敬语。

"你脱了白大褂出了医院，不就不是医患关系了吗！"徐靳之的话在温时卿心头响起。

温时卿："……"

姜芥看他默不作声，舔了下唇，又轻声问了一遍："呃……有吗？"

这下温时卿再看不出来这姑娘什么意图，他就真的傻了。不过这种情况他遇着多了，倒也淡然，面不改色地应她："抱歉，病情以外的问题恕我不能回答。"

闻言，姜芥一激灵，猛地就站了起来，居高临下地看着他，情绪有些激动："这当然和病情有关了！"

温时卿抬眸。

姜芥一脸认真，说得义正词严："这个答案对我来说非常重要，如果没有这个答案，我就没心情吃饭，没心情读书，甚至会头疼胸闷睡不着觉，我没它不行的！"

听她说完一连串话，温时卿垂头沉默了半晌，再开口语气依旧疏淡："如果是这样的话，我建议你马上去神经内科，做个详细的检查。"

姜芥："……"

温时卿站起身："如果没什么其他问题的话，就先到这里吧，我还要查房。"

"等等……"姜芥不死心，走过去张开双臂拦住他，急道："温医生，你真不记得我了吗？"

闻言，温时卿目光瞥了过来。

姜芥垂头从包里掏出一本书，举到他眼前。

温时卿扫一眼：《漫长的旅行》。

这本书他也有，前阵子刚读完。

"四个月前，在地铁三号线上……"姜芥小声提示。

温时卿无动于衷。

"你坐在我旁边的！"姜芥声调扬了扬，翻开书本第三页，"就是这页，我看到这里的时候正想翻，你突然在我旁边说了句'等一下，我还没看完'，你有印象吗？"

这么一说，温时卿倒是有记忆了。

那天他的车被送去保养，他便乘地铁来医院。上了车就找了个空位坐下，见着旁边有人在看书，就顺势跟着看了起来，谁想入了迷，连开口说话都是不由自主的，后来没多久到站，就也没再记着。

只是没想到，那会儿旁边坐着的，竟是她。

温时卿敛了神色，"嗯"一声道："所以呢？"

"所以……"姜芥拿下巴乩了乩书角，"可不可以看在我把书分你看的份儿上，告诉我你有没有老婆……或者是女朋友……"

温时卿还是没开口。

姜芥缩了缩脖子，托腮哀求状："求求你了。"

她长得漂亮，眼睛圆咕噜的又有灵气，这会儿扮起委屈来眼泪汪汪的，映在温时卿眼里，莫名就令他心软，鬼使神差地应一声："没有。"

姜芥瞬间喜上眉梢，嘴里那声兴奋的"yes"（太好了）差点儿就喊出了声。

即便如此，她还是有点儿不放心，弱弱地又问了一句："老婆和女朋友都没有的，是吧？"

温时卿睨她，并不正面回答，只道："我目前没有交女朋友的打算。"

话都这么说了，姜芥哪里还会去在意那天那个孕妇是谁，顿时放了一百个心，扬扬眉，笑得烂漫天真，急道："正好正好，我目前也没有交男朋友的打算！"

温时卿："……"

夏眠从今早上班开始，就忙得没歇过，抽血、打吊针、换尿壶，这个病房出来，那个病房进去，到现在才有空闲坐下来喝杯水。

刚从开水间打了杯热水出来，就见温时卿办公室的门被人从里头打开，她张口正想打招呼，没料到出来的不是温时卿，却是个年轻娉婷的女孩儿。

她皱眉想了会儿，寻思最近收进科室里的病人或者家属中，没这么一位漂亮姑娘呀。

夏眠顿时又忆起那晚在家吃饭时徐靳之和温时卿提到的那位认错人的女孩儿。她抿唇一笑，看着姜芥走远的身影，敲响了温时卿的门。

刚关上没多久的门再次响起，温时卿下意识地以为是姜芥，还没抬眼呢，张口就不太有耐性地道了声："还有事儿吗？我很忙。"

话音刚落，夏眠那意味深长的笑容就落进他眼里，温时卿微微一愣。

"啧啧啧。"夏眠戏谑般地扬了扬眉梢，"不是说只是医患关系吗，温医生？"

温时卿松了口气，无奈："她确实是来看病的。"

夏眠想到刚刚从办公室出来时女孩一脸的笑意，轻咳两声，看破不戳破："好的好的，她来找你看病。"

温时卿："……"

早上来医院的途中，姜芥和沈北寒约了中午一块儿去银泰吃饭逛街，这会儿离了医院，她便打算直接过去。

刚从医院出来，姜芥兜里的手机便开始叫嚣，一阵接着一阵。

她拿出来看了眼，是她那远在北阳家里的老爸。

姜芥滑过接听键，喊道："喂，爸。"

姜继诚粗涩的嗓音从里面传来："喂，闺女啊，今天国庆，你打算上哪儿玩吗？爸刚给你打了钱，有没有收到？"

姜芥刚出医院，还没来得及看手机她爸电话就来了，这会儿姜继诚一提，她放下手机看了眼短信，而后又放回耳边，心花怒放地应道："收到了，爸！谢谢爸！"

老姜同志大笑两声："都是亲生的，谢啥谢。"

姜继诚："你现在在外边儿呢？"

姜芥看了眼时间："对啊，我准备和室友去逛街吃饭呢！"

"哦……"姜继诚顿了下，"那爸就先忙了，你去玩吧，注意安全！"

"好的，爸，回见！"

乘地铁到银泰的时候，不过十二点半，姜芥给沈北寒发了条微信，问她有没有什么想吃的。

沈北寒这会儿刚上地铁，正好看到消息：〔阿沈：海底捞，海底捞！〕

〔小鱼仙草：嘻嘻，那我先去排队。〕

〔阿沈：好，要喝东西吗？百香果双响炮？〕

〔小鱼仙草：（流口水）要要要，去冰多加椰果！〕

〔阿沈：好的！〕

刚与沈北寒聊完，屏幕上又接连弹出两条消息，姜芥边往海底捞走边解锁瞄了一眼，是隔壁宿舍萧悦发来的。

〔萧悦：芥子，你出去玩了呀？〕

〔萧悦：我刚才去你宿舍敲门，没人。〕

〔小鱼仙草：嗯，我们出去了。〕

〔萧悦：嘻嘻，什么时候回来呀？〕

看到这条消息，姜芥心有所觉。

〔萧悦：回来的时候可以帮我带杯奶茶吗？无糖铁观音珍珠奶茶。〕

果然……又来……

姜芥颇为无奈：〔小鱼仙草：你今天不出门吗？〕

［萧悦：没钱了，懒得出去。］

［姜芥：今天一号呀，你生活费没到吗？］

［萧悦：我生活费十号才来（可怜兮兮）。］

［姜芥：……好吧。］

说实在的，姜芥打心底不想帮她带。从上学期开始，姜芥每次出门，萧悦几乎都能让她捎点儿东西回来，姜芥都没推辞；只是偶尔一次姜芥反过来让萧悦捎点儿东西时，她却万般不愿意，总用各种说辞推脱。久之，姜芥真是有些反感。

虽然有些懊恼，不过想想今天得知温医生没有女朋友，姜芥的心情顿时又明朗了起来，咧唇喃喃自语："算啦，不要因为小事影响心情了！吃饭去！"

姜芥和沈北寒碰上面后，排队的号码正好也叫到她们，两人拎了包跟着服务员进去。

火锅欢快地"咕噜咕噜"，加上那浓厚的三鲜汤底香味，格外馋人。

"什么？"沈北寒筷子上的那块肥牛随着自己高扬的语调稍稍抖了抖，"那讨厌鬼又让你带东西？"

姜芥："……嗯！"

沈北寒："你这蠢蛋还答应了？"

姜芥能说什么。

"我真的看她要有多不爽就有多不爽！"沈北寒气哄哄地将那块肥牛送进了嘴里，"情商低就算了，还爱装无辜！这种人我一秒钟都不想和她多待！"

姜芥咬着筷子，自言自语："确实啊……"

沈北寒一瞪眼，小手一挥："算了算了，不想提这讨厌鬼，坏我心情！"

"是呀，是呀。"姜芥从锅里给她捞了块虾滑，笑道，"还是听我讲讲温医生的事儿吧！"

闻言，沈北寒瞬间两眼放光，一脸八卦："对对，今天有什么进展，没再找错人了吧？"

"没有，没有！"提到温时卿，姜芥顿时眉开眼笑，"我今天问他有没有女朋友或者老婆了。"

沈北寒："然后呢？然后呢？"

"然后……"姜芥卖了个关子，望着沈北寒期待的目光，激动道，"他没有！他没老婆，哈哈哈哈，他还说他最近没有交女朋友的打算！那就说明他也没有女朋友！"

沈北寒："天，老天爷实在太眷顾你了吧！"

姜芥："嘻嘻，我也觉得。"

"所以呢？你要正式追击了吗？"

"差不多，差不多……"

由于当天是假期，地铁上人满为患，到哪儿几乎都是大部队挤着走，以至于回到宿舍都八点多了，连姜芥手里给萧悦带的奶茶，也从温热变成了温凉。

得知姜芥回来的消息，萧悦第一时间从隔壁跑了过来。在拿到奶茶后，她原本笑吟吟的神色一下子敛了几分，下意识地脱口而出："呀……凉了哎。"

平淡的语气，带着些许不满的嫌弃之意，听在沈北寒和姜芥耳朵里，顿时觉得不舒服极了。

节假日里，各大奶茶店都排起了长龙，为了买她这杯奶茶，两人跑了好几家连锁店，才找到一家人少的。

即便如此，加上排队点单和饮料出单，两人也干巴巴等了将近半小时。逛了一天，身子本就疲惫，地铁里一路过来又没座，艰辛回到学校，没一句谢谢的话就算了，反倒被责怪？

张了张口，沈北寒正想出声，就听从洗手间出来的姜芥冷不丁问了句："你喝不喝？"

语气淡漠阴沉，眉目间透着几分明显的不耐烦："不喝还给我。"

闻言，萧悦微微一愣，意识到自己似乎话说得不妥当，讪讪一撇嘴：

"喝的，喝的，回去转你钱哈。"接着，她脚底跟抹了油似的，"刺溜"跑走了。

姜芥这个人，表面看上去人畜无害，可一旦触及底线，她能跟你狠拼到底，撕得脸皮都不剩。

帮萧悦带东西，是看在同学一场的份儿上；回回忍让，也是因为她就住隔壁宿舍，不好撕破脸。

但得寸进尺，就别怪姜芥不留情面了。

沈北寒倒也是意外，毕竟这么久了，她还是头一次见姜芥对萧悦摆脸色。

沈北寒抬唇，淡淡道一句："这种蠢人，不值得咱跟她置气。"

姜芥侧目看她，浅浅一笑，满脸倦意地点了点头，爬上床找弟弟视频去了。

昨晚的小插曲，并没有影响到姜芥，一觉醒来，她依旧神清气爽。

自打知道温医生还是单身后，姜芥无时无刻不在想着该如何下手，摘下这朵清冷的高岭之花。

经过一夜思考，她决定，还是需要从温时卿身边的人下手。

比如……徐医生。

既然他能替徐医生问诊，那两人的关系应该不一般。

下午，刚吃过饭的姜芥，再一次出现在了医院。

依旧是挂号，等待。

二十分钟后，她被叫进门诊办公室。

徐靳之听见动静，抬眸。

一瞧是上次那个女孩，脸上明显一愣："又感冒了？"

姜芥连忙摆手："不不不……"

徐靳之微笑，明知故问："没找到温医生科室？"

"找到了，找到了。"姜芥沉默了半会儿，也不拐弯抹角，"我就占用您五分钟时间，想问您个事儿。"

徐靳之："嗯。"

"您知道温医生平日的值班时间吗？"

徐靳之没吭声。

虽然心里迫切希望温时卿早日脱单，但看看眼前这姑娘单纯天真的模样，再想想以往温时卿对追求者的无情冷漠，徐靳之差不多能预料到姑娘日后被某人虐到渣都不剩的样子。

最后，他略带歉意地一笑，选择及时制止："抱歉，关于……"

话没说完，门口传来两道敲门声，两人下意识地转头。

姜芥只见一位肤白貌美的护士站在门口，眉目带笑。

见夏眠这时候来，徐靳之有些疑惑："你怎么来了？"

"电话怎么不接？"夏眠走进来，多看了姜芥两眼。

徐靳之微愣，伸手拉开手边的抽屉，一看有三个未接电话，莞尔："静音了没听到，怎么了？"

夏眠："嗯，妈让我们晚上带恩典回家吃饭。"

徐靳之："哦，好。"

姜芥就坐在一边，默默地看着他俩一言一语，没说话。

其实刚刚在门外，夏眠已经将他俩的对话听了个明白，看这姑娘一副锲而不舍的样子，心里忍不住想推她一把："最近温时卿早上八点上班，晚上六点下班，到了周四周五还要值夜班，周六轮休，真是勤快得很呢。"

闻言，姜芥脑子滞了半响，视线缓缓移到漂亮护士姐姐脸上。随后姜芥神色一变，瞬间满脸惊喜，然后迅速掏出手机记录下来。

徐靳之："老婆，你……在干什么？"

夏眠选择无视徐靳之愕然的目光，若无其事地笑两声："哎呀，心胸外科还忙呢，我得赶紧回去，拜拜，下班见！"

纤瘦的身影消失在门外，姜芥忽地起身，冲徐靳之丢下个"谢谢"后，拔腿就跑了出去。

那速度，快到卷起一阵风，吹起了他桌上的化验单。

徐靳之："……"

夏眠一路走到电梯间，抬腿正要迈进电梯，肩头忽而被人轻轻拍了一下。

她下意识地扭头。

姜芥咧唇露着玉齿冲她笑道："嗨，护士姐姐。"

夏眠看着眼前这位唇红齿白的姑娘，垂头笑了："你好。"

姜芥拨了下耳后散下来的头发，感激不尽地冲她俯俯身，道："谢谢你呀。"

不知怎的，夏眠对她颇有好感，抬手轻轻拍了拍她的肩，心照不宣地道了声："加油啊。"

看着漂亮护士姐姐进了电梯，姜芥简直感动得热泪盈眶，仿佛全身的斗志都在燃烧，越发坚定了她那颗要攻下温医生的心。

呜呜呜……护士姐姐这么好，不追到温医生，自己就太对不起护士姐姐的"拔刀相助"了！

几日后，拿到最新一手资料的姜芥，抓住国庆假期的小尾巴，再次出现在了心胸外科。

早上八点半，温医生应该刚刚上班不久。姜芥从腕表上收回视线，正想迈步往温时卿办公室去，就见三四个医生从一旁的病房里走了出来，穿着白大褂，一脸严肃，领头的老医生正侧头和身旁新来的实习医生讲授着什么。

温时卿走在最后，个子最高，身形长相最出众，也就分外引人注目。

看样子他们是在查房。

他们迎面走来，姜芥怕挡着道，侧了下身背贴墙，再抬眸时正好瞧见温时卿投来的冷淡一瞥。

姜芥：要不要这么冷漠啊……

后来，姜芥偷偷摸摸进了温时卿办公室。等了好长时间，不见他回来，她本打算趁无人注意无声无息地溜走，结果刚拉开办公室的门，就和温时卿撞了个正着。

来人微微一愣，垂眸看她一眼，面无表情地进屋。

姜芥被抓个现行，有点儿心虚，站在门口没敢看他，吞吞吐吐："我就……来复诊，突然临时有事儿，先走了……"

话音刚落，她"呲溜"一声跑了，连门都顾不上带。

温时卿有点儿莫名其妙，一垂头，见桌上多了个精致的餐盒，眉心一蹙，毫不客气地扔进了垃圾桶。

从办公室出来，姜芥手捂胸口，按住那颗快要蹦出来的心脏，差点儿窒息了。

毕竟她是第一次追人，还是没经验，没经验。

好不容易松了口气，肩头又冷不防被人拍了下，吓得姜芥差点儿在这安静的住院大楼内尖叫出来。

夏眠瞧她惊魂未定的模样，忍俊不禁道："怎么了这是？"

姜芥转头见是她，喘息两声："被你吓得……"

夏眠笑了："刚从温医生办公室出来？"

姜芥点点头。

"做什么了？"她轻声问。

姜芥凑过去："送了个早餐。"

"送完就跑了？"

姜芥淡淡笑了笑："怕看到他扔了，心里难受。"

夏眠有点儿意外姜芥会这么说，虽然她也料到以温时卿的性子，那早餐百分之九十会进垃圾桶。

夏眠拍拍她："没事儿，来日方长嘛！"

"我懂。"姜芥点点头，"对了姐姐，你叫什么？"

"夏眠。"

"我叫姜芥，就是你们中药的那个姜芥。"

夏眠想了会儿，恍然大悟道："哦，我知道，我知道，小鱼仙草。"

"对对对。"

姜芥从兜里掏出手机："你有微信吗，咱们加个微信，我想请你吃饭，好好谢谢你。"

夏眠笑了笑，嘴边的两个梨涡分外甜美："微信我有，吃饭就不用这么客气啦，等你日后真正追到温医生再说！"

就这样，两人友好地加了微信。

次日早上，姜芥知道温时卿昨晚值夜班，她就没上楼，而是提着打包盒，等在医院的露天停车场。

她特地了解过，医院有一个专门的露天职工停车场，就在门诊大楼后面的那块空地，乘电梯出来到那儿唯一的路，就是出门诊大楼的门，往后拐去。

姜芥抱着早餐站了一个多小时，腿有点儿发酸，便倚在电瓶车上，内心祈祷着温医生快出来。

大概是上天眷顾，在她刚默念完这句话后，温时卿就从大楼的拐角处缓缓走过来了。

脱了白大褂的温时卿，穿着深灰色的西服，内衬白衬衫，没打领带，最上方的扣子也没系，迈着长腿走过来，仿佛比这室外的阳光还要耀眼。

好看，实在是好看。

就在姜芥自顾发愣之际，温时卿已经大步流星地从她眼前过去，径直进了停车场。

姜芥一回神，赶快追上去。

"温医生！"

闻声，温时卿脚步一顿，扭头看去。

姜芥在他面前站定："嗨……你下班啦？"

温时卿略显倦态："复诊？"

姜芥："不不，找你是私事。"

温时卿没兴趣，转身继续向前。

姜芥锲而不舍，一边在后头跟着一边说："你吃饭了没有？我买了早饭。"

她递上去。

温时卿没看，步子也没停，声线很冷："不需要。"

早料到他会是如此反应，姜芥也没太在意，收回餐盒，追着他小心翼翼地问一句："那我可以占用你五分钟时间吗？"

这时，一米外的黑色小车短促地闪了两下车灯，温时卿收起钥匙，两步过去拉开车门："没空。"

姜芥眼疾手快抓住他拉车门把手的手，皱着眉可怜巴巴地望着他："温医生，我从早上八点多就开始等了，看在我等你等了一个多小时的份儿上，给我五分钟吧，就说几句话，拜托拜托。"

又是这副样子……

温时卿挪开眼，无奈地拧了下眉："说。"

姜芥随即恢复笑颜，松开他，整了整衣襟，清了清嗓子，一副严肃模样。

有云雾飘过，将挡住的阳光露了出来，从上往下，洒在女孩雪白的肌肤上，仿佛镀了层薄薄的金粉，将她那双灵动清澈的眼眸越发清晰地映在温时卿眼里。

轻风拂过，吹起了她微鬈的长发。

送过来的，除了她清甜的发香外，还有她干净柔和的嗓音——

"温医生你好，我叫姜芥，中药的那个小鱼仙草，是北阳人，今年二十岁，是延川大学音乐学院声歌系大二的学生。虽然对你来说很莫名其妙，但我确实……对你一见钟情了。

"我们初识，对彼此还不了解，我甚至一开始还弄错了你的名字。"她讪讪地吐了下舌头，"不过事在人为，我会慢慢了解你，走近你，也会让你清楚地看到我是一个怎样的人，你不用急着拒绝我，我和那些以往喜欢你的女孩子不一样，我是耐扛型，耐打耐骂还耐烦，我不轻言放弃。我不要你答应我什么，我只希望，你可以给我个机会，一个……"

她抬眸，与他四目相对，话里的紧张显而易见——

"让你看到我真心的机会。"

国庆假期一过，又是繁多的课业。钢琴、声乐、乐理、表演、形体、语言，等等，多得姜芥都难以抽身去见温医生了。

于是，好不容易上午一节声乐课结束，趁着下午没课，姜芥又争分夺秒地跑去了医院。

自从上次在停车场和温时卿表白完后，她已好几天没给温医生送饭了，人家肯定觉得她是三分钟热度。

为了及时挽回形象，姜芥也顾不上自己做饭了，快速去餐馆打包了饭菜，上了地铁。

今早科室很忙，送进来两位病人，一位急性脓胸，一位心包积液。温时卿刚处理完前一位病人，后一位病人便紧接着被送来了，等全部忙完，一晃眼便到了中午。

温时卿紧绷了一上午的神经松了下来，靠在椅背上，闭目揉了揉眉心。

"我只希望，你可以给我个机会，一个让你看到我真心的机会……"

女孩灿烂的笑颜突然在脑海中浮现，温时卿微一蹙眉，睁开了眼，瞥一眼墙上的时钟。十二点半。

忽地，他笑了，薄唇勾起一丝弧度，带着几分嘲讽之意。

疯了吗这是？期待什么呢？

温时卿站起身，拿了手机打算去吃饭。

这时，办公室的门恰好被敲响了。

他眸色微怔，再看过去时，门外的人已经推门进来了。

披肩的长发被风吹得有些散乱，姜芥穿着牛仔裤和圆领卫衣，一手抱着个饭盒，一手捏着门把手，一脸慌慌张张的模样。

"温……温医生。"姜芥带上门进来，张嘴喘息两声，抬手拉了下滑落的双肩包带，走进去，"你吃饭了吗？"

温时卿面不改色地收回目光："准备。"

姜芥双手奉上："我带了……还是热的！"

他瞟了眼那塑料饭盒，脑子里闪过刚才那愚蠢的意识，烦躁地一皱眉："不要。"

话音未落，温时卿便拉开门径直出去了。

姜芥早有所料，也不强求，关上门跟在他后面，保持距离。

一路到食堂，姜芥想跟进去，却被人拦住了，大叔好心提醒："姑娘，这是职工食堂，病人和家属专用的食堂在另一头。"

姜芥看了眼大叔，又望了眼逐渐走远的温时卿，无奈地点点头："哦哦，好吧……"

此战失利，倒不影响姜芥的心情。

姜芥走到医院附近的小广场，把原本要给温医生的饭菜解决了。

此后，姜芥几乎每天都会来医院一趟，有时是送早饭，有时是送午饭，有时是等他下班。

不过结果……

要么饭菜进了垃圾桶，要么被转手送了人，要么……就是直接无视她，温医生驾车绝尘而去。

一次两次三次的，不只是心胸外科的医生和护士，就连病房里的病人和家属都知道——

这年轻英俊的温医生，多了位漂亮狂热的追求者。也因此，惹了不少闲言碎语。

周日，一早练过声后，姜芥再次出现在了心胸外科。

电梯门打开，姜芥步子刚迈出电梯，就听一旁的护士站传来一声嗤笑，尖声细嗓的声音响起："一个女孩子家家的，真不知羞，整天整日地来，看咱们温医生什么时候搭理过她？"

旁边有护士笑了两声，一副幸灾乐祸的模样："昨天我又看到她的饭盒被扔进垃圾桶了，真丢死人了。"

"就是，就是。"

这样的话，姜芥听得不是一次两次了，她也不是什么软柿子，回回选择置若罔闻，只是不想和这些人较劲儿。不过一味地忍让，似乎让她们越发肆无忌惮了。

隔着工作台，里面的小护士无意间瞥到了站在楼道处的姜芥，神色尴尬地敛了敛，咳嗽两声，冲细嗓护士使了个眼色。

后者反应过来，装作一副若无其事的模样，转身坐下继续忙手头的事儿。

姜芥拎着饭盒悠然地走过去，"啪"一声，把饭盒掷在台面上，吓得刚刚碎嘴的俩护士心虚一颤。

姜芥："你谁啊？"

细嗓护士心里一愣，下意识地抬头，视线撞着她漠然带着凉意的目光后，声音有些飘："你管我谁啊。"

姜芥淡淡地扫了眼她胸前的名牌。

"刘倩，实习护士。"

姜芥笑了，那种肆意张扬的北阳人性格一下展露了出来，语气散漫轻佻："谁没关好门，让你跑出来了？"

刘倩："你……"

姜芥轻哂："管好你自己。"

闻言，刘倩一拍桌子，起身就要回嘴骂过去，后面却传来一道严厉的声音："干什么呢？"夏眠不知什么时候从屋里走了出来，"上班时间，干什么呢你们？"

刘倩急道："她……她她……"

姜芥得意地歪了下脑袋："我，我，我，怎么？"

刘倩气结，指着她冲夏眠道："她骂人！"

姜芥冲她眨了下眼："那你说说，我为什么骂人呢？"

"你……"

"行了刘倩……"夏眠蹙眉，"上班时间，你看看自己在干什么！学校是让你来实习的还是来说闲话的，嗯？"

刘倩似是胸臆难平，甩头坐下了。

见状，姜芥心里瞬间舒畅了不少，正想过去跟夏眠打声招呼，就听长廊里传来一声叫唤：

"姜芥。"

低沉的、醇厚的、富有磁性的声音，轰地一下在姜芥脑中炸开。

这是温时卿第二次叫她的名字。

姜芥下意识地扭头。

温时卿就站在办公室门口，侧着身，套着白大褂，背脊挺得很直，清隽精致的侧颜在长廊尽头洒进来的阳光下，少了几分疏淡，多了几分柔和。

姜芥咽了咽口水，低低应了一声："嗯。"

温时卿："你过来。"

温时卿重新走进办公室。

刚刚拉门出去，他便听见了外头的争吵，偏头一看。

只见那姑娘手搭着放在台面上的饭盒，纤瘦高挑的身子微微斜倚着，看着小护士的模样张狂又散漫，清脆的嗓音配上她那独特的腔调，让温时卿莫名地酥了下骨头，甚至破天荒觉得这姑娘……

好看极了。

鬼使神差地，他喊出了声。

于是，便有了此刻她一脸花痴样站在他面前的这一幕。

正午，正是午休时间。屋外传来几道细微的说笑声，在这静谧的屋子里听得格外清晰。

温时卿坐在椅子上，回过神来看着眼前这姑娘，莫名地又烦躁了起来。怎么自己一时就失了理智？

他捏了捏眉心，沉着脸，明知故问："你来干什么？"

姜芥喜滋滋地献出饭盒："送饭呀。"

屋子又静了半晌——

"姜芥。"

沉沉地，带着几分严肃："别影响我工作。"

有风从窗户外钻了进来，掀起桌面上报告单的一角，拂在脸上，凉丝丝的。

姜芥一怔，抬眸只望见他眼里的冷漠烦腻之色，心间蓦然泛起一股酸意。

他看到了。

她因为被说闲话和别人起争执，影响到了医院、影响到了他人，也影响到了他……

是觉得她惹是生非吗？

"我……"温时卿张口还想再说什么，目光顺势看过去，却在瞧见她微红的眼眶后，倏然顿住。

姜芥抿唇，动了动眸子移开视线，将心里腾起的酸涩和委屈悉数咽了下去，强颜微笑："嗯，我知道了。"

饭盒被她推到了办公桌上，姜芥垂了垂脑袋，原本灵动的眼眸多了几分落寞："温医生，我学校里还有事儿，饭你趁热吃哈！"

说完，她转身拧开门大步走了出去。

夏眠原本还想找姜芥聊两句，这会儿从病房出来就直接去了温时卿办公室，结果推门进去，却没看到原本该看到的人，只有温时卿坐在那儿敲键盘。

夏眠："哎？人呢？"

温时卿目光寒凉："走了。"

夏眠不由一颤，迅速关上门，茫茫然撇了下嘴。

怎么了这是，周身低气压的……

从电梯里出来，姜芥迈着步子往医院大门走去。

她垂着脑袋，一步一步，走得很急。

这股莫名而来的委屈，令她有些无措。

说实话，她自己也不知道为何。一想到刚刚温时卿那淡漠的眼神，心都凉了几分。

室外的阳光格外和煦，洒在身上暖洋洋的。姜芥一出来，就高高仰起头，睁着双眼看天空。又蓝又清澈，干净得发透。

硬生生把眼泪憋回去后，姜芥兜里的电话响了起来。

收拾好情绪，她拿出手机一看，居然是她那外出查案半个多月的小舅舅！

姜芥稍一愣神，接起："小舅舅？你回来啦？"

方遇低沉的声线有些发哑："昨晚刚下飞机，回警局赶了半宿报告，回来睡到现在。"

姜芥朝地铁口走去："哦……那你现在是放假吗？"

"嗯，休息两天继续上班。"方遇打了个哈欠，"你明晚有没有时间，一起出来吃个饭。"

"明晚？行啊。"

"行，那明晚联系。"

姜芥的姥姥有四个孩子，姜芥妈妈为老大，姜芥大舅舅排老二，姜芥小姨排老三，最小的便是方遇。

虽说为人舅舅，但方遇也不过才二十九，和姜芥只差了九岁，从小基本是他带着姜芥一块儿长大的。加上今年方遇因工作原因从北阳调来延川，要长期留驻，两人之间的感情便更深厚、亲近了。

最起码到目前为止，不论姜芥有啥事儿，第一个找的，都是方遇。

比起舅甥关系，他俩之间更像是兄妹。

姜芥挂了电话，微信紧接着弹出来两条消息。

［夏日眠长：你怎么走啦？］

［夏日眠长：温医生怎么啦？一脸不高兴的……］

姜芥看着屏幕上的两行消息，驻步回复。

［小鱼仙草：学校里还有事儿呢。嘻嘻！］

［夏日眠长：对了……］

她发了张联系人名片过来。

［夏日眠长：这是温医生的微信，你看着找机会加他哟！］

姜芥心头一跳，第一时间点了进去，头像是张白图，昵称也很简单，只有一个"W"，没有个性签名，微信朋友圈不是好友无法查看。

姜芥盯着界面上那绿色的"添加到通讯录"，指尖颤了颤，最终还是退了出来。

算了，加了他也不会同意。

［夏日眠长：温医生的生日是11月20号！］

［夏日眠长：还有，早上那小护士说的话，你别太在意，做好你自己就好。］

［小鱼仙草：嗯嗯，我懂的，谢谢你呀，夏眠姐。］

［夏日眠长：客气了，我就是闲着想做媒了，哈哈哈……OK（好的）！不说了，我忙去了，你路上小心。］

［小鱼仙草：好！］

次日上午校庆节目选拔，姜芥唱了首《我像雪花天上来》。她天生一副好嗓子，音域宽，气息够稳，情感表现力足，女高音极其适合她，再加上她相貌好身材好，系主任想都没想便上了她这个节目。

沈北寒擅长中音，一首《我和我的祖国》演绎得饱满、富有情感，她外表虽没有姜芥那么漂亮，但气质优雅，所以最终也入选了节目名单。

此次校庆，每个系需要准备六个节目，姜芥这个年级来参加选拔的有八位同学，最后入选的只有她和沈北寒，剩下的分别从大三和大四的学生中挑选。

这次选拔，萧悦也去了，唱了首《梧桐树》，只是可惜，心有余而力不足，调起得太高，最后的高音没托住，气息走了音，被刷了下来。

姜芥和沈北寒向文艺部大致了解了一下参演程序，收拾收拾便打算走了，因为下午还有课，两人想赶回去休息会儿。

出了教室，正好撞见萧悦和她室友，姜芥对于那晚的事儿倒没怎么放在心上，加上大家都是同年级同学，她便冲着萧悦和她室友笑笑打了招呼。

萧悦见她这和颜悦色的，挽着室友的手臂一下就松开，快速蹦到姜芥这儿："姜芥，恭喜你呀，节目被选上了！"

另一边的沈北寒默默翻了个白眼。

萧悦的室友季思思也跟着感叹一声："我刚刚在台下听你唱，唱得真好！我的高音都不大撑得住。"

其他俩室友也应和两声："嗯嗯。"

姜芥谦虚地挥挥手："不不不，侥幸侥幸，和大三、大四、大五那些个学姐完全没得比……"

季思思不以为然："在我们这一届，你已经算最好啦！"

闻言，萧悦脸色微变，后又若无其事地扬起微笑："哎呀，放心吧，到时候校庆一演出，好不好大家都听得到！你这段日子可得好好保护嗓子，别到时候哑了才是！"

此言一出，众人均是神色一僵，有些尴尬。

沈北寒忍无可忍，再次翻白眼，勾着姜芥的手一把从萧悦手里扯过来，咬牙瞪她一眼："闭上你的乌鸦嘴吧！"

说完，拉着姜芥大步走出了教学楼。

萧悦站在原地，当着室友的面，脸上有点儿挂不住，咕哝一声："哼……什么哦，我又没那个意思……甩什么脸色。"

季思思干巴巴一笑，上去挽过她："走吧走吧，吃饭去。"

下午的课结束后，姜芥回宿舍放了课本。担心晚上会降温，她顺便换了身衣服。

姜芥今早忙着演唱选拔，下午有课，晚上又和方遇有约，今天就没去医院，不过想起昨天温时卿那话，她倒是庆幸今天抽不出身。

简单画了个淡妆，擦过口红后，姜芥出门了。

五分钟前方遇发微信来，告诉她说他已经在校门口了，姜芥便径直朝大门走去。

还没到门前，她就远远看见了停在外面那辆拉风的吉普车。

全车黑灰色，底盘巨高，嵌在这暮色里。

姜芥跑过去，小手拉开车门，跨步上车，"嘭"一声关上门。

方遇见她这体态轻盈的模样，笑了笑，语调高扬："哟，好久不见，我这小外甥女出落得越发漂亮了啊？"

姜芥扣上安全带，侧头见这男人英俊刚毅的脸庞，笑着一眨眼，一扬眉："那是必然，小舅舅。"

天色渐渐暗了下来，街边的路灯一盏接着一盏亮了起来。

抵达餐厅前五分钟，姜芥才从方遇口中得知，今晚一起吃饭的，除了他们俩，还有方遇一位老同学兼好朋友，说是今年调来延川后还没来得及和他聚上，今晚就顺便叫上了他。

姜芥倒是无所谓，反正是方遇请客，她只管吃就行了。

吃饭地点是在东湖路口的一家中餐厅，环境好，菜的味道也不错。

等方遇停好车，姜芥跟着他一块儿进去。

位子方遇一早就订好了，是靠窗的四人桌。简单点了三个菜，方遇就让服务员先下单，剩下的等他朋友来了再点。

方遇倒了热水烫餐具，说："我这朋友是我以前在R市念高中的老同学，和我一样，是个学霸，后来上大学也去了北阳，我在北阳刑事警察大学，他在北阳医科大，我们一直有联系。"

姜芥一边听着一边抿清茶。医科大……也是医生啊！

"毕业后我被外派去柬埔寨，除了偶尔因为私事和他联系过，倒是很久没见过面了。"

"哦……"姜芥心不在焉，嘴咬着杯口应一声，声音听起来闷闷的。

手机这时刚好响起，方遇接起来："喂？你到哪儿了？在门口？"

说着，方遇站起身，在看到人后招了两下手，挂了电话。

姜芥脑袋转了个方向，手捧着杯，一边悠然地喝着茶，一边等待那人走过来。

高挑俊挺的身影拐了个弯，逐渐走近。

入眼一双大长腿，姜芥玩味地挑了下眉梢，手撑脑袋，目光向上瞟。

一秒后。

"噗——"

姜芥满嘴的清茶一口气全喷了出来，飞溅在瓷砖地板上。

温时卿从容不迫地避开，垂眸看见她时，目光有一瞬间的停顿。

方遇抽了张纸递过去："喝个水也要摆姿势，耍什么酷，这会儿是不是呛到了？"

话音刚落，温时卿正好在桌前站定。

方遇招呼他："坐，坐。"

姜芥被呛得咳了几声，伸手接过纸擦嘴巴。

方遇怕她纸不够用，干脆整包放在她面前，冲温时卿介绍道："这就是我跟你说的外甥女，在延音上大学，学唱歌的那个。"

温时卿收拾好眼底的诧异，若无其事地坐下，淡淡地"嗯"了一声。

方遇又冲着姜芥说："这就是我那老同学，温时卿。"

姜芥沉默。

见他没打算说穿两人之间的关系，姜芥微微点头，算是和他打了招呼。

方遇给温时卿杯里添上水："刚下班？"

温时卿："嗯。"

方遇喊来服务员，加了几个温时卿点的菜。

等服务员走后，方遇便开口问："最近怎么样？"

温时卿："挺好，前段时间刚升职……"

许久不见，两人一下子便打开了话匣子，直接忽略了一旁的姜芥。

后者抠着茶杯，偷摸看他，暗暗腹诽。要早知道方遇和温医生认识，她也没必要下那么大功夫去找人。

装不认识是吧？那她也装，昨天被他甩脸色，她还没消气呢！

温时卿："以后都在延川了？"

方遇："这几年应该都是吧，上头没通知就一直在这儿……"

温时卿："嗯，挺好的，偶尔可以聚聚。"

音色沉沉，醇厚清慢。

没过多久，菜品陆续上来。

吃饭间，方遇突然问道："温时卿，你有没有谈女朋友？"

闻言，姜芥心头忽地一颤，抬眸正好瞧见温时卿投过来的目光。

似有若无，淡然微妙。

看得姜芥莫名的心虚。

温时卿："没。"

方遇大笑两声："都是万年老光棍，咱们组队相亲得了！"

姜芥握着筷子下意识地侧头，恶狠狠一个眼神瞪过去。

察觉到她强烈的视线，方遇看过来："怎么？你不同意？忍心看你小舅舅孤独终老啊？"

姜芥咬了口青菜，嘟囔一声："谁管你……"要相你自己相，别拉我温医生。

后半句话，被姜芥连菜一块儿吞进了肚子里。

对面的温时卿轻咳一声，夹了块肉在碗里，不紧不慢道："我前阵子遇着沈孜孜了，她好像在星辉小学教书。"

听到这话，方遇浑身一僵，手里的筷子差点儿没拿住，连眸色都沉了几分。

姜芥注意到他突变的神色，心里顿时有了猜测，眯起眼问他："嗯？沈孜孜？谁啊？"

方遇没说话。

姜芥追问："你初恋？还是前女友？"

方遇沉默了半晌，敛起神色，沉声道："吃饭吃饭，小孩子问那么多干吗！"

姜芥嫌弃地皱了皱鼻子："我还不爱听嘞。"

这时，方遇没好气地看了眼温时卿，骂道："不带这样的啊，好好的提什么以前……多久的事儿了都！"

温时卿弯弯唇，关于方遇那点儿小心思，看透不说透。

他们一顿饭吃到最后，已经是一个多小时后的事儿了。

整顿饭下来，倒是和姜芥一开始想的没什么区别。她确实是全程只张嘴吃饭，对于他们后来的谈话，一句也没插嘴。

当然了，她也一直在偷窥温医生。

趁着方遇买单，姜芥去了趟卫生间，回来后，就见方遇站在餐馆大门前接电话。他神情严肃，似乎有什么大事。

温时卿就站在旁边，一手插着裤兜，背挺得很直，微微倚着门框，低头在按手机。

姜芥趁机多瞄几眼，顺便偷拍。

一分钟后，方遇挂了电话走过来："时卿，你开车了吗？"

温时卿颔首。

"局里突然有事儿，我得赶过去，帮我送一下姜芥回学校？"

闻言，姜芥慌了，忙上前推拒："小舅舅，不用不用，我自己打车就行了。"

方遇蹙眉："这么晚了，打什么车，我不放心。"

那她也不敢坐温时卿的车啊……前两天还嫌她影响他工作来着。

姜芥面露难色："那我搭公交，搭公交总行了吧？"

"被坏人尾随怎么办？"

姜芥无语。

有个警察舅舅的缺点就是：不太好糊弄。

方遇转头，冲温时卿又问了一遍："你有空不？"

温时卿没犹豫，点头应下："嗯，你忙去吧，我会送她回去。"

"行，那麻烦你了啊。"方遇看眼时间，"我先走，局里等开会，下次再聚！"

温时卿笑笑答应，目送他驾车离去。

姜芥："……"

忽然，姜芥觉得温时卿有点儿可怕。

她一咽口水，走过去干巴巴笑两声："我……我自己打车就好，不麻烦你了……"

说完，姜芥转身要走。

温时卿却冷不防唤一声——

"姜芥。"

低沉的嗓音，语气依旧淡如水。

姜芥步子一顿，站那儿没动，只有心脏在扑通乱撞，不能安定。

"抱歉……"

半晌，他这么言语一声，温凉的声线里带着几分无奈："昨天不是有意的。"

姜芥感觉心底忽然有什么涌了上来，暖暖的，甜甜的，又有些酸涩。

姜芥缓缓转身，看着他平静柔和的目光，一整日的阴郁沉闷瞬间烟消云散。

她咧唇，露出两排玉齿，眉眼弯弯，笑得极其开心灿烂："没关系，我不在意了。"

路灯橙黄，映在女孩儿漂亮明艳的脸蛋上，落了几许深深浅浅的阴影。那张笑脸，溢着满足的喜悦，嘴角扬起的弧度像一弯月牙，就连眼里似乎都藏着星海，晶亮璀璨。

令人稍不留神，就能陷进去。

温时卿眸色一怔，扭头移开了视线。

只见对面马路上的黑色小车闪了两下车灯，温时卿抿抿干涩的唇，再开口时，声线是旁人难以察觉的低哑："上车。"

姜芥这会儿也不拘束了，大大方方地跟着他过马路，坐上了副驾。

锃亮漆黑的车身，宽敞舒适的内座。是"男神"的爱车，"男神"的！

引擎短促地响了两声，随着车身轻微的抖动，中控台和氛围灯一下亮了起来，为这暗黑的车内增添了光彩。

轻柔的音乐缓缓从车载音响里传出，姜芥的心情简直愉悦得不得了，她小心翼翼地系上安全带，看着车子不疾不徐地汇入车流。

温时卿专注开车，没有要说话的意思，姜芥坐在一旁也不敢打扰，两手揪着安全带，时不时斜眼偷看他。

男人的手很大，手指修长，指甲修剪得很干净。单手握着方向盘，腕骨瘦削有力，转弯时，他会摊开手掌，掌心抵着盘沿，游刃有余地打方向。

在路灯的忽明忽暗间，姜芥莫名就对那只手起了小心思，一时瞧得目眩神摇。

手机铃声不知何时响起，"Nom Nom Nom…"，唱了有一阵子。

温时卿瞥了眼副座上愣神的人，漠然提醒一声："手机。"

姜芥回神，忙垂头摸出手机接听，慌乱间，不小心就……碰到了扬声器键："你知道吗，刚有一老太太插我队！我排队买单等了快二十分钟了！气死我了……"

大概是怕影响她接电话，温时卿提前主动关了音乐，以至于焦妍那尖声细嗓的声音在这安静的车内，听起来无比清晰。

温时卿听着没有言语。

姜芥："……"

那头焦妍听电话里半天没回声，敛了声音："喂？喂？芥子？"

姜芥忙关了手机扬声器，尴尬地转了个身，面朝车窗，低低应道："喂……"

焦妍："你听着呢？听着不给个话！你干吗呢？"

姜芥瞟一眼旁边的人："呃……"

"让你跑那么远去上学，刚才你要是在，咱俩双剑合璧，还能有那老太太什么事儿！真气人！"

"呃，老盐巴……那个……"

焦妍嚷道："那什么那啊，有话快说！"

"我在温医生车上呢……刚才不小心……"姜芥一咽口水，接着说道，"按了扬声器键……"

电话里头静了一瞬。

接着，"啪嗒"一声，手机被挂断了。

姜芥大囧，收了手机："打……打错了……"

没多久，车子停在延大门口，姜芥担心刚才那段小插曲让他不高兴，犹犹豫豫地抿了抿唇："抱歉啊温医生……打扰了……"

而后，她小心翼翼下了车。

夜幕中，女孩儿纤瘦的背影逐渐跑远，温时卿的目光从她最后化成的那一个黑点儿落到眼前的方向盘上，忽然没由来地弯了下唇，哑然失笑。

车子掉了个头，在夜色中绝尘而去。

疯了吧他是。

4.爱心社工

翌日，姜芥上午没课。

经过昨晚的和平相处后，姜芥重拾信心，一早去了菜市场，买了些菜，到方遇公寓里借用了一下厨房。

忙忙碌碌一个多小时，姜芥完成了三菜一汤，且心情愉悦地，将它们装进了给温医生的爱心饭盒内。

饭菜塞得满满当当，她瞥一眼剩余的菜和汤，最后从柜子里翻出个保温桶。

姜芥到医院的时候不过才十一点半，还没到午休时间。她轻车熟路地走到温时卿办公室门口，敲了敲门。

几秒过去，没人应声。

她鼓嘴想了会儿，踮脚透过门上的玻璃窗口看进去。

办公椅上空荡荡的，没人，衣架上没有白大褂，只挂着他的外套。

也许他是忙去了。

于是姜芥擅自推开门进去，走到桌前，将袋子里还热乎的饭盒放到他整齐干净的办公桌上，顺带在上头贴了张字条。

做完这些事情，姜芥便悄无声息地出去了，安安静静的仿佛没来过一般，乘电梯下楼离开。

门诊大厅里有一块公告栏。

除了平时院里的通知外，上面还贴着一些杂工和社工的招聘、招募广告。

花里胡哨的广告设计，姜芥多瞄了两眼。

"医务社工招募"，姜芥无意间捕捉到这几个大字，走过去的步子又退了回来，她立在公告栏前，仔细看了眼这则招募广告。

"招募医务社工，让这世界多一点儿爱心……"

姜芥揣着小心思，若有所思半晌，最后将这张招募单子拍了下来，发给夏眠，顺便附带了一条消息。

[小鱼仙草：夏眠姐，这个医务社工，是不是专门在医院陪伴特殊病人的工作呀？]

看着微信界面，那头似乎没有立马会回复的样子，姜芥便收了手机去地铁站，坐车往刑侦大队方向去了。

靠在办公椅上纠结了半天中午要吃点儿什么的方遇，在接到自家外甥女打来的一通送餐电话后——

第一反应，自己耳朵出错了。

第二反应，姜芥脑子出错了。

于是方遇丢了手里的案件档案，火急火燎地从楼上赶了下来。

"怎么了你？"

方遇看着眼前站在阳光下的小姑娘，拎着个保温桶，一脸悠然自在，哪里像是脑子出问题的模样？他又问一声，"不是炖汤吗？怎么炖着炖着还给我送饭了？"

姜芥咧唇嘻嘻笑两声："哎呀，看你辛苦嘛，这么久没吃一顿家常菜，我就顺便炒了几个，闲着就给你送来了。"

如果让他知道这是给温时卿做时剩下的，方遇估计能掐死她。

方遇倒是意外了，接过她手里的保温桶，笑了："嗬！这孝心满满的，小舅舅受宠若惊啊！"

"不惊不惊，你受得起，受得起！"姜芥摆摆手，"趁热吃啊，吃完洗了带回家，这保温桶是你家的。"

方遇见她准备走，问："你不吃啊？"

姜芥："我室友约了我吃饭！"

"路上慢点儿。"

姜芥不声不响走远，只抬手挥了挥。

回学校的路上，姜芥收到了夏眠的回信。

［夏日眠长：好像差不多吧，你要去呀？］

［小鱼仙草：嘻嘻，可以名正言顺进出医院，多好呀！］

［夏日眠长：哈哈，你还挺拼。那这样，明天午休来找我，我和社工部那边的督导认识，带你去先问问？］

［小鱼仙草：行呀行呀！谢谢夏眠姐！］

退出微信，姜芥到站下车，握在手里的手机震动了起来，她看一眼，是昨晚消失了一夜的焦妍。

［老盐巴：这会儿不在车上了吧？］

回想起昨晚在温时卿车里的窘态，姜芥笑了，回复：

［小鱼仙草：没呢。］

下一秒，焦妍的电话就轰了过来。

"死芥子，你真能给我找事儿啊！"焦妍一句接一句，那语速快得，仿佛嘴里含了块土豆，"为了不打扰你们二人世界，我可是忍了一晚才找你，自己好好想想，要怎么报答我。"

姜芥忍俊不禁："你昨晚那段'脱口秀'，真绝！"

焦妍冷脸："你觉得你说这话合适吗？"

姜芥："……对不起。"

焦妍轻哼一声："说吧，怎么回事儿，前几天不是才送饭被无视了，昨晚你就坐上车了？这温医生看来也是寂寞了啊！"

"瞎说什么呢！"姜芥啐她，"昨晚那是个意外。"

"意什么外啊？出来吃个饭偶然就撞见了？"

"你怎么不去算命呢，说得这个准啊！"姜芥踩上扶梯，依然有些不可思议，"温医生和我小舅舅，居然是高中同学，还是老朋友！"

焦妍闻言惊叹不已。

于是姜芥前前后后把事情细说了一遍。

焦妍笑出声："行啊你俩这缘分，寻寻觅觅几个月，结果发现就是小舅舅的老同学……啥也别说了，找个时间扯证得了，月老估计都把你俩红绳拴好了。"

姜芥想起昨晚离开时的低气压，小声咕哝："要这么简单就好了。"

"那你打算和你小舅舅说吗？这事儿？"

"说啥啊！"姜芥下意识就给否了，"不能让他知道！"

焦妍也料到了："那行，你自个儿看着办，我先吃饭去了，有事Call（打电话给）我。"

姜芥："哎行，你吃好喝好。"

温时卿早上有台开胸的大手术，跟着主任医师做二助。整场手术耗时三个多小时，从手术室出来，已经将近下午一点了。

紧绷的神经松懈下来，温时卿去楼道抽完一支烟后，才回到办公室。

原本空置的一小块工作台面，多了个精致的饭盒，温时卿走过去，伸手拈起粘在上头的便利贴。

"温医生，我亲手做的美食哦，要趁热吃呀！（P.S.如果要扔的话，请留下饭盒……）当然，我还是希望你把它吃光光。姜芥"

看完，温时卿目光又落到那蓝色饭盒上。

他抬手，摸了摸。

还温着。

敲门声响了两下，有人拧开门进来，温时卿扭头。

是上午带着他做手术的林主任。

林主任一脸和善，笑笑："吃饭去？"

温时卿莞尔一颔首："好，您稍等。"

而后，林主任就见温时卿将桌上那蓝色的饭盒收进了抽屉里。

近日科室里的流言，林主任也听了不少，意味深长地看他一眼："小姑娘送的？"

温时卿笑意不减，否认："病人家属送的小蛋糕。"

林主任但笑不语。

第二天，周三，姜芥九点半有节声乐课。

结束后十点多，买菜去方遇家做饭的话怕会赶不及，她便回宿舍拿了备用饭盒，去学生街一家全区热评第一的粤菜馆打包了一些饭菜，再匆匆朝医院赶去。

到那儿刚好十一点一刻，姜芥没忘和夏眠去社工部的约，便给她发了条微信。

那头回得很快，说让姜芥在大堂等等，她马上下来。

姜芥摸摸手里还保温的饭盒，想了想，还是晚会儿再送吧，反正温医生还没到午休时间。

没多久，夏眠乘电梯下来了，领着她往里走，拐了俩弯，一路到社工服务部。

正是上班时间，开放式办公室里头的人都在埋头工作。

姜芥跟着夏眠到最里间的办公室，后者抬手敲了两下门。

里头传来一道女声："进来。"

夏眠拧开门进去，轻声打招呼："嗨，周姐。"

姜芥抬眸看去，办公椅上坐着位中年女人，体态端正，保养得体的面容在看见夏眠后随即漾出一个笑容，稍有些意外："眠眠？"

夏眠微笑道："忙呢？"

周岚："还好，坐吧，坐吧。"

两人简单地寒暄了两句，夏眠侧身把姜芥拉到身前，进入正题："你们部门最近不是招募社工吗？我这小妹妹想来试试。"

姜芥咧唇一笑，向周岚说道："您好。"

周岚这会儿才看过去，冲她礼貌地一颔首："你妹妹？长得很漂亮呀。"

夏眠："不不，之前偶然认识的小妹妹。"

周岚又瞧她一眼："还是学生？"

姜芥点头："嗯，大二。"

周岚语气和善："我得先和你说一下，咱们医务社工这边薪资待遇不高，工作可能也会辛苦些，你看你能接受吗？"

"可以的。"

周岚继续道："既然这样，那我就简单说一说，我们医务社工是在医院和医疗卫生机构中为患者提供心理关怀、社会服务的专业社会工作者。和医师护士不同，我们为患者提供的是'非医学诊断和非临床治疗'……"

十多分钟过去，两人喜眉笑眼地从周岚办公室里拉开门，夏眠客气地冲她再次道谢："那谢谢你了啊。"

周岚"啧"一声："谢什么，要谢也是我谢你，姜芥一来，我这目前烦的事儿都去一半了！"

夏眠含蓄地笑两声："周姐，那成，那先这样。"

姜芥笑眼弯弯："谢谢周姐，下周见。"

周岚挥挥手："下周见，别迟到啊！"

办公室的门被关上，下一秒，姜芥雀跃地跺了跺脚，激动得不能自已："太感谢你了，夏眠姐……"

夏眠笑笑："小事儿小事儿，你好好把握机会就行！"

姜芥小鸡啄米似的点头："肯定肯定，你啥时候有时间，我想请你吃顿饭！"

没等她接话，姜芥又道："这你可别推我啊，帮我这么大忙，说什么也得好好谢谢你。"

闻言，夏眠推辞的话咽了下去，改口："行，那就周末吧。"

"好嘞。"

夏眠早就注意到她手里的饭盒，别具深意地笑了笑："给温医生的？"

姜芥："嘻嘻。"

到心胸外科时，时间刚好过十二点，姜芥和夏眠打了招呼，径直往温时卿办公室去了。

敲门前，姜芥踮脚看了眼里头。

办公桌前坐着一对中年男女，从她那个角度望过去，只见温时卿一手指着报告单，正色和他们在说话。

看那样子，应该是他在和病人家属讲解病情。

姜芥收回目光，走到走廊尽头的窗户边等着。

大约十多分钟过去，温时卿办公室的门被打开，中年男女一边从里头出来，一边不停地说着"谢谢医生，麻烦医生了"。

姜芥循声转头，恰好瞧见温时卿半个身探出来，谦逊温和地回着："没关系，应该的，你们不用太担心，浩浩的问题不大。"

男人背对着她，说话时偶尔侧脸的动作，可以瞧见他棱角分明的轮廓和性感的下颌线，加上他张口时沉润动听的嗓音，对于姜芥这个"颜控"加"声控"的人来说，简直是"福利"。

再回神，病人家属已经走了，原本背对着她的男人随意地朝这边看了一眼。

墨黑幽深的眼眸在对上她的之后，微微一愣。

姜芥立马就笑了，抱着饭盒唤一声："中午好呀，温医生。"

只一眼，温时卿便扭回了头，那淡然的神色，仿佛什么也没看到似的，直接进屋了。

姜芥早已习惯了，轻哼一声，碎碎念："无情冷酷，薄情寡义。"

而后，她又拔腿屁颠屁颠跟着他进去了。

门被带上，姜芥走过去，把饭盒往桌上一放："我们学校附近有家超级好吃的粤菜馆，我今天给你打包了，你趁热尝尝。"

温时卿坐在椅子上，翻着病人的检查报告，眼皮都没抬。

姜芥倒不在意，拉过椅子坐在他面前，笑容不减反增："昨天的饭菜，你吃了吗？"

温时卿这会儿把头抬了起来，看着她期待的眼神，面无表情地将抽屉里那个蓝色的饭盒拿出来，推到她面前后，继续忙活。

姜芥赶紧接过来打开看一眼，见里面被洗得干干净净，瞬间心花怒放："你吃了呀？"

温时卿声线淡淡："倒了。"

姜芥高扬的眉眼顿时耷拉下来，郁闷地咕哝一声："吃一口能把你怎么样哦……"

屋子不大，又很安静，加上她离得近，那说话的内容自然是一字不漏地入了温时卿耳里，他停了手里的活，再次抬眼："以后不要送了。"

姜芥顿时紧张起来："为什么？"

"医院有食堂。"

"可医院食堂的饭菜哪有我做得好吃呀……"

"我不需要。"

漠然的目光，疏淡的语气，真是冷血本性。

姜芥无奈，垂头努嘴自言自语："不送就不送，反正下周我就来当社工了……"

温时卿听她又在那儿嘟嘟囔囔，一蹙眉："什么？"

姜芥装傻充愣仰起脸，笑着站起身："没什么，那你趁热吃哈，我下午还有课，先回学校啦，拜拜……"

话音未落，姜芥便抓过那蓝色饭盒，一溜烟跑走了。

下午的中国音乐史课上，姜芥手撑着脑袋，看着讲台上一页页的幻灯片，开始犯困。

沈北寒悄悄戳戳她。

姜芥回了回神，侧头看过去，见她默默地把手机推过来，上面还停留着和别人的微信聊天界面。

姜芥拿来看一眼：

［周五晚上要不要一块儿看电影？］

姜芥一下子精神了不少，第一时间去瞥这个微信联系人——黄亦帆。

姜芥一脸蒙，侧目过去看沈北寒，小声问她："黄亦帆是谁啊？"

沈北寒微赧，嘴边的笑意掩不住："话剧社的社友，中文系大二的。"

比起姜芥那漫无边际的追求战，沈北寒这花季校园爱情线更让她兴奋："怎么样怎么样，你要去吗？喜欢人家吗？长得帅吗？"

听她这一连串地问过来，沈北寒越发激动了："长得不错，人也很阳光，主要……我对他也挺有好感。"

最后一句话说完，沈北寒羞涩地捂住了脸。

见状，姜芥直接替她做了决定："快！答应！立刻马上，回复'要'！快！"

沈北寒同学面色红润地拿走了手机。

姜芥正笑着，却又马上想起了什么，打开微信翻查到之前夏眠给的温医生的名片，立马点击了添加。

温时卿这会儿得闲，和温禾、温念发微信，说了下周五晚上回家和温老爷子吃饭的事情。

发完消息退出聊天界面到主页面，他看到联系人那栏多了个红点。

他点进去。

［是我是我，你可爱的小鱼仙草。］

温时卿眼角微微抽了抽，选择无视。

他返回去回复了温禾后，又见那红"1"弹了出来。

［温医生，快加我嘛！］

温时卿身子一僵，背脊发凉，忽然就有种被监视了的感觉，扭头不自在地看了看四周。

半晌，他哂笑出声。

真是疯了。

对方的好友添加消息一条接着一条。

［温医生，是我呀，姜芥呀。］

最后的颜文字表情，一下就令温时卿想起她那双扮起委屈时水汪汪的大眼睛。

还没完没了了是吧？

嗡一声振动，消息弹出：［W已添加你为好友，现在你们可以开始聊天啦。］

姜芥低低"yes"（太好了）一声，趴在桌上开始打字。

［小鱼仙草：温医生，中午的饭你吃了吗？］

发完这条消息，姜芥点进他微信朋友圈。

她意外地发现，他这微信朋友圈比他本人还要高冷……

除了一条医学公众号分享外，就只剩一则"爱心泛滥绝不是医德，没有原则的妥协更有可能导致犯罪"的文字"鸡汤"。

姜芥顿时有种迷恋了"男神"的心境……

退到聊天界面，温医生没回复。

姜芥设想了两种情况：一，在忙；二，无视了。

以目前她和温医生的这种状况，第二种可能性更大，于是姜芥又发：

［温医生，周六晚上有没有空呀，要不要一起吃晚饭？］

发完，锁屏。

下一秒，屏幕"嗡"亮了起来——

［W：没空。］

这你倒是回得快……

周五晚温时卿和同事换了班，驾车回父母那儿。

温老爷子今年年初被温子谦从R市接来延川了，并且温子谦在靠近郊区的小区里，新购置了一幢三百多平方米的房屋。

除了平日上班住医院附近的公寓，温时卿每周都会回父母家一趟。

有时就吃顿晚饭，有时会住上一晚。

温子谦早几年就独自出来开了家私立医院，一心想着等温时卿毕业后能来自家医院帮忙，他也不至于太过操劳。

哪想到温时卿性子倔，一头栽在公立医院，说什么也不愿意回去帮他，让温子谦气了好一阵子。

不过后来，温子谦倒也想通了，自家儿子什么脾性他还能不清楚？年轻时想闯荡一番也正常，等他日后拿不动手术刀了再叫儿子回来也不迟。

这会儿正值晚高峰，路上很堵。原本半小时的车程，温时卿开了将近一小时，到小区那阵，天已经完全黑了。

家里灯火通明，隐约能听到里头传来的谈笑声。

解开密码门锁进去，温时卿几步走到客厅。温禾和温念正坐在温老爷子旁边，一边看着手机，一边和温老爷子聊得很愉快。

听见动静，温念最先扭头看来："哥！你回来啦？"

闻声，众人齐齐侧头看来，温时卿走过去，唤一声："爷爷。"

温伯言心情很好，笑两声："医院过来的？"

温时卿："嗯。"

这时，温母余岑温软的嗓音从厨房里头传来：

"行了你，别给我添乱，手术刀不够回来还要跟我抢菜刀……"

温时卿望一眼，迈步过去。

温子谦无奈地笑出声："我这不是怕你辛苦，想帮帮你吗？"

余岑没好气地看他一眼："你坐在那儿不动就是帮我了！"

说完，她一侧头，在瞧见不知何时站在厨房门口的温时卿后，脸上当即漾出笑容："时卿回来啦？"

温子谦也扭头看去。

温时卿："爸，妈。"

温子谦推开厨房的门，过去拍拍他，在餐椅上坐下："最近怎么样，医院还忙吗？"

温时卿拉开椅子坐在他旁边："挺好的，前两天有台开胸手术，林主任教了我很多。"

"嗯。"温子谦点点头，忽然冷不丁问了句，"听老林说，最近有个小姑娘在追你？"

温时卿目光微微躲闪。

余岑也跟着探出半个身子来："真的啊？姑娘性格怎么样？漂亮吗？"

温时卿沉默了片刻，否认："她是我朋友的外甥女，偶尔有联系。"

温子谦愣了一下："小朋友？"

温时卿："大学生。"

余岑劝他："那你看看啊，如果姑娘好，你就多接触接触，再不然妈给你介绍介绍别家姑娘，你都快三十岁了，总得成家不是。"

温时卿浅淡一笑，随口应道："嗯。"

微信三全音"噔"地一响，进来几条消息，温时卿垂头看了眼——

[小鱼仙草：温医生，你吃饭了吗？]

[小鱼仙草：我的室友出去约会了。]

[小鱼仙草：咱们什么时候也能约会啊……]

自打加了微信后，姜芥都会时不时发来消息，哪怕他总是不回复，她也能有说不完的话，和他分享着自己的日常。

温时卿看完，默默地退出了界面。

晚饭后，温时卿想起来还有病人的病历没写完，便没留夜，直接回了公寓。

冲过澡，他煮了杯热咖啡，照旧打开音响——

　　　我曾害怕，所以我懂得，

　　　难免会沮丧的模样；

　　　我受过伤，所以更渴望，

　　　美丽的飞翔……

明月高升，小区内万籁俱寂。时间一分一秒过去，不知不觉，已到深夜。

敲完最后的署名和时间，温时卿存好文档，抬手捏了捏眉心。

搁置在一旁的手机，被他拿起。

有条发自一小时前的微信消息，来自姜芥：

[小鱼仙草：温医生，晚安呀，祝您好梦！]

界面停在这条消息上，温时卿指尖微微一顿，想起姜芥那张灿烂的笑脸，而后一刷，过去了。

5.心动禁止

翌日，姜芥和夏眠约了家咖啡厅喝下午茶。

徐靳之今日医院有班，恩典没人照看，夏眠就带着她一块儿出来了。

女孩儿娇嫩可爱，穿着条小裙子，甜甜地叫她："姜芥姐姐好……"

闻声，姜芥骨头都酥了，揉揉她脸蛋，冲她笑笑："你好呀，小可爱。"

小姑娘一脸娇羞地把脸埋在妈妈颈间，娇滴滴地笑了声。

夏眠："啥？你说你小舅舅和温时卿是高中同学？"

姜芥托着脑袋一点头，长长地"嗯……"了一声。

夏眠："温时卿还跟你装傻啊？和你舅吃饭的时候。"

姜芥再点头，"嗯"得更重了些："跟我装不认识！"

"你有跟你小舅舅说你在追他吗？"

姜芥脑袋摇得跟拨浪鼓似的："当然不能说啦！我小舅舅那么疼我，要是让他知道，指不定拿着八十米大刀架在温医生脖子上威胁他呢！"

夏眠被她逗乐了："你这话说得，温时卿那性子，不把人气死就算不错了，谁还能威胁到他呀。"

姜芥想想还是不妥："不要了不要了，现在这情况，日后能不能成还是问题，等真有一天成了，我再提也不迟，不和我小舅舅说，我还好办事呢。"

夏眠听着好像也是那么回事儿，于是答应她："不过啊，你也别怪温时卿对你这么冷漠。"夏眠说，"从我上大学认识他以来，学校里追他的女孩真是多到十根手指头都数不过来，但他也都是这副模样，要么无视，要么无情拒绝，上大学前我不太清楚，反正上大学后我就没见他谈过恋爱，也没听徐靳之说过他喜欢什么姑娘，所以到现在都二十九岁了，他还光棍一条……"

说着，夏眠忽然想到了什么，神色变得有些微妙："他不会是……"

姜芥瞬间也猜到了，没等夏眠说出口，她立即出声打断："不可能！我以前接触过那个圈子，是不是我一眼就能看出来，否则我也不会守着地铁找了他四个多月！"

听她这么说，夏眠想想也是，点点头："温时卿那副模样……应该也还谈不上，他这谁都看不进眼，顶多……算个禁欲系？"

姜芥颇为赞同地点着脑袋："你说得没错。"

"哎呀，咱们别想这些……"夏眠挥挥手，将脑子里乱七八糟的想法挥去，"我想起来，下下周是恩典生日。"

姜芥："嗯？"

"温时卿之前答应了会来家里陪她过生日。"夏眠想了会儿，眯起眼笑了，"到时候你也一块儿来，趁着机会你俩多接触接触，怎么样？"

姜芥两眼放光，但又担心："会不会不方便？"

"不方便什么？"夏眠理所应当道，"你是我朋友，来给恩典过个生日怎么了？咱又没其他想法，是吧？"

姜芥激动地点头："是的！"

夏眠一拍桌："那这事儿就这么定了！"

就在看完电影后的第二天，沈北寒和她的黄亦帆小哥哥恋爱了。都快酸死姜芥了。

沈北寒和黄亦帆从聊天到交往，他们仅用了半个月，这对于每天给温医生发微信永远收不到回复的姜芥来说，简直是重大的打击。

不过好在，姜芥周一就去医院上工，除了平时上课时间外，她终于可以不用睁眼就见着沈北寒对着手机屏幕傻笑、闭眼就听着沈北寒和她小哥哥打情骂俏，也不用日夜都泡在来自沈北寒同学的爱情酸柠檬水里了。

周一一早，姜芥有节形体训练课。结束后因为赶着去社工服务部报到，她和沈北寒打了声招呼，就匆匆忙忙跑了。

中午，徐靳之本来约了夏眠一块儿上食堂吃饭，结果心胸外科临时送来一位病人，她抽不开身，他只好和门诊科的同事一道去了。

吃过饭，徐靳之去门口的咖啡厅买了杯咖啡。迈步进门诊大楼时，身边忽然如风一般擦过一道身影，害得他差点儿打翻了手里的咖啡。

他脚下一顿，下意识抬头看去，女孩娉婷的背影刚好也停住。

姜芥扭头，目光一亮："嗨，徐医生！"

徐靳之微微一愣，笑了笑，两步走上去："这么急做什么，温医生这会儿科室正忙呢。"

姜芥摆摆手: "不不不,我今天是来报到的。"

徐靳之蒙了下: "报到?"

"嘻嘻……"姜芥喜眉笑眼, "多亏夏眠姐帮忙,让我进了你们医院的社工服务部。"

闻言,徐靳之眼里闪过一丝诧异,忽然对她就有了新的看法。

这姑娘,还挺拼。

"哎呀哎呀,徐医生,我不跟你说了……"她指指手腕上的表, "要迟到了,我先走了!拜拜!"

看着女孩一溜烟跑远的身影,徐靳之一时没忍住,笑出了声。

温时卿啊,温时卿,我就等着看你栽进去的那一天了。

姜芥急急忙忙赶到周岚办公室时,正好十二点半。

姜芥进到房间里坐下,周岚从抽屉里拿了一张空白的资料表给她: "你先填一下。"

姜芥接过来,安安静静地填完。

大致浏览了一下她的资料表,周岚目光略微诧异地看她一眼: "你是音乐生呀?"

姜芥点点头。

周岚笑笑: "怪不得气质形象这么好。"

姜芥谦虚地摆摆手: "不不不。"

看完资料,周岚直接进入主题: "上周已经给你简单介绍了一下我们这部门的主要工作,今天我就不多说了,就跟你说说你要做的事儿。"

说着,她从身边的书柜上抽出一个文件夹,翻开递过去: "这个小男孩,叫小嘉,十岁,是个孤儿,患有法洛四联症,是先天性心脏病的一种……"

听到这里,姜芥目光微微一颤。

"六个月大的时候,小嘉做过一次矫正畸形手术,手术很成功,他的病症得以缓解,之后也没再复发。一直到两个月前,他因为感冒引起肺部感染,导致呼吸困难,从而诱发病症入院。"

姜芥没说话，静静地看着那个文件夹，心情开始有些沉重。

"患有这类疾病的病人25%～35%的在一岁内死亡，50%的死于三岁内，70%～75%的死于十岁内，90%的会夭折，主要是由于慢性缺氧引起红细胞增多症，导致继发性心肌肥大和心力衰竭而死亡。

"自上次病症复发后，小嘉的身体情况很不乐观，而且他又不配合医院治疗，孤儿院的社工就希望我们医院这儿的医务社工也能介入，配合他们给小嘉进行一些心理辅导，或者在日常生活中给予他一些帮助。

"因为小嘉的抵触情绪比较严重，所以我们这边给他建立了一个个案。我看了你刚刚写的资料，加上这两次和你的接触，觉得你的性格还蛮适合去做小嘉这个个案的，你看呢？"

第一次接触这些，姜芥在感到震惊的同时，又别有一番感触，她回了回神，微微一扬唇："我没问题。"

"好，那待会儿我带你去和小嘉见见。"周岚忽然又想到了什么，继而问道，"你下午有时间吗？"

"有的。"

午休前来了位病症突发的病人，温时卿一直忙到下午一点多才吃饭。

不想吃食堂的饭菜，他去医院外头的咖啡厅买了份三明治和咖啡。

他回来等电梯上楼的时候，恰好撞见周岚。

心胸外科有几例医务社工服务，温时卿和周岚常常有接触和沟通，因此相识。

两人彼此一颔首，周岚先开口："温医生才吃饭吗？"

"嗯。"温时卿微微一笑，"您带新社工？"

"是的，是的。"周岚侧了个身，将跟在后头的人露了出来。

温时卿望过去，目光在撞进姜芥那双灵动的杏眼后，微微一愣。

姜芥早就听出他的声音了，只是当着周岚的面，怕周岚多想，她不太好意思和温时卿打招呼，就一直没出声。

说实话，姜芥也没想到这么巧，她就能被安排到他的科室。说不定真如焦妍所说，月老早就把他俩的姻缘绳给拴好了……

"她叫姜芥……"周岚说，"我安排她跟进小嘉的个案，刚好你们可以先认识一下。"

电梯刚好抵达，电梯门缓缓打开。

温时卿脸色平静地微一点头，移开目光，迈步进电梯。

周岚和姜芥也随之进去。

电梯显示屏慢慢地跳出上升层数，周岚侧目看了眼姜芥，又道："温医生是小嘉的主治医师，关于小嘉的详细病况，你有空的时候可以问问他。"

姜芥小心翼翼地瞥一眼角落里拿着三明治的男人，应一声："哦。"

电梯在十一楼停靠，三人先后出去，温时卿则头也没回地径直回了办公室。

病房很大，目前住了三位病人，一位七岁的男孩，一位四十多岁的中年女人，另一位，则是小嘉。

小嘉的病床是靠门一边的，所以姜芥一进去，就瞧见他正靠在床头吃饭，旁边还坐着位二十多岁的女孩儿。

听见动静，女孩儿转头看来，在瞧见周岚后，笑了一笑道："周姐。"

周岚颔首算是回应，看向小嘉，温柔地弯了弯唇："小嘉今天自己吃饭呀？"

男孩儿瞥了一眼，一脸漠然，没有回应。

周岚习惯了，依旧是笑笑，冲姜芥道："这是张橙橙，孤儿院里负责照顾小嘉的社工。"

姜芥："你好。"

周岚："她是姜芥，我们部门新来的医务社工。"

张橙橙莞尔："你好。"

相互认识后，周岚望向小嘉，说："小嘉，这是姜芥姐姐，以后会和橙橙姐姐一块儿照顾你。"

张橙橙抬手拿纸巾给小嘉拭了拭嘴，柔声说着："小嘉，和姜芥姐姐打个招呼？"

姜芥的视线重新落到了小嘉身上。

孩子很瘦，或许是受了病症的影响，他的肢体和面部有些浮肿，唇部和指甲床呈青紫色，整个人看上去没什么精神。

姜芥微微一笑，向他问好："你好呀，小嘉。"

后者静静地看了她几秒，而后忽然鼻子一皱，吐舌冲她做了个鬼脸，满满的嫌弃。

姜芥笑笑。

张橙橙有些尴尬地扯唇一笑："抱歉，他比较怕生。"

姜芥不在意地挥挥手："没事，没事。"

办公室里，温时卿那盒三明治已经下了肚，咖啡从热变温，他抿了一口，手机刚好弹出两条消息。

他滑开，来自徐靳之：

［你家小鱼仙草，去咱们院服务部做社工了。］

［还挺拼。］

温时卿脑子里闪过刚刚电梯里的姜芥。

小姑娘扎着马尾，穿着卫衣、牛仔裤和休闲鞋，一双长腿笔直又纤细，站在那儿脑袋低垂。和那晚在餐厅一样，她安静乖巧得出奇。

吃过午饭，看着小嘉午休后，姜芥跟着张橙橙一块儿出了病房。

"小嘉很可怜，"张橙橙酸涩地弯了下唇，边走边缓缓道，"他是三个月的时候，被院长在孤儿院门口捡到的。孩子身上的衣服很干净，裹得也很整齐，放在台阶上，四周没有看到其他人，很明显他是被遗弃的。

"抱他回来后，院长发现小嘉和其他婴儿不一样，吃奶的时候会出现阵发性呼吸困难，有时严重起来还会抽搐。院长担心他的身体状况，带他去医院做了检查，然后，就查出了法洛四联症，先天性心脏病……我想，这大概也是小嘉亲生父母抛弃他的原因吧。"

姜芥走在她身旁，静静地听着。

"遵循医生的建议，小嘉六个月大时，做了次矫正畸形手术，在那之后，身体恢复得还算不错……我五年前刚接触到他的时候，他才五岁，他不爱说话，也不爱和其他小朋友玩，偶尔还会捉弄人，我也是下了不少功夫才和他亲近起来的……"

张橙橙微微一笑："所以刚刚，你就不要太放在心上了。"

姜芥想起小嘉刚才冲她做的鬼脸，当即摇摇头："不不不，我不会在意这个的。"

"嗯……"张橙橙继续说着，"因为这个病，小嘉的活动能力很差，稍微一活动，就会出现气急和青紫加重……你应该也看到了，小嘉的手指……"

姜芥点点头。

"那是发绀，简单来说就是青紫，所以尽量不要让他情绪太过激动，或者是进行体力劳动之类的。还有，小嘉每次行走或者游戏的时候，会常常主动下蹲一阵，那是为了减轻心脏负荷，是正常现象。"

两人一路出了门诊大楼，张橙橙垂头看了眼时间："暂时要注意的就是这些，其他的我下次再和你说，我下午还要回趟孤儿院，最近天气开始转凉，我得给小嘉拿两件厚衣服。"

姜芥挥手道别："嗯嗯，好，我下午也有课，明天我下了课再来，你路上小心。"

张橙橙笑道："好，拜拜，明天见。"

当晚琴房练歌结束，回到宿舍八点多，姜芥洗完澡后爬上床。

微博刷了半晌，忽然想到什么，她点开温时卿的微信，发了条消息。

温时卿晚上有几份病历要赶，随便吃了点儿东西就直接回公寓了。

他对着电脑，键盘噼里啪啦地敲了两小时，这会儿遇到一个疑问，忽然停住了。

他蹙眉思考一阵，无果。举起水杯想饮一口，发现水又刚好没了。

一时间，他莫名地有些烦躁。

温时卿起身去厨房倒水。回来后走到书柜前，粗略地扫了一眼柜上的书籍，抬手抵住一本《心胸外科疑难问题解析》。

还没抽出来，目光先被旁边那本书给吸引了。

《漫长的旅行》。

他原本抵在医学书上的手转而将《漫长的旅行》书角一钩，抽了下来。

这本书，他只看过一遍，封面还很新。

"温医生，你真不记得我了吗？"

"四个月前，在地铁三号线上……你坐在我旁边的！"

鬼使神差地，温时卿翻开书。

"等一下，我还没看完。"

"看……看完了吗？我翻了？"

"翻。"

地铁里的记忆倏然涌现，在温时卿脑海里逐渐清晰。

他记得，女孩儿的侧颜很美，鼻梁巧挺，皮肤白皙细嫩……

再后来，他专注于书本内容，对人倒没印象了。

视线落在书籍第四页，温时卿稍恍了一下神。

手机"噔"的一声，弹出一条消息，打破这一室宁静，也将温时卿从回忆里拉了回来。

他几步过去，拿起手机打开。

［小鱼仙草：温医生，可以告诉我小嘉在饮食上需要注意些什么吗？］

目光在界面停留了片刻，难得地，温时卿打字回复。

姜芥消息一发出去，就做好了"他估计不会回复"的准备，打算找周岚要张橙橙的微信。

结果这边给周岚的消息还没发出去呢，手机振动一声，有消息进来了。

姜芥先退到界面。

在瞧见温时卿头像上的红"1"后，她一阵瞪目，立即诧异又激动地点了进去。

［W：饮食没有特别的禁忌，供给充足蛋白质和维生素，保证营养需要，增强体质就行，但避免过饱，可少量多餐。］

"1、2、3……"

温医生居然回了条三行的消息给她！

姜芥兴奋地在床上滚了两滚，笑得合不拢嘴地打字：

[好的！谢谢温医生！]

那头的温时卿看着屏幕微微扬唇，锁屏继续赶病历了。

翌日上午，姜芥没课。她照旧去菜市场买了些菜，而后往方遇公寓走去。

怕方遇多问，她没和方遇说。

在厨房忙活了好长一阵后，姜芥拎着两袋饭菜出门了。

到医院时，才十一点，离午休还有一小时。

出了电梯，姜芥朝病房走去。准备进去的时候，她稍稍纠结了一下。

不然，先把饭给温医生送去？

这么想着，夏眠刚好从她旁边的病房出来，瞧见她后，唤了声："芥子。"

姜芥扭头。

"今天这么早？"夏眠看一眼她手里的布袋，"又给温医生送饭呢？"

姜芥嘻嘻笑了声："还给小嘉也做了一份。"

闻言，夏眠竖起大拇指，打趣道："温时卿日后要是娶了你，那不得幸福死啊，长得漂亮又会做饭。"

姜芥娇羞状拍拍她，夏眠笑道："温时卿现在有空，你赶紧去。"

姜芥也就不纠结了，点点头："行行。"而后转身朝走廊尽头温时卿的办公室走去。

姜芥踮脚望了眼屋里头，见温时卿正敲键盘，她整了整头发和外套，敲门。

片刻，里头传来："请进。"

姜芥推门进去。

温时卿顺势抬眼看来，见是她，继续面无表情地做自己的事儿。

姜芥走过去在他面前坐下，眉眼弯弯地露着玉齿："嘻嘻，温医生……"

温时卿给她一个"有话说话"的冷淡眼神，手里的活没停。

姜芥把装有饭盒的布袋子往前一推，拍了拍："我来送饭了。"

温时卿敲键盘的手停下了，看她一眼，眉头微微拧："不是让你别送了嘛，医院有食堂。"

姜芥轻哼一声，意有所指："有食堂你昨天怎么还吃三明治呢？"

那最后上扬的尾音，散漫不屑，透着明显的小脾气。

"我不管，我放这儿了啊。"姜芥起身，色厉内荏地不敢看他，"你要扔掉或吃掉都随便你，我去给小嘉送饭了，拜拜。"

最后两个字，说得有些飘，还没等温时卿开口回应，姜芥已经阔步过去拉开门跑走了。

那闪躲的身影，又是明显的逃避。

温时卿垂眸看一眼那布袋子，抬手拿到眼前，打开。

浓浓的饭香带着热气扑鼻而来，他一看，眉梢微扬。

韭菜炒鸡蛋？

小嘉的病房在温时卿办公室斜对面，姜芥慌慌张张从他办公室跑出来，正想松口气，张橙橙刚好从楼道走过来，"咦"一声："这么早啊，姜芥？"

姜芥吁一口气，干巴巴笑两声，提起手上的饭袋："我来给小嘉送饭，我自己做的。"

张橙橙："哇，这么有心呀。"

"嘻嘻……"姜芥拍拍自己的饭盒，冲她挤挤眼，"交朋友，要从吃开始！"

两人一前一后推门进去，见小嘉正和隔壁床的男孩儿在画画，他们一人一张白纸，在上头涂涂画画的，玩得正开心。

张橙橙带上门，语气温柔："小嘉，姜芥姐姐来看你啦，还给你带了饭，她亲手做的哦。"

小嘉侧头看来，原本还挂着笑的脸在看到姜芥后，又冲她吐舌做了个鬼脸。

姜芥毫不在意，放了饭盒走过去，垂头看了眼画纸上的图案，一本正经地"啧"一声："这只公鸡画得很不错嘛。"

话音刚落，隔壁床的男孩儿抬眸看她，嗓音有些沙哑："姐姐，这是孔雀。"

姜芥一时间不知道说什么好。

小嘉面无表情地瞪她。

姜芥尴尬得抿抿唇，挠挠耳朵："……呵呵，对不起啊，姐姐不会画画，所以不懂……"

男孩儿好奇："那你会什么呀？"

姜芥摸摸他脑袋，语带笑意："我会唱歌。"

闻言，小嘉又漠然地睨她一眼。

姜芥心想：怎么感觉遇到了第二个温时卿？

张橙橙这时拿了碗勺出来："小嘉，该吃饭了哟，今天让姜芥姐姐喂你，好不好？"

小嘉淡淡地扫了眼那盒饭菜："你唱首歌，我就吃。"

姜芥微一愣："在这儿啊？"

小嘉没应声，扬着下巴看她。

男孩儿也大有兴趣，拍拍手欢呼："好哎，好哎，我也想听姐姐唱歌。"

姜芥爽快地应下，清清嗓，拍手开始打节奏，唱了起来——

这时温时卿从办公室出来后，无意间听到了歌声。

声音不大，却细腻又清澈，细细小小地从病房传来，一下使他联想到这么多年来他都离不开的那道歌声，这引他循声走去。

透过病房门的玻璃窗口，只见女孩微侧着身，扎高的马尾令她白皙的颈项完全露了出来，那优美的曲线，仿若一只优雅的白天鹅。光影交错间，还能望见她歌唱时甜美的笑颜。

不多久，歌声停了。

最后的余音，还在耳边环绕。

婉转悠扬，酥软人心。

所谓"被天使吻过的嗓音"，便是如此吧。

温时卿愣了一阵，直到身后传来："温医生？"

他的目光下意识地往后看去，微微颔首："何护士。"

何霜瞄了眼他手里的布袋子，问："查房吗？怎么不进去？"

温时卿神色不变："他们在吃饭，我晚点儿来。"

"哦。"何护士低低应一声，看着温时卿走远的身影，又好奇地望了眼病房里，咕哝道，"温医生看什么呢……"

病房内，张橙橙和隔壁床男孩儿的掌声一块儿响了起来，后者一脸意犹未尽："姐姐，你唱得真好听！比我老师唱得还好听！"

张橙橙："对啊对啊，音乐生就是不一样呢！"

唯独小嘉，一言不发。

姜芥眉欢眼笑地弯腰，凑近他："我唱完了，你可以吃了吧？"

他轻哼一声，一脸"傲娇"地别过脑袋，坐上床了。

这顿饭，姜芥喂得小心仔细，谨记着温时卿的交代，她没敢给小嘉多吃，见差不多了，便收了碗勺。

姜芥拿纸给他擦了擦嘴，讨好地问："好吃吗，小嘉？"

小嘉淡淡地瞥她一眼，一副小大人的模样："一般般。"

姜芥："……"

十一月，深秋。

延川城内的香樟树，染了满街的金黄，天气开始逐渐转凉。

离校庆还有一个多月，姜芥除了每天必不可少地和沈北寒练声外，还常常学校、医院两头跑。

她有时去送饭，有时在那儿一坐就是一下午。

几日过去，小嘉虽然还是不太和她说话，但起码，已经不抗拒和她亲近了。

今日有空做了饭菜，姜芥还是照旧给温时卿送进去，默默进去默默出来，也不管他是拒绝还是接受，放下就出来，次次如此。

刚关上办公室的门，姜芥侧身就撞见了从开水间出来的张橙橙。

来医院做社工的目的，除了夏眠外，姜芥没有和别人说过。

姜芥一愣："呃……我是来找温医生问小嘉最近的情况……"

张橙橙笑了，拎着开水壶过来拍拍她，轻声问："你当我不知道呢？"

姜芥呆住。

"心胸外科的人谁不知道你喜欢温医生呀？"张橙橙拿手肘撞她，"你做社工前，天天往温医生办公室跑，大家都看到啦。"

姜芥生怕出现误会，忙解释道："没有的，橙橙姐，我一开始来医院当社工的目的确实是为了能见到温医生，不过到后来就只想着要照顾好小嘉而已……"

"我知道。"张橙橙一笑，"你对小嘉的好我都看在眼里，再说了，勇敢追求真爱是没有错的，我支持你！"

话音未落，姜芥抬手虚揽住她："谢谢你！"

周六，徐恩典生日。

姜芥一早去了趟医院后，下午回宿舍化妆换衣服。

沈北寒坐在一边看剧，顺势看一眼姜芥，瞬间惊艳："哇！香港小姐啊？"

姜芥扭头看她，又垂眸瞧了下自己身上的装扮，有点儿发蒙："没这么夸张吧……"

沈北寒笑笑："说你脸呢，香港小姐。"

看沈北寒坐那儿没打算要出门的样子，姜芥问："你今天不出去？"

沈北寒幽幽扭头，满脸的倦怠："我有点儿累，不想出去。"

姜芥叹口气，取了架子上黑色的皮质贝雷帽戴上，"那我出去啦，要吃啥提前跟我说啊。"

沈北寒忍不住笑出声:"你晚上一颗心扑在温医生身上就成了!说什么也得对得起你今天这身装扮!"

姜芥颇觉得有理地点点头:"说得对,希望上天保佑,今晚和温医生能有进一步的发展!"

沈北寒:"得嘞你!路上小心!"

温时卿今日轮休,临近傍晚便离开了。他到徐靳之家时,天已经全黑了。

来开门的是夏眠,一瞧是温时卿,原本的笑容敛了几分,语气略带失落:"是你啊。"

温时卿拎着礼物进来,没在意她话里的情绪,低低地"嗯"了一声,垂头换鞋。

夏眠继续进厨房忙活,途经餐厅,徐靳之问她:"是姜芥吗?"

"是时卿。"夏眠答道,而后扬声冲房间里喊了声,"恩典,温叔叔来了。"

话音刚落,脚步声"嗒嗒嗒"地由远及近,徐恩典从里屋跑了出来,上前就往温时卿腿上扑:"温叔叔!"

温时卿蹲下抱她起身,把手里的生日礼物递给她,沉润的嗓音格外温柔:"给恩典的生日礼物。"

夏眠见了,笑笑提醒:"恩典要说什么?"

徐恩典:"谢谢温叔叔。"

温时卿揉揉她毛茸茸的脑袋:"乖了。"

没多久,门铃又响了,夏眠喜上眉梢,扔了手里的青菜跑过去开门。

温时卿看一眼摆了五副碗筷的餐桌,问徐靳之:"还有人吗?"

徐靳之神秘一笑:"眠眠的朋友。"

温时卿微愕,侧头往玄关处看去。

进门的女孩儿穿着一件黑色呢质连衣短裙,裙摆圆蓬,腰间的绑带掐出细腰,一双笔直的腿修长纤细。肤色如雪,加上她头上那顶皮质贝雷帽的点缀,整个人看上去俏皮又不失优雅,着实让人眼前一亮。

徐恩典兴奋地叫一声："姜芥姐姐！"

姜芥换了鞋走过来，咧唇笑道："嗨，小恩典，祝你生日快乐！"

她把生日礼物往恩典面前一递："给你的生日礼物。"

小姑娘腼腆地笑了笑，伸出小手接过，软软糯糯地道了声："谢谢姜芥姐姐。"

姜芥宠溺地捏了捏她的脸蛋："恩典真乖。"

说完，她视线落到温时卿脸上，含蓄一笑："温医生。"

温时卿思绪恍惚了一下，回神状若无意地对她一颔首，抱着恩典去客厅了。

姜芥一撇嘴，不会生气了吧……

徐靳之被夏眠从厨房赶了出来，只留姜芥作帮手。如此，他悠悠然走去客厅。

见温时卿面无表情地看着电视，徐靳之问他："生气了？"

温时卿知道他指的什么，淡淡道："没有。"

徐靳之："那你就不能对人家客气点儿？"

温时卿没回答。

徐靳之继续："人家姑娘又是送饭又是为你去做社工，天天医院来去的……这么有诚意了，你还无动于衷，你是不是冷血啊？"

温时卿凉飕飕睨过去一眼："我没逼她。"

徐靳之差点儿没被气死，轻哂一声，刺激道："你这话说得，人家姜芥那么年轻，便宜你了，你还真能端着。"

怕威力不够，徐靳之越说越起劲儿："你要是不喜欢，就别耽误人家，我让夏眠再给她介绍几个年轻小伙儿，到时候人走了，你可别后悔！"

温时卿沉默了半晌，从地上捡起恩典弄掉的玩偶，面不改色："随便你，和我无关。"

徐靳之气得无言以对。

这人怎么软硬不吃？

半小时后，几人上桌吃饭。圆桌不大，恩典坐中间，徐靳之和夏眠各坐在她两边，姜芥……挨着温时卿坐。

温时卿开了车，今晚不能喝酒。

姜芥莫名感到拘束，这还是第一次和温医生离得这么近……近到他抬手时，隔着衣服的手臂都会不经意地蹭到她，甚至连她抬头夹菜，都能闻到他身上好闻的味道。淡淡的，像是皂香，在姜芥鼻腔萦绕着，害得她连心跳都加快了。

"姜芥。"夏眠忽然唤一声。

"啊？"

"发什么呆呢？"夏眠微妙地看了眼温时卿，问她，"要喝什么？果汁还是可乐？"

姜芥细细应一声："可乐……"

徐靳之见她晚上有些沉闷，深以为是温时卿的气场压制着她，便笑着开口："姜芥，不用客气，既然是眠眠的朋友，就当自己家，不用顾虑某人，多吃点儿。"

说着，他还别具深意地瞥了温时卿一眼。

姜芥一噎，点点头回应，默默斜眼向温时卿看过去。

后者没吭声，慢条斯理地剔着鱼刺，全然一副"和我无关"的模样。

姜芥纳闷了。

他这到底是生气了，还是天生就面瘫啊？

说句话这么难吗……

虽说温时卿话少，但一餐饭下来，几人还算吃得愉快，偶尔说笑几句，他也会跟着搭几句腔。

姜芥安下不少心。起码他……没气她突然来生日会。

饭后，夏眠拿出蛋糕，点上蜡烛，关了灯，说："芥子，你唱歌好听，你来带头唱生日歌？"

姜芥笑一笑并不推脱，清清嗓大大方方唱了出来："祝你生日快乐……"

她的声音很好听，比那天在病房外隔着门听到的还要清晰干净，哪怕只是四句重复不变的歌词，听得都能让人身心舒畅。

温时卿不动声色地侧目看过去。

贝雷帽在吃饭前就被她摘了，这会儿她长发披肩，在微弱烛光的映照下，衬得乌黑莹亮。

"祝恩典生日快乐！"

等吃完蛋糕，已经九点多了。

从这儿到延音有段距离，独自让姜芥打车回去，夏眠不放心，就提议让温时卿开车送她。

"啊？"想起上次搭他车时闹的小尴尬，姜芥下意识地拒绝，"不不……不用了，太麻烦了……"

徐靳之接腔："麻烦什么，顺路嘛。是吧，时卿？"

温时卿站起身，微一点头，道："走吧，我送你。"

他低沉的嗓音，很平静。

夜里微凉，如墨的天空，有几颗星星点缀着，倒不显得清冷。温时卿的车停在室外停车场，姜芥看着自己被路灯拉长的影子，调整好头上的帽子，跟在他后头。

车灯闪了两下解锁，姜芥等他上车后，才小跑过去拉车门。

时隔半月，她又坐上了同一辆车。

系好安全带，姜芥把斜挎着的小包往一边扯了扯放好。温时卿发动车子，眼角的余光瞥见她满脸的安详与真诚，忽然就想起晚上徐靳之说的话：

"人家姑娘又是送饭又是为你去做社工，天天医院来去的……这么有诚意了，你还无动于衷，你是不是冷血啊？"

"你这话说得，人家姜芥那么年轻，便宜你了，你还真能端着。"

"你要是不喜欢，就别耽误人家，我让夏眠再给她介绍几个年轻小伙儿，到时候人走了，你可别后悔！"

最后的话有些刺耳，温时卿眉心一蹙，莫名腾起几丝不悦，一脸冷峻地松了刹车，踩油门往马路上开去。

6.交错的时间

车内很安静，姜芥隐隐约约能感觉到一股低气压在周身环绕，压得她大气都不敢喘。

踌躇许久，姜芥缓缓把视线从窗外的景色转到驾驶座的男人身上。

"温医生，"姜芥语气一顿，试探性问道，"你是不是在生气啊？"

闻言，温时卿身子微微一僵，敛了神色："没有。"

"哦哦……"姜芥放心地笑了两声，"那就好那就好，我以为你看到我来，不高兴了……"

温时卿没回应，专心驾车。

良久，车子在红绿灯路口停下，姜芥看着上头的红灯倒数器，再次打破沉默。

"温医生，你会治好小嘉的，对吧？"

问题来得有些突然，温时卿目光微顿，沉吟半晌："医学上没有绝对，我只能说，我会尽力而为，但无法向任何人保证结果。"

他说得很是官方。

姜芥又想起小嘉常常为了缓解心脏负荷而蹲踞的动作，一时间情绪有些低落。

信号灯跳绿，温时卿踩油门往前，瞧见她眼底的黯淡，又道："如果小嘉配合治疗的话，他还是可以和正常孩子一样的。"

姜芥微微扬唇："嗯，我知道。"

明明是正值玩乐的年纪，小嘉却要常常以药物和仪器为伴，不能剧烈活动，甚至一场小病都能随时要了他的性命。

温时卿不动声色地瞥了她一眼，没再说什么。

十五分钟后，车子在延大门口停下，明亮的车灯在学校的自动门上一晃而过，姜芥解了安全带，冲他一笑："谢谢你，温医生，路上小心，明天见。"

温时卿："嗯。"

回到宿舍，沈北寒已经上床了，听见她回来的动静，第一时间拨开床帘，开口就问："怎么样，有什么进展？"

姜芥仰着脑袋看她，摊手失笑："除了送我到学校，没任何进展。"

沈北寒把脑袋夹在两片床帘之间，目光随着她的身影转动："那也挺好的，起码又坐了趟车。"

姜芥无奈地去浴室卸妆洗脸了。

换好睡衣爬上床，姜芥打开手机，便看到焦妍十分钟前发来的微信消息。

［老盐巴：芥子，我突然想起个事儿啊。］

［老盐巴：你那温医生几岁啊？］

姜芥回：　［二十九。］

［老盐巴：你这是嫩草喂老牛？］

温时卿送完姜芥再回公寓，已经十点了。将手机插上充电后，他拿了衣物径直去浴室。

洗过澡，他拿了手机躺回床上，原本打算点进微信的指尖，在瞥见旁边那个红色App的音乐软件后，转而先点了进去。

自那年"闻声来"无声消失后，他几乎每晚都会点进她的主页，盼望着她的歌声再次出现。

年复一年，他的工作渐渐变得繁忙，而她，却没有要复出的迹象。

上次打开这个软件，已经是一个多月前了，虽然他没抱什么希望，但还是忍不住地次次点开。

没有头像，没有歌单，照旧是"闻声来"那三个字的昵称。

温时卿无奈地弯了下唇，正打算退出去，目光却无意间扫到头像框后面的小字——上次在线：昨天。

温时卿原本靠在床头的背脊忽然挺了起来。心间仿佛有团火焰，将他湮灭了多年的希望重新点燃。

他点进底部的私信框，盯着输入栏里不断闪烁的光标，尝试着给她发了条消息。

姜芥看着焦妍发来的两条消息,无语地翻了个白眼:

[小鱼仙草:你才老!]

而后,她发了张那天在饭店门口偷拍的温时卿侧颜,并附言:

[小鱼仙草:老吗?睁大你的眼睛看看,我温医生老吗?]

消息一连发出去几条,还没等来焦妍的回复,上头忽然又弹出一则通知,姜芥点住看一眼,是来自"逸云音乐"的私信消息。

姜芥憬然一蹙眉,点进App。

[Q:你好,请问你是闻声来吗?我是你的听众。]

姜芥讶然。

高一那年,她在逸云App上开过几天的翻唱直播,想在学校歌手大赛总决赛来临前练习一下,顺便提高一下自己的心理素质。

听她唱歌的来来去去也就十个人,其中还包括被她强行拉来捧场的焦妍……到后来比赛结束,她全身心投入艺考准备,便将软件卸载了。

直到昨天,她想听的歌曲在另一个音乐软件没有版权,她才重新将"逸云"下了回来。

只是着实没想到,这么多年过去,居然还会有人记着她。

点进这位听众的页面瞧了两眼后,她回复: [嗯嗯,是的。]

那头大概一直在等着,回得很快: [我想问问,你不唱了吗?]

[闻声来:呃……其实那年我只是在这儿唱着玩的,没想到有人会记着我。]

[Q:这样啊。]

[闻声来:不过还是要谢谢您的喜欢。]

[Q:这声谢谢应该我来说才是。]

[Q:谢谢。]

[闻声来:啊?为什么谢我?]

看着屏幕前弹出的聊天消息,温时卿弯了弯唇。

[Q:谢谢你在我最烦郁的时候,抚慰了我的心。]

[闻声来:没什么。]

［Q：方便加个微信吗？］

最后那条消息，看得姜芥一愣，有些小意外。

虽然是个忠实的听众，但要加微信的话，她还是有些抵触的，毕竟来路不明。

焦妍这会儿正好回复过来，姜芥看一眼，没再回他，直接退出了App。

［老盐巴：我的天！极品啊，芥子！］

［老盐巴：延川的男人都这么正的吗？］

［小鱼仙草：你先说说，我温医生，他老吗？（微笑）］

［老盐巴：我纠正我的措辞，你俩绝配，行不？］

［小鱼仙草：孩子真乖。］

［老盐巴：……］

时间一分一秒地过去，温时卿反复点进私信界面查看，都没再等来她的回复。

不过也是，哪有人莫名其妙就给微信号的，人家估计当他变态吧。

"噔"一声，微信的提示声打破了这一室宁静。

他垂眸，点开：

［小鱼仙草：温医生晚安！（月亮）］

温时卿盯着屏幕看了很久。

最后，他释然地笑了。

该说的他都说了。

到此为止，够了。

第二章　让我靠你更近

> 在追求幸福这件事上来说，没有什么傻与不傻，应该还是不应该，它就是一种无形的指引，将他带到我的身边，这就是美好存在的意义。

*1.*忐忑的生日惊喜

周日，姜芥起得很早。

吃过早饭，她犹豫着要不要给温时卿带一份饭，但看看时间，都快九点了，他估计是吃过了……

想了片刻，她最后脚步一转，去了隔壁的星巴克。

到了医院，姜芥去附近的水果店买了点生切水果，这才搭电梯上楼。

出电梯往病房去的路上，姜芥十分凑巧地遇到个熟面孔。

刘倩从开水间打完水出来，抬头就瞧见了她。

两人面对面朝对方走去，姜芥脸色淡淡地瞅她一眼。

小姑娘看着她倒是没好脸色，但也没法儿做什么，敢怒不敢言地重重"哼"一声，甩头从她身侧走过去了。

姜芥也没说什么。

进到小嘉病房，他已经吃完早餐，正和浩浩在看动画片。

没看到张橙橙的身影，姜芥问了句："小嘉，橙橙姐姐呢？"

小嘉一副爱理不理的样子："洗碗。"

姜芥把手里的两个袋子放到床尾的小桌上，对小嘉说："我买了水果，有你爱吃的橙子哦。"

这时，敲门声刚好响起，接着有人推门而入。

姜芥侧目。

温时卿依旧套着白大褂，褂子的扣是扣上的，只露出里头黑色的衬衣领和银灰色的领结。

他走进来，冲小嘉温柔一笑，而后站到姜芥身侧，伸手拈了床尾小嘉的护理记录，循例问诊："小嘉吃早饭了吗？"

小嘉的目光在姜芥和温时卿两人之间流转片刻，答道："吃了。"

"药吃了吗？"温时卿温和亲近的语气，和平时对姜芥简直天上地下。

小嘉："吃过了。"

"这两天感觉如何，呼吸会不会急促？"

说完，温时卿转头看她。

姜芥愣神，反应过来他是在问自己，忙答："偶尔……排便的时候会。"

温时卿走到床边坐下，挂上听诊器给他听诊。

半晌，他摘了听诊器，又握起小嘉的手瞧了瞧。

大致检查一遍后，温时卿摘了胸前的笔在护理记录上一边写一边说道："发绀比较深，听诊可闻及收缩期杂音，传导范围广，按目前情况来看，还是要尽快安排手术治疗。"

姜芥下意识地看向小嘉。

男孩儿面无表情地坐在那儿，但姜芥心里清楚，他是抗拒的。

对于小嘉的心理状态，温时卿一向清楚。沉默了半晌，他抬手摸了摸小嘉脑袋，声线温柔："好好休息。"

随后，他把护理记录表放回原位，迈步出去了。

姜芥愣了一秒回神，转头冲小嘉说了声"你和浩浩先玩，姐姐马上回来"后，拎起桌上的袋子，追了上去。

温时卿回了办公室，门刚关上，敲门声就响了起来。

姜芥拧开门进来，朝他咧唇一笑。

温时卿淡淡瞥她一眼，径自坐回椅子上。

姜芥小心翼翼地取出那杯还热着的咖啡，放到他手前："咖啡。"

温时卿没接。

姜芥看了眼被他无视的咖啡，想起刚刚他在病房说的话，问："温医生，小嘉是不是得尽快动手术啊？"

温时卿："嗯。"

姜芥抿抿唇，眼神试探地望着他："如果，我是说如果，小嘉不动手术的话……会怎样？"

办公室的门被打开，姜芥一脸凝重地从里头走了出来。

"法洛四联症会累及心血管、呼吸系统，甚至会引发红细胞增多、继发性心肌肥大、心力衰竭等并发症，如果不及时手术治疗，最后会因为心衰、心律失常……而死亡。"

温时卿的声线很沉，刚刚说的每字每句都印在她脑海里，不断清晰地在耳边浮现。

她家境优渥，含着金汤匙长大的她，哪里体会过这般病痛疾苦？

回到病房，张橙橙已经在了。姜芥收拾好情绪，挤出一个笑容："橙橙姐。"

张橙橙转头："你来啦？"

"我刚才就来了，去找温医生问了点事儿。"姜芥从袋子里拿出生切水果，看向小嘉，"要吃水果吗？"

小嘉没说话，一双眼直盯着她。

姜芥当他默认，拆开保鲜膜把盒子递到他手边。

等他接过后，她又拆了另一盒给张橙橙，笑笑道："一起吃。"

小嘉咬了口橙子，嚼几口咽下。

然后冷不丁问了声："你喜欢温医生吧？"

闻言，姜芥刚塞进嘴里的苹果差点儿吐出来。

她面色尴尬地抽纸擦了擦嘴，底气不足："没……"

"那你的咖啡呢？"小嘉精得很，"我不信你几分钟就喝完了。"

姜芥心虚地移开视线。

"喜欢都不敢承认？"小嘉刺激她，"你也太懦弱了吧？"

"谁说我不敢承认了……"姜芥心虚地摸摸鼻尖，端起架子轻轻拍了下他脑袋，"我是不想跟小孩子说这些情情爱爱的事儿。"

张橙橙没忍住笑出了声。

小嘉轻哼："我不是小孩子。"

"是是是……"姜芥掐了掐他的脸蛋，"你是小大人！"

离校庆的日子越来越近，当天演出姜芥除了独唱外，还和沈北寒一起被系主任安排进音乐剧里唱女配。如此一来，这日常的排练也就多了起来，再加每日的课程，忙得姜芥好几日都抽不出身去医院。

周六，一早排练完，下午可以休息，姜芥吃了饭买了点儿水果便匆匆往医院去了。

不过一周没来，病房里就发生了些变化。隔壁床的浩浩三天前已经出院了，没多久又住进来一位年过七旬的老人，躺在那儿，虚弱得只能靠仪器来帮助呼吸。

浩浩一走，小嘉越发沉寂了。每日除了看看动画片，就是睡觉，连画画都提不起兴致。

张橙橙下午孤儿院有点事儿，便托姜芥照看小嘉一阵。

姜芥下午休息，倒没其他事，就答应下来。

坐在病床旁边，姜芥百无聊赖地刷了两下朋友圈，目光又落到正在看动画片的小嘉身上。

一连串听不懂的日语从扬声器里传来，她伸脖子看了眼平板电脑屏幕，挑眉问道："你听得懂他们讲什么吗？"

小嘉："有字幕。"

姜芥"哦"一声，张了张口还想问什么，小嘉打断她："你是不是很无聊？"

"你怎么知道？"

小嘉无语地睨她一眼，关了平板电脑屏幕："我困了。"

姜芥替他拉好被子："那你睡，我在旁边陪着你。"

他躺低身子，拉高被头掩住嘴，闭眼。

须臾，他忽然低低地"喂"了一声。

姜芥抬头，男孩儿睁着双目，直盯着天花板，问了句："你怕死吗？"

姜芥一愣，竟回答不出来。

小嘉又道："我很怕。"

平静淡然的声线，没有任何情绪起伏，姜芥却能深切感受到他心中的那份惧怕。

病房里很安静，只有隔壁床仪器运作时有规律的"嘀嘀"声，姜芥看着他良久，问："那为什么不接受手术？"

她听到他咽口水的声响——"我怕我死在手术台上。"

姜芥沉默了，原本想要劝服他接受治疗的话，这会儿无论如何都说不出口了。

见她没出声，小嘉又问："你这几天干吗去了？"

姜芥抬手温柔地摸了摸他额前的头发："下个月学校校庆，我忙着准备演出呢。"

小嘉眨眨眼，语气很轻："校庆好玩吗？"

"还不错。"

"我能去看你演出吗？"

姜芥手上的动作一顿："你想去？"

小嘉点头，乖巧得出奇："我很久没出去了。"

姜芥弯唇："那我到时候帮你问问温医生，如果温医生同意了，我就带你去看校庆。"

"你说的。"怕她骗人，小嘉侧头看过去，目光极其认真。

"嗯。"姜芥勾起他的小拇指，拉了拉，"我说的，骗人是小狗。"

小嘉沉默了会儿，又道："你这么多天不来，不怕温医生忘记你吗？"

姜芥眯眼，捏捏他的鼻尖，自嘲地笑笑："反正温医生不想见我，我少来几天省得他心烦不是吗？"

话音刚落，小嘉扯高被头重新闭上眼。

不想见？

那天下午，他明明就亲眼看到。

温医生站在楼道窗口，独自一人吃着午饭。

手里捧着的蓝色饭盒，和她那天中午送饭来医院时被他无意间在另一饭袋里发现的那个……

一模一样。

良久，姜芥听到被窝里传来一道沉闷的声音："愚蠢的人。"

被排练缠身的日子，过得很快，转眼便到了十一月中旬。

这天思修课，姜芥盯着手机上的日历表，笃着下巴在沉思。

沈北寒戳她："想什么呢？"

姜芥答："温医生生日要到了。"

沈北寒扬眉，小小惊讶了一下："是吗？在想买什么？"

姜芥点点头。

"一个成熟男人的礼物有啥不好买的。"沈北寒喃喃念出一串，"手表、领带、袖扣、钱包、围巾，想买哪个买哪个……哎，不对，你预算多少？"

"预算？预什么算？"

沈北寒"啧"一声："就是你打算准备花多少钱给温医生买礼物！"

姜芥回过神来："哦，一万以内吧。"

"一……一万以内？"沈北寒这回真惊了，"你存款这么多啊？"

姜芥凑近她耳语："压岁钱攒下来的……低调低调。"

"那你也太舍得了吧……"沈北寒压低声线，郑重其事地看着她，"你对温医生，是认真的吗？"

"当然了。"她应得很快，一点儿都没犹豫，"如果不认真，我一开始也不会去医院参加社工了。"

沈北寒感叹："唉，你说你长着这张脸，要什么样的男人没有啊，为啥老吊在这棵树上？"

姜芥撑着脑袋若有所思："嗯……可能因为，他们都不是温医生吧，嘻嘻……"

"那你有没想过，如果温医生最后喜欢了别人，你会怎么样？"

姜芥一顿，苦涩地笑了下："那我可能会哭死……"

"不过我不会后悔。"她说，"最起码，我努力过了。"

闻言，沈北寒扬起笑容伸手拍拍她，鼓励道："还没呢，还没到最后，谁知道会怎样，要加油！"

姜芥一点头，斗志昂扬："我会的！"

11月19日，23:57。

姜芥睁着双眼，死盯着时间和那行早就打好的生日祝福，等待着十一月二十日零点的来临。

她曾发誓言："一定要做第一个给温医生送上祝福的人！"

时间一分一秒，一分一秒过去……

在手机顶部那栏"23:59"跳动到"0:00"的瞬间，姜芥悬在发送键上的手指"笃"地点下，以最快的速度，将这条生日祝福，发了出去。

那头温时卿刚放了手机准备睡觉，床头灯才暗下去，手机屏幕"噔"一声，随着振动亮了起来。

他顺手拿过来，打开一看。

［小鱼仙草：温医生！祝你生日快乐！往后天天有我！（蛋糕）］

看到这则消息，温时卿先是一愣，然后拉下主屏幕看了眼日期。

11月20日，0:00。

还真是他生日。

姜芥不提，他都忘了。这则祝福确实让他的心稍稍温暖了一下。

看着上头满是白条的微信消息，他久违地给了句回复：

［W：谢谢。］

收到回应的姜芥激动地倒在床上蹬脚，笑不拢嘴地打字：

［小鱼仙草：我是第一个发祝福给你的人吗？］

温时卿瞧着这条消息半晌，而后鬼使神差地回了个：

［W：是。］

仅一个字，让姜芥兴奋得血液都在沸腾，就差站在床上蹦迪了。

［小鱼仙草：耶耶耶耶！］

隔着屏幕，温时卿都能感受到她这四个字里所体现出来的雀跃程度。

他没再回复，关了手机，拉高被子侧过身，闭上眼无声地弯了弯唇。

偶尔一次，让她得意一下，也没什么。

翌日周四，一天满课，姜芥算准了时间，等下午最后一节课下课就去给温医生送礼物。

结果，千算万算，她算漏了那总是摇摆不定的系主任。最后一节下课后，他直接把大伙儿留下来进行校庆演出的排练。

这对于姜芥简直是晴天霹雳，正想着干脆翘课算了，又听系主任补充一句："吃完饭都给我来，谁要是翘课，这学期的声乐课就不及格！"

姜芥真是无可奈何。

她就想送个礼物！就这么难吗！

系主任话都放出来了，她哪还敢违抗，吃过饭给夏眠发了条消息后，就老老实实地和沈北寒回了教室。

沈北寒也记着她要送礼物的事儿，有点儿担心："怎么办，看主任这架势，估计不到十点不放人啊。"

姜芥郁愤地瞪了眼台上的系主任："还能怎么办，赶不上门禁我都要给温医生送去！"

沈北寒一愣："啊啊？那万一真赶不上门禁怎么办啊？"

姜芥咬牙切齿："那就露宿街头！"

话落，手机刚好收到微信消息，姜芥第一时间打开：

［小鱼仙草：夏眠姐，你知道温医生家的地址吗？我本来打算下午下课去医院给他把生日礼物送去的，结果系主任临时留我们排练，等我排练结束，温医生早就下班了啊。］

[夏日眠长：御江府一期7幢一梯303。]

[夏日眠长：那么晚了你还去啊？会不会不安全？]

姜芥看眼地址，回复：[不会不会，我室友会陪我的。]

话虽这么回，但天这么冷，姜芥本就不是个爱麻烦别人的人，自然不会让沈北寒陪着她来回奔波。如此回复，只是让夏眠能够安心。

[夏日眠长：那好，那你们要注意安全啊。]

[小鱼仙草：会的，谢谢夏眠姐！]

接下来的排练时间里，姜芥无时无刻不在祈祷着"早点儿结束，早点儿结束，早点儿结束"，最终，事与愿违，像沈北寒说的，系主任拖到了十点才下课。

老天可能在打盹，没听到自己的祷告吧。

姜芥这么安慰自己。

于是，在系主任说出"自己今天排练到此结束，大家早点儿回去休息吧"这句话后，姜芥几乎是以闪电般的速度，从教室冲了出去。

系主任和众人愣愣地看着她。

沈北寒干巴巴笑两声，强行解释："内……内急？"

礼物姜芥一直放在背包里，就不需要再跑宿舍一趟。很快，她跑到学生街拦了辆出租车。

向司机报了地址，姜芥又打开地图软件查看了一下路程、时间。

还好，不会很远，十五分钟就能到。

车来车往，街市繁盛热闹，这会儿才是延川夜生活的开始。

一路望着街景过去，姜芥一心只怕温时卿已经睡下了或是不在家。

她打开微信，看着时间，应该差不多要到他小区了，她给温时卿发了条消息。

三分钟后，出租车在御江府小区门前停下。

橙黄的夜灯投射在门墙"御江府"三个大字上，姜芥付过钱匆匆下车，瞧着那需要刷卡的门禁，转头冲保安室的大叔喊了声："叔叔，可以帮我开下门吗？我忘记带门禁卡了。"

她今日背了书包，穿着卫衣牛仔裤，还扎着马尾，素面朝天没化妆，一眼看过去，像个高中生。

保安大叔没多想，循例问一句："哪户的？"

姜芥记起温时卿的门牌："7幢一梯303的。"

面前的门缓缓打开了。姜芥雀跃地走进去，冲保安室道了声："谢谢大叔。"

而后，她迈开步子朝里头去了。

顺着小区里昏黄路灯映出来的道路，姜芥一路找寻着温时卿所在的单元楼。

转来转去数分钟，姜芥最后站到一幢楼前，抬眼再三确认是7幢一梯没错后，又环顾了四周一圈，没见着温时卿身影。

她打开手机看眼微信，也没有他的回复。

姜芥越想越急，最后翻出夏眠老早就给她的温时卿的电话号码，拨了出去。

温时卿今晚回了趟父母家，和家人简单地过了下生日便回来了。

冲过澡，再回到房间时，他刚好看到床头正在充电的手机亮了起来。

他走过去，垂眸一看。

未读的微信消息占了满屏，还有两个来自半小时前的陌生未接电话。

他打开微信，第一条看到的，是徐靳之一分钟前发来的微信消息：

［我听眠眠说，姜芥晚上去你家给你送东西了，你可别让人家小姑娘等太久啊。］

温时卿眉心一跳，没顾着回复，退出去看了眼姜芥的微信消息，果然有五条未读的——

［温医生，你在家吗，我在你家楼下，想给你送个东西，你可以下来一趟吗？］

［我送完就走，不多废话的！］

［温医生，你看到我的微信了吗？］

［温医生！为什么不接我电话啊！？］

［温时卿……你是没看到，还是故意不回啊……］

前四条消息，发自三十五分钟前，最后一条消息，发自五分钟前。

温时卿心头"咯噔"一下，点到通话记录，正想给那个未接到的陌生号码回拨过去，手机忽然先一步"嗡"地响了起来。

依旧是那个陌生号码。

温时卿滑开接听键。

那头顿了一秒，接着，姜芥熟悉的声音从里头传来：

"温医生，你终于接我电话了！"

深秋的夜，静谧又寒凉。

月光被云雾遮住，整片天似泼了墨，黑压压的，略显沉重。单元门前的路灯有些昏暗，微弱地投射在路旁的花圃上，泛出朦胧的光晕。

温时卿推开门出去。

女孩背对着他，蹲在地上，两手抱着膝盖，扎高的马尾歪斜地垂着，身子蜷在黑夜中，显得十分瘦弱。

感受到背后卷过一阵冷风，姜芥下意识地扭头。

温时卿穿着一身休闲衣裤，头发蓬松清爽，应该刚洗过澡，还能闻到空气里飘来的一股淡淡的海盐清香。比起他平时在医院清冷严峻的模样，这会儿倒显得温和俊雅得多。

姜芥立马站直身："温医生！"

瞧见她冻得有些发紫的嘴唇，温时卿皱眉："这么晚了，怎么还出来？"

姜芥取下书包，一边说着一边拉开包链："来给你送生日礼物呀。"

她从背包里取出个长条的礼物袋，又抬手看了眼腕表："现在十一点多，还好来得及，你的生日还没过。"

说完，她两手一伸，将手里的礼物袋递到他手前："生日快乐，温医生。"

微弱的光线映着她笑靥如花的面容，月色下，温时卿甚至能瞧清她那似玻璃珠的眼睛，干净清透，深不见底。

他瞥了眼礼物袋上的标识，没动。

姜芥见他没反应，一撇嘴："你不打算收吗？"

"姜芥。"

片刻之后，他开口，声线沉沉，有些凝重："你不需要这样。"

姜芥一愣，眼里蓦地腾起一丝慌乱，忙解释："温医生，我没有别的意思，我知道你不缺这些东西，这只是生日礼物，只是我的一点儿心意。"

闻言，温时卿原本打算拒绝的话到了嘴边，又咽了下去，改口："我的意思是，你大可以明日再给我。"

听他这么说，姜芥一颗心瞬间安定了下来，暗自呼一口气，又抬眸看他："不不，过了生日再给，意义就不同了，这对我来说很重要！"

空气有一刹那的静止。

温时卿望着她认真的目光，半晌，伸手接了过来，声线难得的柔和："谢谢。"

姜芥顿时心花怒放，笑得合不拢嘴："打扰到你了，挺不好意思的，那我就先走了，温医生晚安。"说完，她转身要走，温时卿却忽然叫住她："姜芥。"

姜芥回头："嗯？"

温时卿语气很淡："你在这儿等一下，我送你。"

姜芥一愣，正想开口拒绝，他已经拉开门上楼了。

车子不疾不徐驶入大马路，姜芥眼梢无意间瞄到显示屏上的时间，恍然才意识到已经过了门禁的时间。

无奈，她道一声："那个……温医生，学校门禁时间过了，你送我到我小舅舅那儿吧……在御景小区……"

温时卿侧目看她一眼，"嗯"了一声。

姜芥靠着椅背望街景，片刻间想到什么，出声问道："对了温医生，我想问问……"

温时卿："嗯。"

她侧身看他："下个月五号我们学校校庆，小嘉说想去看我演出，以他目前的身体状况，可以去吗？"

温时卿沉默了下，应道："只要避免剧烈运动，是可以正常活动的……不过为防万一，还是需要随时注意，若是出现胸闷气急等症状，就得马上送回医院。"

闻言，姜芥心生忧虑："这样，那还是……"

"如果小嘉真的很想去的话，我可以陪他。"温时卿突然说。

"真的？"姜芥眼睛一亮，再次确认，"那你会去吗？"

"嗯，只要不临时加班，就可以。"

"太好了。"她声线高扬，"我明天就告诉小嘉！"

温时卿偏头瞧她一眼，无声地弯了弯唇，眼底爬上的温柔和喜悦，就连他自己，都未能察觉。

车子在御景小区门前停下，温时卿挂了停车挡。姜芥解开安全带，再次道谢："谢谢你啦，温医生，回去的路上注意安全哦。"

温时卿："嗯。"

姜芥推开车门下去，再关上，走出去几步后忽然脚步一顿，又折了回来，跑到驾驶座一侧敲了敲车窗。

温时卿按下车窗。

姜芥笑眼弯弯地抬起手，指了指腕上的表，说："现在十一点半，还剩半小时，温医生，祝你生日快乐哦。"

温时卿忍不住轻笑一声："你说过很多遍了。"

这笑容让姜芥短暂出神，而后便随意甩甩头发："祝福语不嫌多，最主要是你能天天快乐！"

温时卿微一颔首："谢谢。"

"那我走了，温医生再见！"

2.校庆演出

女孩儿娉婷的身影逐渐没入黑夜，温时卿收回目光，挂挡上路。他心里一时间像被什么填满了，温暖而充实。

方遇从警局回来没多久，花五分钟冲了个澡，套了裤子去厨房拿酸奶。

刚打开酸奶杯盖，他就听自家房门传来"嘀嘀嘀"的按密码声。

他顿住脚步，一边侧头看去，一边心里想着"大半夜谁开我家门"时，正对着他的那道房门刚好被打开，他家那位美若天仙的小外甥女走了进来，喜眉笑眼地喊了声："小舅舅！"

方遇恍了恍神，扯下叼在嘴里的酸奶杯，一脸愕然地瞧着她。

姜芥蹲下身换鞋，开口说："我晚上有事出来了一趟，没赶上门禁时间……请你收留一晚！"

方遇往嘴里倒一口酸奶，走过去："什么样的大事能让你错过门禁时间？"

姜芥解着鞋带，心虚不敢看他："我肚子饿，出来吃了顿麦当劳。"

回到家里，温时卿随手把车钥匙扔在鞋柜上。换了鞋一抬头，视线刚好落到刚刚被他匆忙放在柜上的礼物袋上。

长条的黑袋子，银色字体的标识很是惹眼，他伸手拿过来，根据以往购物的经验，差不多能猜到是什么了。

温时卿慢条斯理地拆开。

如他所想，是条领带。

领带是藏蓝色的，中间嵌着枚绣工精细的"小蜜蜂"刺绣，样式简单又不失大方，是他平日里最中意的风格。

温时卿沉思片刻，拿着它进了屋。

次日，系里没课，姜芥多赖了会儿床，起来的时候，方遇已经出门上班去了。

换好衣服，她到附近的超市里买了一些菜，准备中午小嘉和温医生的饭菜。

茄子、丝瓜、番茄、蘑菇，一排蔬菜五颜六色，姜芥这才想起，她好像到现在都不知道温医生喜欢吃些什么……

每次送饭，她害怕亲眼看到他倒掉，所以都是匆匆送过去就跑了，哪还会顾得上去了解他喜欢吃什么，再说了……了解了又怎样，温医生估计都没吃过吧……

想着想着，看着各种蔬菜君觉得它们也是哭唧唧的，悲不自胜……

暗自忧伤后，姜芥还是以营养均衡为主，挑了几个菜买单去了。

十一点半左右，姜芥拎着俩饭袋抵达医院，到温时卿办公室时，没看到人。

姜芥径自推开门进去，如往常一样，放了饭盒直接走人。

出来带上门的时候，刚好遇到从对面病房里出来的夏眠。

后者冲她笑笑，走过来："送饭呢？"

姜芥嘻嘻笑两声。

"温医生做手术去了。"夏眠看了眼时间，"估计还得半小时吧。"

"没事，我直接给他放桌上了。"

夏眠想到昨晚的事儿，问她："你昨晚怎么样？礼物送过去了吗？"

一提起这个，姜芥便心花怒放："送了送了，多亏你给我地址。"

"他收了？"

姜芥点点头："收了。"又凑到她耳边，轻语："还送我回去了。"

夏眠目光微讶："哟，是个好兆头啊，继续努力！"

"好的，好的！"姜芥拍拍手里的饭袋，"那你先忙，我去给小嘉送饭了。"

"去吧，去吧。"

病房里，张橙橙不在，只有小嘉依旧在看他的动漫。姜芥带上房门，看了眼隔壁床正在睡觉的老爷爷，放轻声线，问："橙橙姐姐呢？"

小嘉从平板电脑上抬眸瞧她一眼："洗手间。"

姜芥"哦"一声，娴熟地从抽屉里拿出碗勺："吃饭吧！"

小嘉关了平板电脑，侧头看着她盛饭的动作，音色沙哑地问了句："你答应我的事儿，还记着吗？"

姜芥拿着勺子的手微微一顿，在反应过来后，扬唇笑了："当然记得呀，我们拉过钩的。"

小嘉："那温医生答应了吗？"

姜芥舀了勺饭到他嘴边，神秘兮兮地说："你吃一口我就告诉你。"

小嘉上上下下看她一眼，张嘴吃进去，嚼了几下吞下，冲她一昂下巴，给她一个"说吧，我吃了"的眼神。

姜芥圆圆的两只眼珠转了转，满脸笑意："温医生同意啦，他说他还会陪你一起去。"

说完，张橙橙刚好从洗手间出来，听到姜芥说的话，好奇地问："啥呀？去哪儿？"

姜芥扭头，笑着说："小嘉说想去看我们学校的校庆演出，我就替他问了温医生，温医生说能去，他还会陪着小嘉一起去。"

"看演出？"张橙橙眼睛一亮，"你也上台吗？"

姜芥点头："嗯，独唱和音乐剧。"

张橙橙来了兴致："好哎好哎，那到时候我们一起去！"

"没问题的。"姜芥一边说着一边继续给小嘉喂饭，"到时候我提前给你们门票就行。"

张橙橙："好嘞！"

"喂。"小嘉咽下嘴里的饭菜，突然唤一声。

姜芥："嗯？"

小男孩儿一本正经："到时候温医生在台下看着，你可别出糗啊。"

姜芥冲他一皱鼻子，咬牙："你就不能说点儿好听的？"

小嘉："不能。"

张橙橙没忍住笑了。

日子一天一天过去，离校庆演出还有一周，系里的排练次数便越发频繁，姜芥基本抽不出时间去医院，就干脆和周岚告了一周的假。

十二月四号，演出的前一天，系主任大发慈悲，放大伙儿回去休息，并交代："好好休息调整，以最好的状态迎接明天的演出！"

不过休息归休息，出去一趟还是很有必要的，毕竟这么多天没见温医生了，姜芥也是会惦记的。

于是这天，姜芥睡到自然醒，梳洗完换了衣服拿着系主任给的门票，出门了。

到医院的时候，不过十点多。心胸外科的护士见消失了一周的姜芥又出现了，纷纷投去讶然的目光。

姜芥倒没去注意这些，径直朝温时卿的办公室走去。到了门前，正打算敲门，房门忽然从里面被拉开了。

一位英俊的男人牵着位年轻的孕妇走了出来，姜芥的目光落到他身边的人脸上。

片刻，她一顿。

这不是她前俩月在医院偶然见到温医生搀扶的那位孕妇吗？

姜芥又转目看向刚刚那个男人。

所以这个，才是她老公？

发愣之余，那孕妇正好冲里头道了声："哥，那我和之炎先走啦？"

温时卿沉润的嗓音从里头传出："嗯，慢点儿。"

原来她真是温医生的妹妹！

两人的身影消失在楼道的拐角处，姜芥收回目光，伸手敲两下门，而后推门进去。

温时卿埋首在病历中的脑袋抬起来看一眼，见是她，微微一愣。

"好久不见呀，温医生。"姜芥冲他挥挥手，走过去坐下，微笑道："这周没有我的美食，您吃得可还好？"

温时卿给她个淡淡的眼神，问："来看小嘉？"

"是呀。"姜芥抬手撑着下巴，冲他俏皮地眨眨眼，"还有看看你。"

温时卿没回她。

"哦，还有……"她垂头从包里翻出门票，递上，"顺便来送门票，明天晚上七点，记得准时来哦。"

温时卿接过来看一眼，收到抽屉里："知道了。"

"到了的话记得给我打个电话或者发条消息，我去接你们。"

"嗯。"

静静地坐那儿看了他半晌，姜芥站起身："好啦，那我不打扰你工作了，我去给小嘉和橙橙送门票。"

说完，她转身几步过去拉门出去了。

温时卿看着这如风般来去匆匆的少女，想起刚刚她说的"还有看看你"，一弯唇，垂头哑然失笑。

给小嘉和张橙橙送过门票后，姜芥还得去专柜取上周拿去保养的演出礼服，便没多待就离开了。

第二天校庆，演出在即，姜芥和沈北寒来得晚，一间琴房都没抢到，两人无奈，去学生街的一家琴行租了间琴房。演出之前，发声练习还是不能少的。

练过声，她俩简单解决了午饭，回宿舍拿过礼服后去学校的小剧场化妆彩排做准备了。

忙忙碌碌的一下午过去，很快便到了傍晚。

姜芥的独唱节目安排在第五个，音乐剧则是第十一个。

为了保持嗓子良好的状态，姜芥晚饭只喝了一碗白粥。等服饰妆容全部准备妥当后，她手里的电话也刚好响了起来。

来电显示——温时卿。

姜芥眉眼一扬，一脸兴奋地接起："喂，温医生，你们到了吗？"

"嗯。"那头声线低沉，"刚从停车场走过来。"

姜芥："我马上来！"

挂了电话，姜芥冲正在化妆的沈北寒匆忙喊一声："寒寒，我去接温医生和小嘉啊，一会儿就来！"

沈北寒正刷着腮红，不忘提醒她："你快点儿啊，待会儿老师会来点名的。"

姜芥提起大裙摆跑远："知道了！"

深秋，天黑得很快，晚饭那会儿还见着点儿暮色，此刻已全暗了下来。

姜芥长得漂亮，这会儿穿着礼服化着妆，站在这灯火通明的剧场大堂里，十分引人注目。

她驻步往大门外望了眼，正好瞧见张橙橙牵着小嘉走进来的身影，温时卿则跟在后头，身高腿长、丰神俊朗的，引得四周的女学生回头、回头、再回头，简直比现在的她还惹眼。

姜芥提裙过去，招手喊了声："温医生！"

门口的三人循声看去。

温时卿背脊一僵，目光有瞬间的停顿。

周围一切的色彩全然淡去，眼里惊艳的只剩下那位正朝他迎面而来的女孩儿。

她穿了一件藏蓝色抹胸长裙，裙纱嵌满了颗粒状的亮片，还有渐变点缀，闪亮亮的，仿佛一片璀璨的星空。微鬈的长发披散着，脸上化着精致的妆容，将她原本就端正漂亮的脸蛋勾勒得更加立体。露在外头的两只手臂，白皙细嫩，线条优美。

"温医生。"她咧唇冲他笑着，明眸皓齿的模样，着实能令人失了魂魄。

尽管内心泛着涟漪，温时卿依旧能做到面上波澜不惊，微微一点头，很是淡然。

"哇，姜芥，你也太漂亮了吧！"张橙橙瞪目惊呼。

"嘻嘻，谢谢你。"姜芥俯身，摸了摸小嘉的脑袋，"吃饭了吗，小嘉？"

后者看呆了，愣在那里直勾勾看着她不懂回话。

张橙橙笑出声，牵着小嘉的手晃了晃："小嘉，姜芥姐姐跟你说话呢。"

小嘉回神反应过来，脸上顿时爬上两抹红晕，羞恼地一甩头："哼，太丑了。"

目送姜芥离开后，他们三人按着票上的号码朝前走去。

临近开场，走道上的人越来越多，温时卿直接俯身将小嘉抱了起来。

姜芥给的门票座位在第七排，又近走道排头，视野比较好。

确认无误后，温时卿把小嘉放到座位上，张橙橙坐在小嘉另一边。

萧悦的节目被刷下来，音乐剧也没有她参演的份儿，她一个人待在寝室，直到开场前十分钟，才被室友陈冰给拉来。

闷闷不乐地找到座位，萧悦正想进去坐下，目光忽然就被自己座位旁边的清隽男人给吸引了。

眉目明朗，鼻梁英挺，侧面的轮廓精致分明。

这让原本心里不快的萧悦腾起了几丝喜悦。

她拨了下散下来的头发，不动声色地坐到他旁边，陈冰刚好跟上来坐到她边上。

离开场还有五分钟，场内的灯光暗了一半，恰好将他们这一排隐在黑暗中。

萧悦侧目再次偷偷瞧了眼邻座的男人，趁着陈冰和别人微信聊天的工夫，深呼吸两下鼓起勇气，扭头一笑："你好。"

闻声，温时卿侧头过来，出于礼貌地冲她一颔首，没吭声。

萧悦见他面无表情，微一蹙眉，正准备再开口，就听那男人身旁传来一道清亮的嗓音："爸爸——"

此话一出，不仅萧悦愣住了，就连温时卿和张橙橙都是一怔，纷纷一脸莫名其妙地看向小嘉。

后者面不改色，望着温时卿笑了笑，又道："爸爸，你有纸巾吗？我想擦手。"

温时卿这会儿察觉到他的意图，心照不宣地弯了下唇，把口袋里刚刚在便利店买的纸巾拿出来，抽了一张，摊开，细心温柔地给小嘉擦手。

本还处于一脸茫然的张橙橙，在看到温时卿旁边那脸色黑沉的女孩儿后，一下就明白过来，忍不住笑出了声。

姜芥啊姜芥，你可真是让我们小嘉操碎了心呢。

好不容易相中的一个男人，居然有老婆、孩子了？萧悦那点儿小愉悦，顿时散得一丝不剩，悻悻然地坐正了身子，等待演出开始。

旁边的陈冰隐约感受到传来的低气压，转头试探地问了句："又不高兴啊？"

萧悦满脸阴沉："没有。"

"尊敬的各位领导、各位来宾，亲爱的老师、同学们，大家——晚上好！

"六十年风雨兼程，六十年自强不息，六十年春风化雨，六十年英才广布，六十圈年轮，铭刻着历史的沧桑和岁月的峥嵘……"

沈北寒的节目排在第三个，一早她便和姜芥站到了后台等待。

"温医生坐哪儿呢？"沈北寒撩开边角的幕布偷看。

姜芥皱眉想了下："我也不知道……我没看过门票上的座位号。"

"哎！"沈北寒问她，"温医生坐底下看着，你会不会紧张啊？"

姜芥老实点点头："有点儿。"

"没事！"沈北寒安抚她，"你就把自己对温医生的感情代入歌里，当作自己是朵雪花，不能得到温医生的爱，就绝对地真情流露了！说不定唱着唱着就把温医生唱哭了，直接和你谈恋爱了，你说是吧？"

姜芥听后哭笑不得，但还是竖起大拇指："你说得真有理！"

沈北寒得意地甩了下头发："那可不。"

很快，轮到沈北寒上台。

姜芥拍拍她，鼓励她道："加油，给咱们418宿舍争点儿光！"

沈北寒自信满满甩了个"OK"给她。

主持人报幕结束，灯光暗下，沈北寒握着话筒、提着裙摆缓缓走上台。

歌声响起，温时卿看了眼台上的女孩，垂头翻开那张节目单：

3.《我和我的祖国》演唱：沈北寒

4.《绒花》演唱：林瑶

5.《我像雪花天上来》演唱：姜芥

看到这里，温时卿目光一顿，将节目单合了起来，目光重新投回舞台上。

"下面，让我们有请17级声歌系一班的姜芥，为我们深情演唱《我像雪花天上来》……"

掌声噼里啪啦地响起，张橙橙看着台上暗下的灯光，激动地挺直了背脊，嘴里对小嘉说着："到姜芥姐姐了！"

小嘉神色不变，默默地伸长脖子。

一身华服的女孩儿缓步走上了台，灯柱一转，从她头上投射而下，将她身上那件闪烁的星空裙映照得更加璀璨。

一阵伴奏响过，女孩儿满是深情的歌声从音箱里传出：

> 我像一朵雪花天上来，
> 总想飘进你的情怀；
> 可是你的心扉紧锁不开，
> 让我在外孤独徘徊……
> 难道我像雪花，一朵雪花，
> 不能获得阳光炽热的爱……

和平时听到的清唱不一样，饱满悠扬，缠绵悱恻，像是在娓娓诉说自己渺小的情感，痴情却透着无奈。

专注欣赏着的温时卿，不知不觉又忆起女孩儿那张灿烂动人的笑颜。

"请问你……你……您有老婆吗？"

"这个答案对我来说非常重要，如果没有这个答案，我就没心情吃饭，没心情读书，甚至会头疼胸闷睡不着觉，我没它不行的！"

"正好正好，我目前也没有交男朋友的打算！"

"虽然对你来说很莫名其妙，但我确实……对你一见钟情了。"

"我和那些以往喜欢你的女孩子不一样，我是耐扛型，耐打耐骂还耐烦，我不轻言放弃。"

"生日快乐，温医生！"

"不不，过了生日再给，意义就不同了，这对我来说很重要！"

"祝福语不嫌多，最主要是你能天天快乐！"

说来，也不知从何时开始，她的一颦一笑慢慢占据了他的视线，他的生活，甚至他的心也在被一点儿一点儿地……攻陷。

一曲唱毕，最后的高音声动梁尘，直抵人心。

掌声四起，如雷般充斥着整个剧场。

温时卿望着台上自信十足的女孩儿，拍手鼓掌，他发自内心地笑了。

姜芥。一味良药，真挺好。

随着时间的流逝，演出的节目逐渐进入尾声。

最后的曲目演奏结束，今晚的校庆演出圆满落幕。场内灯光逐一点亮，观众们陆续离场。

温时卿看了眼散去的人群，站起身正打算照旧抱起小嘉，兜里的手机正好振动了两下，他先拿出来瞧一眼：

［小鱼仙草：温医生！你们在停车场等我一阵！我有东西想给小嘉！］

［W：嗯。］

而后，他收了手机抱着小嘉随观众慢慢离场。

收到温时卿的回复后，姜芥迅速换了衣服，冲着隔壁间还在换衣服的沈北寒道一声："寒寒，吃夜宵等我啊，我去给小嘉送个东西！"

沈北寒："知道了！"

姜芥背上包跑出了更衣室，以风速朝停车场飘去。

小嘉和张橙橙先行上了车，夜色昏暗，温时卿怕她找不到，便开着车头灯和双闪，站在车前等着。

没多久，姜芥从剧场里出来，跑到停车场张望一圈，在瞧见那辆打着双闪的车后，径直奔了过去。

低头看手机的温时卿听到动静，一抬眸，姜芥刚好站到车前，叉腰喘着气："温……温医生……"

温时卿眉头微微一蹙："跑这么急做什么？"

姜芥口干舌燥地挥挥手，笑一笑："怕你们等太久……小嘉呢？"

温时卿："车上。"

姜芥走到车后座拉门。

小嘉正靠着椅背在玩张橙橙的手机。

姜芥站在门边，没上去，唤一声："橙橙姐。"

张橙橙笑着竖拇指："演出很成功哦，小嘉都看呆了，哈哈哈……"

小嘉羞涩地瞥她一眼，还嘴硬："我是想等着看她出糗。"

张橙橙笑出声："说笑呢……"

姜芥没好气地揉了下他脑袋，从兜里掏出个红色的木盒，打开："这是我们学校校庆的纪念徽章，只有延大的学生才有哦……"她抓过小嘉的手，把徽章塞到他手里，"我把我这个送给你了，希望你将来也能考上延大，和我做校友，怎么样？"

小嘉垂眸，默默地看着那红色纪念章半晌，而后"傲娇"地轻哼一声："这还用你说。"

姜芥忍俊不禁，掐掐他："知道你厉害了……好了，很晚了，你该回去休息了。"

张橙橙："今晚谢谢你了，姜芥。"

"没什么，小嘉开心就好！"姜芥一眨眼，"拜拜，晚安啦……"

车门被关上，姜芥走到温时卿面前，满眼笑意："我好啦，温医生，你去吧，今晚麻烦你了。"

温时卿弯唇，站直身子，居高临下看着她，音色沉沉："唱得不错。"

说完，他拉开驾驶室的车门，坐上去了。

唱得不错……

不错……

男人低沉的嗓音在耳边环绕，姜芥一想到他刚刚微微上扬的嘴角，心里的粉红小泡泡瞬间滋长，在她的血管还有脑神经间不断膨胀和蔓延。

她激动地一跺脚，扬声喊了句："谢谢温医生！"

3.深夜抓包现场

深秋夜晚的校园里，有同学们嬉戏打闹时隐约传来的调笑，有汽车扬长而去时碾过沙砾的声响……

校庆过后，一切恢复正常。姜芥每天除了上课和练琴，其他时间基本是去医院。

某日，依旧是一个平静的中午。姜芥做了饭菜送去医院，等电梯时，正好遇着下楼来取药的张橙橙。

两人便一块儿上去。

"对了……"进到电梯，张橙橙忽然说，"温医生说小嘉的手术时间安排好了，12月24号下午两点。"

闻言，姜芥微微一愣："手术？小嘉同意做手术了？"

"你不知道吗？"张橙橙讶然，"不是你劝小嘉同意手术的吗？"

"我？"姜芥一脸茫然，"我什么都没说啊……"

张橙橙笑："那可能无形之中，小嘉就被你劝服了，这是昨天早上温医生来查房的时候，小嘉亲口跟他说的。"

"真的吗？"姜芥兴奋地一拍手，"那太好了。"

"虽然小嘉表面上对你爱答不理的，但我看得出来，他很喜欢你。"张橙橙说。

姜芥抠抠脸蛋，轻笑一声。

她没怎么看出来……

"你送给他的纪念徽章，他可是一直戴在身上呢。"张橙橙也有些意外，"校庆那天过后都一周了，也没见他摘过……还有还有，那天校庆演出，他还帮你解决了一个情敌！"

听到这里，姜芥眸色一亮，诧异地看她："什么，什么？"

电梯"叮"的一声，抵达十一楼，两人一前一后出去，张橙橙详细地给姜芥讲述了一下那晚的情况。

"呜呜呜，想不到我们小嘉，对我这么好……"姜芥夸张地抹泪，"等小嘉做完手术，我一定要请他去我家做客！"

张橙橙大笑两声，"你可不要和小嘉说我告诉你这些，他会闹小脾气不理我的。"她又凑到姜芥耳边，悄悄说道。

姜芥领会，伸食指抵在嘴上"嘘"了一声，比了个"OK"。

进到病房，姜芥佯作毫不知情，只是这会儿的热情比平时高涨了不少，以至于开口说话时，语气里都是掩不住的笑意："小嘉，吃饭啦！"

正在看动漫的小嘉抬眸，见她笑得这么灿烂，莫名就起了鸡皮疙瘩，警惕地看她一眼："你干什么……"

姜芥意味深长地眯起眼："听说你答应做手术啦？"

小嘉脸颊迅速飞过一抹红晕，垂着脑袋不敢看她，还嘴硬着："是我自己想通的，和你没关系。"

"哦——"姜芥坏坏地扬了扬语调，"我没说和我有关系呀？"

姜芥"扑哧"一声笑出来，摸摸他："不开你玩笑了，你能答应做手术我很开心，手术那天我会来陪你的！"

小嘉甩头，继续"傲娇"："哼！爱来不来！"

怕错过温时卿的午休时间，姜芥放了饭盒后，便直接去了温时卿的办公室。

一样的场景，一样的冷漠脸——眼前是正在工作的温医生。

姜芥习以为常，放下饭盒，笑嘻嘻问他："温医生，小嘉的手术你来做吗？"

温时卿看病例的眼抬起来："小嘉的手术属于最高级，我没资格主刀，只是一助。"

"噢噢噢，最高级，那做助手也很厉害的。"姜芥若有所思，"那小嘉这台手术，风险大吗？"

温时卿落笔在纸上签字，然后利落地合上，答道："每场手术都有一定的风险，不过按照目前小嘉的病况来看，成功率还是比较高的。"

如此，姜芥放下心来："那就好，那就好。"

转眼，已是冬日。12月24号，是小嘉手术的日子。

那天中午，姜芥吃完饭便赶来医院了，去病房看了眼小嘉后，她又到温时卿的办公室，想和他说几句话。

不过她推门进去，没人在。

姜芥望了眼衣架上那件黑色的羊绒大衣，心想，他应该已经提前去做术前准备了吧。

再回到病房，夏眠和另外一位护士也来了，说是到时间了推小嘉去手术室等候。

姜芥一路跟着到手术室所在的楼层，护士没有给多余说话的时间，在手术室门前拦下她们，便推着小嘉进去了。

手术室的门开了，又缓缓合上。

二十分钟后，门上"手术中"的红灯亮了起来。

或许是因为心疼，或许是因为同情，也或许是因为自己从小就无忧无虑的生活环境，小嘉的出现，令姜芥对这个世界产生了许多以往从未有过的心境。

在这世上，大概没有什么比能健康活着，更重要的事儿了吧。

傍晚六点多，手术室外的红灯总算熄灭了。没多久，手术室的大门徐徐打开，温时卿一身绿色的手术衣从里头走出来，他摘了口罩，将那张白净的脸露了出来，目光柔和："手术很成功，等生命体征平稳后，就可以从重症监护室转到普通病房了。"

张橙橙和姜芥悬着的一颗心总算是放下了。后者如释重负地冲温时卿一笑："辛苦你了，温医生。"

温时卿："应该的。"

三日后，小嘉的生命体征恢复稳定，顺利地从重症监护室转到了普通病房。

姜芥一早去菜市场买了菜，做了几样好菜给小嘉和温时卿送去。

放了饭盒在病房，姜芥嘻嘻一笑："那橙橙姐，你给小嘉喂饭，我去给温医生送个饭！"说着，她举起手里那个布袋拍了拍。

张橙橙坏坏地笑了下："哦，明白明白，去去去！"

而后，姜芥喜滋滋地拎着饭袋转身出去了。

病房门刚被关上，兜里的手机就响了起来，姜芥一看是焦妍，伸指滑了接听，她依旧朝温时卿办公室方向走去："喂，老盐巴，怎么啦？"

焦妍一边按着"平板"一边懒散地说着："芥子啊，你啥时候放假啊？"

姜芥想了下："好像是一月七八号。"

"那你啥时候回来？"

这一问，令姜芥微微愣了下，她随即说道："我可能会晚点儿吧，大概十几二十号回去。"

"这么晚？"焦妍咬咬牙根，"你有了温医生，连家都不想回了？"

"不是……"姜芥瞥一眼温时卿办公室的门，最后走到那尽头的窗户前，继续道，"小嘉要差不多两个星期才能出院，我想等他出院了再走，因为还有事情要办。"

"少来，"焦妍嗤之以鼻，"我才不信你那么晚回来的原因里没有温医生。"

心思被看穿，姜芥也不遮掩，坦然地笑笑："那是有的。"

"元旦无聊，我瞅瞅机票，去延川找你玩几天怎么样啊？"焦妍突然提议。

姜芥脸上一喜："那自然是好的啊，我的姐妹！盼着你来呢！"

"那行，我一会儿去瞅瞅机票。"说着，焦妍点"平板"的手顿了顿，冷不防冒出一句，"哎，要是你，这李泽言和许墨，你选哪个？"

"李泽言……"姜芥听着她这突如其来的问题，蹙眉愣了一秒，反应过来，"你还玩这游戏啊？"

"嗯，就没事时玩两把嘛。"焦妍说得义正词严，"哎呀，你就说你选哪个！"

姜芥毫不犹豫："当然选李泽言了啊！"

李泽言？这是温时卿拉开办公室门，第一时间听到的几个字。

嗓音清脆细腻，再加上说话时那独特的腔调，温时卿再熟悉不过了。

他一转头，果不其然。

姜芥站在窗前，背对着他，一手提着饭袋搭在窗沿上，一手握着手机贴在耳朵上，嘴里还继续说着："这种又高又帅又成熟，高冷毒舌又'傲娇'的霸道总裁，简直是我心头好，好吗！"

门口的温时卿心头"咯噔"一下。

又高又帅又成熟？简直是她心头好？

"哼！"焦妍翻白眼，不以为意，"不知道是谁，整天张口闭口温医生，还心头好。"

姜芥吐舌扮鬼脸，发出几道滑稽的声响以做回应。

"不说了，我继续玩去了。"焦妍语调一扬，"你找你的温医生去吧！"

姜芥："拜！拜！"

挂了电话，她满脸笑意地收了手机转过身。

一抬头撞进温时卿墨黑深沉的眼眸中后，姜芥猝不及防一吓，倒吸口凉气。

"温……温医生。"

温时卿瞥她一眼，目光里投射出来的漠然和阴沉令她背脊不由得发凉。

她抿抿唇，面容有些僵硬："那……那个……"不会是说话太大声，吵到他了吧？

没等姜芥说完，温时卿转身进了办公室，留下的背影，无情又冷酷。

姜芥思虑片刻，赶忙跟上去，柔声道："吃饭了吗，温医生？"

温时卿自顾自地收拾着办公桌，没应声，那张像罩了寒冰的脸上，是大写的"别、惹、我"。

姜芥心想他大概今天心情不太好，颤巍巍地过去想把饭盒放了就跑，结果拿着饭盒的手刚准备放下，男人抓着那一大沓病历本"啪"地往她手边的书上一摔，而后阔步，头也不回地过去拉门。

"咣当"一道关门声，轰然作响，像是宣泄着内心极大的愤怒，吓得姜芥猛一激灵，外加一脸疑问。

自己做错什么了……

当晚回去，姜芥洗过澡，去阳台给妈妈方欣打了个电话。

她告知方欣，因为近期参加了一个社工活动，所以放假后晚些回去。另外，还向妈妈提了自己想领养小嘉一事。

"妈……"姜芥抠着阳台上的漆片，沉吟半晌，"我有件事想跟您和爸商量一下。"

"什么？"

电话里头沉默了一阵，姜芥抿抿唇组织好语言，这才道："妈……我想领养一个孩子……"

那头的方欣着实是一愣："领养孩子？"

"嗯……"

接着，姜芥把小嘉的遭遇和病况一五一十地和方欣说了，包括自己做出这个决定的原因：

她想给小嘉一个家，让小嘉真正感受到……家的温暖。

方欣静默着想了良久，"我没问题。你爸那儿，我和他先提一下，不过以他那热心性子，应该也不会反对。"

母亲答应的速度，出乎姜芥的意料，她一时有些难以置信："真的吗？妈！您答应了？"

方欣忽然懊恼起来，"不过你弟那边……"

"弟弟没事！"姜芥忙应道，"弟弟最听我的话了，而且多个哥哥陪他，他一定很高兴！到时候回去，我和他说！"

方欣轻笑："好。"

次日周六，姜芥醒得很早。原因很简单，她翻来覆去想了一晚上：温医生昨天到底干吗生气？她昨天做什么蠢事了吗？

越想越想不通，到最后根本无法入睡，她几乎是睁眼到天亮。

一早，姜芥知道温时卿今日轮休，憋了一晚上，她实在是憋不住了，拿起手机打开微信，给温时卿发了条消息。

死也得死个明白不是？

温时卿昨晚值夜班，担心夜里病人有突发情况，他也是几乎没合眼。

八点左右，他换了外套准备下班回家，桌上的手机刚好响起来，弹出一条微信：

[小鱼仙草：温医生，你昨天心情不好吗？]

111

看到这条消息，温时卿脑子里下意识就回想起昨天在办公室门口听到她说的话。

"当然选李泽言了啊。""这种又高又帅又成熟，高冷毒舌又'傲娇'的霸道总裁，简直是我的心头好，好吗！"

温时卿眉头一蹙，莫名地有些烦躁。

还没回复，她的消息又来一条：

[小鱼仙草：温医生，我惹你生气了吗？]

温时卿盯着消息半晌，打字：

[W：没有。]

不过这两个字其中的小脾气估计也就只有他自己心里清楚。

[小鱼仙草：那你昨天为什么生气啊……]

温时卿扣好外套，拿了公文包一边打字一边走出去：

[W：饿的。]

12月31日，2018年的最后一天。

第二天是元旦假期，当天下午最后一节课上完，班级群里的同学们就开始热烈商讨晚上去哪儿跨年。

有人提议，放纵一次，到东湖路的一家银河Club（俱乐部）喝酒蹦迪。

消息一出，班里其他同学纷纷表示赞同，沈北寒看一眼旁边正在看剧的姜芥，唤一声："芥子！晚上一起跨年吗？"

姜芥按了暂停，转头过去，讶然看她："这么重要的日子，你不和你的小哥哥一起过吗？"

沈北寒："他晚上也和系里同学聚会，我就不掺和了，再说了跨年就是要人多才有意思。"

姜芥问她："去哪儿跨？"

沈北寒晃晃手机："群里你看看，大家说去蹦迪，你去吗？"

"蹦迪啊……"姜芥倦懒地拖了个长音，"不是很想去。"

三小时后，姜芥她们到了银河Club。

喧闹带有节奏感的热辣音乐充斥着整个迪厅，DJ在高台上扯嗓喊麦，将全场的气氛一波又一波地推向最高点。舞池里的年轻男女扭动着身体，随着音箱里强烈的鼓点在不停摇摆。

"姜芥！上去蹦吗？"沈北寒凑到姜芥耳边高声喊着，抬手指了指DJ台前的舞台。

姜芥放下手里饮尽的酒杯，连连点头，那一副兴奋热情的模样和三小时前说不是很想来的她，简直是天壤之别。

看姜芥和沈北寒要上去跳舞，班里其他同学也来了兴致，一块儿跟着挤上去，伴着音乐在人海中开始群魔乱舞。

姜芥长得漂亮，身材好，跳起舞来又很放得开，没一会儿，便有人围了过来。

其中有个染着红色头发的男人，居高临下地看着她，一脸轻浮："美女，给个微信呗？"

音乐声太吵，姜芥只听到"微信"两个字，对于这种搭讪，她一向选择无视，转了个身凑到沈北寒旁边："有点儿热，出去透透气？"

蹦台上挤满了男男女女，温热的气息盈满周身，夹在里头确实令人有些难以呼吸，于是沈北寒点点头："走。"

和同学们打过招呼，两人便下了台，径直朝酒吧大门走去。

出了门，那喧嚣声瞬间小了一大半，只剩"嗡嗡嗡"的低鸣声，不绝于耳。

姜芥喘口大气，抖了抖自己的衣领，分外燥热："闷死我了真是。"

"喝酸奶吗？"沈北寒指了下对面的"711"。

"喝！"

买了酸奶出来，两人过马路回去。

半途，细碎的调笑声从身边的巷子里传出来，姜芥下意识地扭头看了一眼。

一对年轻男女正在亲热。

姜芥轻声"哇哦"了一声，扯扯沈北寒的衣服，朝她一使眼色。

后者侧目看过去。

巷内的灯光有些昏暗，隐约照在那男人脸上，映出他侧颜的轮廓。

沈北寒身子一僵，目光顿时沉了下来，直勾勾地盯着那男人，声线阴恻恻："黄亦帆！"

巷内搂抱着的男女均是一顿，两人齐齐看了过来，在瞧清沈北寒那张似覆了寒冰的脸后，黄亦帆呆住："寒……寒。"

姜芥脑子滞了一瞬。

沈北寒的小哥哥？

"啪"的一声，是沈北寒一把摔下酸奶的声响，塑料瓶身炸裂，里面的酸奶溅了一地，其中一滴飞到了黄亦帆的裤脚上，白白的斑点，粘在黑裤子上格外明显。

沈北寒迈步缓缓走过去："你不是说你晚上班聚吗？"

平淡的声线，透着怒意。

沈北寒抬手指着倚在墙上的女人，面色十分平静："这女的谁啊？"

黄亦帆瞥了眼她身后的姜芥，脸上忽然有些挂不住，抿抿唇，淡淡吐出两个字："朋友。"

沈北寒嗤笑一声："朋友？挺特别啊，脸都快被你亲烂了。"

"我要是没来，你俩是不是打算在外面过夜啊？"

"寒寒，我……"

"啪"一声脆响，沈北寒扬手给了他一耳光："别这么叫我，真恶心。"

这一巴掌有些出乎黄亦帆意料。

脸火辣辣地疼，他用舌尖顶了顶肉壁，随即勃然变色，骂道："沈北寒，你是不是有病？"

沈北寒目光不避不让，毫不畏惧："是啊，我是有病啊，我不只有病，我还眼瞎，找了你这种人渣！"

"人渣？"黄亦帆不以为意地哂笑一声，"沈北寒，可别天真了，你以为我为什么追你？装什么清纯……"

最后的话音刚落，沈北寒抬脚就踹了过去。

黄亦帆反应迅速，身子微微一躲，沈北寒那一脚只踹中他大腿。

"沈北寒！你来真的是吧？"

黄亦帆嘴里爆了句粗口，上去就要打她，姜芥眼疾手快，抬手将手里那瓶酸奶扔了过去。

不偏不倚砸中他脑门。

黄亦帆吃痛地一闭眼，还没反应过来，腿上又被踹了一脚。

姜芥也是见过世面的人，眼见他要动手，眸色一沉，眉眼间的狠劲儿瞬间迸了出来，冲上去两步，抬脚就是一记猛踹，"你劈腿还敢打人！也不看看自己什么德行！"

旁边的女人见姜芥凑上去，立马上去抓住沈北寒的手，黄亦帆手里挥起的那劲儿正好就甩到沈北寒脸上。

见状，姜芥越发火大了，不只脚下踹得更狠，还直接挥手在他脸上乱抓："还还手？打死你个王八蛋！让你金屋藏娇，让你金屋藏娇！"

三女一男扭打在一起，场面一度混乱，引来不少围观的人。

到后来，那女人怕人多惹出什么事端，拦着她俩的手一推，把黄亦帆往旁边扯了扯，直喊："别打了，别打了！那么多人看着呢！"

姜芥站直身子，整了整衣襟，护在沈北寒身前，昂着下巴，盛气凌人地看着面前的两人："继续啊，怎么，你不是很能吗？"

黄亦帆一张脸被沈北寒和姜芥抓成了花猫，站在那儿粗重地喘了几口气，抬手一摸自己嘴边的伤口，胸臆难平地瞪了她们俩一眼，最终什么也没说拉着那女人走了。

姜芥得意地扬了扬嘴角，冲着那两人的背影骂一声："人渣！"

路人见没戏可看，也纷纷散了。

发泄一通，沈北寒心里舒畅多了，倚在墙上忽然笑了一声："谢谢啊，姐妹！"

姜芥义气十足地一抬下巴："谢什么！这些人渣就是欠揍！"

她甩甩头发："走，咱们回去，里头帅哥那么多，还不够你挑的吗？"

沈北寒伸手挽住她，一点头："挑帅哥去！"

两人心情畅快地相互挽着，刚一转身，姜芥就见巷口的路灯柱下，站着个身高腿长的男人。

路灯映着他硬朗的轮廓，留下几许深浅的阴影。他身上穿了件圆领的灰色卫衣，里头的衬衫领露出一小截，身下是牛仔裤休闲鞋，臂弯还搭着件外套。他背脊稍稍倚在柱上，指间夹着烟，黑暗中，姜芥还能看见他吸烟时，一明一灭的火花。

那一副悠然清闲的模样，显然是将刚才那一出好戏收进了眼底。

姜芥呼吸一滞："温……温医生……"

闻声，沈北寒一怔，下意识地看了眼前面的男人。

外形英俊高挑，气质内敛隽淡。

传说中姜芥的温医生？

前脚打"渣男"，后脚遇"男神"。这也太巧了吧……

沈北寒咽了咽口水，决定给他俩腾出空间："那个……我去个厕所……"

说完，她一溜烟跑了。

姜芥站在原地，开始回想刚才打架时骂人的话：

"你劈腿还敢打人！也不看看自己什么德行！"

"还还手！打死你个王八蛋！让你金屋藏娇，让你金屋藏娇！"

以及最后那一句嘹亮的——

"人渣！"

姜芥沉重地闭了下眼，往前几步到了他面前。

温时卿扔了烟头，踩灭，语气不冷不热："挺能耐啊。"

姜芥脑袋垂得更低。

他侧目，目光由上至下地打量她。

她今晚穿了一件连衣裙，暗灰色亮片的，长度只到膝盖上方，外头套了件黑色的丝绒西装，两条腿光溜溜地暴露在空气中。路灯下，她长发披肩，脸上上了妆，原本粉嫩的嘴唇，涂了层豆沙色的口红，看上去美艳又透着一丝妩媚。离得这么近，他甚至还能闻到她清新的发香。

第三章 气氛逐渐升温

在一次又一次的相处中，我们有了更多的了解，但是我们想要更多：接触和互动。

1.发小热泪相见

温时卿盯着那双长腿，眉头一蹙，声线温凉："今天什么温度心里没数？"

姜芥垂头看了眼自己的腿，笑道："这是蹦迪装！今年很流行的！"

温时卿面无表情，眼角的余光瞥见她脸上有道细小的血痕，微微扬了扬下巴，提醒她："脸。"

闻言，姜芥抬手摸了摸，碰到伤口，下意识"嘶"了一声，忙拿出手机照了照，惊呼："天哪！什么时候被抓的！"

下一秒，她脑顶一沉，眼前忽然罩下一片黑暗，一股清冽带着淡淡海盐味的香味紧跟着涌入鼻腔。

姜芥慌慌乱乱地把脑袋上的东西扯下来，一看，居然是温时卿刚才一直搭在手臂上的羊绒大衣！

"穿上。"温时卿侧了个身，看了眼对面的药房，"你那裙子太丑了。"

说完，他迈步过了马路。姜芥看着手里的大衣，一脸花痴地埋进去嗅了嗅……温医生的味道！

有温医生的外套，他说丑！那就丑吧！

于是她乖乖地穿起来。

给温时卿穿着正好的长款大衣，到了姜芥身上，立马就将她的小腿都遮了一半。

满足地扣上扣子，再拢紧衣领，姜芥也跟着去了马路对面。

她刚走到药房门口，温时卿便走了出来，手里多了个小袋子。

姜芥伸伸脖子："什么呀？"

温时卿没说话，从袋里拿出刚买的碘附棉球，拆开包装，夹了颗出来，端着一副医生架子："消毒。"

姜芥瞥一眼那黑红色的棉球，"哦"一声，把脸凑过去。

消过毒，温时卿又撕了片创可贴，小心翼翼地给她把伤口贴上。

贴纸贴上的一瞬间，男人温凉的指尖不经意在脸颊上擦过，哪怕只是蜻蜓点水般的接触，也令姜芥的脸顿时烧了起来。

"怦怦怦……"

她听到自己的心脏在胸口乱撞，一下又一下的，连脑神经都在跳动。

神啊，求求你，就这么静止吧，让温医生一直在我身边，哪里都不要去。

做完这些，温时卿把垃圾往前面的垃圾桶一扔，将手里的小袋递给她："明天早上换创可贴的时候再消一次毒，尽量别沾到水。"

姜芥神思飘忽地接过来点了点头。

半晌，她突然反应过来："不对啊，温医生，你怎么会在这儿？"

"同学聚会。"他说，"在你隔壁的KTV。"

他在里头坐久了觉得闷，便出来抽根烟，谁想到撞到一出好戏。见识过她怼人的模样，倒是没想到她打起架来也能这么彪悍，嘴里骂的那些词还让他莫名地想笑。

"高中同学？"

温时卿觑她，算是默认。

姜芥的表情逐渐僵化："那我小舅舅也？"

"在里头。"

姜芥晃了晃神，指指对面的银河club："哦……我还得进去，我室友、同学还在里头，还没跨年呢。"

温时卿望一眼那酒吧门口跌跌撞撞走出来的几个醉汉，又一看她光溜溜

118

的两条腿，眉头微拧："去和你同学说一下，我送你回去。"

闻言，姜芥张了张口正想拒绝，温时卿不容置喙地又开口："不然我就让你小舅舅来一下。"于是小姑娘生生把话咽了回去，乖乖转身朝酒吧去了。

大衣被她穿在身上，完美地隐匿了她纤瘦姣好的身材，温时卿顾自一笑，忽然觉得顺眼多了。

同学会，方遇今晚和沈孜孜久别重逢，哪里还有闲心顾上这些。

说找方遇，不过是唬她罢了。

毕竟刚刚她和人起过争执，若是那男人来报复，谁能料到会发生什么事儿？

手机震了一下，有消息过来，温时卿垂眸看一眼。

［小鱼仙草：温医生，我可以带上我室友吗？］

［W：可以。］

没多久，姜芥和沈北寒一块儿出来了，前者还套着他的大衣，走过来的时候肩膀一沉一沉的，很是笨重。

姜芥咧唇笑笑："温医生，我室友，沈北寒。"

沈北寒莞尔，客气道："久闻大名，温医生。"

温时卿颔首："你好，走吧。"

温时卿今晚开了车，就没喝酒。

怕沈北寒一个人坐后面无聊，姜芥便打算跟她一道坐后头，结果沈北寒一瞪眼，揪着她衣领咬牙低语："你是不是傻，难得坐一次'男神'的车，当然坐前头啊，不然你想让给谁呢？"

姜芥听着有理，但又顾虑到她："可是你……"

"刚刚那一架打得我很累，我想眯一下。"沈北寒这么说。

姜芥点点头："那行，那行。"

于是她和温时卿一前一后上了前排的座位，沈北寒则靠在后座，脑袋朝窗，开启自动隐蔽模式。

虽是如此，但温时卿和姜芥也是一路无话地抵达了延大校门。

下车前，尽管姜芥很舍不得，可还是忍痛将身上那件黑色的羊绒大衣脱了下来，平平整整地叠好，放在副驾上。

沈北寒从车上下来，冲他道谢："谢谢温医生。"

姜芥也挥挥手："谢谢温医生！路上小心，提前祝你新年快乐！"

温时卿："新年快乐。"

还算热闹的学生街道，这时清静极了。温时卿的车逐渐远去，最后在十字路口拐了个弯，没了踪影。

翌日，2019年的第一天，姜芥是被手机铃声吵醒的。

"Nom Nom Nom……"，铃声在这安静的寝室里格外响亮，连带着沈北寒都被吵醒了。

"芥子……芥子……"沈北寒抬脚踹了踹她的床栏，抓起被子捂住脑袋，"电话……"

姜芥闭着眼脑子没醒，伸手摸过手机接起，声线含糊："喂……"

"喂！芥子！"焦妍那尖细嘹亮的嗓音从电话里头传来，"你人呢！我到机场了啊，怎么没看见你？"

电话里静了半晌，姜芥迷糊的意识开始逐渐苏醒……

最后，她霍地坐起身："我的妈！"

姜芥难以置信地看了眼手机屏幕上的时间"10:30"，惊呼："我手机闹钟为什么没响？"

前两日焦妍给她发了机票订单，姜芥兴奋至极，并和她说好到时候会去接机，结果——

"So（那么）？你最好想想要怎么补偿我。"焦妍翻了个白眼，声线一沉，"我自己打车过去！"

姜芥哭唧唧："对不起大小姐！我马上起床迎接你！"

"啪"的一声，电话被挂断。

姜芥第一时间点到闹钟里瞧了下，惊呼："我居然能调成明天的闹钟？猪脑子啊？"

这一动静，沈北寒也彻底醒了，坐起来打了个呵欠，问："你闺密到啦？”

姜芥利索地掀被子下床："她已经打车过来了，我要是不在她到来之前收拾完，她能掐死我！"

沈北寒大笑两声。

姜芥去洗手间挤了牙膏刷牙，嘴里含糊不清地又冲沈北寒说："对了，寒寒，你也收拾一下，咱们一起出去吃饭，我介绍你和老盐巴认识认识！"

沈北寒："会不会打扰你们啊？"

姜芥摇摇头："打扰什么？人多有意思，再说了，昨天刚甩了'渣男'，今天确定不出去快活一下吗？"

沈北寒想想，觉得有理地一点头："你说的很对！我是该快活一下，顺便去去霉气！"

然后她迅速爬下床，洗漱化妆换衣服。

四十多分钟后，焦妍抵达延大门口，从司机手里接过行李箱，而后给姜芥打电话。

"喂，我到你学校门口了。"焦妍站在保安亭门前，往学校里头瞅了瞅，"你出来了没呀？"

姜芥边跑边喘："来了，来了，来了……"

电话挂了没一会儿，姜芥出来了，气喘吁吁地望了眼不远处的焦妍，扬声喊一声："老盐巴！"

焦妍闻声扭头，瞧着朝她迎面而来的姜芥，那张漂亮的脸蛋随之露出笑意："还挺'速度'啊！"

"那肯定！"姜芥抬头，冲眼前比她高了半个脑袋的人得意地一昂下巴，"在这儿等等我室友，她就来了。"

焦妍一眼瞥见她脸颊上的创可贴，好奇地伸手摸了摸："脸怎么了？"

姜芥不做隐瞒："打架。"

"嗬！"焦妍低呼，"这么多年过去，你还这么能啊？"

闻言，姜芥下意识地想起昨晚温时卿那句不冷不热的"挺能耐啊"，嘴角抽了抽，正想解释，沈北寒刚好出来。

她拉过沈北寒，先给两人介绍："我室友，沈北寒。我闺密，焦妍。"

两人大大方方一笑，前后道："你好，你好。"

而后，姜芥继续前面的解释："喏，昨晚就是跟她前男友打的，劈腿被我俩撞个正着，嘴太欠就干过去了！"

焦妍声调一扬，"哟！这得打得多凶啊，脸都给你抓破相了，你俩怎么不等我来一块儿呢？打'渣男'我最拿手啊！"

姜芥推过她的拉杆箱，大笑一声："那你也得让那'渣男'挑个今天的时间来劈腿啊！"

沈北寒一本正经地摆摆手："不，这种男人不值得你脏手。"

焦妍大笑不止。

到酒店办好入住，放好行李，姜芥和沈北寒商量一阵，最后决定带焦妍去吃"一品轩"。

那里价格适中，环境良好，最主要菜还好吃。

焦妍没意见，于是三人打车过去。

点菜的时候，沈北寒坐在焦妍对面，抿着水，这会儿才真正瞧清她的面貌。

她，鹅蛋脸，上着淡妆，皮肤很白嫩，标准的落尾眉，眼眸长而媚，眼尾些微上挑，直扫入鬓，嘴唇圆润，鼻梁虽不是很挺，但五官凑在一起却丝毫不觉得违和，自然清丽中又夹杂着一丝风情。

同样都是美女，姜芥和焦妍可以说是美得各有特点，坐在对面的沈北寒瞬间就不淡定了，感慨一声："哇……你们长得漂亮的人，是不是都和长得漂亮的人一起玩啊？"

闻言，姜芥和焦妍均抬头看去，前者把菜单递还给服务员，两手交叉搭在餐桌上，温柔一笑："是呀，所以我们才和你一起玩呀，小寒寒。"

说完，她还冲沈北寒俏皮地挤了下眼。

焦妍搭腔："是的，是的。"

沈北寒脸上一烧，顿时就被她俩撩羞了，细细低语："你俩可真会哄人。"

焦妍笑眼弯弯地继续道："不是美女我们还不哄呢！"

沈北寒脸更红了。

吃过饭，三人去对面的恒隆广场逛街买衣服。在专柜里跑进跑出一下午，时间很快又到了晚上。

她们又安排了去KTV。姜芥还喊了今日刚好也休息的夏眠和徐靳之一块儿来，毕竟人多热闹些。

焦妍和沈北寒甚至怂恿姜芥把温时卿也叫来，一副看热闹不嫌事大的模样，两张嘴在姜芥耳边噼里啪啦，立体环绕。

最终，姜芥硬着头皮给温时卿发出邀请微信。

结果自然是如姜芥所料，他以简洁干脆的"没空"二字，毫不留情地拒绝了她。

姜芥甚至还能想象得到他说这话时漠然无情的神色。

至于方遇，说是局里有案件，也没空来。

到了KTV开好包间，姜芥给夏眠发了条微信，告知地点和包厢号，那头没一会儿回复过来：

[夏日眠长：好的，我和靳之刚吃完饭，一会儿就到！]

姜芥点了半箱啤酒和一些零食水果，没多久，夏眠和徐靳之便到了。

俊男美女并肩进来，格外养眼。

焦妍一向落落大方，见着两人，率先过去打招呼："你们好，我叫焦妍！"

而后，沈北寒也走上来，咧唇笑："我是姜芥室友，沈北寒。"

夏眠和徐靳之都是性子随和的人，相互和她们认识后，几人便坐下来喝酒唱歌聊天了。

徐靳之在外向来不多话，作为在场唯一一位男性，他倒也不觉得无聊，陪着老婆，听听小姑娘唱歌，偶尔喝两杯酒，也算是乐得自在。

四个女人性格相仿，凑在一起没多久就熟稔起来。夏眠四处瞅瞅没温时卿的影子，问她："时卿呢？我看他早早下班走了，怎么没来？"

姜芥撇嘴："他说他没空。"

徐靳之轻笑一声，插话："他不太爱来这种场合。"

姜芥忽然想到昨晚他说的同学会，好像也是待不住所以才出去抽烟的，不然也不会撞见她……

焦妍拍拍她："那不挺好的，说明人家不爱泡吧不爱喝酒，没不良嗜好！"

沈北寒点头："没错了。"

夏眠笑道："确实，时卿的好品行真是男人里少见的了！"

话音刚落，旁边的徐靳之不满意地咳了一声。

夏眠立马补充一句："除了我老公，除了我老公。"

三人意味深长地看着两人，怪声怪调地"哦——"了一声。

再次瞥到姜芥脸上的创可贴，夏眠好奇地问了句："脸怎么了，芥子？"

姜芥："哦，昨天不小心划到的！小伤！"

说完，音箱里的歌曲伴奏正好切到下一首，焦妍听着这熟悉的前奏，一看画面，忙抓起话筒塞到姜芥手里，激动地喊道："快快快！《女儿情》《女儿情》！唱给我听！"

姜芥伸手接过来，清清嗓，准备开唱。

夜里，还不算晚，不过九点多钟。温时卿看病例看得两眼有些发酸，抬手捏了捏眉心，他起身去厨房倒水。

回来的时候，桌上的手机刚好随着一道振动声亮了起来。

他走过去，放了杯子拿起手机，一看是徐靳之发来的视频，点开，播放。

屏幕里的女孩儿正握着话筒在专注地唱歌，声音细腻清透，情感十足。脸上那一贴创可贴在KTV包间里流转的灯光下，隐约可见。

旁边的人都在安静地欣赏着，当她唱到"悄悄问圣僧，女儿美不美"的时候，她们还异口同声"美美美"地回应她。

温时卿忍不住笑了。

十五秒的短视频结束，温时卿退出去，徐靳之刚好发来消息：

［徐靳之：啧啧，这小鱼仙草呀，可真是个好女孩儿！］

温时卿弯弯嘴角，暗自揣着心思，打字回复。

包厢里，徐靳之看着聊天界面里新弹出来的"睡觉了"三个字回复，无语地抽了抽嘴角。

他发现温时卿简直比他想象中的还要冷血无情！

结束的时候，十一点多。姜芥和焦妍酒量好，喝得也不多，所以并不醉。

倒是沈北寒……

两瓶啤酒下肚后，无意间就想起昨晚撞破黄亦帆劈腿那一幕，她顿时惆怅起来。再唱几首伤感情歌，那酸涩委屈的情绪就越发不可收拾了，趁着姜芥、焦妍没注意，她又连给自己灌了好几瓶。

到最后，她就一个劲儿地默默流眼泪了。

到酒店门口，沈北寒忍不住肚子里那股翻滚的恶心劲儿，一下车就找了棵树扶着，一口气全吐了出来。

姜芥跑过去给她顺顺气："吐吧，吐出来舒服些。"

焦妍给司机付了钱，走过来递纸巾给她擦嘴，说："等过了今晚，咱们就把这些事儿全忘了，'渣男'，毁人青春！"

吐过一阵，沈北寒总算舒服了些，靠在树上，发泄地大叫一声："啊——黄亦帆！祝你早日染病！"

翌日，三人在酒店睡到自然醒。

吃过早饭，焦妍陪着她俩回宿舍换衣服。等两人收拾完，姜芥看着焦妍问了句："今天想去哪儿玩？"

焦妍若有所思一阵，答："去医院吧。"

姜芥一愣："咋了？你不舒服？"

"不是。"焦妍眯眼瞧她，"想看看你说的那个小嘉，顺便……瞅一眼大牌的温医生。"

"哦。"姜芥笑了，扭头问沈北寒，"你去吗？"

沈北寒套着衣服："我没问题！上次不是说去看小嘉没时间嘛，今天去一趟刚好！"

焦妍和沈北寒各买了些水果，姜芥顺带去买了杯咖啡。等电梯上楼那阵，沈北寒问她："你买咖啡干什么？"

姜芥羞赧地抿抿唇，作忸怩状："给我家温医生……"

焦妍眼角抽了抽，直想一水果篮子甩过去。

电梯刚好抵达，"叮"的一声，门缓缓而开。

后头排队的人一拥而进，挤得姜芥差点儿被自己绊倒。

焦妍顶不住里面各种饭味汗味交杂在一起的味道，全程捂着鼻子，等出了电梯，她松手喘两口气，一脸难以置信地看着姜芥："你每天都这样上下来去的？"

姜芥点头："嗯，医院嘛，人都比较多，习惯就好。"

"天哪！"焦妍无力地望着天花板，低呼，"温医生真是令你鬼迷心窍了！"

姜芥径直领着她们往病房去。

进去的时候，小嘉和张橙橙还是一个看动漫一个刷手机，听到开门声，两人齐齐抬头。

"小嘉……"姜芥推开门进来，伸手指了指她后头，"我朋友今天也来看你了哦。"

焦妍和沈北寒一前一后进来，冲他招手，笑道："嗨。"

"橙橙姐，她们是我好朋友。"姜芥一一介绍，"焦妍，沈北寒……她是张橙橙。"

张橙橙颔首莞尔："你们好。"

姜芥拎着沈北寒和焦妍买来的水果到小嘉床前，说："这是焦妍姐姐和沈姐姐给你买的，有你喜欢的橙子哦！"

小嘉依旧冷淡，目光扫了眼她脸颊上那一抹红痕，淡淡问了句："你毁容了？"

姜芥瞪他："我毁容了也好看！"

小嘉："哼。"

闻言，沈北寒和焦妍先是一愣，然后轻笑出声。

敲门声这时响起，而后有人拧门锁进来，几人下意识侧目。

温时卿推门进去一见站着这么多人，脸上自是一愣。

姜芥喜上眉梢，唤一声："温医生！"

他很快回过神来，冲她们礼貌地一颔首，抽了床尾的护理记录，走到床头对小嘉循例问诊。

焦妍自这男人进来后，那眼里的惊艳之光就没消下去过。

五官精致硬朗，身姿高挑挺拔，一身白大褂，仿佛高山上的皑皑白雪，清冷俊淡，触不可及。

就眼下来看，她总算是有点儿明白……为什么姜芥会为他神魂颠倒了……

这气质和当时在照片里看到的差得不是一点两点好吗！

查房结束。姜芥拿了咖啡赶忙跟出去，关门前顺道冲她们说了句："我去去就来！"

沈北寒拿手肘轻轻撞了撞焦妍，细声问她："怎么样，不错吧？"

焦妍竖起大拇指："正！我们芥子，好眼光！"

跟着温时卿进到办公室，姜芥笑脸相待，把咖啡放到他桌上："温医生，请你喝咖啡。"

温时卿抬眸，视线最先落到她脸上的伤上。

结了痂，剩一小抹红痕。

温时卿抬抬下巴："脸好了？"

姜芥伸手摸了摸："好了好了，多亏温医生，所以这杯咖啡，就当谢谢你啦。"

温时卿几不可察地一扬唇。

这会儿客气上了。

"那我不打扰你了！"她走到门口冲他招招手，"先走啦！"

温时卿微一点头，默默看她关上门后，目光缓缓转到那杯咖啡上。

花白的杯身，写着"Mrs.温"。

他拿近多看一眼，眉峰稍扬。

温……太太？

为了不打扰小嘉休息，三人在医院待了一阵便离开了，打车准备去万象城吃午饭。

"你说你打算领养小嘉？"焦妍惊问。

沈北寒接着问："你爸妈同意了？"

姜芥："我妈同意了，我爸那儿还没说。"

焦妍一本正经："你考虑清楚了？"

"嗯。"姜芥一点头，说道，"本来我是想等我毕业工作后再领养他的，可是小嘉已经十岁了，早过了上学的年纪，我等得起，他等不起啊……所以我就想，在我毕业前这几年，让我爸妈帮忙照看，等我毕业工作了，我再把他接到自己身边。"

"哇……"沈北寒意外地低叹一声，"你居然都想这么多了……"

"我考虑很久了。"姜芥说，"不是冲动。"

焦妍"啧"了声，手搭上她肩膀："你自己决定好了就行，我反正都在北阳的，以后有事情，叫我就成了。"

沈北寒拍拍胸脯，义气十足："我也支持你的啊！"

姜芥两手挽上她俩，满脸欣慰："那为了感谢我的小姐妹们，中午我请吃饭！"

两人异口同声："那必须！"

2.烤串不能多吃

期末考试在即，焦妍也没法多留，元旦一过，便回北阳了。

焦妍一走，姜芥和沈北寒也得收心，专心准备三日后的期末考试。

时间过得很快，期末考考完的当天下午，沈北寒就买了第二天回家的车票，迫不及待地要开始假期了。

晚上，姜继诚来了电话，一是询问她何时放假回家，二是问她收养小嘉的事儿。

姜芥笑了笑："爸爸，我明天就放假了，不过我会等二十号左右才回去，妈妈应该和您说了吧？我参加社工的事儿。"

"说了，说了。"姜继诚应道，"还有你说要领养那孩子的事儿。"

"嗯，那……"

"爸爸没啥意见，具体的等过年你回来咱们当面谈谈，顺便找个时间看看那孩子。"

"真的啊，爸！"姜芥又惊又喜，抓着围栏激动地蹦了两下脚，"您真的答应了啊？"

"等过完年，爸爸跟你去延川见见那孩子。"姜继诚想了下，"再不然，你看看带他来北阳一起过年也成！咱们提前认识认识！"

姜芥感动得热泪盈眶："爸爸……您也太好了。"

姜继诚朗声说道："你是我亲闺女，能不好吗！不过……"他语调微凝，"爸爸希望你，既然做了，就不要半途而废，领养不是一时说说就可以的事儿，需要用心担起责任，是一辈子的事儿。"

姜芥应得很认真："我明白的，爸爸，我不是冲动，我考虑过的。"

姜继诚嘿嘿笑了："那就成，爸爸相信你，其他的等你回来咱们再谈。"

次日下午的时候，姜芥刚收拾完行李，方遇就到宿舍楼下了。

方欣前两天给他打过电话，说了姜芥参加社工要晚回家的事儿，让他接姜芥回公寓，暂住一段时间。

方遇想也没想就答应下来，趁着下午没啥事儿，出来接她回公寓。

姜芥合上箱子拎了包就能走人。方遇接过她那29寸的大箱子，道一声："我先下去了啊。"

姜芥锁好窗户，转身过来正好瞧见门口的萧悦和季思思。

萧悦看了眼消失在楼道口的身影，问她："你男朋友啊，芥子？"

姜芥拍拍两手灰，笑着摇摇头："我舅舅。"

季思思目光微讶："这么年轻啊？在延川上班吗？"

姜芥："嗯。"

她拿了桌上的小包背上，拎起脚边的行李袋，问她们："你们也今天走吗？"

季思思：“我晚上的车票。”

萧悦：“哦，我明天走。”

“行，那我走了啊。”姜芥甩了下散下来的长发，出门关上反锁，然后笑着冲她们挥挥手，“拜拜。”

“拜拜。”

纤瘦的身影逐渐走远，季思思羡慕般地感慨一声：“姜芥长得漂亮，连她舅舅都那么帅，高颜值的一家，真让人羡慕！”

萧悦翻了个白眼：“长得漂亮有什么了不起。”

方遇徐徐驾车驶上马路：“你说你什么时候参加的医务社工，怎么都没和我提过？”

姜芥心想：我初衷是为了追温时卿，能和你提吗？

姜芥敷衍：“多点儿社会实践，了解一下人间疾苦嘛。”

方遇讶然：“嗬，真看不出来。”

姜芥“傲娇”地扬起头。

“对了。”方遇突然想到，“我过两天放年假，准备出去旅行半个月，到时候你一个人在家，有啥事儿你就找温时卿，我跟他提过了。”

最后一句听得姜芥目光一喜，顿时激动起来。

片刻，她又后知后觉想起方遇刚刚说的前半句：“旅行？”

方遇：“嗯。”

姜芥若有所思地转了转眼珠子：“跟女朋友？”

方遇很坦然：“没错，你未来的小舅妈。”

翌日，下雨了。

姜芥按了闹钟，抬手撩开床边的窗帘，一看外头阴沉伴着雨丝的天，精神头瞬间恹了一半。

“芥子，出来吃早饭。”

方遇的声音从外头传来，姜芥伸了个懒腰，音色倦懒地应一声：“来了。”

打着呵欠拉开门，姜芥挠挠头发径直来到餐厅，瞭了眼桌上刚打包回来的早饭，问："你怎么知道我醒了？"

方遇拿了碗筷出来，应一声："我不知道啊，我就随便一叫。"

"去去，刷牙洗脸出来吃饭！"方遇催她，"今天不用去医院吗？"

"去的，去的！"她转身往浴室去，走到一半又想起什么，返回来问了句，"我待会儿去买菜做午饭，中午要不要给你送一份？"

方遇咬了口包子，语气十分"欠揍"："我有女朋友，还需要你吗？"

姜芥："滚！"

中午，姜芥到医院刚好十一点半。把饭盒送到小嘉病房，她笑着拍拍另一个饭盒："嘻嘻，我给温医生送去！你们先吃。"

张橙橙："去吧，去吧。"

小嘉轻哼一声："花痴。"

姜芥敲门进来的时候，温时卿刚好查完房进来坐下没多久，他抬眸看她一眼，继续签手里的文件。

"温医生……"姜芥喜眉笑眼地唤他，走过去在他对面坐下，取出饭盒放到他手边，拍拍那盖子，"嘻嘻，还是我做的。"

温时卿"嗯"一声，手上工作没停。

姜芥手撑脑袋，坐在那儿看他俊脸半晌，又出声："温医生……"

"嗯？"

姜芥咽了咽口水，试探地询问："你饿了吗？"

温时卿手里的笔顿了下，抬眸瞅她，没说话。

"你吃吃呗？"姜芥抿抿唇，有些委屈地咕哝，"给你送了三个月的饭，你一口都不吃……"

"看在我用心做出来的份上，你就吃一次，不，一口也行啊！"说着，她打开那饭盒盖，往他面前推得更近了些，"我不会多想的！吃吃嘛……老是倒了，多浪费啊……"

温时卿瞥一眼那色香味十足的饭菜，合上手里的病历放在一旁，将那饭盒移到面前，冲她一伸手，使了个眼色，要筷子。

姜芥眉眼一扬，心花怒放地双手奉上筷勺盒："祝你用餐愉快！"

温时卿接过来，握筷夹了块牛肉送进嘴里。

姜芥一脸期待地盯着他："怎么样，好吃吗？好吃吗？"

温时卿脸色淡淡一点头。

姜芥霍地就从椅子上蹦了起来："那温医生你慢慢吃！非常感谢你赏脸！回见！"

门被轻轻带上，温时卿想起她刚刚雀跃的模样，揣着心思一弯唇，又往嘴里送了口白饭。

三个月？

比这还要久吧？

午后，周岚给姜芥发来消息，让她回一趟社工部。和张橙橙提了一嘴后，她便直接下去了。

周岚正好在录入资料，见她来了，停了手里的活，笑一笑说："坐。"

姜芥带上门坐下："周姐好。"

周岚心情很是愉悦："小嘉这次的个案，真的多亏你了。"

"应该的，应该的。"姜芥谦虚地摆摆手，"我也只是尽我所能帮助他而已。"

周岚"嗯"一声，又道："目前小嘉手术已经做完，社工部成立的这个个案也差不多可以收尾了，你看看找个时间写一份报告给我？"

姜芥："好的，我尽量这几天就写出来。"

周岚抽了份文件出来递给她："按着这个格式写就行，有什么不懂的，你有我微信，发微信问我就好！"

"嗯嗯，没问题！"

"还有就是……"周岚顿了下，问，"医务社工这个，你打算继续做吗？"

姜芥想都没想："当然呀！"

看着她认真的目光，周岚对这个年轻女孩儿的好感一时间上升了不少，莞尔继续道："我们医院年后会成立一个以减压为主题的小组，给医院某些压力过大的病人开展一些释放内心压力的活动，这些活动主要是以游戏为主的，像各种放松的减压游戏，例如踩气球之类的……

132

"另外还有一种形式，就是分享，组织病人之间轮流倾诉，然后大家共同给倾诉者以回应和支持。这样……你的性格比较外向开朗，又懂才艺表演，所以我就想年后安排你进这个减压小组，你看如何？"

"当然可以呀，我没问题的。"姜芥应得很爽快，"只要能帮到他们就好。"

"好，那既然这样，等年后回来了我再通知你。"说着，周岚又想到什么，问她，"你放假了吗？"

姜芥："今天刚放。"

"没回家？"

她咧嘴笑了笑："我想等小嘉出院了再走。"

周岚微微一愣，有些意外地一弯唇："有心了。"

姜芥倒不在意："反正回家也是闲着的。"

周岚："嗯，那行，我这边没什么事儿了，你去忙吧！"姜芥站起身："好的，那我先走了。周姐再见。"

第二天中午，姜芥照旧做了饭菜给温时卿和小嘉送来。

等小嘉吃过、午休睡下后，她拉着张橙橙到楼道，说了下领养的事儿。

"你要领养小嘉？"张橙橙高呼一声，目光里满是讶然，"你爸妈同意了？"

姜芥点头："嗯，他们很支持我。"

张橙橙欣慰地笑了，看着姜芥一脸动容："真好，小嘉能遇到你，真的很幸运。"

"你放心，橙橙姐。"她说，"我会让小嘉开开心心地活下去，等我以后毕业了，就把他接来身边，好好照顾他。"

张橙橙一笑，又问："你能告诉我你这么做的原因吗？"

姜芥望着街景想了片刻，答："其实，我也不知道为什么……只是单纯觉得，小嘉目前的一切，都不是他现在这年纪该承受的，我希望他可以多笑笑，多看看这外面的世界，等日子久了，他就会明白，这世上会有更多的人喜欢他，珍惜他。"

张橙橙沉默了好长一阵，最终还是那句："小嘉能遇到你，真的是他这辈子最幸运的事儿了。"

"可那又如何……"姜芥低叹一声，"毕竟他的亲生父母，不是我……"

张橙橙抬手拍拍她："走吧，咱们去楼下买点儿水果。"

"好。"

两人挽手下楼，走到一半，姜芥突然想到什么："对了橙橙姐，关于我要领养小嘉的事儿，你先不要提，我打算过年带小嘉回我家和我爸妈见过后，再去孤儿院申请领养。"

张橙橙抬手比了个"OK"手势："没问题！"

当天晚上回家，姜芥去学生街买了些烧烤打包回方遇公寓。

拉开门一看玄关少了两双方遇的鞋，她这才想起，方遇和他女朋友坐今天下午的航班去泰国了。

她瞄了眼墙上的时钟，这会儿估计已经到那边的酒店了。

一看手里两人份的烧烤，姜芥无奈地轻叹一声："那就由我来解决你们吧！"

开了电视，姜芥捧着那盒烧烤坐到茶几前，刚吃了一串羊肉，手机的消息提示音便响了起来。

是夏眠发来的：

［夏日眠长：芥子，明天我轮休，要不要出来逛街吃饭呀？］

［小鱼仙草：可以！］

［夏日眠长：那明天十点，银泰见？］

［小鱼仙草：好的！］

回复完消息回到群里，焦妍正好在问她买了回去的机票没有，姜芥放下竹签，两手打字：

［小鱼仙草：还没呢，我得看看小嘉啥时候出院，到时候可能和他一块儿，我答应过要带他去北阳玩的。］

［老盐巴：哦，那买了票和我说一声。］

134

温时卿今晚值夜班，便在食堂简单地解决了一下晚餐。回到办公室冲了杯咖啡坐下，手机刚好弹出两条微信消息。

〔方遇：时卿，我和孜孜今天去泰国了，姜芥一个人在我家住着，我不太放心，你有空帮我照看一下啊？〕

而后，方遇发来了姜芥的微信名片。

〔方遇：这是姜芥的微信，我已经和她说好了。〕

温时卿伸指点进去，看着那熟悉的头像昵称和早已和她成为好友的联系人界面，弯了弯唇，点出去回复：

〔W：行。〕

翌日，值了一宿夜班的温时卿，颇为困倦。看眼时间，见指针已过十点一刻，他关了电脑准备换衣服下班。

"嗡"一声，被他关了铃声的手机在桌上振动了起来，温时卿脱白袍的手一顿，一看来电是夏眠，赶紧接了起来："喂。"

夏眠："喂，时卿啊？你还在医院吗？"

"嗯，准备下班。"

"你能不能帮我去小嘉病房看看，姜芥在不在？或者帮我问问张橙橙她早上有没有来过医院？"夏眠的语气听上去有些焦急，"我昨晚和姜芥约好今早十点在银泰见面的，这会儿都十点多了，她还没来，微信没回，电话也没接……"

温时卿心头"咯噔"一下，立即迈步出办公室径直走到小嘉病房。

敲了下门，他拧开门锁进去，见躺在床上的小嘉和坐在一旁的张橙橙，匆匆问了句："姜芥来了吗？"

张橙橙见他一副急攘攘的模样，愣了下："没啊，她说她今天有事不来医院。"

温时卿眉心一跳，道了声"谢谢"带上门出去，对着电话里的夏眠说："她没来。"

夏眠一听，心里越发担忧，问："你知道姜芥小舅舅家在哪儿吗？她现在在她小舅舅家住着，她小舅舅出去旅游，她一个人我还是不太放心……你和他小舅舅认识，要不……"

夏眠顿了下，试探性问道："你帮我去她小舅舅家看看？"

电话里头的温时卿沉默了一阵，就在夏眠以为他可能拒绝的时候，那头忽然传来一道低沉的：

"好。"

挂了电话，温时卿迅速换了外套下楼，连上车内蓝牙，他开始给姜芥打电话。

一通两通三通，均是无人接听。

温时卿踩油门的脚开始加重，原本拨给姜芥的电话，转而先给方遇拨了过去。

忙音响了一阵，接着"咔嗒"一声被接起，声线悠悠然："喂时卿啊，怎么了？"

温时卿不多废话，直问："你家在哪栋？"

那头的方遇听着温时卿凝重的语气，一愣，答："9栋二梯707，咋了？"

温时卿："姜芥早上没来医院，和朋友说好的约没去，电话也没接。"

方遇急了："那你赶快去看看，房门密码899099。"

"嗯。"温时卿瞧了眼后视镜，"我在路上了，待会儿再回你电话。"

温时卿继续给姜芥拨电话。

冗长的忙音响了几声，就在温时卿打算挂断再打第二通时，那道忙音短促地响了下，接着，里头传来姜芥气若游丝的声线：

"温医生，救……命……"

虚弱的声音响过，温时卿心头一紧，差点儿没控制好脚下的油门："喂，姜芥？你在哪里？姜芥？"

"嘟嘟嘟嘟……"

通话被切断，温时卿急躁地按了两下手机，再次拨出去，那头却传来：

"您好，你所拨打的电话已关机，请稍后再拨……"

闻声，温时卿关了手机，看着前头仅剩三秒的绿灯，加重油门开了过去。

到了御景小区，他顾不上找车位，直接驶到单元楼下，心急火燎地搭电梯上楼。

姜芥的那声"救命"不断在耳边浮现，他着实是冷静不下来。出了电梯，找到房门号，急促地边按门铃边敲门："姜芥！姜芥！"

喊了两声，温时卿见里头没有应声，便按着方遇给的密码，直接开了门锁进去了。

除了玄关边那袋吃过的外卖垃圾，屋子里整整齐齐的，倒没什么不对劲儿的地方。

温时卿四周张望一圈，换了鞋打算往里走，忽然就听屋里传来一阵"咕噜"的冲水声。

他阔步走过去，在看到某间房门缝透出来的光线后，抬手敲了敲门："姜芥？你在里面吗？姜芥？"

下一秒，门从里面被拉开一道小缝，温时卿只见瓷砖地上一双白细的腿，眉头一蹙，他伸手小心翼翼地往里推。

浴霸灯亮着，姜芥倒在马桶旁边，身上只穿着件白色的睡裙，长发散乱，漂亮的脸蛋憔悴不堪，没了平时的光彩，连嘴唇都干得发白起皮。

温时卿两步上去蹲身扶起她的脑袋，抬手在她惨白的脸上拍了拍，嘴里沉沉地唤着："姜芥，姜芥，姜芥……"

听到声音，姜芥费尽气力微微睁开眼，在看到温时卿那张放大的俊脸后，断断续续叫了声："温……医生……"

温时卿伸手在她额头上试了试体温："哪里不舒服？"

"肚……肚子疼……"

温时卿抬眼观察一圈，在看到马桶旁残留下来的呕吐物后，问："吐了？"

姜芥缓慢地点了下头。

"吐了几次？"

她比了个"四"。

"有没有拉肚子？"

姜芥从鼻腔里发出一个"嗯"字。

温时卿一拧眉，毫不费劲儿地抱起她，径直走到床边把她放平，隔着她

137

薄薄的睡衣，抬手在她肚皮上进行简单的按压检查："这儿疼吗？"

姜芥没力气睁眼，只轻一摇头。

温时卿按压的位置往边上微移："这儿呢？"

姜芥继续摇头。

最后，他往靠近胃部的位置轻轻一按，还没问出声，姜芥吃痛地"嘶"了一声，皱起了眉："疼……"

温时卿收回手，对症状有了大概的了解，给她盖好被子，柔声道："你先睡一下，我一会儿就来。"

话音刚落，姜芥迷糊间只听到一阵开关门的声音，脑子里还来不及思考他要去哪儿，便沉沉地睡过去了。

再一觉醒来，姜芥只觉得脑子蒙乎乎的，浑身没力，喉咙都干到发涩。她侧头望一眼床头正在充电的手机，便想去拿，抬手却看到自己正打着吊瓶的手背。

姜芥微微一愣，忽然就忆起自己睡前发生的一切。

温医生来过。

抱着她到床上，还摸了她肚子做检查。

想到这里，姜芥羞赧地弯唇笑了笑，藏在被子里的另一只手还探到自己肚子上摸了摸。

正痴想着，房门突然被推开了，温时卿一手端着杯热水，一手拿着药包走进来，抬眸看到正睁着眼看他的姜芥，目光微顿："醒了？"

姜芥略显苍白的脸蛋扬起一个笑容："嗯嗯。"

他放下手里的水和药，问："还难受吗？"

姜芥坐起身："好很多了。"

他这会儿脱了外套，穿着圆领毛衣，里头衬着件黑色衬衫，袖口被他拉至手肘处，露出一截线条流畅的小臂。皮肤冷白，肉眼可见他眼下淡淡的乌青色，原本光洁干净的下颌冒了些胡碴，满脸尽显倦态。

姜芥这时想起，他昨晚是夜班。

"我煮了粥。"他说，"你吃一点儿，然后把药吃了。"

姜芥心生愧疚，抠着手指喃喃道一声："对不起啊，温医生……你刚下夜班吧？害得你没睡觉……"

温时卿垂眸看她片刻，想起门口那袋已被他带去扔掉的外卖垃圾，冷不防问她："昨晚吃什么了？"

"啊？"姜芥抬头瞅他，"烧烤……"

温时卿一脸"我就知道不是什么健康食品"的表情，严肃道："急性肠胃炎，以后少吃这些东西。"

姜芥小鸡啄米似地回答："不吃了不吃了，昨晚又吐又泻的，简直生不如死……"

温时卿："我去盛粥。"

"好的。"

温时卿前脚出了房间，她床头的手机随后便响了起来，姜芥拿过来看一眼，在瞧见屏幕上"夏眠姐"三个字后，恍然想起，她早上约了夏眠逛街！

按了接听，姜芥开口就是："啊啊，夏眠姐，对不起！我昨晚吃坏肚子了，又吐又泻的，就没顾着去看手机！"

那头夏眠轻笑一声："我知道，时卿和我说了。怎么样，现在好点儿了吗？"

"好多了好多了，多亏温医生。"

"没事就好。"夏眠语带得意，"看来我这回让他去找你的做法很是明智啊！行了，那我不打扰你休息了，你好好把握机会，就这样啊！"

"不好意思啊，夏眠姐……那我们下次再约啊。"

"没问题，你好好休息，拜拜！"

电话挂断，温时卿刚好端了粥进来，热腾腾的还冒着热气。

姜芥想起刚刚他打电话来时说到一半就自动关机的手机，出声问他："温医生，你帮我手机充的电吗？"

温时卿"嗯"一声，把粥递到她面前，交代道："吃一点儿，然后歇一会儿吃药。"

姜芥接过来吹了吹，抿一口，又问："你也会做饭呀？"

温时卿给她拆开药丸，应道："会一点儿。"

姜芥张嘴又喝了两口，默不作声地看着他拆药丸时温柔细腻的动作，心里一时感到满足极了。

她甚至贪心地多想，如果这个男人能一辈子都在她身边，那该多好。

可转而一想到他那副时常冷漠的神态，心里那丝苟延残喘的希望瞬时又被碾得只剩渣了。

碗里的粥被姜芥一滴不剩地喝光了，接过她手里的空碗，温时卿抬头看了眼吊瓶里的药水，说："药水快好了，半小时后把药吃了。"

姜芥："好。"

等温时卿洗过碗再回来，吊瓶里的药水正好滴完。他走过来，弯腰熟练小心地撕开胶布，然后迅速地拔了针，低低道："按几分钟，别松。"

姜芥看了眼时间，已过下午一点。她担心他太过疲惫，出声道："温医生，我没事了，你快回去休息吧，我再睡一觉就好了。"

温时卿把废弃的医疗用品装进塑料袋里，系好袋口瞧了她一眼："记得吃药。"

"我会的。"姜芥催他，"你快回去休息！"

温时卿没应声，拎着袋子带上门出去了。

姜芥依然有些困倦，看看时间差不多了，把桌上的药吞了后，又躺下睡过去了。

再次醒来，天已全黑了，只有外头从门缝里透进来的丁点儿灯光。

姜芥揉了揉眼睛，坐起身。大概是温医生给她留的门吧。

中午的药水和药丸起了作用，她这会儿除了肚子饿外，倒没什么其他感觉了。

开灯穿了拖鞋出去，走到台阶口正准备按开客厅的灯时，姜芥眼角的余光突然就瞥见躺在沙发上那道高大的身影。

她一愣，原本落在开关上的手收了回来，放轻步子走过去。

他睡着了，英挺的五官在沉睡时显得格外柔和沉静，少了平时的那股疏离感。

再一看，姜芥发现他身上的衣服也换了，不是下午穿的那件，就连下颌的胡碴也刮得干干净净，靠近些还能闻到他身上清新的柠檬味沐浴乳香。

这是回去洗了澡又过来了？

她蹲下身，两手托着脑袋，借着阳台上透进来的微弱月光，就这么静静地看着他。

姜芥心里安稳又平静。

"温医生啊，追了你这么久，你就不能停下来，真真正正地看我一眼吗？"

她喃喃自语一声，细腻温软的嗓音听上去很是无奈。

良久，桌上的手机忽然"嗡"地震了起来，在这寂静的房间里，格外清晰突兀。

姜芥一吓，霍地站起身，正打算伸手把它按掉，沙发上的温时卿眉头蹙了蹙，睁开眼，在看到站在沙发边上的姜芥时，微微一愣。

姜芥有点儿不知所措，指了指桌上的手机："你，你，你电话响了！"

温时卿反应过来，伸手拿过手机接起。

"喂？时卿啊？"屋子里极静，静到姜芥可以听到手机里方遇的声音，"姜芥好点儿了没有？"

温时卿捏着眉心："嗯，好多了。"

方遇放下心来："那就行，麻烦你了啊。"

温时卿语气淡淡："没事。"

"那行，那不吵你了，我晚会儿再给姜芥打电话！"

"嗯。"

通话结束，姜芥立在那里，垂眸盯着他乌黑的短发，落了满眼的失落：原来是小舅舅找的他啊……她还以为他对她，起码还有一点点的紧张。

姜芥正出神，温时卿抬头瞅她，问了句："感觉怎么样？"

姜芥目光落到他脸上，扯了扯唇："好多了，除了肚子饿，已经没觉得疼了。"

"嗯。"

"温医生，你不用再特意过来的。"她说，"我能照顾我自己。"

温时卿没应她，站起身收了手机，没由来地说了句："走吧。"

"不是说肚子饿？"温时卿瞧一眼她身上的睡衣，"换身衣服，出去吃饭。"

说完，他径自去了卫生间。

留姜芥一脸愕然。

吃……吃饭？和温时卿？

3.他要偷偷相亲

温时卿驾车带她去了邻街的一家粥铺。店面装修简洁，环境也不错。

给姜芥点了一份小米粥和一盘去油的青菜，温时卿另外给自己叫了碗牛肉面。

姜芥全程没说话，坐在他对面托着下巴痴痴地望着。刚刚心里的那点儿不快早就被她抛到九霄云外去了，脑子里来来去去只剩：

"第一次和温医生面对面吃饭，第一次第一次第一次。

"温医生点菜的样子也太好看了吧，细心又温柔的。

"温医生说话的声音也好好听，呜呜呜，想做那个服务员，想做他手里的菜单……"

半晌，服务员拿着菜单去下单了。

温时卿自动忽略掉她痴迷的目光，嘱咐道："这两天不要吃油腻的东西，尽量喝粥，吃得清淡一些，药再继续吃一天。"

"嗯嗯嗯！"姜芥两眼冒星星，"温医生你真好看。"

温时卿："……"

晚上回去，姜芥接到方遇的电话。后者上来就劈头盖脸地训了她一顿，说什么他一不在她就乱吃东西，整那么多事出来害他在国外都不安心。

姜芥除了应声受批，还能说什么？

"是是是，小舅舅你说得是，我错了，错了，错了。"

"自己注意着点儿啊！我这不在的，老是麻烦人家时卿多不好意思！"

姜芥碎碎念一声："我挺好意思的……"

"你说什么？"

"啊？没什么没什么。"姜芥笑哈哈掩饰，"你吃好喝好，和我小舅妈多恩爱恩爱就好！我会照顾好自己的！那就不多说了舅，春宵一刻值千金，你赶紧忙你的，我挂了啊，拜拜！"

说完，她连给方遇出声的机会都没有，"啪嗒"挂了线。

洗过澡，姜芥因为今天睡了一天，这会儿很是精神。躺床上刷了会儿微信朋友圈，她又点到温时卿微信里，给他发起了微信：

［小鱼仙草：温医生，今天谢谢你呀。］

［小鱼仙草：为了表达我的谢意，我明天中午给你做一顿丰盛的午餐送去！］

片刻，就在姜芥以为他已经睡着不会回复的时候，他却意料之外地回了过来，很简单的几个字：

［W：早点儿休息。］

姜芥激动地握着手机在床上滚了两圈，回复：

［小鱼仙草：温医生晚安。］

夜深了，天上稀疏的几颗星被飘来的云雾挡住，整个小区平静又安逸。独独静不下来的，是姜芥那颗萌动的少女心。

次日，一夜好眠的姜芥可以说是恢复得差不多了，精神焕发地起床刷牙洗脸。想起温医生昨天的嘱咐后，她又顺便给自己煮了点白粥做早餐。

姜芥的作息习惯还算健康，因为早睡早起对嗓子有利，她甚少熬夜，加上平日里都有早起练琴的习惯，生物钟在那儿，哪怕放了假，她也都起得早不赖床。

煮完粥的时候刚好九点，她盛了一碗端到餐厅坐下，一边吃一边习惯性地刷着微信朋友圈。

"嗡"一震，有微信消息进来。

姜芥退出去，点到微信栏，一见置顶温时卿的消息框上顶着个红色的"1"，姜芥震惊得连勺子都拿不稳了。

［W：起床了没有？］

这是温医生头一次！主动！给她发微信！

扔了手里的汤勺在碗里，姜芥两手并用打字回复：［起了！］

那头温时卿稍稍觉得意外：

［W：挺早。］

［小鱼仙草：嗯嗯，习惯了。］

［W：吃过早饭记得吃药。］

［W：早饭只能喝粥。］

姜芥内心一阵感慨：真是位细心负责的好医生啊……

要不是因为方遇的嘱托和温时卿这医生职业，她都要自作多情地以为温医生对她有好感从而关心她呢。

她拍了张自己眼前这碗白粥的相片并发过去。

［小鱼仙草：喝着呢。］

［W：嗯。］

［小鱼仙草：你也记得吃早饭呀，我中午给你送午饭哦！］

良久过去，他没回复，大概是不会回了。

姜芥关了手机把最后一点儿粥喝完，换衣服出门买菜去了。

冬日的早晨，阳光很好，温柔地洒在街道上，和煦又惬意。

南方的冬天不像北阳那样干燥冻人，而是湿冷刺骨，钻心般地寒，任是姜芥这样耐冻的北方人，都难抵这里的寒冷，乖乖地围上了围巾。

姜芥来菜市场逛了一圈，看着这些品种繁多的菜，思考着中午做些什么感谢人家才好。

目光一转，姜芥望见前头那家琳琅满目的海鲜摊，灵光闪现。

姜芥送饭过来的时候，温时卿刚从手术台上下来，早上和她聊完微信后，便直接进手术室了，一直到现在。

她就坐在办公桌前，背对着他，穿着短款的羊羔绒外套，趴在桌上，白嫩的手指在有一搭没一搭地敲着桌面，安静又乖巧。

温时卿侧身关上门。

听见动静，姜芥直起身扭头，垂头从腿上的布袋里拿出两个饭盒，推过去。

温时卿微一挑眉："两个？"

姜芥取了筷勺盒出来，递给他，嘻嘻笑着点头，催他："你快打开。"

温时卿一一打开，一看菜品，眉梢扬得更高了些："海参？"

姜芥咧唇，两眼笑得像月牙："诚意要足嘛！给你补补身子！"

补补身子？温时卿没忍住笑了。

忽然就想到那次的韭菜炒鸡蛋。

再抬眸一看这姑娘单纯天真的目光，垂头又笑得很是无奈。

他笑得不明所以，姜芥一脸蒙，垂眸看一眼那饭盒里的海参，拿过来嗅了嗅："没腥味儿啊……你不喜欢吃海参吗？"

温时卿敛了笑，低低应一声："没有。"

"那你笑什么？"姜芥越发无解。

他轻声咳了咳："没事。"

见他不说，姜芥也没敢多问，想想反正他吃就行了，便站起身，笑笑："那我去给小嘉送饭了，温医生你慢慢吃。"

温时卿："嗯。"

推门进到病房，张橙橙和小嘉都闻声齐齐看来，一见是她，张橙橙立马就想到昨天温时卿匆忙找她的模样，忙问："你昨天怎么了？温医生昨天来病房找你了，一脸慌张的。"

姜芥讪讪笑了下："前天晚上吃坏肚子了，又吐又泻了一宿。"

张橙橙松了口气，看她这会儿容光焕发的样子，关心地问了句："现在怎么样？好多了吗？"

"好了，好了！"姜芥提了布袋放在床尾的桌子上，"温医生给我打了吊瓶，吃了药已经不难受了。"

张橙橙意味深长地扬了扬眉，"原来是爱的力量啊。"

姜芥故作娇羞地拍她。

"呵……"一声轻哼从床头传来，小嘉面无表情地看着她，"肚子也能吃坏笨蛋。"

姜芥瞪他一眼。

小嘉手术后日渐转好，距离出院的日子也就越来越近。

晚上，姜芥买了后天回家的机票。关于小嘉去北阳过年的事儿，张橙橙还需要回孤儿院和院长汇报一下。姜芥便决定等年前再接小嘉过去。

机票出票成功，姜芥第一时间发了订单资料给焦妍。小妮子看了之后，回：［等着我那天来接你。］

［老盐巴：话说，这寒假都要过了，你和你温医生到底进展得怎么样了啊？］

［小鱼仙草：唉，除了那天吃坏肚子被关心过一天后……没啥进展。］

恢复身体的第二天，姜芥便把自己生病的事儿给焦妍和沈北寒说了，包括方遇托温时卿照顾生病的她的事儿。焦大小姐听后，没一句关心也就算了，还没良心地落井下石："靠你小舅舅才能得来'男神'的关心，合着这几个月的真心盒饭炮弹一点儿用也没有，连我都要怀疑你这长相和魅力了。"

第二天，姜芥照常去医院送饭，顺便和温医生说一下她明天就要回家的事儿。

敲了两下门，姜芥推开进去。

人不在，不过手机在。

可能去洗手间了吧。姜芥这么想。

放了饭盒在他桌上，她打算离开。刚一转身，敲门声响起，接着有人拧开门锁进来。

是位留着短发的中年妇女，穿着朴素但不失大方，体态典雅又端庄。

余岑抬眸瞧见屋里有个陌生女孩儿，脸上一愣。

姜芥礼貌地笑了笑："您好，您找温医生吗？他应该很快就回来，您稍微等等。"

余岑见她亲和有礼又漂亮，微微一笑，眼角的细纹随之展现："嗯。"

而后，姜芥过去拉开门，正好撞上回来的温时卿，脚步一顿，她半撑着门，说："哎，温医生，有病人找你。"

温时卿侧目看去，眸色微怔，有些意外地笑了笑，走进去："妈，你怎么来了？"

这边刚合上门的姜芥愣住。

妈？

姜芥悄悄然侧了个身，贴在门边的墙上。

余岑莞尔："妈刚好路过，就上来看看。"她瞟了眼门，想起刚刚的女孩儿，问道，"刚刚那姑娘是……"

门外的姜芥一听这话，便满脸期待地把耳朵竖得更直了。

温时卿没回答，几步到饮水机前倒了杯温水，自然而然地避开这个问题，只问："怎么不提前和我说一下？"

"哦，我是临时决定的。"余岑接过他递过来的水，"顺便和你说个事儿。"

"嗯？"

"我昨天下午和单位里的张阿姨一块儿逛街，她有个女儿，在中学里教书，今年二十七了，还没找男朋友……"

话到这里，温时卿已经猜到余岑女士的意图了，他一笑，拒绝的话刚到嘴边，余岑便打断他，"你先听我说完。我啊，之前见过她几次，挺清秀一姑娘，人也温婉安静……我和你张阿姨就商量着晚上让你俩见见，你整天待在医院，也认识不了什么女孩子，没要你干吗，就当交个朋友，去见见？"

相亲?

贴在墙上的姜芥下巴都要惊掉了,内心一个劲儿念着"不要不要不要!",结果下一秒就听里头传来一道沉润的:

"嗯,好。"

后面的话,姜芥没心思听了,捏着那空布袋愁云惨淡地往前走着。

温婉安静的姑娘。

和她的性子截然相反。

万一是温医生中意的类型该怎么办?

万一两人一见钟情了怎么办?

万一一个寒假回来,他们就"速度"领证结婚了怎么办?

越想,姜芥的脑子里就蹦出越多种不祥的预感,她懊恼得都快哭了。

"芥子!芥子!"

肩头忽然被人拍了一下,姜芥无精打采地扭头,很轻地"啊"了一声:"夏眠姐……"

"怎么了你?"见她一脸哀愁又心不在焉,夏眠问,"不舒服?"

姜芥目光幽怨,声线沉闷:"心脏不舒服……"

"啊?"夏眠紧张起来,拉着她,"怎么不舒服啊?我带你去温医生那儿开个单做个检查!"

"不不不,不是……"姜芥忙扯住她,神神秘秘领着她到楼道旁,长叹一口气,"温医生晚上要去相亲了。"

"啥?"

夏眠的吃惊程度显然不亚于她:"相亲?你怎么知道的?"

姜芥有点儿不好意思地吐了下舌:"刚刚偷听到的……他妈妈就在他办公室和他说呢……"

"那他答应了?"

姜芥委屈地一点头:"答应了。"

夏眠"嘶"一声,有点儿难以置信:"不应该啊,按他那性子,一般这种场合,他都会拒绝的啊。"

姜芥心情越发低落："不会是为了摆脱我吧……"

"不会吧……"夏眠觉着不大可能，"你之前生病，他不挺照顾你的吗？"

"那是他受了我小舅舅的托付而已。"

夏眠一时也不知道说什么，只能安慰："哎呀，现在还没嘛，只是去见个面，温医生那么高冷的，说不定能气跑人家呢？"

姜芥沉默着思虑一阵，突然直起身，做了个决定："我晚上得跟去看看！不然我明天走得不安心。"

"你明天回去啊？"夏眠问。

"啊……所以才愁啊！"

"可惜我晚上有夜班，不然就陪着你一起去了。"

"没关系！"姜芥重振精神，"我自己可以的！"

傍晚，姜芥提早在医院门口等着。在收到夏眠"温医生已经下楼"的通知后，她提前拦了辆出租车坐了上去。

五分钟后，温时卿的车缓缓从医院大门驶出，姜芥目不转睛地盯着他的车，拍拍司机的座位，说："师傅，麻烦你跟着前面那辆黑色的，车牌延A66799的车！"

话音刚落，司机目光复杂地转过头看她，却没动静。

姜芥反应过来，咳嗽两声，郑重道："那是我老公，最近老是夜不归宿，我怀疑他外面有人了！您帮帮忙，追上他！拜托拜托。"

"捉奸啊？"司机一听，胸腔里的正义感开始燃烧，迅速挂了挡跟上去，"你早说啊！"

车子一路紧跟着，姜芥一心怕跟丢了，盯着前面不远处的黑车，极其紧张。

等红灯的间隙，司机看了眼就停在他跟前的那辆黑车，突然开口："姑娘，看你还很年轻啊？这么早就结婚了？"

既然开了个头，那就得继续编下去，姜芥："啊啊，是啊。"

司机："哎，听你口音不像本地人啊？"

"哦，我北阳的。"

"哟。"司机讶然，"还是远嫁？这么年轻就结了婚，老公还出轨，不容易啊你。"

姜芥干巴巴笑了两声，正好望见那跳绿的信号灯，忙提醒道："师傅师傅，绿灯了！"

前头的车缓缓加速，司机紧跟其后。

接着，这位中年司机使出了他毕生的驾车功力，将这场跟踪"捉奸战"紧张又完美地进行到底。

付过钱，姜芥匆忙下车，瞧见不远处从车上下来的温时卿，立即闪身躲到了电线杆后头。

随后，她远远望着那道俊挑的身影，进了马路对面那家看上去意境十足的西餐厅。

"叮零"一声响，餐厅门被推开，门边的服务员面带微笑地迎了上来："欢迎光临，这位女士，请问几位呢？"

姜芥放眼四周，寻找温时卿的身影，心不在焉地答一句："啊……一位。"

"好，里边儿请。"人美声甜的女服务员领着她一路进去。

姜芥跟在她后头，两眼四处观望着，在瞧见独自一人坐在靠窗位的温时卿时，目光一顿，拉住前头的服务员，指了指温时卿后侧方的空位，问道："我想坐那里可以吗？"

服务员彬彬有礼："当然可以。"

说完，她侧身领着姜芥过去了。

怕被温时卿发现，姜芥全程是低着头靠墙走过去的。到了座位前，她迅速一闪身，挑了个温时卿看不着她的角度坐了下来。

服务员递上菜单："女士想吃些什么呢？"

姜芥顺势接过菜单，漫不经心地翻了两下，心想着：一个人，那就是女方还没来，看来得坐挺久。

而后，她一指菜单上那盘肉酱意大利面，轻声说："要这个，再来一杯咖啡。"

"好的，还需要其他甜品之类的吗？"

姜芥微微一笑摇摇头："先上这两个吧。"

"好的，您稍等。"

服务员留了菜单，过去下单了。

这时，餐厅大门的铃声响了两下，一位身材纤瘦、长相清秀的女人走了进来，穿着端庄，略显成熟。

她踩着高跟鞋过来，在半途停了片刻，在瞧见靠窗的温时卿后，迈步径直朝他走了过去。

隔得不是很近，加上四周餐具碰撞的清脆声和餐厅的背景音乐，姜芥根本听不清楚他们说了什么，只看到那女人一脸笑意地冲温时卿说了两句话，后者便站起身邀她坐下。

从姜芥那个角度望过去，他清隽的面容上，还微微带着笑。

姜芥脑子里顿时警报响起，举起菜单遮住半张脸，嘴里不爽地嘀咕着："什么哦，平时也没见你对我笑得这么开心……"

服务员刚好上来餐点，姜芥目光幽怨地盯着他对面的女人，愤愤地拿叉子戳着那盘意大利面，开始碎碎念："对你那么好你都没感觉，人家你才见一面，就聊得这么起劲儿，我不要面子的啊！

"喜欢那种类型的，你早说啊！

"吃个饭捏着掩着的，真作！"

说着，她卷了口碗里的面，张嘴全然不顾形象地一口气塞了进去，满满当当，还沾了一嘴的酱汁。

愤怨地嚼着嘴里的面，姜芥再次朝那个吃口面包都要掩唇的女人，恶狠狠地翻了个白眼！

糟心！

由于完全听不清他们在说什么，全程姜芥都只能拿着菜单偷摸着瞪眼观察。

四十多分钟过去，就在姜芥瞪得两眼发酸之际，斜对面的温时卿和那女人一前一后站起来了。

前者拿了单子去前台买单。见状，姜芥忙喊来服务员，掏了一百元递上去，视线随那两道身影移动着，说："不用找了。"

夜幕低垂，姜芥推开门出去，站在门口左右张望两眼，寻到那两道身影后，忙跟了上去。

好在这会儿人多，她掩在人群里，小心翼翼地观察着温时卿的动作，见他稍有侧头，身子便灵活地往旁边一闪，尽量避开，以免被发现。

一段路，前头的两人走了差不多五分钟，而后，齐齐侧身往一栋大楼走了进去。

姜芥迅速穿过人群，站到那栋大楼前，抬头张望。

电影院？

"吃完饭就看电影？"姜芥简直不敢相信自己的眼睛，"就这么合得来吗？"

从刚刚吃饭开始，他俩那谈笑风生的模样就让她窝了一肚子的火，这会儿，直接就被点燃了导火线，她难以抑制地爆发了。

狠狠地一甩手，姜芥漂亮的脸蛋登时阴沉沉的，怒吼："不跟了！真气人！祝你俩百年好合！"

姜芥心情简直坏到了极点！

活到现在，除了温时卿，谁还能把她气到？之前都是别人追着抢着和她表白，哪有过现在这样，她把真心掏出来给他，结果人家把它当球踢，说丢就丢！

愤怒在胸腔里搅着，把她最后一点儿理智和耐性都搅得乱七八糟，这几个月发生过的点点滴滴和那些掺杂在一起的坏情绪，瞬间就涌了上来，堵在喉间，涩涩的在发酸。

街边影音店里的音响，正放着首前两天她刚听过的新歌，那道清亮又纯粹的女声，将歌词里的挣扎和心酸，诠释得淋漓尽致——

> 爱不是谁够努力，就值得被珍惜，
>
> 可我，总学不会放弃。
>
> 我是真的想，独占你不跟谁分享，
>
> 可是我真的傻，才害你黯淡了光芒。
>
> 感谢是你，美好了回忆。
>
> 你要找到比我更爱你的人，爱你。
>
> 我喜欢你，你也喜欢我的几率，
>
> 误差会有几厘米……

控制泪腺的那根神经，彻底崩了。

姜芥哽在喉间的酸涩最终没能忍住，和眼泪一起滚滚而下。

她捂起脸，尽量掩住自己的狼狈，往前头的小公园走去。

路灯有些旧了，灯丝闪了两下，投射出来的光线很是微弱。

她找了处没人的台阶坐下，埋头呜咽。

在外面哭得满脸泪痕，这还是姜芥第一次。

到这会儿，她才真正体会到，原来一直追在身后的人，是这么辛苦和无奈。

手机这时忽然响了，是焦妍打来的。

那欢快跳跃的铃声此刻听在她耳里，简直聒噪极了。

按了接听，她抽抽搭搭地"喂"了一声。

那头焦妍一听声就察觉到了不对劲儿，声线顿时凝重起来："怎么了这是？"

这一问，把她心里憋了好久的委屈都给激出来了，姜芥吸吸鼻子，一抽一抽地带着那明显的哭腔，说："温时卿他……他相亲去了……呜呜呜……他们去西餐厅，西餐厅！我和他第一次吃饭都只是在粥铺，他们第一次为什么就是西餐厅！呜呜呜……"

焦妍愣了下，松了口气："还以为你出什么事儿了，相亲又怎么了？谁规定相亲就要结婚了？"

"他们吃完饭就去电影院了！这会儿估计正在乌漆麻黑的放映厅里卿卿我我呢！"姜芥吼一声。

焦妍惊："有这么迅速的吗？那女的很漂亮？"

"哪里漂亮了！根本没我漂亮！我还比她年轻，还比她有品位！"姜芥抹了把眼泪，说着说着又哭了，那软糯的声线里满是无奈，"身材一般，气质也一般……呜呜呜……"

焦妍嫌弃地低呼："那这温时卿也太没眼光了，放着你盘正条顺、人美声甜的年轻姑娘不要，去找个啥都一般的女人……"

"何止没眼光！"姜芥咬牙，憋屈了几个月，此刻就差歇斯底里了，"他还铁石心肠，冷血无情！我真心真意地对他，他居然无动于衷！竟然和别人相亲看电影！"

最后的话在黑夜里逐渐漫开，还没等焦妍给回话，姜芥头顶冷不丁响起一道低沉熟悉的嗓音：

"谁看电影了？"

淡然的声线，带着散漫和不以为意。

姜芥身子猛地一颤，吓得差点儿往后倒去。

她抬眸，男人修长的腿就在眼前，依旧套着刚刚那件长款的羊绒大衣，俊脸隐在夜色中，居高临下地望着她，看不清他脸上的情绪。

焦妍那头毫不知情，说话声还在继续，"现在的你他爱答不理，将来的你让他高攀不起！我就不信了，就你这长相还怕没男人？非得要他温时卿才能过一辈子啊？"

四周很静，焦妍的嗓门又很大，说的话一字不漏地进了温时卿耳里。他弯腰，凑到她眼前，瞥了眼她挂在脸上的泪痕，一挑眉，嗓音压得更低了："哦，谁看电影了？"

姜芥恍一下神，收拾好情绪冲电话里的焦妍说了句："等下回电话给你。"

随后，她挂断了电话。

她抹了眼泪，站起身，瞪着他没好脸色："你怎么在这儿？不是看电影吗？"

温时卿觑她，反问："你跟踪我？"

"我……"姜芥噎住，心虚道："我那是偶然撞见！"

其实温时卿也是在快离开的时候才发现她的。晚饭结束时，女方还有其他约，刚好就在餐厅附近的电影院，毕竟是余岑女士好友的女儿，他便出于礼貌送了送。至于跟着进去，不过是他想借用一下洗手间。

只是不曾想，气得人家小姑娘直接哭了，坐在小花园台阶上泣不成声的，憋屈极了。温时卿一路跟过来，光听她在骂自己了。

温时卿哭笑不得，也不追问了，抬手落在她毛茸茸的脑袋上，轻轻揉了揉："走吧，送你回去。"

这一动作，瞬间就把姜芥刚刚那点儿委屈全给化解了，心里一想到"既然他人在这儿，那就没和那女人看电影"，连自己骂过他的话都不当回事儿了，顿时欣喜安心地拔腿跟了上去。

得了吧，她不是袁湘琴，他也不是江直树；他们未来的路和江直树、袁湘琴之间的全然不同。

要他找个比自己还爱他的人，那是不可能了。

除非有一天她亲眼看见他结婚，要不然说什么她也不会放弃。

因为这世上，还能有谁比她还爱他？

"温医生，"姜芥两步走到他旁边，嗓音还带着哭过后的鼻音，闷沉沉的，"我明天要回家了。"

温时卿目光几不可察地一顿，淡淡"嗯"了一声："搭飞机？"

姜芥点头："嗯，明天中午的航班。"

"一路平安。"

这个话题到此结束，两人沉默着并肩走了良久，姜芥才发现，这不是去刚才餐厅那个方向："温医生，你不去开车吗？"

温时卿步子没停，说："御景小区就在前面，走过去就行。"

姜芥对这片不是很熟悉，他这么说那就听他的，走路过去相处的时间还更多，她再乐意不过："好。"

过了红绿灯，姜芥揣着心思望了他好几眼，最终想想，还是开口："温医生，你……"

温时卿侧目："嗯？"

"你你……"平时大大咧咧，直来直去的姜芥，这会儿倒结巴了，期期艾艾了半天，最后硬着头皮，问出声，"你对我，到底有没有感觉啊？"

四周顿时静了下来，空气像是被泼了凝固剂。

温时卿站在原地沉默了很久，张了张口正准备出声，姜芥忽然又抬手打断了他："算了算了，你还是先别说，让我过个安心年，等我回来再说吧。"

温时卿笑了。

五分钟后，两人在御景小区门前停下。

温时卿："早点儿休息。"

姜芥点头，看着他欲转身离去的身影，急忙伸手拉住他："哎，温医生……"

温时卿回过身来，看了眼握在自己手上细嫩白皙的手，那温热柔软的触感，渗进皮肤融入骨子里，令他颈椎骨都毫无预兆地酥了下。

姜芥瞧见他的眼神，以为他不高兴她碰他，赶忙松开，抬眸，面色有些羞赧："我想再问一个问题。"

温时卿"嗯"了一声。

"你……"姜芥咽了咽口水，"喜欢刚才那个女人吗？"

温时卿沉吟半晌："不喜欢。"

"我能知道为什么吗？"姜芥不怕死地继续试探。

"因为她……"男人眉峰一动，微微俯低身子，似笑非笑，"没你漂亮。"

姜芥心头"咚"的一声，砸得整个脑子都在发蒙。

没你漂亮。

没你……漂亮。

第四章　我们终会在某个交点汇合

你会遇到比我更甜，性格更温柔，对你更体贴的其他人，我也会遇见别人眼里更优秀的另一个人，可是我就是喜欢你啊，怎么办，就像你也会坚定地选择我一样。

1. 他吃醋了

温时卿沉润的嗓音撞击着姜芥的耳膜，她还没高兴得意上，眼角的余光又瞥见他嘴角微微上扬略带戏谑的弧度，她登时就想起自己刚刚和焦妍的通话：

"哪里漂亮了！根本没我漂亮！我还比她年轻，还比她有品位！"

红晕迅速爬上两颊，顺着血液蔓延至耳根，羞红到要滴血。

被……被听见了……

温时卿垂眸瞧着她的反应，很是满意，抬手在她脑袋上轻轻一拍："走了，晚安。"

良久，姜芥回过神再望去，温时卿已经离她五米远了。

"温医生！"她突然扬声喊道。

前头的温时卿脚步一顿，没回头。

姜芥张开五指，两手圈在嘴边，做出一个喇叭\的手势，大声唱道：

"就算世界与我为敌，我也超喜欢你！

"超！喜！欢！你！"

最后的四个字，她一字一顿唱得格外清晰，一下引来了周围人好奇的目光。

冬日的夜，寒冷又萧瑟。唯独你，温暖似阳光，填满了我的心房。

温时卿垂头笑了，迈步继续往前，眼底是掩不住的柔情蜜意。

次日，天朗气清，倒是个适合飞行的日子。

行李昨晚收拾了一半，姜芥今早便起得早了些。吃过早饭洗好碗，她回房间继续收拾行李。其间，来了条微信消息。

姜芥滑开，居然来自温时卿：

［W：几点的航班？］

激动一阵，她回复：

［小鱼仙草：十二点。］

［W：嗯。］

姜芥不明所以地挑挑眉，倒也没多想，又抓紧忙活了。

方遇已经和沈孜孜回北阳了，年前不会回延川，姥姥、姥爷前两天也被方欣女士从R市接到了北阳，所以要算起来，她应该是家里最晚回去的了。

收拾完行李，姜芥稍稍整理了一下屋子，和网约车司机约了十点半，她见时间差不多了，准备梳个头下楼。

门铃这时正好响起，姜芥刚抓起梳子的手顿了顿，疑惑地皱皱眉往玄关处走去，嘴里嘀咕一声："谁啊？"

踮脚往猫眼里瞧了瞧，姜芥着实一愣。

外头的男人穿着卡其色牛角大衣，微微侧着头，棱角分明的轮廓即使透过猫眼看去，也能三百六十五度无死角。

她迅速拧开门，简直难以置信："温医生？你怎么来了？"

温时卿抬眸瞅她一眼："收拾完了吗？"

姜芥退身让他进来，木讷地点点头："……完了。"

"叫车了？"他大手扶着门框，往前站到玄关处。

"嗯嗯。"

"取消了吧。"他说，"我送你过去。"

姜芥心头惊讶的同时腾起一丝期待："你怎么……"

只是话还没问完，温时卿又出声补充道："方遇托我来送你一趟。"

这盆冷水浇得可真及时。

车子一路平稳地驶上机场高速。临走前还能见到"男神"，姜芥珍惜回去前最后这一段时光，不放过任何一个偷看他的机会。

"温医生，我听橙橙姐说，小嘉后天就能出院了，是吗？"她侧身，正对着他问。

温时卿"嗯"一声："小嘉术后恢复得不错，主任医生检查过他的情况，已经签字同意他出院了。"

姜芥安下心来，笑了笑："那就好。"

四十分钟后，两人安全抵达机场。温时卿下车给她取行李，姜芥怕耽误他时间，拿了行李箱，忙道："温医生，我自己进去就行了，你先走吧，下午还要上班呢。"

"嗯。"温时卿低低应一声，目光在她漂亮的脸蛋上停留了几秒，"一路平安。"

"好。"她招手道别，笑吟吟地，"你回去的路上也小心，年后见啦！"

"年后见。"

下午三点，飞机顺利且准时地抵达北阳机场。

焦妍已经在到达口等着了，姜芥取了行李径直出去。

美女总是出众的，一出大门，焦大小姐第一时间就瞧见了她，招手高呼一声："芥子！"

姜芥登时推着箱子狂奔过去，一把抱住，语气格外的矫揉造作："我的焦焦，给我惦记的，想死你了。"

"滚！"焦妍鸡皮疙瘩掉一地，推开她，张口就责问道，"昨晚不是说给我回电话吗？你老人家回哪儿去了？还有……你居然一言不合就挂我电话？翅膀挺硬啊！"

姜芥讪讪吐舌，求饶："Sorry（对不起），昨天突发情况，突发情况……到家和你细说！"

焦妍瞪眼："最好是给我明明白白说清楚！"

隔日下午，小嘉出院了。

温时卿忙了一上午，趁着午休时间和张橙橙交代了下次复诊的时间和医嘱后，道过别回办公室吃饭。

这两天送进来的病人很多，中午下楼吃饭太耽误时间，温时卿便买了三明治和咖啡。

他开始有些怀念姜芥的午饭了。

想到她，温时卿摸过手边的手机，打开微信。

除了前天下午安全抵达家里的一条报平安消息，之后她便没了音讯。

温时卿点进聊天界面，不自觉刷了两下。

回了家就这么忙？忙到消息都没有？

退出界面，温时卿点进微信朋友圈刷新了一下动态。

倒是意外地，刷到那位他以为很忙的人的微信朋友圈。

动态发布自三十五分钟前，是一张聊天记录的截图，上头配的文字是：

[刚回来就要我陪着她去联谊？这还是人吗？]

截图内容则是：

[老盐巴：明天滑雪去吗？]

[小鱼仙草：？]

[老盐巴：认识了几个滑雪俱乐部的小哥哥（害羞）]

[老盐巴：姐妹，帮个忙，一起凑个数？不然我一个人，也太尴尬了。]

[小鱼仙草：还能像个人？]

[老盐巴：明天九点来接你！]

温时卿眸光一沉，面无表情地盯着看了很久。

联谊？呵。

"咔嗒"一声，手机被他锁了屏扔在一边，两三口解决了手里的三明治。

十五分钟后，心烦意乱的温医生忽地一合病历本，重新拿起手机，打了个电话……

160

"喂，林主任。"温时卿语气淡淡，"前天开会说的参加交流会的人员定下来了吗？"

"北阳那个？"

"嗯。"

"没呢，还在想派谁去好，快过年了，大家都不想出远门。"林主任唠叨道，"也不知道主办方咋想的，挑这样的时间……"

"我去吧。"温时卿出声打断。

"你去？"林主任不可思议，"你不是一向最不爱去这种场合吗？"

温时卿声线很是平静："偶尔去一次也无妨。"

头疼的事儿被解决，林主任自然再高兴不过了，赶忙应下来："那行，那我就把你名字给报上去了！"

"嗯，麻烦您了。"

昨天夜里，北阳城悄无声息地下了场小雪，街道上原本光秃秃的树枝，覆了层薄薄的白雪，天空灰蒙蒙的，见不着日光。

年关将至，业务繁忙，方欣和姜继诚一早就去公司了，姥爷带着弟弟去外头晨练还没回来，方遇和沈孜孜也出去得早，只有姥姥在厨房里和家政阿姨李嫂忙活着。

换好鞋系好围巾，姜芥站在玄关处冲厨房里喊了声："姥姥，我出门了啊，您记得和我爸妈说一声！"

"哎，路上小心点儿。"姥姥温柔的声线从里头传来，"滑雪注意安全！"

"知道了！"

姜家和焦家是世交，都住在同一小区，来往很是方便。姜芥出了自家大门，瞧见焦妍已经开了她那辆火红的爱车在道上等着了。

几步跑过去拉开车门坐上去，姜芥扯开羽绒服衣领，问她："今天有几个人啊？"

焦妍挂挡踩油门，轰隆隆的引擎声浪在清晨这片寂静的小区里，显得格外突兀。

她冲姜芥眨眨眼："三个男的，一个女的，加我俩，正好一对一！"

"啊……"姜芥有点儿蒙，"你从哪儿认识的滑雪俱乐部的人啊？"

"嗨，都是我学校里同一社团的学长学姐，啥俱乐部就随口一说，主要就是相互认识一下，增进感情嘛！"焦妍意味深长地笑了笑。

姜芥还能不知道她是什么心思，摆摆手，一脸事不关己："可别算上我，我就是凑数的，顺便滑个雪。"

"嘿！"焦妍翻白眼，"你可真没劲儿！"

一小时后，她俩抵达郊区的一处滑雪场。

这处滑雪场建了才一年，是北阳西部最大的滑雪场，四周山清水秀，景色宜人，拥有高级、中级、初级滑雪道八条。加上餐饮设施一应俱全，倒是个旅游度假胜地。

租设备的时候，因为是初学者，姜芥选择了双板。穿上雪服雪鞋，跟着焦妍去会合学长学姐。

学长学姐他们到得早，又自备滑雪设备，早就在外头等着了。

焦妍一出门就瞧见他们，挥手招呼一声："胡雪姐！"

闻声，三人扭头看来。被喊胡雪的女孩一笑："这儿！这儿！"

两人一前一后走过去，焦妍："嗨学长，这是我闺密，姜芥！"

她侧身指了下后头的姜芥。

雪鞋有些笨重，姜芥头一次穿，十分不自在，僵硬地笑了笑："你们好。"

"你好，你好。"几人热情回应。

相互认识过，一个穿着迷彩外套的男生指了指不远处的缆车口，说："咱们过去排队吧？"

胡雪拿了自己的雪镜："行，走吧。"

姜芥和焦妍都是第一次来，两人都有点儿不太适应这身装扮，加上手里的双板有点儿重，走起来就更慢了。

相互搀扶着往前，姜芥看了眼前头各自抱着单板的学长学姐们，一脸羡慕："感觉他们的单板滑起来更酷些！"

焦妍"啧"一声，一本正经地应她："这双板的能不翻车就谢天谢地了，那单板的，咱没那水平就别想了。"

这时，姜芥刚好瞧见半山上正滑着单板的男人一个重心不稳，栽进了雪里。

那狠狠摔下的劲，吓得姜芥不由得抖一激灵，咽一咽口水："咱还是双板，实在点儿。"

一上午过去，在初级雪道摔了七八次的姜芥，身疲力竭，摘了雪镜冲准备再滑一次的焦妍道一声："我不行了，我饿了，我要去吃饭了。"

找着控制感觉的焦妍正玩得不亦乐乎，挥挥手："你去你去，我再玩两圈，争取下午去中级雪道。"

中级！

姜芥下意识地扫了眼旁边坡度更高的中级道，心都颤了颤，喃喃自语一声："我还是适合唱歌……"

抱着雪板，姜芥去咖啡厅买了一杯咖啡和一份鸡肉卷，坐到外面的露天餐桌上，一边填肚子，一边欣赏雪景。

吃到一半，姜芥忽然想起这两天忙着陪姥姥、姥爷，都没给温医生发消息，不知道他现在在干吗。

拿了手机出来，她给温时卿发了条消息，问他吃饭了没有，接着便点到微信朋友圈，点开她早上分享的那张滑雪场照片顺便定了位的动态评论里瞧了瞧。

［夏日眠长：哇，去滑雪啦？］

［阿沈：呜呜呜，作为一个南方人，真的实名制羡慕了。］

［小舅舅：这么巧？］

［小舅舅：你跟谁去的啊？］

看到方遇这条评论，她微微愣了愣，有些发蒙，正想打字回复，对面忽然坐下来一个人。

姜芥下意识地抬眸。

是刚刚认识的三个学长里的其中一个，长得白白净净，身材也高大结实，好像叫……俞恒？

"嗨。"他咧唇冲她笑了笑，"你滑完啦？"

姜芥讪讪扬了下嘴角："摔太多次，累了……"

"没事！"俞恒安慰道，"多摔几次就会了，我当初也是这样。"

他扬了扬手里的面包和红牛："等我吃完，我可以教你。"

姜芥第一时间摇头婉拒："不不不，我还是算了，我下去玩玩雪就好了……"

俞恒："没事的，我不会让你摔着的。"

"不不，我怕了……"姜芥再三强调，"真怕了……"

俞恒大笑两声："那好吧，那你就在旁边看我们滑。"

姜芥松口气："好，好。"

饭后，姜芥去柜台还了雪板，而后跟着俞恒去了高级雪道的缆车口。

男生从额头上扯下雪镜，笑着冲她挤了挤眼："那你就在这儿等着，待会儿下来时最靓丽的那道身影就是我。"

对于他的自夸，姜芥浅淡一笑："……好的。"

然后，他坐上缆车登顶了。

大约十五分钟后，坡底下的姜芥望见一道矫健的身影从山顶飞一般滑了下来。他踩在单板上，动作灵活地在雪道上打了几个漂亮的弯，那又陡又长的坡道，仿佛成了他的舞台，他游刃有余地做着各种高难度的花式动作。

这在完全是滑雪小白的姜芥看来，简直酷炫极了。

身影由远及近，在姜芥眼里逐渐清晰。她挪了挪脚下的雪鞋，正想走过去，面前忽然滑过另一道人影："嘿，姜芥！"

姜芥一愣，侧头，俞恒摘了雪镜和头盔，冲她自信地笑着："看到我下来的身影了吗？"

"啊啊？"

她蒙了，她一直以为刚才那道炫酷是俞恒……

这么想着，姜芥转头，一心想瞻仰一下那位大佬的容颜。

大佬微一俯身，按开雪板上的鞋扣，落脚踩进雪里。他很高，起身后背挺得很直，那俊挑的身影瞬间让姜芥联想到令她朝思暮想的温时卿。

不过，这远在北阳，也太不切实际了。

姜芥轻笑，注意力再次落到他身上。

他的背后，是一片皑皑白雪，雪亮雪亮的和天连成了一线。他摘了手套，用那双冷白修长的手脱掉了头盔和占了他三分之二脸的雪镜。

阳光忽然钻个缝，从那厚重的云层里洒了下来，映在他硬朗俊排的轮廓上，光线挥洒间，她甚至能瞧见他扯下雪镜时从发梢甩出的几滴汗珠，晶莹透亮的，点亮了他周身自带的光彩。

姜芥惊到下巴都要掉了，僵在原地瞠目结舌："温温温温温……"

俞恒见她注意力不在自己身上，有些许失意，顺着她的目光看过去，问："怎么了？"

姜芥有点儿不敢相信，喉咙沉重地滚了两下，自言自语一声："不是……做梦吧？"

温时卿正好侧目看过来，抱起单板走到她面前，直接无视了她旁边的俞恒，声线一如既往地低沉："你小舅舅陪沈孜孜在中级雪道，要不要过去？"

会说话……好像不是做梦。

"嗯？"他垂眸看着她，语调稍稍一扬，又询问了一遍。

姜芥目不转睛地盯着他英俊的脸，乖巧顺应地点点头："要，要，要。"

接着，她便被这忽然杀出来的男人带走了，还是一脸如痴如醉、神魂颠倒的模样。

俞恒愣愣地站在那儿。

雪鞋踩在雪地上，"吱吱"作响，为了照顾她这会儿行动不便，温时卿特意把步子放得很慢。

姜芥走在他身侧，看着他一手抱着板一手捏着手套，朝他把手一伸，温顺得像只小奶猫，细声问："我拿吗？"

温时卿刚剧烈运动过，还有些喘，侧头看她一眼，把手里的手套放到了她手心。

姜芥抓住握紧，心满意足地垂头笑了笑，半晌，想起来："温医生……你怎么在这儿呀？"

温时卿步子没停，低低应道："方遇说带沈孜孜来滑雪场玩一趟。"

"不不。"姜芥小心翼翼地，"我是问你怎么会在北阳……"

他现在不是应该在延川吗？

温时卿停下来歇了片刻，居高临下望着她，面色淡淡："来参加医学交流会，顺便……"他一顿，"来滑雪。"

姜芥一脸崇拜，两眼冒星星："温医生，你啥时候会的滑雪啊，也太厉害了吧！"

温时卿："大学的时候。"

姜芥忽然就想起来他大学和小舅舅一样，都是在北阳念的，估计那时候常来。

温时卿继续迈步往前，故作漫不经心地问了句："你朋友吗？"

姜芥微微一愣，反应过来他指的谁，说："不是，是焦妍的朋友。"

他迈步上台阶，将雪板往柱子上一靠，站在垃圾桶边，从兜里掏出包烟，屈指拈出一根咬住，似笑非笑："联谊？"

"嗒"一声脆响，是他点烟时的打火机声。姜芥目光随之一颤，忙举手郑重否认："不，我是来凑数的，我对你的心矢志不渝。"

温时卿眼眸微眯，轻吐一口白烟，从鼻腔里哼了声笑，短促轻佻，意味不明。

姜芥嬉皮笑脸地仰着脑袋看他："你在北阳待几天呀，温医生？"

"后天走。"他摸出衣兜里的手机，看了一眼。

有条姜芥一小时前发来的微信消息：

［小鱼仙草：温医生，你吃饭了吗？今天忙不？］

他微一扬唇，退出去，给方遇发了条消息，而后将烟头往烟灰筒上一捻，拿过雪板："去餐厅等吧，你小舅舅一会儿就过来。"

能单独相处，姜芥当然乐意至极了："好，好，好。"

到了餐厅，温时卿放好雪板去前台点餐，姜芥依旧找了刚才的露天餐桌坐下，屁股刚着凳，兜里的电话就响了起来。

是焦妍打来的。

姜芥滑过接听："喂……"

"怎么回事儿啊？"焦妍急道，"俞恒说你被个陌生男人拐走了，谁啊？"

不过才两天，她又和温时卿见面。姜芥心情大好，嘻嘻笑两声："不是陌生男人，是温医生，他来北阳了。"

姜芥又说了两句，焦妍直接挂了电话风风火火地朝餐厅赶来了。

温时卿刚好取了餐过来，坐下静静吃饭。

姜芥吃过了，两手托着脑袋目光直勾勾看着他，一脸享受和痴迷："温医生，你啥时候到的呀？"

温时卿："昨晚。"

"哦！"姜芥恍然，"怪不得我小舅舅和小舅妈今天一早就出门了，原来是找你去了。"

话刚说完，她眼角的余光正好瞥见迎面而来的方遇和他女朋友沈孜孜。

方遇两手各抱一个单板，满头大汗，气喘吁吁，满脸倦态。沈孜孜也是一副筋疲力尽的模样，拖着身子一步步走得很沉重。

"孜孜姐！"姜芥挥手招呼一声，"这里，这里。"

姜芥屁股一挪，腾出位置："来，孜孜姐，坐。"

方遇站到桌前，一看桌上有两瓶还没开封的矿泉水，先拧了瓶给沈孜孜递去，等她接过，又给自己拧开一瓶，仰头"咕咚咕咚"地往嘴里灌。

半瓶水下肚，方遇瞬间畅快不少，长吁一口气，问姜芥："你怎么不接电话？"

"电话？"姜芥疑惑地蹙了下眉，"你给我打过电话？"

打开手机一看，她瞧见两小时前有通方遇的未接来电，于是扯唇笑笑："没听到呢，呵呵。"

"你怎么来这儿了？"方遇问她。

"来滑雪呗。"

"跟谁来的啊？"

"焦妍，还有她朋友。"

方遇眼眸一眯："男的？"

"三男一女。"

"有你男朋友？"

姜芥脸上一怔，抬眼瞪他，反应过激地脱口而出："胡说！"

说完，她一瞥对面默默吃饭的温时卿，懊悔地咬咬舌头，缓了语气："我今天刚认识，好吧？"

闻言，方遇还想再说什么，焦妍那细嗓音适时从后头传来：

"芥子！"

众人齐齐扭头看一眼。

焦妍两步上前，一拍姜芥的肩，冲方遇笑笑："好久不见啊，小舅舅！"而后，视线缓缓滑到姜芥旁边那位美女脸上，立马就猜到了她的身份，甜甜地叫了声，"小舅妈好！"

沈孜孜脸红了。

最后，焦妍瞅了眼面前的温时卿，莞尔："温医生，好巧呀！"

温时卿冲她一颔首。

方遇一愣："你俩认识？"

姜芥心头慌了下，忙开口解释："哦，之前焦妍来延川的时候，我带她去医院看过小嘉，和温医生也见过面。"

焦妍这才反应过来姜芥和温时卿之间的事方遇不知情，急急地附和一声："是的，是的。"

温时卿不动声色弯了下唇，没作声。

"那既然都在，晚上一块儿吃饭？"方遇提议，"刚好时卿来，好好招待一下。"

"我行呀。"焦妍偷摸着撞了下姜芥，意味深长地加重了咬字发音，"你怎么样呀，芥子？"

姜芥没好气地咬牙瞪她一眼，而后立即恢复笑脸："可以的。"

方遇："那我打个电话订桌。"

晚六点左右，几人在某餐厅落座。

焦妍心系自家闺密，时刻想着给姜芥和温时卿制造点亲近的机会，最后不着痕迹地将他俩挤到了一块儿坐着。

点过餐没多久，菜品便一道道陆续上来了。沈孜孜会开车，方遇就点了酒，打算和温时卿小酌几杯。

一顿饭下来，几人相处得很是愉悦。这会儿在酒精的作用下，平时高冷又疏淡的温时卿，都温润随和了几分。

甚至于，都给姜芥一种这才是他本性的错觉。

其间，温时卿接了通电话，离开了一会儿。

焦妍借着酒劲儿，趁桌上都是自己人的时候，问方遇："哎，小舅舅，你这老同学这么好一男人，你为啥不介绍给我们芥子当男朋友啊？"

闻言，姜芥刚举起酒杯的手一顿，目光转到方遇脸上，等他回应。

"你错了。"沈孜孜最先开口，笑了两声，"温时卿可算不上是个善茬儿。"

方遇非常认同："你小舅妈说得对。"

沈孜孜羞赧地瞪他一眼。

姜芥故作淡然："为啥？"

沈孜孜清清嗓，一本正经："当年念书的时候，你舅舅都要敬他几分。"

焦妍、姜芥满脸惊讶。

"这温时卿啊，他不像我……"方遇若有所思地停顿一下，"我那时候的坏啊，是坏在表面，直来直去的那种，他温时卿就是那种揣着坏心思、他不高兴你也别想高兴的那款，别看他长得这规规矩矩的模样，他以前念书顶起老师来那道理可是一套一套的，说得别人哑口无言。"

方遇又说："不过这些都是过去的事儿了，小时候不懂是非曲直，真要说起来，温时卿的品性确实没得挑，只是吧……"

姜芥凑上去："只是什么？"

"我总不能介绍个年纪和我差不多的男人给我当外甥女婿啊不是？"方遇说着说着自己都笑了，"再说了，我外甥女漂亮又优秀，当然要找个年轻向上、阳光俊朗的好青年啊！"

"拜托！"姜芥鄙视道，"年纪和爱情无关好吗！只要是真爱，谁还会在意年龄？"

焦妍应声："就是，就是。"

方遇"啧"一声，不以为然："你又不是没男人要，干吗非要挑上了年纪的？"

"上……上了年纪？"姜芥气结，吹鼻子瞪眼却又不能做什么，沉住气应他，"好歹也是你朋友，你怎么这样说人家！"

方遇不耐烦地挥挥手："哎呀，我和他不一样吗？过了三十了，都上年纪了！"

沈孜孜没忍住笑出了声。

姜芥不服气，还想再辩驳，温时卿刚好接完电话回来，几人便自觉地结束了这个话题。

次日，温时卿要开一天的交流会，方遇和沈孜孜也懒得出门，便在家"瘫着"。

临近傍晚，姜芥接到焦妍的电话，说是出去陪她相个亲。

姜芥见怪不怪，明明焦大小姐颜好又优秀，焦爸爸却总是一副担心女儿嫁不出去的样子，早早就开始给她安排相亲。这一年下来，见了一个又一个，焦妍却一个比一个不满意。

差不多到约定时间，姜芥打扮好下楼。

方遇、沈孜孜，还有方欣、姜继诚都在客厅坐着看电视。听见动静，方遇侧目看过去，嘴里还咔嚓咔嚓嚼着薯片，打趣道："哟，打扮这么漂亮，上哪儿去呀，小外甥女？"

姜芥应一声："维纳斯酒店。"

方遇坐直身子盯着她，一头雾水："你去那儿干吗？"

她甩了甩乌黑莹亮的长发，眉梢一扬，起了小心思："相亲。"

话音未落，空气滞了一瞬。

"相亲？"

姜继诚和方遇异口同声地惊呼。

姜芥心情愉悦地点点头。

姜继诚第一个反对："我又没催你嫁人，你相什么亲？"

方遇第二个反对："不是，你是怕没人要还是怎样啊？都沦落到相亲了？"

姜芥轻哼一声，选择不回应。

方欣的反应和他俩不同，眉欢眼笑地走过来揽一下她："挺好的挺好的，出去就当多认识个朋友，妈妈支持你！"

"哎，姐，你怎么回事儿？"方遇没好气，"你就不怕你姑娘被人骗啊？"

方欣笑得更欢了，丝毫不把方遇的话当回事儿："我们芥子这么聪明，谁能骗到她？"

姜芥："就是，就是！"

方遇无语，扭过头来看姜继诚，指望姐夫能说些什么，结果姜继诚无奈地耸了耸肩，撇嘴给他个眼神：你都说不过我更没办法，家里都是我老婆说了算。

沈孜孜笑笑说："路上小心呀！"

"好的，小舅妈！"

于是，姜芥同学蹦跶着出门了。

半小时后，坐立不安的方遇终是沉不住气，掏出手机给同在维纳斯酒店的温时卿发了条微信——

请求场外支援！

维纳斯酒店离姜芥家不远，开车十分钟，走路抄近道也就二十五分钟，姜芥、焦妍两人便直接步行过去。

姜芥："说吧，今天又是哪户人家的富二代？"

焦妍拢紧围巾，神秘兮兮地冲她笑了笑："到了不就知道了？"

说完，她又从上到下打量了姜芥一番，羊毛衫、直筒裤、羽绒大衣，满意地一点头："嗯，今天这身，很不错。"

姜芥轻笑一声："不是你让我打扮好看点儿，要搅了这局吗？"

"这个呢……"焦妍继续保持神秘，"等你到了就知道了！"

姜芥不知道她葫芦里卖的什么药，寻思着反正到了就知道了，就没多问，跟着她去了。

等到了酒店，对方已经在二楼的咖啡厅里等着了。

他就坐在靠门的橱窗位，姜芥一眼便瞧见了他的长相。

这一瞧，她倒是愣了下。

这不是昨天一起滑雪的俞恒吗？

焦妍拉着她径直走过去，俞恒见她俩来了，站起身招了下手。

姜芥咬着牙在她耳边细声问："怎么回事儿啊？怎么是他啊？你相亲对象？"

焦妍一脸全然知情的模样，唇角上扬："啊，也可以说不是。"

温时卿傍晚刚结束了交流会，这会儿正是聚餐的时候，设宴依旧在维纳斯酒店，二楼餐饮部大堂。

宴会的饭菜不太合胃口，加上在里头闷了一下午，他莫名有些烦郁，就出来抽根烟。打火点上后，他顺便掏出手机打开。

五分钟前，方遇发来一条消息：

[方遇：时卿，我那外甥女，说她晚上去相亲了，就在维纳斯酒店，你住那儿，能不能帮着去瞅瞅？应该就在二楼的咖啡厅吧？]

[方遇：我怕我过去被她看到了会生气，你方便的话，帮个忙？]

温时卿吸烟的动作逐渐放缓，眼眸冷峻地眯了眯，吐口白烟。

联谊之后是相亲？

呵，比他想象中还能耐啊。

摁了烟头，温时卿缓步朝右侧的咖啡厅走过去。远远望见靠着橱窗位的两道一男一女身影后，他慢条斯理地打了个字回复：

[W：好。]

姜芥这会儿有点儿尴尬。

焦妍五分钟前说肚子疼去厕所了，到现在还没回来，留她和俞恒在这儿傻对傻，真……够尴尬的。

半晌，俞恒开口，打破了长时间的沉默：

"我们加个微信好吗？"

姜芥不自在地摸了摸肩膀，扯唇笑笑："有啥事儿，当面说就好了，我不太玩微信。"

这男人，焦妍一不在就想勾搭她，也太不靠谱了。

"其实……"俞恒顿了下，坦言道："是我让焦妍约你出来的。"

姜芥一愣，突然就想起刚才来的路上焦妍那神秘兮兮的模样，顿时明白过来。

她张了张口，还没出声，上头忽而罩下一片高大的阴影。

两人下意识地抬头。

男人穿着很正式，藏蓝细纹的西装三件套，最里面是一件尖领的白衬衫，领口的扣子和领带系得一丝不苟，英姿俊挺地站在眼前，周身都散发着精英男人的严谨和阳刚。

姜芥霍地一起身，又一次吓得心脏差点儿跳出来，话都说不利索："温……温……温医生。"

俞恒这时也认出他来，正是昨天半路出现截走姜芥的那个英俊男人，危机感瞬间从心底腾起，他站起身，礼貌地一颔首，面不改色："这位是？"

还没等姜芥开口告知，温时卿朝姜芥一抬下巴，抢先一步出声："她家长。"

俞恒这下松了口气："哦，原来是姜芥家长啊。你好，我是俞恒。"

温时卿没应声，伸手扯了姜芥出来，对俞恒淡淡一瞥："家里还有事，先带回去了，你自便。"

说完，他拉着姜芥转身大步地出去了，连给俞恒反应的时间都没有。

被截和两次？

电梯一路通畅地上了二十二楼。

姜芥靠在一角，抬眸看着面前背对着他的男人，不自觉摸了摸自己右手的腕骨。

他的温度还在，他刚刚用力扯她出来时留下的指痕也还没全消。

悄然无声的电梯间内，四周的低气压压得姜芥大气都不敢喘，她低低开口问一声："……你住这儿吗，温医生？"

"叮"一声，电梯抵达。温时卿没应她，率先出去，稍稍侧身抬手抵住电梯门，不让它关上。

姜芥两步跑出去。

门缓缓合上，温时卿在前头继续走，直到快到走廊尽头的房间时，他从西装口袋里掏出房卡，刷开房门立在一旁，示意她先进。

姜芥迟疑片刻，瞥眼看他几眼，迈步进去了。

房门"咔嗒"一声被关上，将唯一的光亮隔绝在外，屋内顿时一片漆黑。

姜芥一咽口水，心情有些忐忑。

温时卿插卡通上电，开了盏微弱的廊灯。

男人向前迈一步，朝她靠近，低沉的嗓音在屋内荡开，透着几分压迫感："来相亲？"

对上他阴郁深沉的目光，姜芥忽然有点儿心慌意乱，没敢往里走，浑身紧绷地贴着墙，寻找一丝安全感："我没有，我是陪焦妍来……"

话还没说完，她手机响了，"Nom Nom Nom…"一直唱着。

温时卿一抬眼皮："接。"

姜芥慌乱地摸出来接上："喂……"

"喂，芥子？咋回事儿啊？俞恒说你家长来把你接走了？你哪个家长啊？"

屋内很安静，所以哪怕姜芥这会儿没开扬声器，站在她对面的温时卿都能一清二楚地听到焦妍的声音。

姜芥这会儿左右为难，思虑片刻，扯谎道："我我……我小舅舅来了，他说家里临时有事来接我回去。"

"啊！"焦妍倒没多怀疑，只没好气地嚷道，"亏我费尽心思地给你安排相亲，还没聊上就走了。"

说到这个，姜芥纳闷了，抬眸瞅一眼温时卿，侧身放轻声线："你为啥给我安排相亲啊？"

"这不是为了让你多见几个男人，好忘了那温医生嘛！"焦妍说，"昨天吃饭我观察了全程，这温医生对你一点儿都不热情，啥回应都不给你，你这还能有啥希望啊！赶紧放弃了吧！我看那俞恒挺不错啊！"

姜芥下意识瞥向这时冷眼相看的温医生："我……算了算了，回去再跟你说，我先挂了……"

电话被挂断，屋内重新恢复沉寂。

片刻，温时卿倚在墙上的背脊挺了起来，再次朝她走近。

"姜芥，你不是喜欢我吗？"他忽然问。

姜芥抬眸看他，应得很轻："是。"

"想放弃了，是吗？"他把声线压得更低。

姜芥目光微微一颤，正想出声，又听他哂笑一声："新目标找得还挺快。"

那语气里透出来的嘲弄之意就像两耳光，狠狠地甩在姜芥脸上，打得她脸颊发麻, 无地自容。

2.正式喜欢你

连心都在绞着痛, 姜芥眼泪瞬间滚了下来, 一滴接着一滴, 像断了线的珍珠, 止不住。

可是她倔, 她不甘, 睁眼仰着脑袋看他, 任由眼泪往下掉, 声线在发颤: "是……我爱犯贱……可以吗? "

温时卿顿时浑身一僵。

"我乐意被你冷漠相待, 乐意热脸贴你冷屁股, 乐意被人背后说闲话, 乐意一次一次把真心掏出来给你践踏, 乐意成天追着一个不喜欢我的人, 可以吗?

"哪怕你从来都不给我回应, 放弃这种事, 我也没想过……可此时此刻, 我真觉得, 与其倒贴着真心给你当球踢, 不如干脆全部放弃得了! "

最后的两句话, 她是嘶声吼出来的, 带着歇斯底里般的痛苦和无奈。

对他的感情, 就像一颗透明又珍贵的水晶玻璃球, 捧在手里细心爱护着, 生怕磕了碰了。眼下姜芥就只想不顾一切地将它摔了, 摔得支离破碎, 四分五裂, 最好连渣都不剩。

看着她那双被泪水模糊了的眼睛, 温时卿的心蓦地软了下来。

懊悔和内疚顿时盖过温时卿内心刚刚泛起的怒意, 他只恨自己一时冲动, 说了那样的话。

她脸上的泪痕一道又一道, 温时卿抬手, 捧住她脸颊的一侧, 温柔地用拇指轻轻抹开, 沉润的嗓音有些发哑:

"吃了你几个月的午饭, 收了你的生日礼物, 找借口去看你演出, 你说我喜不喜欢你?

"为了让你不被野男人缠上, 跨年夜坚持要提早送你回家, 你说我喜不喜欢你?

"生了病担心你难受, 回家洗了澡又赶来陪你, 时刻叮嘱着你吃药, 你说我喜不喜欢你?

"相亲拒绝了张阿姨的女儿,告诉她我有喜欢的人,送你回家夸你比她漂亮,你说我喜不喜欢你?

"你要回家那一天,我心里舍不得,打着方遇的名号说来送你,其实他连消息都没给我发过,是我自己还想再见见你,你说我喜不喜欢你?

"上班上到一半看到你发微信朋友圈要去联谊滑雪,我立即找主任讨要了这无聊的交流会名额,还请了一天假提前来雪场和你'偶遇',你说我喜不喜欢你?

"一想到你打算放弃我,要去找别人,我心都乱了直说气话,姜芥……"

话说到此,他顿了下,把脑袋俯得更低,贴着她耳郭,声线暗哑迷离得不像话:"你说,我喜不喜欢你?嗯?"

最后的尾音微微上扬,像是从胸腔发出来的短音,沉沉的似钟鸣,酥得姜芥耳根子发麻。

姜芥的眼泪还悬在眼眶上,从来对她惜字如金的温时卿,竟一口气说了这么多话。

难以置信,可又美好得让她不想走出去。

她抬手抓住他腰间两侧的衣料,把头往他胸前一埋,带着哭腔的嗓音沉闷又软糯——

"你喜欢我,温医生。"她重复,"你喜欢我。"

"嗯。"他长臂一舒,将她搂得很紧,"我喜欢你,姜芥。"

一开始,他怀疑过,也犹豫过。

她才二十岁,她还年轻,正是人生中最美好的年纪,若是他轻率下了决心,将来她后悔了,他该怎么办?

他开始挣扎,内心总是难以抉择。

当他再次决心做放弃的选择时,他却又坐上了前往北阳的飞机。

那一刻,他知道,其实心里最放不下的……还是她。

吸了吸鼻子，姜芥微微抬起脸，仰头想看看他此刻的神情，目光却先被他胸前的那条领带给吸引了。

藏蓝色的，中间嵌着枚"小蜜蜂"刺绣，简单又不失大方的样式。

这是她为他精挑细选了一下午的生日礼物。

"这……"她这会儿抬了下眼皮，向他确认，"是我送你的那条吗？"

温时卿垂眸看一眼，笑了："嗯。"

姜芥破涕为笑："真好看。"

温时卿紧了手里的力道，把她往怀里带，沉吟半晌："姜芥，你追了我这么久……如今，我停下来了……"

他伸手握住她，语气透着几分不易察觉的紧张，"可我想做的，不只是回头看看你而已……我还想牵着你，一直走下去……"

你呢？

你可愿意？

闻言，姜芥微怔。原来那天晚上，他都听到了……

看着和他紧扣在一起的手，她抬眸对上他询问的目光，心跳得有些快："温医生……我喜欢你。"

"你不需要问我，我喜欢你……就只喜欢你。"

只要能和你在一起，不论是什么样的结果，我都愿意接受。

因为在遇到你之后，我的眼里……

就再也看不进其他人了。

北阳的夜晚，冻得人发颤。天跟泼了墨似的，黑沉沉的，看不见星光。

姜芥拢紧脖子上的围巾，捏了捏他羽绒服兜里和她紧扣在一起的大手，安心落意地侧头，冲他傻兮兮一笑。

温时卿瞅她，扬了扬唇："怎么？"

"温医生，你那天说等我年后回去再和我说的话，是不是就是……"姜芥一顿，含蓄地垂了垂眸，"和我表白呀？"

温时卿"嗯"了一声："那时候还在考虑……"

"为什么考虑啊？"姜芥不满地皱了皱眉，打断他，"喜欢就说呀！"

他顿住脚步，侧身居高临下望着她，声线很沉："因为我怕……"

"怕什么？"她问。

"我比你大九岁，已经过了荡荡悠悠的年纪，对于感情这回事儿，我是宁缺毋滥，决定了就再不会放弃。可你还年轻，人生初始，还没看够外面的世界，就这么把你留在身边，太不公平……"

你这么美好，一旦触碰，就再难抽身了。

我又怎能如此自私？

"不是啊。"她摇摇头，望着他的目光清透又真诚，"你多了我九年的阅历，除了做我男朋友，还可以担任我的社会启蒙老师，这样算起来，我还赚了不是？再说了，外面的世界，咱俩不是可以一起去看吗？"

闻言，温时卿一愣，而后哑然失笑，抬手在她额上轻轻一弹，打趣道："你不是说，你不打算交男朋友的吗？"

"嗯……"姜芥扬下巴，古灵精怪地冲他努努嘴，反将一军，"那你还说不打算交女朋友呢。"

温时卿简直哭笑不得，揉揉她脑袋，牵过她准备继续往前走。姜芥却一扯他，羞赧地抿抿唇："温时卿，我能……再抱抱你吗？"

不是温医生，是温时卿，这似乎是姜芥第一次，当面叫他的名字。

她声线清脆，咬字清晰标准，加上发音时独特的腔调，将最后"卿"字的后鼻音，念得又轻又软，直让温时卿的耳根子毫无预兆地酥了下，连掌心都有点儿发麻。

他压下胸腔的躁动，微一扬唇，稍稍张开双手，语气温柔得不像话："来吧。"

下一秒，女孩儿柔软的身子扑进怀里，鼻息间全是她清甜独特似茉莉花般的淡香。他一手环住她的肩头，一手环在她腰上，力道逐渐收紧。

"温时卿……"姜芥贴着他胸口，贪恋着这温暖又安稳的拥抱，一时间还是有些不敢相信，"感觉好不真实，好怕明天一觉醒来，你就反悔不见了。"

顶上传来他极轻的笑声："那明天来送送我？"

姜芥稍稍仰起头，语气透着点儿小小的失落："你明天几点的飞机啊？"

"下午两点半。"

她又把头重新埋进去，抱得更紧了："我一定来，我明天一早就来，陪你吃早饭、吃午饭，送你上飞机！"

交往第一天就要分离，她真是太悲惨了！

他笑了，自然是说："好。"

3.带两个弟弟回家

十五分钟后，两人抵达小区大门口。

姜芥拉着他的手，舍不得松，叹气道："好快啊……"

温时卿过去又抱抱她，贴着她耳郭，柔声说："很晚了，早点儿上去休息，明天早点儿来见我，嗯？"

声线沉沉的话语，听得姜芥神经都在突突直跳，她赧然地捂了捂脸，点点头。

妈呀！温医生温柔起来简直要她老命！

瞧见她害羞的小表情，温时卿忍俊不禁，拍拍她脑袋："去吧，慢点儿。"

姜芥面红耳赤地说了声"晚安"，蹦跶着跑远了。

姜芥回到家里，客厅里只有姜继诚和方遇坐着。一听玄关传来开门声，两人下意识地从电视机前扭头过来，见是姜芥，齐齐站起身。

显然，他们等她很久了。

"怎么？舍得回来了？"方遇两手抱胸，轻哼一声，端着一副长辈的架子，"相中哪头猪了？"

姜芥冲他翻了个白眼："你才猪！"

"嘿！"方遇一拍她脑袋，"怎么跟你舅舅说话呢？"

姜芥甩头"哼"一声，冲姜继诚甜甜一笑："爸爸。"

姜继诚慈祥地弯弯唇，试探性地问："晚上的相亲怎么样啊？"

姜芥从果盘里抓起个橙子，抛了抛，一想到温时卿今晚那长篇又深情的表白，羞赧地垂了垂眸，边剥边说："挺好的。"

方遇瞥见她嘴角那如痴如醉的弧度，更不淡定了："你真相中那只猪了？合着我晚上让温时卿去阻止你根本没成功？"

让温时卿去阻止她？

姜芥剥橙子的动作一顿，斜眼看过去："是你让温医生来的？"

方遇暗骂自己多嘴，正了正色，应得理所应当："怎么？我当心你上当受骗，让他去盯个梢不行啊？"

姜芥唇角微扬，将手里那个剥干净的橙子往方遇手里一塞，一脸小兴奋："行！当然行！谢谢你哈，我的小舅舅！"

说完，她转身拎包上楼了，哼着小曲，踩着小碎步，雀跃得像只兔子，又蹦又跳。

方遇满脸疑惑。

翌日，谈了恋爱的姜芥同学心情异常激动，起得比隔壁邻居家院子里的鸡还早。睁开眼第一件事就是拿过手机给温时卿发微信：

［小鱼仙草：温医生！早上好！］

那头没回复，大概是还没醒。

姜芥掀了被子下床，洗漱换衣服化妆，磨磨蹭蹭一小时后，八点，出门。

去酒店前，姜芥顺道去家附近的胡同里买了点儿早饭，等到了酒店等电梯那阵，温时卿微信消息正好回过来，是条语音。

姜芥点开贴到耳郭上：

"早。"

喑哑低沉，是刚睡醒的温医生。

姜芥痴痴地笑了两下，走进电梯，也给他回了条语音："我来找你啦！"

这边温时卿回复完姜芥便径直去洗手间洗漱了，刷完牙洗过脸出来，一看手机有语音消息，刚点开听完，门铃接着就响了起来。

温时卿放了手机过去开门。

"锵锵！你的外卖小仙女上线啦！"她举起手里的早餐袋，一张笑颜被围巾稍稍掩住几许，却依旧明艳得令他心动。

温时卿伸手拉她进来，接过她手里的早餐袋："怎么这么早？"

姜芥随他牵着往里走，笑道："有了男朋友的小鱼仙草激动得一夜难眠，迫不及待想见到我男朋友，所以一早就起床啦！"

温时卿轻笑一声，走到桌前把早餐放下，看了眼腕表："还有时间，吃完出去逛逛？"

姜芥当然乐意了："好呀，好呀！"

解决了早饭，两人穿好外套出门。

出了酒店大门，姜芥刚好想起个事儿："对啦温医生，小嘉过两天要来北阳找我玩，按他目前的状况，可以坐飞机的吧？"

温时卿怕她冻着，握住她的手往兜里揣，说："可以，他术后恢复得不错。"

"哦，还有……"姜芥顿了下，"我打算领养小嘉，毕业前先让他在北阳生活。"

本来这件事，她打算等申请领养成功后再和温时卿说的，但现在两人既然已经在一起，就没必要藏着。

闻言，温时卿步子稍一顿，侧头目光微讶地看她。

姜芥见他忽然停下来，抬眸："怎么了？"

他笑了，迈步继续往前："有点儿意外。"

姜芥莫名有些不好意思，挠了挠耳朵："你就当我同情心泛滥吧……我想让小嘉过上和我一样的生活。等我以后大学毕了业，再把他接来身边，靠自己赚钱供他上学。"

"嗯。"温时卿脸上笑意更深，"算上我。"

姜芥一顿，反应过来他话里的意思后，两颊瞬间飞过两抹红晕，羞涩地在他臂弯里蹭了蹭，声线温软："温医生你也太好了吧。"

说着，她两手攀上他臂膀，抱得更紧："不行！我得看紧点儿，可不能让你被人抢走！"

温时卿哑然失笑，正想开口逗逗她，他兜里的手机响了起来。

他摸出来，屏幕上显示着"方遇"两个字，旁边的姜芥瞄见，莫名有些慌。

"喂，方遇……"

姜芥踮脚贴近听筒，大气都不敢喘。

"时卿啊，你下午几点的飞机啊？中午一起吃个饭到时候送你去机场。"方遇说。

姜芥一听，忙慌乱地挥挥手，张口无声地冲温时卿说着："不要，不要，不要！拒绝！我送你！我送！"

温时卿弯了下唇，语气不变："不用了，方遇，交流会这边还有次中午聚餐，和举办方说好了我会去，参加完我自己打车去机场就行。"

"啊，这样……"方遇想了想，"确定不出来吃个饭？我还想谢谢你昨晚帮我给姜芥盯梢呢，看她昨晚那反应，应该是没相中那只猪。"

温时卿不动声色瞥过来，眼里闪过一丝促狭："既然是猪，她自然是看不上，放心。"

方遇："说得也对，那就等回延川再聚！"

温时卿："嗯。"

温时卿把手机揣回兜里，垂眸看她："你昨晚什么反应了？"

姜芥一本正经："当然是开心地谢谢我舅他老人家了呀！要不是他，你怎么会半路杀出来带我走，然后深情地对我表白呢？要不是他，我还不知道原来我的温医生这么喜欢我呢！尤其你那吃醋的小模样，帅得我小心脏扑扑直跳。"

吃过午饭，温时卿提前退了房，和姜芥打车往机场去了。

甜蜜愉快的日子，总是短暂的。今日一别，她还要一二三四五六……大约半个月的时间才能再见他！这得多煎熬啊……

领了登机牌，姜芥依依不舍地拉着他，忽然没什么底气，垂头咕哝问他："温时卿，你……不会再去相亲……吧？"

温时卿瞅着她半晌，笑了，伸手托住她后脑，薄唇轻轻印上她的额。

动作温柔轻浅，还有他的温度。

姜芥的心脏又开始躁动，"咚咚咚"地一下比一下跳得快。

这个吻仅维持了几秒，温时卿脑袋偏了偏凑近她耳朵，贴着她柔软的耳垂，音色沉沉：

"女朋友这么漂亮，我还能顾得上去看别人？嗯？"

打车回家的路上，姜芥脸上的温度从机场出来后就没下去过。

红彤彤地蔓延至耳根，都快滴血了。

"女朋友这么漂亮，我还能顾得上去看别人？嗯？"

女朋友……是在给她正名下定心丸吗？

出租车在小区大门前停下，姜芥付过钱，迈步进门。看时间，温时卿应该已经登机了，她拿手机给他发微信报平安：

[小鱼仙草：温医生，我到家啦！]

那头回得很快：

[W：到家就好，我准备起飞了，下飞机给你打电话。]

[小鱼仙草：好！]

聊天结束，姜芥看着上面单调的昵称，点进联系人界面给他改了个备注："小鱼仙草的"。

解开门锁，姜芥边脱鞋边喊一声："我回来啦！"

话音刚落，她就听楼上"嗒嗒嗒"地传下来一道脚步声，接着，姜树稚嫩的童声从上面传来："姐姐！"

换好拖鞋，姜树正好扑到她腿边，姜芥俯身把他抱起来，往客厅走去：

"小树下午做什么啦？"

"姥爷带我去了花鸟市场，买了条小金鱼！"说着，小男孩指了指沙发旁矮柜上多出来的新鱼缸，"在那儿！"

"哇。"姜芥凑过去，"它有名字吗？"

"它老吐泡泡，所以叫泡泡！"

"好听。"姜芥笑着用鼻尖蹭蹭他的鼻尖，试探性地问了句，"小树，想不想要一个哥哥？陪你一起养泡泡，一起玩一起吃饭的哥哥？"

姜树皱皱眉，问她："那哥哥是姐姐的男朋友吗？"

姜芥一愣，有点儿莫名其妙："什么？"

"小舅舅说，姐姐带回来的凡是叫男朋友的，都不能叫他哥哥，也不能让进家门。"姜树解释得一脸认真。

姜芥捏捏他脸蛋："那个哥哥不是我男朋友，他才十岁！"

闻言，姜树想也没想，举手高呼："那小树想要的！"

"想要什么呀？"方欣这会儿正好从楼上下来，听了姜树最后的话，笑着问，"小树想要什么？"

姜芥抱着他扭头："妈，我和小树说小嘉的事儿呢，您不是怕他不同意嘛，他现在同意啦。"

方欣笑了两声，又想起来："哎，你回来那天说小嘉要来北阳，大概什么时候？我给他收拾个房间。"

"后天，到时候我带小树一块儿去接他。"

"行，那你自己拿主意。"

回房间换了衣服，姜芥靠在床上歇了会儿，一看微信里那沉默了两天的她和焦妍、沈北寒的"姐妹群"，笑嘻嘻地点了进去——

［小鱼仙草：咳咳，姐妹们，你们可爱的芥子在此正式宣布，追击战正式结束，我！姜芥子！终于脱单啦！］

昨晚莫名就被半途抛弃的焦大小姐，今日在家"煲"了一天的新剧。此时此刻，她一看剧里女主角正和闺密聊着恋爱话题，才想起来姜芥昨晚还欠她一个电话和解释。

后知后觉的焦大小姐，忙暂停了剧集，抓过手机准备打电话。还没点进联系人呢，上头弹出条微信消息提示，她点进去一看，是那欠她电话没打的姜芥在群聊里发了条消息——

[小鱼仙草：咳咳，姐妹们，你们可爱的芥子在此正式宣布，追击战正式结束，我！姜芥子！终于脱单啦！]

[老盐巴：做梦呢，她是？]

[阿沈：可能？]

[小鱼仙草：什么鬼，你俩！我说真的！]

[老盐巴：难以置信……]

[阿沈：我也是……]

姜芥不多废话，直接将刚刚和温时卿的聊天记录截图甩到群里。

十秒后，群里的画风——清一色一脸的问号。

[老盐巴：我昨天好心好意带她去相亲，结果被个所谓的家长出来半路截走了！]

[阿沈：你们说什么了！然后你就追求成功了吗？]

[小鱼仙草：当然是被表白了。（害羞）]

[阿沈：连温医生那种高冷的男人都能被你搞定，果然，颜值即正义，还是要漂亮才有资本！]

[小鱼仙草：我明明更多是靠真心的，好吗！]

[小鱼仙草：当然了，还是得感谢我爹妈赐我的这张脸。]

[老盐巴：啧，别废话了，请我这一顿是跑不了了，要不是我，能把你的温医生刺激了向你表白？]

[小鱼仙草：是是是，焦爷说得是，你看看，你吃什么，小的请客。]

[老盐巴：我也不贪心，就涵碧楼自助餐吧，那些什么波士顿龙虾、帝王蟹，不包括在自助餐里的，也得点上！]

[小鱼仙草：嗝，这你还不贪心呢？]

[阿沈：哈哈哈哈哈哈，焦妍你多吃些，把我那份也吃上！]

［老盐巴：好说，好说！］

［小鱼仙草：……］

　　今天起得早，加上昨晚兴奋没睡好，这会儿困意袭来，姜芥有些顶不住，趴在床上没一会儿便睡着了。

　　短暂的午睡中，姜芥做了个梦。这个梦倒是和现实蛮贴近，她梦到她苦苦追求了数月的温医生，向她表白，开始正式交往。

　　就在两人最浓情蜜意的时候，忽然出现了一个恶魔。那恶魔长着长犄角，两边的獠牙极其尖利，抬起头时的面孔，和方遇长得一模一样。不仅如此，他还手持八十米长的大刀，在挥刀劈向温时卿之际，嘴里还阴恻恻地说道："上了年纪的男人，劈了！"

　　"咣"的一声，吓得姜芥猛地从梦中惊醒。她趴在枕头上缓了缓神，这才听见床头正在叫嚣的手机。

　　侧头一瞥，窗外夜幕低垂，姜芥顿时就想起温时卿应该落地了，忙摸过手机来一看，正是温时卿打来的。

　　"喂，温医生……"赶在铃声断掉前的最后一秒，姜芥接起，因为刚刚那个梦，她还心有余悸。

　　温时卿听出她声音有些哑，问："在睡觉？"

　　姜芥低低"嗯"了一声："你到啦？"

　　"刚出机场，准备去取车。"

　　姜芥抿了下唇，张口一声"温医生"刚喊出来，门外冷不丁就传来方遇的声音：

　　"芥子，吃饭了！"

　　接着，房门被敲响。

　　姜芥顿时想起刚刚梦里方遇的那句"上了年纪的男人，劈了"，吓得她心头一跳，直接把电话掐断了："进……进来。"

　　那头的温时卿看着屏幕上这毫无预兆就被挂断的通话，不明就里地一挑眉，见车子就在前头，便没再打过去，把手机揣回兜里上车了。

方遇推开门进来见她挺着背脊盘腿坐在床中央，还一脸呆滞，微一蹙眉："你干吗？打坐？"

姜芥不动声色把手机塞到屁股底下，装作若无其事："没啊，刚睡醒……放空呢，呵呵……"

方遇歪脑袋瞅她半晌，最终没多问什么，说："下去吃饭。"

姜芥暗自松了口气，下床穿拖鞋："来了，来了。"

屋里的地暖很足，姜芥只穿着件短袖就下楼了。

晚饭依旧丰盛，一家人围着那张大圆桌，其乐融融，简直热闹过除夕夜。

姜芥盛了饭过来到姜树旁边的座位上坐下，这会儿闻到饭菜香，才觉得自己饿了，下筷夹了块鸡肉塞进嘴里，心满意足地感叹一声："真好吃。"

姜继诚笑眼眯眯地看她："慢点儿吃。"

方遇一边扒着碗里的饭，一边偶尔给沈孜孜夹几筷肉和菜，漫不经心问了句："你今天一早出门上哪儿去了，中午都不回来吃饭？"

话音刚落，桌上的姥姥、姥爷、方欣和姜继诚都齐齐侧目看过来，目光里都在问：啊？上哪儿了？

姜芥心虚地垂了垂眸子，给姜树夹了棵小青菜，嘴里含糊不清地应一声："和朋友逛街吃饭去了。"

"哪个朋友啊？"方遇又问。

姜芥莫名就觉得他这小舅舅还真不愧是当警察的，这敏锐能力也太叫她胆战心惊了吧。

姜芥咽下嘴里的饭菜，故作不耐烦地"啧"一声："怎么呢？职业病犯了啊？我就不能有点儿私人空间吗，老问问的！"

方遇倒无辜了："嘿，我就随口一问，关心关心也不行？"

姜芥冲他吐舌做鬼脸。

"哎，对了，芥子……"方欣这会儿忽然问，"你昨天说的去相亲，相得怎么样啊？"

姥姥诧异了一下："哟？芥子还相亲去了？"

姥爷也问："哪儿的人呀？"

没等姜芥回答，方遇碎碎念一句："不就一头猪，还能怎样？"

姜芥抿了口热汤，笑吟吟地应着："不是我相，妈，昨天我就随口说说，我只是陪焦妍去的。"

"陪相亲？"方遇低呼一声，瞪她，"你不早说！那我不是让温时卿跑了个乌龙？"

姜芥咬着鸡翅瞥他一眼，暗自揣着心思没作声。

唔，要算起来，也不是乌龙，她昨晚确实是"被"相亲的……

惦记着给温时卿回电话，姜芥三两下扒干净碗里的饭，匆匆擦了嘴跑上楼了。

想着温时卿这会儿可能在开车，她便先给他发了条微信：

[小鱼仙草：你到家了吗？]

消息发出去，没有立马得到回复。姜芥举着手机在床上滚了两圈，一边刷微信朋友圈一边等他消息。

数分钟过去，她正想关了手机先去洗把脸，手机屏幕忽然一亮，弹出了一条视频通话，握在手心里还"嗡嗡嗡"地在振动。

温医生居然发视频通话给她！

情绪激动的姜芥赶忙坐起身捋好头发，整好形象，找了个显脸小的角度，点击了"接听"。

画面一顿，最先映入姜芥眼里的，是那副灰蓝色的挂在阳台落地窗前的窗帘。

灯火通明的室内，姜芥可以瞧见镜头里的皮质沙发、简约的茶几和宽屏电视。

脚步声由远及近，温时卿俊挺的身影从一旁入了镜，手里还握着杯水。他抓起手机，也没想着调整镜头的角度，就这么随意地在手上拿着，问她："吃饭了吗？"

他仰脖饮了口水，那喉结随着吞咽的动作上下滚了两滚。

温时卿："嗯？"

姜芥咽口唾沫，说话都不利索了："吃……吃了。"

"嗯。"他举着手机径直去书房，又问，"刚刚怎么挂了？"

姜芥这会儿回过神来，讪讪道："我舅来了刚刚……"

温时卿把手机架在电脑屏幕前，已有所觉地扬了下眉梢，戏谑道："花了这么多心思追到我，一正名就打算把我雪藏了？"

"不是！我当然巴不得发微信朋友圈告诉大家你是我男朋友……"姜芥委屈地努努嘴，"可是我舅……"

"方遇不同意？"温时卿这话里的语气倒没什么意外和不愉快，和方遇这么多年好友，方遇什么性格什么想法，他大致也清楚。

姜芥说得很委婉："其实他就是古板了点儿！这段时间我会好好做他思想工作的！"说着，她还自信满满地拍拍胸脯，"你，我都能搞定，还怕区区一个方遇？"

温时卿笑了："你的意思是，我也很古板？"

姜芥忍住脱口而出的冲动，假装思考了一会儿，含蓄道："……有点儿。"

就比如你看不上我的亮片裙，还说它丑。

温时卿若有所思地一颔首："我不否认。"

姜芥杏眼圆睁。

"知道我们这种古板男人有什么共同点吗？"他抬手解开领口上的两粒扣子，轻轻扯了扯领，隐约露出颈窝和精致的锁骨。

不过一个随意的动作，在姜芥看来，简直令她疯狂！她目不转睛地盯着手机，木讷道："什……什么？"

温时卿抬起眼眸，身子微微前倾，弯了弯唇，低沉的声线撞击着她的耳膜：

"一生只爱一个人。"

两天后，是小嘉从延川飞来北阳的日子。此次过来，张橙橙因为有其他要事在身，便只有小嘉独自一人。

姜芥提前给小嘉办理了"无成人陪伴儿童乘机"——由监护人按照约定的时间在起飞前把儿童送到机场并交给指定的航空公司服务人员。等到了北阳机场,姜芥直接在到达口接上他就行。

安全将小嘉送上飞机后,张橙橙瞥一眼走在前头的温时卿,一副"好像看穿了什么"的震惊脸,垂头给姜芥发微信:

[橙:芥子,小嘉上飞机了!]

[小鱼仙草:好嘞!我一会儿就出门!]

[橙:你和温医生是……]

[小鱼仙草:嘻嘻!]

[橙:在一起啦?]

[小鱼仙草:嗯嗯。(害羞)]

[橙:天哪!恭喜恭喜啊,太不容易了!我说今早温医生怎么突然来孤儿院接小嘉呢!]

[小鱼仙草:哈哈哈,这都多亏了你们大家的热心相助啊!]

[橙:别的不多说了!祝你俩99!]

三小时后,飞机在北阳机场安全着陆。

姜树有点儿害羞,躲在焦妍身后,悄眯眯地打量着眼前比他高了半截的小哥哥,不好意思打招呼。

见状,焦妍把手放在姜树脑袋上,安抚地揉了揉,然后冲小嘉一笑,说:"嗨,小嘉,我们见过啦。还记得我不?"

小嘉缓慢一点头,颇有礼貌:"记得,焦妍姐姐。"

姜芥惊喜道:"嘿!你都没这样叫过我!"

焦妍笑了,伸手把姜树往前了推:"这是姜芥她弟弟,姜树。"

姜芥弯腰看着扭扭捏捏的姜树,柔声说着:"小树,和哥哥打个招呼呗?"

姜树羞涩地往前一步,眨眼扑扇着那浓密纤长的睫毛,细细道一声:"你好,我叫姜树。"

小嘉难得弯唇，微笑："你好，我叫小嘉。"

因为人多，姜芥今天特意让易叔开车送他们来机场。接到小嘉后，车刚好从停车场驶出来，停在机场门口的车道上。

几人坐上去，姜芥给小嘉、姜树系好安全带，说："易叔，开车吧。"

路上，姜芥给温时卿发了条微信消息，告知他已经接到小嘉。

"你是不是和温医生在谈恋爱？"

静默的车内，冷不丁响起这么一道声音。

刚发完微信的姜芥心头一颤，她下意识扔了手机抬手捂住小嘉的嘴，第一时间瞥了眼驾驶座上的易叔和小嘉旁边的姜树。

前者专注于驾车，倒没什么反应，后者看着姜芥捂小嘉的嘴，一脸茫然："姐姐，你为什么要捂着小嘉哥哥的嘴巴？"

副座的焦妍忍笑扭头看过来。

姜芥慢慢松开手，干巴巴笑了下："姐姐跟小嘉开玩笑呢，呵呵……"

"哦。"姜树点了点脑袋，就在姜芥打算松口气时，他又问了一声，"姐姐，什么叫谈恋爱？"

"哈哈哈哈！"是焦妍仰天大笑的声音。

"哎，小树，"焦妍笑得肩膀一抖一抖的，"这问题太复杂，三言两语说不清楚，姐姐们没法解答，等你长大就明白了！"

姜树："哦。"

姜芥这才真真正正地如释重负，凑到小嘉耳边，咬着牙不张嘴地小声道："小嘉，回去后，你可千万别提温医生的事儿。"

小嘉扭头莫名其妙地看她，不过最终还是点点头答应了："知道了。"

四十多分钟后，车子缓缓驶进小区。小嘉透过车窗望见外头一幢幢精致漂亮的洋房，淡淡地问了句："你家住这么大房子的吗？"

姜芥微微一愣，想起他从小在孤儿院长大，对着这些洋房心里莫名就腾起丝罪恶感，含糊地应了声："嗯……"

"很漂亮。"他说。

平静的声线里透着几分发自内心的赞赏和期待，令姜芥心里那点儿五味杂陈的情绪稍稍淡下些许。

她抬手顺了顺小嘉后脑翘起的头发，温柔地问了句："小嘉晚上想自己一个人睡，还是和姜树一起睡？"

还没等小嘉回答，姜树抢先开口："小嘉哥哥，你跟我一起睡吧，我的床很大，可以睡两个人，我还有很多玩具，咱们可以一起玩！"

小嘉侧目看着姜树半晌，最后扬唇笑了笑，应声："好啊。"

车子正好在楼门前停下。焦妍率先解了安全带下车，到后座拉开车门牵姜树下来。

第一次来到离延川这么远的地方，环境都是陌生的，小嘉有些紧张。

他两手抓着书包的肩带，仰头从上到下望了眼这幢豪华大气的洋房，眼里满是惊异。

这时，大门正好从里头被拉开，姥姥走了出来，一见他们站在门口，愣了下，脸上一喜："哟，回来啦！"

焦妍笑着打招呼："姥姥！"

老人家踩着台阶几步下来，见着台阶下安安静静的男孩，和蔼一笑："你就是小嘉吧？"

易叔从后备厢里拿了行李出来，姜芥接过，冲小嘉道一声："小嘉，那是我姥姥。"

小嘉冲姥姥点点头。

小孩子怕生，她老人家是理解的，朝他一伸手，发出邀请："来，跟姥姥进屋。"

小嘉抬眸看着老人家和善的面孔，犹豫半会儿，伸手牵住那只温暖又布满皱纹的手。

姥姥领着小嘉在客厅坐下，然后去厨房倒茶水。楼上的人听见动静，都陆续下来，在沙发上坐下。

和平时在孤儿院见到的人都不一样，小嘉一时又局促起来，坐在沙发上揪着裤腿，期期艾艾："大……大家好，我是，小嘉……"

姜芥还是头一次见小嘉这副模样，平时对着她都是高冷又"傲娇"的，还确实没想过他也会有这样局促的一面。

　　方欣这会儿坐过去，安抚地拍拍他，笑着说："不用这么紧张，当自己家就好。"

　　小嘉红着脸点了点头。

　　初次见面，大家相处得很是愉快，姜树和小嘉很快就熟稔了起来，吃饭前，他还兴致勃勃地拉着小嘉去房间里分享他的玩具。

　　姜芥不打扰他俩，她和焦妍回房间。

　　从回来到现在，她都没顾上看手机，此刻打开瞅一眼，才看到温时卿回复过来的消息：

　　［小鱼仙草的：嗯，到家了吗？］

　　［小鱼仙草：到家有一阵啦，才看到消息。］

　　回完消息放了手机，姜芥正打算换身衣服，手机忽然响了起来，伴着振动声。

　　靠在床头的焦妍下意识地扭头看来，两人对视一眼，姜芥赧然地笑了笑，指指手机屏幕："嘻嘻，温医生……"

　　焦妍无奈地翻了个白眼，决定远离即将散发的聊天酸臭味，她冲着姜芥眨眨眼："我还是去找姜树和小嘉……"

　　姜芥喊她："别走嘛。"

　　焦妍直接忽略她，带上了房门。

　　电话被接通，姜芥心里瞬间泛起甜意，温温软软地"喂"了一声。

　　"在干什么？"他沉润的嗓音徐徐传来，涌进耳里的时候，毫无预兆地让她耳根都酥了下。

　　姜芥忽然想起那天他那句平缓的"一生只爱一个人"，两颊顿时不争气地染上了两抹红晕。

　　"在房间，准备换件衣服，一会儿下楼吃饭。"她摸了摸自己发烫的脸颊，尽量保持说话时声线的稳定。

"嗯，小嘉呢？"

"和姜树在房间玩呢。"说到这儿，她又补充，"姜树是我弟。"

电话那头轻轻笑了下："嗯。"

电话里静了片刻，听着他略有些沉重的呼吸声，姜芥问："这两天医院忙吗？"

温时卿捏了捏眉心："嗯，有点儿。"

昨天夜里他临时做了两场手术，回去歇了没多久，又被打电话叫到医院，忙了数小时，这下才得空闲。

"不回去休息吗？"

他说："歇一会儿就回去。"

"这么累就不要开车了，打个车。"

"好。"

"吃饭了吗？"

"还没有。"

姜芥有些心疼，如果这时候自己在他身边，还能给他送点儿饭什么的。

她声线闷闷的："如果我在就好了。"

温时卿沉默了会儿，发哑的声线极其温柔："过完年要不要早点儿过来？"

姜芥简直沦陷在他的温柔乡无法自拔了，想都不想便应了下来，很是果决："要！"

他笑了，合上眼低低"嗯"一声，忽然问："那晚你在小区门口给我唱的歌，叫什么？"

姜芥想了下："超喜欢你？"

他沉沉的音色带着股魅惑人心的魔力，"我也是。"

第五章　喜欢你是值得炫耀的事儿

情人节对于情侣来说是最值得纪念的节日之一，所以才更要认真对待每一个情人节，而一起过的第一个情人节，对于双方来说，都是一件珍贵的礼物。

*1.*情人节

距离除夕，还有一天。

作为外来人口聚居城市之一的北阳城，到这时间点，差不多成了座空城，平日里随处都大堵车的马路，今天空荡荡的，去哪儿都一路畅通。

姜芥今日安排了几个旅游景点，打算和焦妍、方遇、沈孜孜带着小嘉、姜树一块儿去逛逛。

由于天气较冷，加上小嘉不宜多运动的身体状况，姜芥没敢带他多走，只在景点外围拍了几张照后，便前往商场了。

一日的行程，说慢也不慢，小嘉身体不允许，玩起来都有限制，眨眼就到了晚上。

他们吃完晚饭回到家，已经九点多了。

玩了一天，小嘉和姜树都十分困倦。照顾他们洗过脸和脚，姜芥等他们躺上床，替他们掖好被子后，打算关了床头的灯出去。

小嘉却一伸手，扯住她，音色有些沙哑："姐姐，先别关灯。"

姜树这时把脑袋侧过来，也说："姐，你陪我们说说话，等我们睡着了再走，可以吗？"

姜芥按灯的手缩了回来，往床沿一坐，声线放得很轻："好。"

"你们想说什么呀？"她抓了个抱枕垫在腰后，靠着床头，问道。

"小嘉哥哥，你今天开心吗？"姜树先问。

"开心。"小嘉睁眼望着天花板上被黄灯晕开的光影，发自内心地感叹，"我从来没坐过飞机，从来没住过这么大的房子，也从来没像今天这样，去过这么多的地方。"

姜树对于小嘉的一切都不知情，便问："那你以前都住在哪儿啊？"

"孤儿院。"他淡淡道。

"孤儿院是什么？你爸爸妈妈也住那儿吗？"

姜芥心头"咯噔"一下，正想开口把这话题搪塞过去，小嘉却应了："我没爸妈。"

他语气很轻，没有什么情绪，甚至透着几分早已习惯的麻木。

姜树翻了个身，两手撑着床面，趴在床上看他，满脸的纯真和真诚："那你要来我家吗？我爸爸妈妈可以做你的爸爸妈妈，我的姐姐，也可以是你的姐姐。"

静谧昏暗的房间里，发音还有些含糊的稚嫩童声缓缓荡开。

对于姜树的语出惊人，姜芥脸上是明显的一愣。

他还小，还不懂那句"我没爸妈"的更深含义，可姜树平日里有多黏爸妈姜芥比谁都清楚，有时和她吵起架来，还会闹脾气去争宠。一个如此亲近爸妈的孩子，竟毫不犹豫地说出"我爸爸妈妈可以做你的爸爸妈妈"的话……

她家弟弟，可真是个善良又优秀的孩子。

姜芥垂头一笑，也不愧是她弟弟，和她想到一块儿去了。

小嘉没作声，微侧着脑袋看着姜树，眼里掺杂了期待、喜悦和小心翼翼。

姜芥伸手摸摸他，也不打算再等了，温柔地笑了下，问道："小嘉，你愿意来我家吗？我去孤儿院申请领养你，你愿意吗？"

小嘉这时看过来，神情半信半疑："你开玩笑吗？"

姜芥摇头，放慢语速："不，我半个月前就已经决定了，我爸妈都同意了，等过完年他们就打算去延川办理手续，本来我想等他们去延川后再告诉你的，但是小树都这么说了，我也就不瞒你了。"

听完她说的，小嘉没说话，只转了脑袋，直勾勾地盯着天花板，一脸沉思。

姜芥瞅他这副样子，试探一问："是舍不得橙橙姐姐吗？还是怕她舍不得你？"

"都有。"

姜芥莞尔："橙橙姐已经知道啦，我很早就告诉她了，她很开心，你可以有个好的归宿。"

小嘉沉默了很久，心里那股子喜悦之情都快泛滥成灾了，一时间根本无法言语。

最后，他两手一扯被头，掩住自己的小脸，声音又闷又小地从里头传来："我当然愿意了……"

你是我这些年阴暗生活里，难得一见的阳光，将我心头的阴霾一扫而光。

谢谢你们这么好，让我对未来重新有了希望。

能和你们做家人，是上天对我最好的眷顾，我又怎么会不愿意？

姜芥抱着两腿坐在一旁，反应慢了半拍，后知后觉地低呼一声，极为高兴："你同意了呀！"

小嘉紧紧抓着被头，不正面回应，语带羞涩："我要睡觉了。"

姜芥喜滋滋地拍拍他的被子，连连应声："好的，好的。"

翌日，除夕。

温时卿有两天的轮休，早上下了夜班，他没回公寓，驾车直接去了爸妈家。

洗过澡，温时卿准备补回昨晚的觉，睡前照旧看了眼微信，见没有姜芥的新消息，心想，大概还没起床，便给她发了条消息过去，而后睡了。

温时卿一觉睡到下午四点多，醒来的时候，外头正在噼里啪啦地放着鞭炮。

他拿起充完电的手机，解锁。

上头有姜芥数小时前发来的未读消息，他点进去。

10:37

[我的良药：早安呀温医生，昨晚睡得晚，现在才起床。]

[我的良药：你好好睡！]

14:21

[我的良药：（图片）]

[我的良药：温医生快看！我包的饺子，可爱不？]

[我的良药：嘻嘻，你今晚在家吃年夜饭吗？]

温时卿点开那张饺子图，圆圆鼓鼓的，托着它的小手白皙细嫩，格外可爱。

他微一弯唇，没回复，直接给她发了个微信视频过去。

晚上年夜饭，姜芥和沈孜孜的任务是帮忙包饺子。方遇粗手粗脚的，啥都不会，和小嘉、姜树一起，跟小孩儿似的在旁边玩面粉。

一个多小时过去，所有饺子都成形，姜芥刚把它们下了锅，手机就响起微信视频的提示音。

这一响，餐桌上的方遇和沈孜孜都下意识地瞥了眼桌上的手机。

方遇冲厨房里喊一声："芥子，有人给你发微信通话了。"

闻声，姜芥微微一愣，想着可能是温时卿发来的，赶紧盖了锅盖，小碎步跑出去，急急忙忙地拿手机点开。

果然是温时卿。

方遇看她一眼，漫不经心道："谁这么有心，大过年给你发视频送祝福？"

姜芥心虚，抱着手机迟迟不敢接，含糊应一声："呃……我室友。"

说完，她抱着手机跑上楼了。

方遇目光追随着她的身影，有些莫名其妙："你室友你不能在这儿说啊，还非得跑上楼。"

姜芥当没听见，甩背影不作声。

沈孜孜挑眉，轻笑："不想让你听见呗。"

方遇不以为意地闷哼一声："哼，我还不乐意听呢！"

锁上房门，姜芥立即就点了接听。

屏幕切换，那头的光线有些昏暗，镜头朦胧地映着男人英俊的轮廓。

他侧躺着，眉目间透着几分刚睡醒的柔和，平日里利落的短发，此刻有些翘乱。镜头照得很近，隐约可见他睡衣领下的锁骨，性感又精致。这一副温润慵懒的模样，姜芥还是头一次见到，不用多说，依旧被迷得七荤八素。

"你刚醒吗？"她问。

温时卿侧着脑袋，沉沉地"嗯"一声，嗓音还有几分低哑："在干什么？"

姜芥笑道："刚下完饺子，一会儿要吃饭啦，你晚上也在家吃年夜饭吗？"

"嗯。"他翻身坐起来，抬手捏了捏颈脖，镜头正对着自己的脸，默然半晌，忽然问，"有没有想我？"

语气很平淡，就像在问"你吃饭了吗"那般平淡。

可听在姜芥耳里，她瞬间犹如被电击了，从脚趾开始一路酥到头发丝，心尖儿都忍不住颤了颤，简直害羞极了：

"想。"

她微垂着脑袋，长睫毛扑扇了两下，看着他的目光羞涩又含蓄。

温时卿勾了下唇，眼里的笑意更深："饺子很可爱，和你一样。"

姜芥感觉自己快窒息了。

怎么感觉这个温医生和当初她死缠烂打着的那位区别这么大呢……

姜芥控制好心跳："你……"

"嗯？"

"你这撩人的本事，到底跟谁学的……"

温时卿往后靠着床头，幽深的眼眸里满是真诚和爱意，一字一句说得很沉缓：

"姜芥，这不是撩，这都是我的……心里话。"

洗过脸换了身衣服，温时卿下楼。

余岑在厨房忙活，温子谦陪着温老爷子在客厅看电视。

听见动静，客厅里的两人齐齐侧头看过来一眼。

温子谦："你妈在厨房，去帮一下。"

余岑正在蒸鱼，见他过来，问一声："醒了？饿不饿？"

温时卿进去拉上门，瞭了眼料理台上的生鲜蔬菜，问："还好，要我帮忙吗？"

"你帮妈把菜洗了。"余岑一指那袋里的小青菜，"菜叶洗干净些。"

温时卿伸手取出来，打开水龙头清洗。

"时卿。"余岑从锅里盛出那盘鱼，又问，"你和张阿姨的女儿没下文了？"

温时卿甩了甩菜篮里多余的水："嗯，不合适。"

"怎么不合适了？"余岑开启劝说模式，"这不才见一面吗？你们应该多见见，多了解了解，人家姑娘温婉安静的，多好、多适合你呀。"

温时卿手里的动作顿了顿，沉吟半晌："妈，其实我……不太喜欢温婉安静的女孩子。"

余岑一愣，拿酱油的手抖了抖，有些不敢相信："你说啥？你不喜欢安静的？"

"嗯。"他拆了另一袋，拿出番茄和青椒，脑子里想起姜芥活泼灵动的模样，不自觉地一笑，又重复一遍，"不喜欢。"

余岑倒是意外了："我看你性子寡言冷淡的，还以为你不喜欢别人烦着你，喜欢乖巧温顺的。"

温时卿笑了："妈，我都这么寡言了，再找个不爱说话的，这以后结了婚是要合伙上演哑剧？"

余岑忍俊不禁："瞧你这说的，我哪能知道你还会在意这些。不喜欢温婉的，那你喜欢哪种的？"

温时卿搓着手里的青椒，没有回答，只问："还记得那天您来医院找我，遇见的那女孩儿吗？"

余岑想了下，眸色一亮："你是说那天以为我是你病人的姑娘？"

"嗯。"

"记得，那姑娘漂亮又水灵的，还很有礼貌，我印象挺深。"

温时卿眉梢微扬，侧目看眼余岑，笑得意味深长："嗯，那下次有机会，带她回来，给您见见。"

儿子生养了近三十年，从他念大学那年开始，余岑就幻想过多种温时卿带女朋友回来见家长的场景。

比如，有一声不吭，突然就带回来说"这我女朋友"的；有在街上偶然被她撞见的；还有连见都没见过，直接甩结婚证回来的。她就是没想过，他会像今日这般如话家常，云淡风轻地和她说："那下次有机会，带她回来，给您见见。"

余岑怔愣了好半晌才反应过来，愕然："你，谈女朋友了？"

温时卿扬唇，正面回答："对。"

"就，就和上次办公室那女孩儿？"

温时卿："嗯。"

余岑再惊："那姑娘看着才二十出头啊，你这不会是……"说着，她忽然想到什么，恍然问，"她不会是你爸上次说的，那个追求你的女孩儿吧？"

温时卿垂眸，默认地笑得更开心了。

余岑扳过他，再追问："你朋友的外甥女？"

面对妈妈的接连询问，温时卿哭笑不得："是。"

余岑惊讶得倒吸口凉气，那瞠目结舌的模样像是个受了惊的老太太："你这什么福气，都三十岁的人了，居然谈了个二十出头的年轻姑娘？我看人家漂亮又有气质。"

温时卿哭笑不得。

晚上温时卿和姜芥视频聊天，把下午这段对话给她大致讲述了一遍，小姑娘听了后，笑得前俯后仰，直取笑他："在二十九岁这年遇上我这么个人美声甜的小仙女，还不依不饶地追求了你数月，温医生，看来你这个老男人，真的是很有福气，你要好好珍惜我啊！"

三十岁的老男人再次语塞。

过了一会儿，姜芥羞涩地敛了敛眼睫，说："温时卿，你这么快就要带我见家长了呀……"

温医生面色淡淡："不快呀，三十了，该结婚了。"

姜芥安静一秒："……温医生，咱们才交往不到一周呢。"

"嗯。"

姜芥又说："我大学还没毕业呢。"

"嗯。"

"我还没搞定小舅舅，我爸妈也还不知道我谈恋爱了。"

"嗯。"温时卿给她一个"所以呢"的眼神。

姜芥轻咳两声，一本正经："虽然第一眼见你的时候我就想嫁给你了，但是真要结婚的话，好像有点儿早……"

她还想本科毕业再考个研……

他默默看着她半晌，醇厚的声线如大提琴音，娓娓动听："这些都不是问题，你愿意嫁就行。"

好的，姜芥被撩得彻底断片。

这一回合，依旧温医生胜。

过完年，初二这天，方遇年假快结束了，和沈孜孜提前回了延川。

而这年一过，姜芥对温时卿的思念之情就越发如潮水般翻涌不止了，一天比一天都迫切地想回延川。

度日如年般地到了正月初六这天，姜芥收到了周岚的微信，内容是问她大概什么时候会回去，好给她安排社工小组。

这条消息一来，姜芥简直是雀跃得要飞天了，抓着手机在床上蹦了好几下，回复：

[小鱼仙草：周姐！我明天就可以回去！]

[周岚：哈哈，这么急呀，那这样，我给你安排初十吧，你回来了歇两天，然后再上工，如何？]

[小鱼仙草：当然好了！谢谢周姐！]

关于了手机，姜芥开始掰指头算时间。

今天初六，待会儿买机票，明天偷偷回延川，给温医生一个惊喜，然后甜蜜两天，初十上工，学校元宵节后才开学，这安排简直太让人心动了！

姜芥火速买了张机票，开始收拾行李。

午饭的时候，她在饭桌上和爸妈提了这事。

姜继诚准备塞进嘴里的那块鸡肉，又放了下来，扬声："什么？明天就要走？"

方欣也愣了："怎么这么快？不是元宵节后才开学吗？"

姜芥嘻嘻笑两声："我不是参加了医院的医务社工活动嘛……那边这几天要开始新一轮的小组服务了，得提前回去准备。"

话音刚落，她眼角的余光正好瞥见对面小嘉投来的似有若无的眼神，仿佛在说："真是为了医务社工？"

姜芥心头一颤，开始有些心虚，给小嘉使了个"拜托拜托"的眼神。

后者见了，垂头事不关己地吃饭。

"明天才初七呀。"姜继诚同志不乐意地碎碎念，"这也太快了，才回来多久啊。"

方欣也说："你和你们领导说说，看看能不能晚几天？"

姜芥低低咕哝一声："可是我已经买好机票了……"

姜继诚毫不在意："买了可以退，咱也不差那点儿钱，你问问你领导。"

姜芥肩膀耷拉得更低了，垂着脑袋恹恹的，像离了枝儿的枯花，毫无生气。

姥爷瞧见她那副神情，正了正色，端起长辈的架子，说道："行了行了，芥子这么大的人了，有自己的主意，你俩啊，就别老束着她，和医院那边都说好时间了，再变来变去的，人家怎么看我们芥子，做人得有诚信。"

说着，他又冲姜芥扬扬下巴，"芥子，别听你爸妈的，姥爷做主，你去吧，你爸妈要是真想你，也就两张机票的事儿！"

姥姥笑："你姥爷说的是，你去吧，姥姥也支持。"

姜芥心花怒放，肩背瞬间挺得老直了："谢谢姥爷姥姥！你们真好！"

都这样说了，姜继诚还能说什么，要是再不同意，那自己在闺女心中的地位不就大幅度下降了？于是姜继诚挥挥手，放行："行吧行吧，去去去吧，自己注意着点儿就行！"

姜芥噘嘴隔空给老姜同志送了个飞吻："谢谢爸！您和妈也好好的！"

"姐姐，你走了，小嘉哥哥是不是也要走？"一直埋头吃饭的姜树忽然抬头问。

姜芥目光落到小嘉身上："小嘉，你想多玩几天吗？还是想明天和我一块儿先回去？"

小嘉咽下嘴里的饭菜，张嘴正想出声，姜树先他一步开口，语气闷闷的："小嘉哥哥，你别走呗，爸爸昨天刚给咱买了副乐高，还没开始拼呢。"

方欣笑了笑："小嘉，你多玩几天没事的，过阵子我和爸爸也要去延川替你办手续，你可以跟我们一起走。"

姜芥冲小嘉挑挑眉："如何？"

小嘉一如既往地淡然："好。"

翌日，姜芥是中午的航班。为了给温时卿一个惊喜，姜芥在飞机起飞前，编了个自己要午睡的借口。

到延川正好下午三点，方欣昨晚给方遇打电话交代过姜芥今天要提前回去，所以姜芥下了飞机，便打车径直往方遇公寓去了。

方遇还没下班，家里暂时没人。放下行李，姜芥稍稍打扮了一下，又马不停蹄地前往医院。

途中，她给温时卿发了条微信，对方没回，她想起来他早上提过下午有台手术要做。估计是手术还没结束。

于是姜芥让"滴滴"师傅放她在邻街下车，她去甜品店带个小点心给夏眠和徐医生。

到心胸外科时，姜芥便拎着甜品盒先去寻夏眠。

后者刚好给病人换完吊瓶从病房里出来，一瞧见她，脸上微微一愣，惊喜："芥子？你回来啦？"

姜芥笑笑，两步走过去，把手里的小蛋糕递给她："是呀，刚下飞机，喏，给你和徐医生的。"

"怎么样，这么久没见他，是不是特别想？"夏眠凑近她，轻声耳语，"放心吧，这段时间我一直帮你看着，没啥莺莺燕燕来缠着他。"

闻言，姜芥才想起来夏眠还不知道自己已经和温时卿修成正果了。只怪那时候太兴奋，光顾着和温医生甜甜蜜蜜，完全忘了给她通报这好消息。

姜芥张了张口，正想告知，夏眠眼角的余光刚好瞥见从电梯间过来的温时卿，扬声唤道："哎，时卿！姜芥来了。"

姜芥下意识地扭头，视线正好对上他的。

看见姜芥，温时卿目光有那么一瞬的停顿，有惊也有喜。脚步倒不曾停，几步走过去，站在她身前，眉梢微扬，语气格外温柔："不是说午睡？"

姜芥咧唇，那清透的眼眸里满是笑意："嘻嘻，惊喜嘛，来等你下班呀。"

一旁的夏眠一脸茫然。

这似乎交往已久的情侣对话是怎么回事儿？

夏眠："你们？"

姜芥四下扫了眼周围来去忙碌的小护士，羞涩地垂了垂眸："在一起啦，年前的事儿。"

夏眠控制好心里那惊讶的情绪，压低声线，只问：

"我是最后一个知道的？"

一旁的温时卿面不改色，语气很是淡然："徐靳之应该是最后一个。"

姜芥跟着温时卿回办公室。

房门关上，温时卿看着眼前漂亮灵动的小姑娘，心间忽地一热。积攒了数日的念想此刻不受控制地涌了上来，脑子里唯一的念头，就是抱抱她。

这么想着，他也就这么做了。

长臂一舒，自她身前环到她纤细的腰上，轻轻一带，揽进了自己怀里。

姜芥自觉伸手圈住他，脸蛋贴着他温暖的胸膛，时不时贪恋地蹭一蹭。

"怎么突然回来了？"他问。原本沉润的声线一时哑了几分。

姜芥笑了："不是答应你要提前回来嘛，而且……"

她顿了顿，抿唇，耳根子一烧，连声音都轻了几分："我特别想你。"

温温软软的嗓音，犹如一道细微的电流，从他心尖儿开始，风驰电掣地传遍全身，连后颈都忍不住酥了一下。

温时卿手上的力道一紧，把她往怀里贴得更实了些。

二月中旬，冬季未过，天依旧暗得很早，乌泱泱的，被雾笼罩着，看不见寸点星光。

姜芥拉着温时卿去学生街逛了逛。

还是正月里，学校都还没开学，学生街道上的店铺有些还没营业，比起平日的热闹喧嚣，此刻冷清不少。

夜里风寒，姜芥穿着长款小棉服和高领衫，裹得严严实实，倒不觉得冷。

反观温时卿，虽然里头穿着那件紧领的羊毛衫，但外头却只套一件羊绒大衣，看过去一点儿都不挡风。

姜芥伸手摸摸他大衣料子，好奇地问一声："你不冷吗？"

温时卿牵住她挽着他臂弯的手："不冷。"

温暖厚实的手掌裹着自己的小手，他掌心传来的温热令姜芥稍稍意外了一下，居然比她的手还暖和！

作为一个土生土长的北方人，她不服！

温时卿自然是瞥见她诧异的小表情，微微一笑，只道："我经常跑步，体能比你好一些。"

姜芥扬下巴："我还经常唱歌呢，别看我瘦，衣服撩起来，腹肌也不比你少。"

"嗯。"

"你谈过恋爱没？"姜芥问。平淡的语气没有任何追问过去的意思，只是单纯地想了解。

"没。"

虽然听夏眠说过他大学没谈过恋爱，但真正从他嘴里知道这事儿后，姜芥还是小小地惊讶了一下。

"你都三十岁了，居然没谈过恋爱？"

温时卿"啧"一声，双眸眯了眯，沉沉地看着她："我说过，对于感情，我是宁缺毋滥。"

"那你初吻也还在？"姜芥目光不自觉地落到他唇上。

温时卿别开眼："嗯。"

姜芥再惊，顿住脚步瞠目结舌地愣了半晌，冲他勾勾手指。

温时卿睨她，以为她又要说什么取笑他的话，无奈地把耳朵凑过去。

她却伸手，捏着他下颌，轻轻掰过他脑袋，踮脚往他唇上一贴。

一触即离。

"好了，现在你的初吻，归我了。"

偷亲了他的女孩儿微垂着脑袋，身后的树荫挡住了街头的灯光，黑夜里，他瞧不清她此时的神情，却能清楚地望见她那双似玻璃珠般的眼睛里嵌着羞涩和紧张。

温时卿一直牵着她的手不自觉地捏了捏。而后，他抬起垂在一侧的右手，穿过她耳下的青丝，轻轻捧住她的脸，迫使她抬头，慢慢接近。

姜芥一时之间没缓过神来，呆愣愣地立在那里，一只手紧张地揪着他腰间的衣料。

这个吻，炽热、温柔又有些生涩。

云雾飘过，露出微弱的月光，洒在相拥而吻的男女身上，仿若披了层柔光，缱绻又优雅。

"姜芥，你刚刚那个，只是亲，这样……才叫吻。"

次日，方遇一早就回警局了。姜芥醒得有点儿晚，吃了片面包垫垫肚子后，换衣服出门买菜，做个午饭给温时卿送去。

路上，她发了条微信给温时卿，问他有没有什么想吃的。

那头过了十多分钟才回过来：

［小鱼仙草的：你做的就行。］

手机这头的姜芥捂脸娇羞。

做好饭菜，姜芥拎着满满一大袋去医院。

等电梯的时候，恰巧遇见同要上楼找夏眠的徐靳之。

姜芥走过去，唤一声："徐医生！"

徐靳之侧头看来。

姜芥："新年好呀！"

"新年好。"徐靳之笑道，视线落到她手上的饭盒袋上，想起昨日夏眠跟他提的温时卿和姜芥已经交往的事儿，眼里的笑意更深了，开心地问她，"给时卿的？"

姜芥大大方方地点头："是呀。"

徐靳之："恭喜你了。"

"谢谢，这还要多谢你和夏眠姐。"姜芥感激地冲他一颔首，"你们什么时候有空，我得好好请你们吃饭，表达一下我的谢意！"

电梯刚好抵达，徐靳之让她一起进员工电梯上去，姜芥喜滋滋地跟进去，又说："不要拒绝我啊，要不是你俩，我还真追不到温医生。"

徐靳之一弯唇："那真要算起来，还是温时卿捡了个大便宜，这顿应该他来请。"

姜芥笑两声，若有所思地一点头："你说的有道理。"

出了电梯，姜芥和徐斳之道过别便径直往温时卿办公室去了。

科室里的小护士见着她，以为她又锲而不舍地来送饭追求温医生，已经习以为常。

推门进去，温时卿正在专注地写病历报告。见她进来，手里的活儿没停，只道："坐下等我一会儿。"

姜芥"哦"一声，走过去坐下，把饭盒袋放一旁，静静地托着脑袋看他做事。

数分钟过去，温时卿存好文档，关了电脑，把桌上的文件摆放到一边，冲她勾勾手："吃饭。"

姜芥立马笑嘻嘻地提起饭盒袋："我今天做了糖醋排骨和腰果炒虾仁。"

她一盒一盒地打开盖子，摆到桌中央，将白米饭推到他面前："你多吃点儿。"

温时卿接过来，瞅她一眼："你的呢？"

姜芥弯腰从袋里取出一个小盒，"在这里。"

温时卿满意地笑了："吃吧。"

敲门声响起，姜芥愣了愣，脑子里下意识就想着要不要躲一下，温时卿却面不改色道一声："进来。"

"温医生……"推门进来的是一位年轻的小护士，抬眼见着温时卿对面的姜芥，两人正面对面颇为和睦地一块儿吃饭，整个人怔了一下，连话都止住了。

见她没说下去，温时卿出声："怎么了？"

小护士回过神，拿着手里的文件夹走过来，神色有些木讷："林……林主任让我给你的。"

温时卿伸手接过，很是淡然："好，谢谢。"

屋内静了一瞬，姜芥原本随着小护士身影而转过去的脑袋，此刻缓缓转回来，看着温时卿半晌，问："你怎么不让我躲一躲？"

温时卿抬眸，目光莫名："为什么要躲？你见不得人？"

她喜眉笑眼地歪了歪脑袋："我这种小仙女当然见得了人啦！嘻嘻。"

温时卿弯唇轻轻一笑，给她饭盒里夹了块排骨："吃饭。"

姜芥想起刚刚在电梯间碰到徐靳之，咽下肉，说："我刚才上来时遇见徐医生了。"

温时卿："嗯。"

姜芥："他让你请客吃饭呢。"

温时卿握筷的手一顿，挑眉，给了她一个"嗯？"的眼神。

姜芥笑哈哈打趣他："他说你找到我这么个女朋友，占了大便宜，该请客吃饭。"

温时卿垂头，哼了声笑："嗯，确实应该，找个时间，约一下。"

从此之后，整个科室的医生护士都知道，温医生这朵出名的单了多年的高岭之花，在姜芥数月的猛烈追求下，正式脱单了。

科室里的年轻小护士个个哀叹惋惜，只恨自己只敢远远观赏，不敢付诸行动，结果就被人捷足先登了。

不过一个下午的时间，姜芥就成了心胸外科的小名人，护士们一刻得闲，那话题都离不开姜芥和温时卿的八卦。同时也狠狠打了当初那些背地里说姜芥闲话的人的脸。

隔日，正月初十，是姜芥医务社工进组的日子。那天也正好，恰逢情人节。

恋爱后的第一个情人节，姜芥还是抱着小小的幻想期待了一下。但……转而一想温时卿今天有夜班，最终还是叹了口气。

算了吧，只要跟温医生在一起，每天都是情人节。

她这么安慰自己。

一早，给温时卿送了早饭后，姜芥便马上去社工部报到。

今天是进组第一天，没什么重要的事儿，周岚只带她和其他组员相互认识一下，给了些需要帮助的病人的资料，大致交代了活动的内容。

和姜芥同组的，还有另外四个人，两男两女，年纪比姜芥大了三四岁，个个都为人随和，好相处。和姜芥这个志愿社工不同，他们都是毕业于社会工作专业的同校校友，接触的社工活动和积累的个案经验都比她多得多。

散会后，周岚建了个微信群，把几人拉到一起，方便日常交流。

电梯"叮"的一声，抵达十一楼，前头的人陆续出去几个，姜芥也赶紧关了手机跟上。

临近中午，姜芥今天没时间准备午饭，就打算上来问问温时卿要不要一块儿下楼吃。

走到门前，姜芥隐约听到里头传来谈话声，便没急着敲门进去，而是先伸脖子透过那玻璃窗口望了望。

温时卿正和病人家属在说话，双唇一张一合时的神色，十分严肃认真。

于是姜芥默默收回正欲敲门的手，站到走廊尽头的窗前等待。

其间，焦妍在小群里发了条消息和一张照片。照片里的小嘉和姜树正在专注地拼乐高，地上还放着尚未完成的半成品。

［老盐巴：陪小鬼头拼乐高，我觉得我的智商受到了侮辱。］

［老盐巴：我居然拼不过小孩儿？］

［小鱼仙草：咱们小嘉智商可高了，你斗不过，乖乖在一旁当啦啦队员加油吧。］

［老盐巴：（看到我的八十米大刀了吗.jpg）］

［小鱼仙草：@阿沈，寒寒，你啥时候回来？］

［阿沈：元宵节后，咋咧，想我啦？］

［老盐巴：人家有温医生呢，怎么可能会想你？］

［老盐巴：话说，今天不是情人节吗？你居然有空在这里和我们闲聊？］

［小鱼仙草：找了这种医生职业男朋友，就要时刻做好没节可过的心理准备，你们知道吗？］

［老盐巴：伟大，真伟大。］

姜芥后头传来开门的动静，病人家属走了出来，后面还跟着温时卿。和他再次道过谢后，家属转身离开。

姜芥往前两步，正想出声唤他，他已经有所察觉地扭头看了过来，目光温柔，带着笑意："社工那边结束了？"

姜芥点头"嗯"了一声，过去拉他的手，跟着进办公室。

房门被带上，姜芥忽然想起三个月前她还没有追到他的时候。男人总是冷冰冰的，连个眼神都不给。眼下一对比，心里莫名就格外充实和温暖，甚至觉得能和他在一起，是件极其奢侈的事儿。

姜芥忍不住伸手抱他，两手环着他的腰，箍得紧紧的。

对于她突来的投怀送抱，温时卿有一瞬间的愣神。他很快回过神来，抬手抱住她，沉缓的嗓音像是在哄小孩儿："怎么了？"

姜芥用鼻尖蹭蹭他里头的衬衫，仰头一扬唇，说："突然想起上次也是那个场景，你和病人谈话，出来的时候瞧见我，目光冷漠得让人心寒。"

温时卿紧了手里的力道，垂头在她唇上轻轻一吻，语气有些无奈："对不起。"

姜芥一下子笑得更开，嘴角都快咧到耳根子下了，喜眉笑眼地应道："没关系！我原谅你了！"

他弯眼一笑，柔情似水："中午要吃什么？"

姜芥歪脑袋思考了一下："叫外卖吗？还是下楼吃食堂？"

"吃食堂吧。"

"好。"

到食堂门口的时候，姜芥视线瞥见上次把她拦在外头不让进的那位大叔。被温时卿牵着进去，姜芥步子没停，挑眉盯着那坐在门边看见她毫无反应的大叔，纳闷："这大叔今天为什么不拦我了？"

温时卿闻言顺着目光看一眼，道："员工家属，不会拦。"

"哇。"姜芥得意地笑两声，"那我要昂首挺胸露出全脸，让所有人认一下，我这个温医生的家属。"

温时卿笑了，拿了个托盘递给她："吃什么？"

姜芥接过来，指了指里头的里脊肉："那个，那个。"

两人找了空位坐下。姜芥才吃了两口，抬眸就见前头走过来一个中年男人，慈眉善目的，还盯着她笑得意味深长。

姜芥愣了下，正想问温时卿是不是他认识的人，那中年男人先一步出声："时卿。"

温时卿抬头侧目，莞尔颔首："林主任。"

林主任一点头，语带笑意："女朋友？"

温时卿："嗯。"

姜芥很自觉，抬头笑着打招呼，颇有礼貌："林主任好。"

对于小姑娘的热情，林主任倒是小小意外了一下，而后哈哈笑两声："你好，你好。"

温时卿看一眼姜芥，冲林主任又问："林主任坐这儿吗？"

林主任摆摆手，"我已经吃完了，你们慢慢吃，我先上去了。"

温时卿："好，您慢走。"

姜芥："林主任再见！"

"再见，再见。"

目送林主任远去，姜芥脑袋凑过去，问他："温医生，他是你领导吗？"

"嗯。"

"还挺随和的。"

温时卿握着汤勺看她半晌，没由来地笑了声："你倒是不怕生。"

姜芥赞同地点点头，没个正经："嗯，我脸皮还挺厚的，要不然怎么敢追你？"

温时卿彻底被她逗乐，哭笑不得地摇了摇头，问："晚上想怎么过？"

姜芥蒙了下："什么？"

"情人节。"温时卿眉梢一扬，"不打算过？"

姜芥不明就里："你今晚不是有夜班吗？"

他淡淡说一声："和李医生换了下。"

姜芥表情逐渐惊讶化，高呼："真的吗？"

"嗯。"

她心里的喜悦不由得出声:"我想吃饭、逛街、看电影,可以吗?"

温时卿神色不变:"可以。"

"我还想回去换个衣服打扮一下,好好迎接我们的第一个情人节,可以吗?"

温时卿再次忍俊不禁:"可以,下了班我过去接你。"

要不是在食堂,姜芥觉得她会扑上去对他一通乱亲,"温医生你太好了吧!"

温医生很是淡然,一昂下巴:"先吃饭。"

姜芥小鸡啄米似地点头,之后乖乖地埋头扒饭。

饭后,姜芥在办公室小坐了会儿,等温时卿过了午休时间后,便兴冲冲地跑回家,洗澡、换衣服、化妆。

磨磨蹭蹭将近俩小时,就在姜芥打算出门给温时卿挑礼物去时,方遇的电话刚好打了过来。

姜芥接起,蹲下穿鞋:"喂,舅。"

方遇:"喂,芥子,晚上接你一块儿吃饭啊。"

姜芥蹲好鞋站起身跺了跺踩踩实,猛然一挑眉:"今天情人节哎,你不跟小舅妈甜蜜,你接我吃什么饭?"

"孜孜一起啊,"方遇"啧"一声,"难不成我俩甜蜜,留你一个人啊?"

"我不要!"姜芥直接拒绝了,义正词严,"我才不做电灯泡!我自己一个人就不能过情人节了是吧?"

姜芥加重语气,继续说道:"不去!别叫我!我要独自过个开开心心的情人节!"

方遇舌尖一顶腮帮,还不乐意带个电灯泡嘞,爽快地应一声:"行吧,那你自个儿好好过。"

"好的好的,祝你们甜甜蜜蜜!"

方遇："……挂了。"

姜芥时间算得很准，四点出门，二十分钟车程到万象城，来去逛了一个多小时后，最终决定买下给温时卿的情人节礼物。

从专柜出来，正好五点四十分。温时卿六点才下班，姜芥抬头瞧了眼面前的星巴克，拎着袋子进去了。

[小鱼仙草：温医生，我在万象城呢，你来这儿接我就行。]

[小鱼仙草的：好。我在Magic餐厅订了位子。]

[小鱼仙草：那一会儿见，你开车注意安全哦。]

[小鱼仙草的：好的]

点了杯饮料，姜芥刷微博听听音乐，时间很快就到了六点半。

收拾好东西，姜芥出去到马路边上等。

天已经暗了，街边的路灯一盏盏点亮，车子密密麻麻，汇成了一条长河，车尾的红灯恍惚又刺眼，将这朦胧的夜色渲染得更加诡秘。

姜芥摸出手机准备给温时卿拨过去，屏幕一亮，温时卿的电话刚好过来。

姜芥接起："喂，温医生你到了吗？"

温时卿开了车内蓝牙，两手握着方向盘，脚下控制着车速，抬眼望了望前头的路标，说："快到了，过个十字路口就到。"

"好哦，我就在一号……"

话还没说完，话筒里一声刺耳的刹车长音和她不远处车辆碰撞的巨声接连响起，轰然惊人。

姜芥下意识地扭头朝声源处看去。

警报声、喇叭声一阵阵从前头的十字路口传来，听筒里甚至能听见那头混乱又惊恐的嘶喊。

姜芥心头猛地一颤，腾起一丝不祥的预感，扬声冲那头喊着："温时卿……温时卿……温时卿！"

那头的温时卿目睹了突发的连环车祸，一时震惊到哑然失声。

很快，他回过神来，迅速地解开安全带，沉着声线语速极快地道："姜芥，这边发生车祸，我先下去救人，你待着别乱跑。"

话音未落，他顾不上挂断通话，推开车门就大步朝车祸现场跑了过去。

那头的姜芥听见他回应的声音，吊在嗓子眼的那颗心顿时安定下来，脚下跑着的步子也缓了缓，在原地喘两口气后，又继续拔腿赶过去了。

深沉压抑的夜晚，注定难以平静。

附近的交警很快封锁了现场，那辆肇事的红色轿车翻倒在一侧，前头的车辆被撞得歪七扭八，整条马路被堵得水泄不通。

伤者逐一被温时卿和路人从车里抬了出来，猩红的血迹一摊又一摊，哀号声伴着浓烟在街道上空盘旋。场面混乱，血腥，触目惊心。

姜芥愣在原地，脑子里一瞬间产生了无助的恐惧。

扯高警戒线，她弯腰钻进去，第一时间寻找温时卿的身影。

一路走过去，她望着地上四散的汽车碎片，依稀还能听到伤者痛苦虚弱的呼喊。可她却无能为力，只能时不时和他们说着"没关系，救护车马上就来""会没事的，医生会来救你们的"之类安慰的话语。

救护车声逐渐清晰，最后在警戒线外停下，救护人员拎着急救箱、抬着担架从车上下来。

因为心慌，姜芥步伐有些踉跄。巡视半晌，最后，她终于在一辆被撞毁的汽车后头，寻到温时卿的身影。

男人清俊的脸上沾了灰，正跪在地上给伤者进行诊断和急救，神色专注又严峻。他身上还穿着下午她离开时穿的那件圆领卡其色羊毛衫，袖口被拉到臂弯处，胸前衣料浸上的鲜血极其刺目。他整个人看上去有些狼狈，却依然沉着不失光彩。

"伤者右边肋骨有可能断裂，送他上救护车，我一会儿就到医院。"

"好。"

时间不知道过去了多久，伤者陆陆续续被送往医院。全程，温时卿一刻未曾停过救治。

冬末的夜晚，寒凉刺骨，他却溢了满头的汗。

好不容易得一空隙，姜芥赶忙抽了纸巾过去，拭掉他额头的汗水。

温时卿这才注意到她，一愣，开口说话时还有忙碌后些微的喘："什么时候来的？"

姜芥扬唇，平静的目光里嵌着崇敬和爱意："我一直在呢。"

温时卿眉头微一蹙："抱歉，今晚可能……"

"回医院吧，温医生。"她打断他，"我和你一起。"

两人回到车上，很快，抵达了医院。

车祸现场离市立医院最近，救护车一辆辆接连将伤者送达，这会儿，急诊科里已经忙得不可开交。

有两个伤者被送进胸外科，温时卿顾不上和姜芥说话，回到科室换了衣服，就马不停蹄地和林主任直奔手术室了。

姜芥就一直等他回来。

时间一分一秒地过去，紧绷的神经逐渐松懈，姜芥开始觉得有些困倦，看着手术室上头亮着的红灯，她的眼皮慢慢变得沉重……

温时卿连续做了两场手术，等全部结束，已经过了零点。

温时卿摘了口罩从手术室里走出来，抬眸瞧见坐外头等到睡着的姜芥时，脸上明显一愣。

小姑娘歪着脑袋，乌黑盈亮的长发掩住半边脸蛋，眉间微微拧着，似有些不安。

下午那件羽绒服被她换了，穿了件姜黄色的牛角大衣，搭着长裙子和黑皮鞋，肩上挎着小包，腕上还挂着个袋子。

这是为了情人节的精心装扮。

温时卿走过去，蹲下身，抬手撩开她的头发，忽然觉得内疚和心疼。

姜芥睡得很浅，他的温度一触上，她便醒了，睁开眼思绪恍惚了一下，挺起背脊，目光撞进他眼里后，瞬间惊醒："手术好了吗？"

"嗯。"温时卿低低应一声，音色发哑，"都抢救过来了。"

姜芥顿时安心落意地笑了："那就好。"

"对不起。"

半晌，他突然道："没能陪你过情人节。"

姜芥却毫不在意，两手搭着他的肩，语气轻快："我不在意啊，而且，我早有心理准备了，你不用道歉。"

她就这么看着他，那双眼透彻、坦然，又真诚，直直地撞进他心窝里，将他的思绪搅得一塌糊涂，翻江倒海。

这可真是他的，一味良药。

"饿不饿？"他问。

姜芥感觉了一下自己肚子，还没张口，就听"咕"一声叫，直接代替了她的回答。

温时卿笑了："走吧，吃饭去。"

关上车门，温时卿又问她："想吃什么？"

"这么晚了，应该也没啥吃的了。"姜芥想了想，"喝粥吧？就你上次带我去的那家。"

温时卿："好。"

到粥铺点过餐，温时卿才后知后觉地想起来："这么晚了，早过了学校门禁时间了吧？"

姜芥："是的，要不一会儿你送我去我舅公寓吧。"

温时卿一挑眉，轻轻点头。

姜芥："我想和你多待会儿。"

温时卿嘴角微扬，目光闪过一丝促狭，问得别具深意："想跟我回家？"

姜芥一愣，回想刚刚那句话，耳根子瞬间烧了起来，羞赧地瞥他一眼，咕哝："我没那意思……"

温时卿沉沉笑了，音色低而蛊惑："开个玩笑。那这样吧，先回我家，等天亮了我送你回学校，行吗？"

这时，服务员端了粥和小菜上桌，温时卿盛了一小碗给她，又说："去我那儿吧，有东西要给你。"

姜芥接过碗，满脸期待："什么呀？"

温时卿保持神秘："到了就知道了。"

姜芥"哦"一声，也不多问，拎起身侧的袋子，推到他面前："给你，情人节礼物。"

温时卿瞅了眼，是她从晚上开始就一直带在身上的袋子。

他伸手抓过来，看着那袋上的标识，眉峰动了动："什么？"

姜芥没正经地歪了歪脑袋，送他个飞吻："是来自你小仙女的爱。"

"这可是用我暑假打工存下来的钱买的。"姜芥凝了神色，郑重道，"我的血汗钱！"

温时卿："打工？"

瞧见他眼里的小意外，姜芥挺了挺胸膛，一本正经："怎么？可不要觉得我是个娇生惯养的富家女，煮饭、做家务、打工啥的，我可少不做。"她又得意地轻哼一声，"要不然你也吃不到我的爱心美食。"

"嗯。"他一点头，"你说的是。"

"你现在要拆吗？"姜芥伸脖子看他，"还是要回家拆？"

他反问："想我现在拆？"

姜芥笑而不语，答案都写在脸上了。

温时卿顺她意，放了汤勺，拆开袋子。

是个黑色的短款钱夹，很简单的样式，除了右下角经典的品牌标识，没有其他图案。

温时卿笑了笑。

小姑娘挑东西的眼光倒是十分合他的品位。

"你打开，打开里边！"姜芥催他。

温时卿伸指掀开，里头的卡夹里，嵌了张东西，露出半边儿。

温时卿指尖触了触，侧目茫然看她一眼，抽出来。

是张自拍照。

小姑娘长发披肩，戴着米奇发箍，肤白貌美，对着镜头嘟嘴比"V"，可爱极了。

姜芥讪讪笑了笑：“这才是重点，你要一直带着哦。”

他伸手揉了揉她脑袋，应声时的语气温柔得不像话：“好，我一直带着。”

2.今天才找到你

饭后，已是深夜一点多。

温时卿驾车带着她回公寓。

想不到交往半个月就能登门入室，姜芥有点儿小紧张。

她暗自想入非非，捂脸娇羞。

温时卿自然不知道她脑子里在想些什么，牵着她一路上楼，进到玄关按开灯，然后从鞋柜里抽了双女式拖鞋给她。

姜芥看着那小码拖鞋，脑子里警报响起，没动作，蹙眉深思。

温时卿见状，笑一笑：“前两天逛超市看到就顺带买了，是新的，我家除了我妹和我妈，没有其他女人来过。”

他交代得很快，姜芥警报顿时解除，抬脸笑嘻嘻的，口不对心：“哎哟，我怎么可能怀疑你嘛，有其他女人来过也没事！”

公寓的装修是现代简约风，灰蓝色的窗帘，皮质沙发，茶几和宽屏电视，都是她之前视频里见过的。屋子里干净整洁，隐约还弥漫着和温时卿身上同样好闻的味道。

“坐。”温时卿脱了外套披在沙发上，问，“想喝什么？”

姜芥在沙发上坐下：“水就行。”

温时卿给她倒了杯温水。

姜芥接过饮了一大口，视线瞥见沙发矮桌旁的黑色东西，指了下：“那是音箱吗？”

“嗯。”温时卿拿了音箱递给她，而后往卧室去，“你自己玩，我进去换件衣服。”

“哦。”

姜芥抱着这两手才能握住的东西，大致看了两眼，按开开关。

随着一道低频震动和炫酷的声响，音箱成功开了机，五彩的灯光闪了闪，而后响起一声提示音。

姜芥垂头摸手机，正想连上蓝牙，音乐已经缓缓从里头传出：

这一路，经历了，爱与恨，错与对，

一句话，很难说得完全；

有时候，我也会，想要掉一些泪，

哭完了，再站起来面对……

熟悉的歌声，还透着几分稚嫩的唱腔，令姜芥忽地一愣。

听到这声音，温时卿拎着礼物袋出来的步子也微顿。

姜芥抬眸，目光对上走道上的温时卿，诧异问道："咦？温时卿，你什么时候偷偷录的我的声音？"

闻言，温时卿彻底怔住。

姜芥毫不知情，越听下去越觉得不对劲儿，最后，她皱眉又看向温时卿，说："不对啊，这首歌好像是我高中时候唱的，我都好多年没唱这歌了，你哪儿来的啊？"

温时卿已经迈步过来，喉结滚动两下，语气里透着强压下的兴奋和紧张："你是——闻声来？"

姜芥更不可思议了："你怎么知道的？"

半响，温时卿忽然笑了。

这是种什么样的心情呢？

有件你视如珍宝的东西，某一天无故消失了，你为此惦念了多年，就在你已经彻底放下的时候，它忽然再次出现，且一直都在你身边。

众里寻她千百度，蓦然回首，那人却在灯火阑珊处。

有失而复得后的欣喜，也有庆幸未曾放弃她的安心落意。

温时卿的激动心情像是夏日里刚打出来的冰可乐，不断地往外冒着小气泡，最后不受控制地溢了出来，一发不可收。

他甚至有些无措。

姜芥看着温时卿脸上变幻多端的神色，不明就里地眨了眨眼，正想开口，他直接垂头，以吻封缄。

歌声未断，充斥着整间房，时刻提醒着温时卿，要保持最后一丝理智。

良久，他终于结束了这个吻。

姜芥被吻得稀里糊涂的，脑袋还很蒙："你……"

温时卿抬手，一抚她柔软的唇瓣，再开口时，整个嗓音都是哑的：

"谢谢你。"

谢谢你来到我身边，谢谢你当初的锲而不舍，谢谢你这么爱我。

姜芥还是一头雾水："谢什么啊？"

他垂头，从礼物袋里拿出锦盒，递给她："先拆，等下告诉你。"

她接过来，打开。

温时卿伸指从里头拈起来，弯唇："情人节礼物。"

是一条做工精细的蚕丝围巾。

姜芥莫名鼻子发酸，两手揽住他的脖子，往他颈窝蹭了蹭，泫然欲泣："呜呜，温时卿你也太好了吧。"

根本没想过能过情人节，他却特意为她和同事换了班。

过节半路遇上意外，他还一直顾念着她的心情，甚至还早就准备了情人节礼物。

温时卿绕到身后给她戴上，顺手关了音箱。

屋内顷刻间安静下来。

姜芥摸摸锁骨前的那颗实物，垂头甜蜜到笑得合不拢嘴。想起刚刚的事儿，她又问："你怎么知道'闻声来'啊？你也听过我直播？"

"嗯，听过。"他站回她身前，顺了顺她的长发，眼底的情意掩不住。

"听了很多年。"

因为今晚临时加班，温时卿明早有半天的假，所以此刻他也不急着睡觉，洗过澡在客厅沙发上坐下，给姜芥说了那些和"闻声来"有关的往事。

万籁俱寂的深夜，除了窗外车辆飞驰而过卷起的风声外，整间屋子都静极了。他醇厚的声线沉沉地、缓慢地徘徊在她耳边，像道催眠剂，听得她安逸又舒心。

"所以那天在App上给我发私信的是你吗？"听他说着，姜芥突然就想起这件事。

"嗯。"他说，"等了你这么多年，没想到你不唱了。"

"天呐。"姜芥从他怀里挺直身，惊呼，"我记得你那天还跟我要微信来着！"

温时卿："嗯。"

姜芥莫名小不爽："你居然会跟别的女人要微信！当初我加你微信缠了你好久你才同意，你居然主动跟别的女人要微信！"

"别的女人？"温时卿眉梢一挑，笑了，"不都是你吗？"

"那怎么一样！"姜芥轻哼，"那时候你又不知道那是我！"

说完，她又咬牙碎碎念一句："幸好那时候没答应加你微信，就该让你尝尝被拒绝的滋味！"

姜芥侧头，幽怨地看他，吃起飞醋来，哪儿哪儿都不畅快："你那时候一直拒绝我，是不是也有一部分原因是喜欢'闻声来'啊？"

温时卿伸手掐掐她脸蛋，应得很快："不是，我不喜欢'闻声来'，对她……应该说是你的歌声，只是单纯的依赖。"

真要说起来，那晚要她微信，也只是一时冲动，和"闻声来"更深一层的发展，他倒从没想过。

"那再想想，让你知道了也不错。"姜芥忽然笑了，明眸皓齿的模样映在他眼里，让人心动极了，"我的歌声也是我这个人的一部分，如果这能让你更爱我的话，我愿意。"

温时卿嘴角扬起微笑，抚着她的长发，嗓音低而蛊惑："就算没有这道歌声，我也只会更爱你。"

姜芥小心肝一颤，顿时羞得垂头含胸，连头皮都在发麻。

"不对啊。"半晌，姜芥伸手晃晃他，纳闷道："你也没少听我唱歌，怎么听不出我的声音？"

闻言，温时卿自己都愣了下。

当初第一次听她唱歌，虽然熟悉，但也只觉得和"闻声来"相似而已，压根儿没想过她会是"闻声来"。

因为这对他来说，有些不切实际。

可缘分这种东西，偏偏就是你越难以想象的事情，往往越能让你猝不及防。

良久，他笑了，有种哭笑不得的意味："我没往那方面想过。"

姜芥竖起个大拇指，"你赢了。你这个假粉丝。"

后半夜，姜芥抵不住席卷而来的困意，趴在温时卿腿上，不知不觉睡着了。

清晨，晨光破晓，金灿灿的阳光透过落地窗投射在客厅的瓷砖地上，将空气里那些纷飞的粉尘映得格外清晰。

鸟儿扑扇翅膀的清脆声一响而过，唤醒了睡梦中的姜芥。

她动了动眼皮，脑子逐渐清醒，缓缓睁开一只眼。

男人英俊沉静的睡颜正对着自己，距离近到她一仰头就能碰到他的唇。

身上沉沉的很是暖和，姜芥微微仰身看一眼，自己身上盖了条棉被。

昨夜的记忆一时间全部涌上来。

他们聊到很晚，后来她睡着了。两人就这么挤在沙发上，相对而眠。

姜芥羞涩地垂了垂眼眸，往他怀里贴得更近。

姜芥这么一动，彻底就让他清醒了，温时卿看了眼腕表，七点多。沉沉"嗯"一声，掀开被子坐起身："起吧。"

姜芥迅速起来往厕所里跑。

没多久，她拉开厕所门探出脑袋，问："温时卿，你有多余的牙刷吗？"

温时卿进房里的浴室找了支没拆包装的给她，姜芥接过来，脸上的余温还没退。

温时卿去冲凉了。

出来的时候，就看见姜芥正站在厨房发怔。

他走过去："怎么？"

姜芥回了回神，抬眸问他："你家里有什么食材，我做早饭。"

温时卿想了下，而后过去打开冰箱门，扭头说："只有鸡蛋和火腿肠。"

"我下去买吧。"他关上冰箱门，打算进屋穿衣服。

姜芥拉住他："那咱出去吃吧，昨晚一夜没回去，吃完我想回去换身衣服。"

温时卿带她去了老街一家年月已久的早餐店。

温时卿："吃什么？"

姜芥抽纸擦了擦桌沿："豆浆油条，其他的你看着点就行。"

温时卿又多点了一笼包子和一碗豆花。

东西上桌，姜芥垂头抿一口热乎乎的豆浆，原本寒凉的身子一下暖和了不少。

"你晚上要上夜班吗？"她问。

"嗯。"

姜芥眉头皱了皱："昨晚那么晚睡，早上起这么早，会不会撑不住啊？"

温时卿已习以为常了："还好。"

闻言，姜芥埋头加快吃饭速度，咬着油条含糊不清地道一声："快点儿吃完，你快点儿回家睡觉！"

他一笑："不急，慢点儿吃。"

姜芥配口豆浆，咽下："我下午也要去医院，群里通知说下午开始第一节活动。"

他依旧脸色淡淡的，语气却很是温柔："如果不开心了，要说。"

姜芥微一愣，此刻还不太明白他话里的含义，玩笑道："一般只有我让别人不开心，谁还能让我不开心呀？"

温时卿莞尔一笑。

3.世界本就孤独

今天是小组活动开始的第一节，这节的内容是以参与小组活动的患者相互之间熟悉接触为重点。

姜芥看过他们的资料，平均年龄都在五十岁左右，都是因为患病需长期住院治疗，有儿有女，也有结了婚后离了婚的。而他们聚在一起的共同点便是——孤独。

小组活动安排在医院的活动室。活动开始前，姜芥和廖语函外出准备零食和饮料，剩下三人则留在活动室，稍做布置。

廖语函是个性格开朗的阳光女孩，身材微胖，和姜芥差不多高，说话的语速很快："今天这些叔叔阿姨人都很好的，你待会儿和他们熟悉了就知道了，不用太拘束。"

姜芥笑了笑："嗯嗯，我知道。"

"哦，还有……"廖语函弯了弯眼，询问道，"咱们活动每节开场都有个小暖场，平常都是做些小游戏，你第一次入组，刚好又是音乐生，我和佳佳就想着开场让你唱首歌带动一下气氛，和组员们拉近一下距离，你觉得如何？"

姜芥毫无异议，应得很爽快："完全没问题！"

廖语函笑得更开心了："哈哈，好的好的！"

买好东西，两人回到活动室，四个参与活动的组员都已经在了。

见到新面孔，一位扎着低马尾穿着病服的中年女人先笑了声："哟，新人呀？"

姜芥看了眼她前额大片的白发，走过去礼貌颔首，微笑道："你们好，我叫姜芥，是社工部新来的。"

中年女人倒是很随和，应一声："你好啊。"

"好了，咱们围成一个圈，先坐下相互认识一下。"作为小组组长的王佳佳，最先发话。

于是几人前后在已经摆好的座位上坐下。

王佳佳笑了笑，一指姜芥，说："这是姜芥，咱们的新朋友，她刚刚自我介绍过了，咱们鼓掌欢迎一下。"

话音一落，游子健便带头鼓掌，众人也跟着拍手。

"活动开始前呢，咱们请姜芥为我们唱首歌！带动一下气氛。"王佳佳再次拍手，"大家再掌声鼓励一下！"

掌声零零碎碎，算不上响亮，但大伙儿都露出了期待的神色。姜芥站起身，甜甜地笑了下，向大家一鞠躬，道："我给大家唱首《命运的翅膀》吧。"

      我曾害怕，所以我懂得难免会沮丧的模样，

      我受过伤，所以更渴望，美丽的飞翔——

清脆透彻的歌声，回荡在这间小小的活动室。

安静的长廊里，偶有护士走过，温时卿站在活动室门边，透过那一小块玻璃窗口，望了眼姑娘唱歌的模样，垂头扬唇一笑，之后转身离开了。

嗯，怕她不适应什么的，是他多虑了。

歌声在众人惊艳的目光中结束，掌声不约而同地响起，比刚刚的，要响亮得多。

姜芥咧唇笑笑，看着他们纷纷竖起的大拇指，又是一鞠躬："谢谢大家，献丑啦！"

坐在她对面的短发阿姨浅淡笑了笑，声线极其平静："唱得真好。"

重新坐下，王佳佳又继续道："感谢我们姜芥带来这么美妙的歌声，那么接下来我们就开始进入今天的主题吧。"

接着，大家进行了自我介绍，彼此认识过后，王佳佳便让他们开始一一诉说自己的心事。

最先开口的，是那位扎着低马尾的中年女人，她叫阮红，今年四十六岁，患有子宫肌瘤，需做子宫切除手术。她没有孩子，加上患病，她的丈夫和她离了婚，目前，她孤身一人。

以前，阮红并不是个怕孤独的人，她性格外向，乐观开朗，对生活充满希望，可这场突来的疾病却带走了她身边的一切，带走了她所有的希望。切除子宫，对她来说，是抗拒的。她的母亲为此，也常常以泪洗面。无助时产生的恐惧，经常让她感到孤独。

阮红垂下脑袋，眼圈在发红，刚刚的笑容早已消失不见，剩下的只有她说话时的哽咽声："有时候我想，干脆就这样放弃吧，治疗什么的都放弃吧，反正我单身一人，怎样都是孤独，不如让病恶化，最后再孤独地死掉……"

气氛很是压抑，姜芥看着她嘴角那一抹苦涩，心渐渐沉了下去。

第二位发言的是坐在姜芥对面的短发阿姨，叫郑欢兰，一位面貌和善的妇女，今年五十五岁，患有心脏病，这次，是她第二次入院，等待手术治疗。她结婚得早，丈夫几年前因病去世。她有个儿子，三十一岁，是个无业游民，拿着她每月不多的退休金，成日混迹在赌桌上，欠了一屁股赌债。

他儿子结过婚，老婆因为忍受不了他无所事事游手好闲，跟人跑了。

郑欢兰再一次叹气，抬手抹着眼泪，语气里是无限的后悔和悲伤："我就不该惯着他，现在我看病需要大笔的钱，除了那些退休金，我哪里还有收入，我这不孝的儿子还整日来找我要钱，我哪儿还有钱。人说养儿为防老，可现如今，我真宁愿没生过这样的儿子！"

郑欢兰的情绪有些失控，最后的话是带着哭腔低吼出来的，充满了哀怨，登时让姜芥的心都跟着一颤。

第三位发言的是位身患尿毒症的中年男人，叫刘福添，今年五十八岁，患病三年，需要定时做血液透析治疗，他的老伴很早就离世了，他的子女和郑欢兰儿子截然不同，很是孝顺，常常来看望他。可他却觉得自己是个累赘，给子女带来了麻烦。

他想，自己是个年过半百的人了，该享受的也享受过。与其拖着病痛连累子女，不如就此放弃治疗，省下这些治病的钱，这样大家都好过。

最后一位患者，叫何振东，四十九岁，患有慢性重症肝炎，需要做肝脏移植手术。他有一个儿子，今年大学刚毕业，很乖很懂事，在得知父亲需要肝脏移植后，毫不犹豫地找了医生进行肝脏配对。可天意弄人，检查结果出来，不仅肝脏不匹配，还因此得知两人完全没有父子关系。养了二十多年的儿子，突然告诉他不是亲生的，这对患病的何振东来说，简直是双重打击。

真相被揭露，何振东的老婆说出了实情，且决定要离婚。当年何振东的老婆在和他结婚前刚和自己初恋男友分手不久，和何振东结婚也是因为一时之气，婚后半个月，她才发现自己怀孕了，无奈，她只能生下。这么多年，她依旧和初恋男友保持着联系，对于何振东，没有一丝的爱。

姜芥就像朵玫瑰，从小过着养尊处优的日子，被爸妈当作宝似的捧在手心护着。若不是认识了小嘉，若不是参加了社工，她大概怎么都看不到，那些无奈的现实。

可即便如此，她也还是坚信，这个世界，好人永远比坏人多。

不然，为何会有医生、护士，为何又会有社工？

这也是她决定领养小嘉的原因之一——哪怕这个世界丢弃了他，也总会有珍爱他的人出现。

活动结束后，姜芥收着椅子，眼眶还有些红。

廖语函收拾好杂物，走过来拍拍她："我第一次参加小组活动的时候也这样，情绪控制不住，日后慢慢会习惯的。"

姜芥："嗯。"

王佳佳浅淡笑笑，问她："一块儿吃晚饭吗？当作迎接你入组。"

林业也出声："流美路有家烤肉店，味道很不错，一起去试试？"

"好。"姜芥咧唇笑了，"其实我没事，只是第一次听这些，有点儿缓不过来。"

游子健挥挥手："正常正常，以后会习惯的。"

去烤肉店的路上，姜芥给温时卿发了条微信，告诉他晚上和社工部的师兄师姐们聚餐。

晚饭后，姜芥看看时间才八点多，还早，就买了牛奶和三明治又往医院去了。

温时卿在埋头写病历，听见开门声，抬眸瞄一眼，见是姜芥，微微一愣："你怎么来了？"

姜芥嘻嘻笑两声，轻轻带上门进来，在他对面坐下，把手里的三明治和牛奶放在桌上："来给你送点儿吃的，怕你半夜饿。"

温时卿默然看一眼，垂头继续写字。

姜芥不打扰，托着下巴静静看他，眉目低垂，心情有点儿低落。

小姑娘一时这么安静，温时卿有些不习惯，停了笔复又抬眸，望见她耷拉的眉眼，带着几分忧愁，温柔地问了声："怎么了？"

姜芥愣了下神，扬唇浅笑："没事。"

"不开心？"

姜芥垂目，忽然明白过来他早上说那句"不开心要说"的原因了。

她语气很轻："有点儿。"

温时卿干脆放了笔，两手搭着桌沿，摆出一副聆听者的模样："说说。"

姜芥抠着桌面半晌，突然笑了声，有点儿自嘲的意味："感觉自己每天都傻呵呵地过着日子。"

温时卿眉峰动了动："傻呵呵？"

姜芥："就是不谙世事，涉世未深，被保护得太好……"

"嗯，我知道。"温时卿极轻地笑了下，"不过我不觉得。"

他眼睛眯了眯，似笑非笑："看你吵架打架挺厉害挺有经验。"

"那怎么一样……"姜芥讪讪，"那个都是以前不懂事，非主流……都是小世面，我指的是人心。"

小姑娘毕竟是小姑娘，才二十出头，家境优渥，能见过什么社会险恶？

温时卿伸手握过她的小手，拇指轻轻地摩挲着，像是在抚慰她的心："姜芥。"

"嗯？"

"我觉得这样挺好。"他目光深沉，连声线都压得很沉，"若是让我来做，我会和你爸妈一样，继续这么好好地保护你。"

保护你，让你对这个世界依旧充满希望，充满乐观。

至于那些无奈，让我一个人看到，就够了。

隔日，经过上次相互的倾诉，组员们渐渐熟识。

王佳佳今日安排了小游戏——踩气球和合唱。他们准备了很多充了气的彩色气球，让组员们把这些气球当成自己内心的不快，将它说出来后，再一脚踩掉，把坏情绪都释放掉。

伴随着他们接近嘶吼的话语，坏情绪就像积攒在气球里的气体，在气球"嘭嘭嘭"地被接连踩爆的瞬间，它们就此在空气里消散，最后被风吹过，飘向远方。

踩气球环节结束，由姜芥教他们唱歌。

活动室里有架电子钢琴，姜芥分发了歌词，清唱示范了一遍后，开始边弹伴奏边一句句教他们唱——

> 用简单的言语，解开超载的心；
> 有些情绪是该说给懂的人听，
> 你的热泪，比我激动怜惜；
> 我发誓要更努力、更有勇气……

临近傍晚，第二节小组活动结束了。经过今日的小游戏，他们压抑了太久的心情得到释放和安慰，离开的时候，他们神色都缓和了不少，甚至多了些许的笑容。

姜芥越发觉得自己目前做的这些事，是很有意义的。

天渐渐暗下来，游子健叠好椅子，看眼姜芥，走过去问："姜芥，晚上准备干吗？要不要一起吃饭？"

说着，他又放声问了下其他三人："你们呢？要不要一块儿？"

王佳佳："哎，别算我，我和我男朋友约了。"

林业懒懒散散的："困了，回去睡觉。"

廖语函拍拍两手灰："我晚上也有事。"

三人都没空，更是遂了游子健的意，看向姜芥的目光更热情了："那我俩一块儿？"

姜芥扫地的身子直起来，略带歉意："啊……我晚上也没空哎……不好意思。"

说完，她径直去了洗手间。

游子健那高扬的眉眼瞬间耷拉了下来，一脸失意。林业还能不明白他什么心思？见他碰了一鼻子灰，过去嘲笑两句："不行啊健哥，首战就失利了。"

游子健啐他："得了吧。"

这时，活动室的门刚好被推开。温时卿立在门边，脸色有些阴沉。

游子健之前在心胸外科做过个案，和温时卿彼此熟悉，见他突然来这儿，倒是意外："温医生？"

廖语函和王佳佳齐齐看过去，惊艳不已。

男人穿着长款的黑色大衣，短发理得清爽利落，身高腿长，英姿俊挺，侧面看过去，轮廓精致立体，棱角分明，眉目间还透着几分寡淡和清冷。

传说中心胸外科的高冷英俊"男神"！

游子健几步走过去，笑了笑："您怎么来这儿啦？"

话落，姜芥刚好从洗手间出来，温时卿面无表情地瞥他一眼，抬手一指姜芥，声线很淡：

"来接女朋友。"

空气滞了一瞬，像被泼了凝固剂。

姜芥这会儿侧目过来，神色自然："咦，你来啦？等我一下，我收拾完！"

姜芥被温时卿接走了。

在场的四人还没缓过神来，各自脑袋里的小弹幕极其丰富：

> 林业：姜芥和温医生？
>
> 游子健：温医生三十了吧？和姜芥？
>
> 王佳佳：莫名登对是怎么回事儿！
>
> 廖语函：瞬间脑补了三十万字年龄差的言情文。

片刻，廖语函轻叹一声，遗憾地拍拍游子健的肩，以示安慰："不用觉得失败，温医生那种长相的，和你不是一个级别。"

王佳佳也叹："天涯何处无芳草，下一个女孩会更好。"

林业："兄弟，心疼你。幸好首战失利了。"

"今天做什么了？"路上，温时卿不疾不徐地驾着车，问道。

姜芥侧头看他，前日的忧愁全然消去，此刻的眼里满是笑意："做了小游戏，还教叔叔阿姨他们唱歌！"她兴致很高，说起话来眉飞色舞的，"我打算给他们排个合唱，分声部的那种，一定很好听。"

"嗯。"

他突然问："他们不知道你有男朋友？"

姜芥愣了下，答："哦，没人问我就没说，毕竟刚认识，突然说什么男朋友的有点儿怪。"

温时卿扬了下眉梢，想起刚才在门外偶然听见游子健和姜芥说的话，目光里透着几不可察的冷峻，故作漫不经心地道一声："嗯，现在知道也不迟。"

4.一吻定情

快到元宵节了。温时卿昨晚值夜班，今日和明早便轮休。

回去前，两人去附近的快餐店吃了个午饭。准备离开的时候，姜继诚的电话刚好打来。

姜芥一边拿了包跟着温时卿出去，一边接起："喂，爸爸。"

"芥子，"姜继诚粗哑的烟嗓音从听筒里传来，"我和你妈、你弟，还有小嘉在飞机上呢，一会儿就要起飞了。"

姜芥有点儿蒙："去哪儿啊？"

姜继诚笑嘻嘻："去延川啊！过去一起过元宵节！"

姜芥脚步顿时刹住了，惊呼："啥？你咋不提前和我说一下？"

"反正也得来延川给小嘉办手续，"姜继诚说，"你姥姥、姥爷昨天去沂市你大舅和小姨那儿了，我们四个在家没事干，就临时决定过去。"

温时卿见她停下来，便立在一旁默默等着。

姜芥："那小舅舅知道吗？"

姜继诚："哦，你妈在和他通电话呢，这会儿知道了。"

里头传来空姐甜美的播报声，姜继诚顿了下，忙道："飞机要飞了，爸先不和你说了，你舅说一会儿来机场接我们，就这样啊，挂了。"

这不，还没给姜芥反应的时间，那头便掐了线。

温时卿见她一脸蒙然，问："怎么了？"

姜芥抬眸："我爸来了，带着我妈、我弟和小嘉，说来找我过元宵节。"

温时卿觑她，抬手拍了下她脑袋，笑了："那不挺好？"

他解开车锁，拉门上车。

姜芥耸肩摊手，自言自语："那这也太突然了吧。"

一上车，扣好安全带，方遇的电话就过来了，提了下午要去接机的事儿，说他直接从警局去机场就行，让姜芥在他家等着，顺便给她爸妈在附近的酒店订个房间，刷他的卡。

姜芥听他这一连串都安排好了，自然是应："哦。"

而后，方遇挂了电话。

路口红灯，车子缓缓停下。姜芥努努嘴，侧头看眼驾驶座的男人，语气有点儿失落："我爸妈这两天过来，我中午的时候可能都没空陪你吃饭了。"

温时卿："嗯。"

姜芥又扬眉笑了声："不过如果你想我的话，打电话来我马上就到！"

温时卿转过去看她。

姑娘眉目灵动，可爱得让他心动。揉了揉她头发，他忍不住弯唇："好的。"

从昨天下午开始，姜芥就一直在睡觉，所以这会儿，她精神十足。

回到方遇公寓，她收拾好自己行李，打扫了一下卫生，而后到方遇房间，找到他说的副卡，去附近的酒店，开了间套房。

等所有事忙完，姜芥见时间也差不多了，便给姜继诚打了个电话。

忙音只响了一声，姜继诚这时刚下飞机，在等行李："喂，闺女，爸妈到了啊，在等行李呢！"

姜芥："小舅舅过去了吗？"

"到了到了，说在外头等我们呢。"

"行，你让他直接送你们到酒店来，我开好房间了。"

"好的。"

姜芥拿了房卡下楼到大堂等着。坐在那儿玩了会儿手机，想给温时卿发微信，又想起他这会儿应该在补觉，最后还是默默点回微信朋友圈。

百无聊赖的四十多分钟过去，方遇终于把姜继诚和方欣他们送达酒店。

姜芥透过落地窗瞥见那熟悉的车，原本快要合上的眼睛，倏然睁开了，霍地起身跑出去。

车上的姜树最先看见她，还没下车呢，就兴奋地喊了声："姐姐！"

小嘉从后座跨下来，依旧神色淡淡，仰脑袋看她。

姜芥凑上去胡乱搓了搓他新剪的发型，"啧"一声："又耍酷！"

姜树动作灵活地跳下车，第一时间就朝姜芥扑过去，开心得像只麋鹿，蹦来蹦去的："姐姐，小树好想你啊。"

方欣拎着包最后从车上下来，关上车门，笑了笑，问她："吃饭了吗？"

姜芥："吃了吃了，您和爸吃了吗？"

姜继诚和方遇从后座搬了行李过来，前者嫌弃地皱皱眉，说："没咋吃，那飞机餐太难吃了。"

姜芥牵起姜树和小嘉，边往里走边说："那回房放个行李，我带您去吃好吃的！"

酒店大堂的侍应生这会儿出来，主动帮他们把行李搬上运送车。

方遇关了后备厢，拍拍两手灰，道："姐、姐夫，我局里还有会，先走啊。"

方欣和姜继诚齐齐回头，后者说："行行，你先忙，晚点儿一块儿吃饭，辛苦你了啊下午。"

"小事！"方遇挥挥手，又唤声姜芥，"你带你爸妈好好玩啊！"

姜芥："知道啦！"

二月末，春寒料峭。延川城一到夜晚，气温又下降几度。

今晚这餐元宵饭，还是没吃成。方遇因为局里有行动，临时要加班，来不了，只叫了沈孜孜过来带他们吃饭逛逛。

几人下午在酒店稍微收拾了下，便直接往步行街去了，有吃有喝，加上元宵节又有猜灯谜和庙会，大伙儿玩得不亦乐乎，就随便在街边解决了晚饭。

至于原本的元宵饭，就挪到了第二天晚上。

步行街上人山人海，热闹非凡。姜芥担心姜树和小嘉会走散，和沈孜孜两个人一路都紧紧牵着。他们这么人挤人走了一晚，回到酒感觉那腿都快不是自己的了。

将近十点，姜芥摸过手机看了眼微信。傍晚的时候温时卿发过一条消息来，不过那时她挤在步行街里，两手没得闲，匆匆回了条"等我回去再找你啊"的语音消息后，便把手机收回包里，且一直没拿出来看过。

这会儿一看，温时卿在十五分钟前，又发来消息：

［小鱼仙草的：到酒店了吗？］

姜芥仰躺在床上，举着手机，回复：

［小鱼仙草：刚刚到。］

［小鱼仙草：抱歉哈，晚上和你说完后就一直没看手机，步行街人太多了！］

［小鱼仙草的：嗯，没关系。］

［小鱼仙草：你晚上在家吃的饭吗？］

［小鱼仙草的：嗯。］

［小鱼仙草：估计明天不能见你了。］

消息发出去片刻，温时卿没给回复，而是直接发了个视频通话过来。姜芥从床上腾起身，伸脖子看一眼房外。

方欣在洗澡，姜继诚在看电视，小嘉和姜树在玩游戏。

很好，没人会注意到。

然后她偷偷摸摸地拉开落地窗户，走到阳台，点了接通。

扬声器"嚓嚓"响了两声噪声，屏幕里的镜头慢慢被温时卿调正。男人穿着圆领的休闲衣，面容清净俊朗，头发看上去蓬松清爽，应该是刚洗过澡。

姜芥看着他身后一室陌生的环境，问："今天不在公寓吗？"

温时卿低沉地"嗯"一声："在爸妈家。"

"晚上吃什么了？"他问。

姜芥手肘撑在阳台护栏上，托着下巴若有所思，一一给他细数："炸串儿、珍珠奶茶、冰激凌，还有生煎包。"

他背脊靠着椅背，手机架在支架上，透过镜头看着她的目光很是温柔："吃得还挺多。"

姜芥讪讪笑了笑："嘻嘻，晚上消耗大。"

238

"小嘉的领养手续什么时候办？"

"嗯……我下午问了橙橙姐，她说她年前就向院长汇报过了，院长了解过情况，已经同意了，所以我们明天就去办。"

"嗯。"他眉梢一扬，语出突然，"要我陪同吗？"

姜芥一愣，两眼眯了眯，笑说："我爸妈在呢。"

"我知道。"他一顿，声音低而蛊惑，"来都来了，你不打算给我正个名？"

姜芥默默垂眸，小声咕哝："可是小舅舅他……"

她还没想好，该怎样说才能让方遇同意呢？

温时卿见她一脸踌躇，扬唇一笑："开个玩笑。"

姜芥忽然觉得内疚，抬起目光忙道："你等着我，我一定尽快让我小舅舅知道！"

"好。"他放缓语速，一字一句说得很是清晰，"不急，等你准备好。"

没说几句，方欣的叫唤从里头传来，姜芥应一声，回头看眼温时卿正想出声，后者先她一步开口："去吧，明天办好手续告诉我一声，晚上早点儿睡，晚安。"

姜芥嘟嘴凑上镜头，"啾啾啾"亲三下后，道别："晚安。"

第二天上午，在酒店吃过早饭，姜芥就带着姜父、姜母，还有姜树、小嘉打车一块儿朝社会福利机构所在的区县民政局去了。

途中，她给张橙橙提前发了微信告知，后者回了个"OK"后，也赶来区县民政局和他们会合。

到民政局领取了排队号码，姜芥和张橙橙一起检查了一下收养需要提交的相关材料，确定没有遗漏，在叫到号后，便让方欣和姜继诚拿着材料到窗口办理。

办理程序倒也没有耗时很久，交了材料签过字，就正式确立了收养关系。

等姜继诚和方欣办完手续回来，张橙橙看着小嘉，突然没忍住哭了。

有感动也有不舍。

陪伴照顾了这么多年的孩子，总算有了个好的归宿，张橙橙一时难以平复心情。

小嘉也有些酸涩，抬手抹了抹张橙橙落下来的眼泪，声音发哽："橙橙姐姐，我会一直记着你的，你也别忘了我。"

张橙橙破涕为笑，吸了吸鼻子，说："我怎么会忘记你。到了北阳上学，要好好学习，不要做太多运动，有不舒服一定要说，你现在有弟弟、有姐姐、有爸妈，已经不是孤身一人了，他们会好好照顾你，会比橙橙姐姐对你还要好。"

小嘉点点头，面上虽很平静，内心却充满了期待和喜悦："嗯，我知道，我会的，你放心。"

沈北寒下午两点的车到站，姜芥饭后回酒店待了没多久，和爸妈打过招呼就往车站去了。

路上，她给温时卿发了微信，告诉他领养手续已经办完了，现在准备去动车站接沈北寒。

消息发完，地铁刚好到站，姜芥径直去了接站口。

温时卿给病人做完检查后回到办公室，才看到姜芥发来的微信。正想给姜芥打个电话，屏幕忽然一切换，进来了一个电话。

是方遇打来的。

温时卿滑开："喂。"

沈北寒万万没想到，自己从昨晚就开始期盼的回来的第一顿火锅晚餐，会变成酒店豪华餐宴。

她看着圆桌上精致的摆盘，凑到姜芥耳边，咬牙细声道："怎么回事儿啊，怎么一言不合就带我见家长了啊？"

姜芥无奈地抬了下唇，皮笑肉不笑地应她："我爸说他难得来一次延川，无论如何都要请你这个室友吃顿饭。"

话音刚落，姜继诚就提着茶壶起身给沈北寒面前的空杯加满了，笑嘻嘻的一脸和善："这个，小沈同学啊，你能跟我们姜芥成室友，就是缘分，晚上不要客气啊，多吃些！"

沈北寒立马点头微笑，客客气气："好的好的，谢谢叔叔阿姨的款待。"

这时，包厢门刚好被推开，方遇和沈孜孜前后进来。姜芥看他俩坐下后，还多了个位置，疑惑道："还有人吗？"

方遇坐下挪好椅子："还有还有，就……"

话还没说完，包厢门再次被推开。

男人穿了一件黑色的羊绒大衣，里头配着卡其色的羊毛衫，长腿裹在牛仔裤里，背脊挺得笔直。面容清隽，轮廓硬朗，分明的下颌角在包间里暖黄灯光的映衬下，少了几分冷峻，多了几分柔和。

方遇侧头，站起身拉开自己和方欣之间的空位，招呼道："时卿，来坐，坐。"

正对着温时卿的姜芥和沈北寒彻底"石化"在椅子上，瞪着对眼眸直勾勾盯着，一时惊到连眼皮子都忘了眨巴。

最后还是沈北寒先反应过来，再次凑到她耳边，还是用只有两人才能听见的声音，差点儿没忍住笑出来："哟，看来今晚见家长的，不是我啊？"

姜芥干巴巴笑了下，两眼一动不动挂在温时卿身上，脑袋侧过去，冲沈北寒咬牙切齿："这位大姐，我也很意外呢！"

姜芥被蒙在鼓里，五分钟前，她还发微信给他，到现在都没收到回复。

坐在姜芥旁边的小嘉，先默默瞥了眼温时卿，再默默瞥了眼姜芥，继续垂头啃鸡爪。

温时卿走过去坐下，目光似有若无地瞟了眼呆滞的姜芥，面朝姜继诚和方欣，原本到嘴的一句"叔叔阿姨"在考虑到旁边的方遇后，改口成了："你们好。"

姜芥捏着嗓夸张地笑了两声，扮作一副乖巧的模样："温医生也来了呀？"

这时，方遇"哦"一声，先一步开口："你爸妈，听说之前你生病时卿帮忙照顾过你，就让我叫他一块儿来吃饭，而且他之前不是也算小嘉的主治医师吗，就顺便想向他了解清楚小嘉的情况。"

姜芥继续假笑："原来是这样啊。"

方欣这会儿拿了茶壶给温时卿加满，笑得很是热情："时卿呀，咱们很多年没见了吧？"

温时卿颔首，礼貌地笑了笑："嗯，高中毕业后，有十年了。"

姜芥："你们认识？"

姜继诚笑着解释："你小舅舅当年念书的时候老闯祸，叫家长都是我和你妈去的，时卿和他同学，我们都见过。"

沈北寒觉得自己再憋笑会憋出内伤，垂头默默拿手机在姐妹群里给焦妍直播：

［阿沈：妈呀！老盐巴！我快不行了！］

［阿沈：合着温医生早几年就见过他丈母娘了！］

方欣接话："时卿那时候啊，成绩好性格又乖，和你小舅舅关系挺好，我印象就深了些。"

方遇声线淡淡："其实我当年成绩也挺好的，姐。"

方欣笑两声，没搭理他，看向温时卿，又问："时卿今年也三十了吧？结婚了吗？"

温时卿笑："还没有。"

"哦。"方欣眸色一亮，"那谈女朋友了吗？"

这一问，姜芥的小心脏和她手里的筷子都齐齐颤了下。而后，心跳扑通扑通开始加快。

温时卿顿了下，寡淡的目光望了眼斜对面的姜芥，面不改色："嗯，在谈。"

在座知情人——沈北寒和小嘉都默默斜眼朝她瞥去。

姜芥同学慢慢放下筷子，改端茶杯喝茶掩饰自己的心虚。

方遇微微一怔："啥？你谈女朋友了？什么时候的事儿？"

温时卿饮了口热汤，语气依旧云淡风轻："年前。"

方遇一惊，伸手拍了拍他："嘿！一声不吭的，啥时候带出来看看？"

姜芥：就在你对面。

方欣闻言，看着温时卿的目光顿时黯然失色，叹息一声："谈了啊，真是可惜。"

方遇眉梢一扬，语气幽幽："姐，你那一副丈母娘看女婿的眼神是怎么回事儿？"

姜芥："噗……哈哈哈……"

沈北寒垂头咬唇，内心爆笑——

[阿沈：老盐巴，你能想象我目前有多难受吗？]

[阿沈：我觉得我快憋出内伤了。]

[阿沈：今晚这餐饭，简直比当年项羽刘邦的鸿门宴还要精彩！]

[老盐巴：？]

[老盐巴：快！开语音！]

方欣再次一脸惋惜地看向温时卿："这么好的男人，我还真想他做我女婿。"

温时卿谦虚一笑："阿姨过誉了。"

方遇瞬间觉得惊悚，抬高声音："……你叫什么阿姨，你叫她阿姨，不是得叫我舅舅？"

"噗，哈哈哈哈哈哈……"

笑声有点儿突兀，众人下意识扭头，沈北寒手下默默关了和焦妍的语音通话，使劲儿憋："……对不起，没忍住。"

方欣笑两声，音色尖细却不刺耳，温温柔柔的："叫阿姨挺好，这声阿姨叫得比姐姐还让我满意。"

姜芥：妈，您满意就好。

饭局结束，方遇和沈孜孜一块儿送姜继诚他们回酒店。

下午接了沈北寒，姜芥便去方遇家取了行李，所以今晚她就跟着沈北寒回宿舍住。

酒店大堂的自动门缓缓滑开，沈北寒跨步出去，憋了一晚的笑意，终究忍不住爆发，仰天长笑：

"芥子！我觉得我憋得肾疼！

"绝了，兄弟成舅舅！"

沈北寒肩膀笑得一颤一颤的："说真的，就今晚这事后，你小舅舅知道真相，可能会把温医生捏死。"

姜芥抚额，无奈地叹一声："我……大概可以想象……"

两人相互挽着往街上走，没走几步，步子就因前头的男人而停住了。

温时卿站在电线杆下，还是那件藏蓝色大衣，一手插在裤兜里，一手夹着烟，垂头抽着。白雾氤氲缭绕，将他那张俊脸朦胧掩住，夜色中，添了几许疏离感。

沈北寒清咳两声，手肘戳戳姜芥，小声道："我先撤，在宿舍等你，别太晚哈。"

说完，沈某人不动声色地离开了。

姜芥立在原地看他一阵，见他目光忽然瞥过来，心一跳，脸上却故作镇定，晃着双手往前走两步，嘴里漫不经心地道了声："还没走啊？"

温时卿捻了烟头，望着她眯了眯眼，抬手招了两下："过来。"

因为他今晚毫无预兆地突然出现，姜芥莫名地不想顺着他，站在原处岿然不动，也不应声。

温时卿哼声笑，直接迈步过去，伸手拉住她腕骨，稍一使劲儿带进怀里，拥住。

姜芥抬脑袋挣扎两下，想推开。他却反手扣住她的后脑勺，垂头就吻了下来。

良久，他声线低哑地问道："生气了？"

姜芥面红耳赤地喘息着，垂眸不看他，轻声应："没有。"

"那你抬头看我。"温时卿手下一用力，迫使她抬头。

四目相对，她明亮的眼眸像被蒙了层水雾，看着他时，乌黑沉湛，干净透彻，却又深不见底。

温时卿的心蓦然就软了，音色温柔地哄着："我不是故意瞒着的，只是想给你个惊喜。"

姜芥没好气："那你和我妈早认识为什么不说？"

这要说起来，温时卿还真挺无辜。

"在见你爸妈前，我一路过来都很紧张，一直是抱着见岳父岳母的心态来的。只是……"他无奈地笑了下，"方遇说过他有两个姐姐，我没想过当年常常来学校的那位，是你妈妈。"

因为高中那年第一眼见到方欣，他就觉得这女人很年轻很漂亮，便先入为主地以为，那是方遇排小的姐姐。至于姜芥，他一直听方遇说她是他大姐姐的女儿，自然就没往那方面联想。

不过他这会儿倒是非常庆幸，当年念书没惹过什么事儿。起码现如今，他在这位未来丈母娘的印象里，还算不错。

如此一说，姜芥小脾气缓下去点儿，但还是不想这么快就妥协，于是她一甩头："哼！狡猾的老男人！"

正月一过，姜继诚公司的业务又开始变得繁忙。所以次日，他和方欣便带着姜树、小嘉回北阳了。

学校开学了，但姜芥下周一才正式上课。今日社工部有小组活动，她早上起得比较晚，洗漱好出门已是中午。

她到医院依旧是先直奔十一楼。办公室里，温时卿正在写病历。

姜芥带上门，脚步轻快地走过去："今天还是没有做中饭哦，所以咱们吃食堂还是叫外卖呀？"

她拉开椅子在诊桌前坐下，两手托着脑袋，喜眉笑眼地瞧着他，心情十分愉悦。

温时卿停了手里的笔，两手交叉抱胸若有所思，挑眉戳穿："追到我之后，你的中饭好像越来越少了？"

姜芥抿唇，垂眸咳嗽两声掩饰心虚，反将一军："当初对我的中饭，你反正爱要不要的，如今就让你想吃也吃不上！"

温时卿一顿，瞧她"傲娇"的神色，弯唇笑了："嗯，我的错。"

错认得这么快，姜芥有点儿小意外，心里却又像是抹了蜜糖，浓浓的，泛着甜意。她赧然看他两眼，嗓音又软又轻："如果你真的想吃的话，下次去你家给你做就好了。"

"好。"温时卿应得很快，"那就后天吧，我轮休，下了班去接你，然后买菜做饭。顺便逛街看电影……"

话到此，他微顿，抬眸看她，目光灼灼——

"和你补过一个情人节。"

次日是周五，姜芥昨晚和沈北寒约了琴房练琴，今早两人便起了个早。

这一寒假两人都犯了懒，回家连琴盖都没摸，全都在吃喝玩乐了。所以面对开学时即将来临的声乐抽查，两人都是瑟瑟发抖，趁着还有时间，一块儿临时抱佛脚。

三小时过去，两人结束练习。合了琴盖从琴房出来，她们正好和迎面走来的萧悦遇上。

萧悦昨天才回的学校，回来的时候倒是没像之前那样来姜芥宿舍串门，还是姜芥去热水房打水的时候撞见她，主动和她打了招呼，才知道她回来了。

沈北寒不待见萧悦，萧悦自己心里清楚，只是爱装傻，见着她俩，这会儿又极热情，扬声唤着："嗨，姜芥、沈北寒！"

沈北寒斜眼，漫不经心一晃脑袋，算是回应。

这姑娘的热情时有时无，倒让姜芥觉得有些莫名其妙。她一笑，客套道："来练琴吗？"

萧悦眉欢眼笑，点头道："是啊，寒假练了那么久还是觉得不太满意。"

姜芥："嗯，那你慢慢练，我们先走了。"

萧悦过去拉门："好的，拜拜。"

琴房门被关上，沈北寒的白眼瞬间翻到后脑勺，哂笑一声，边挽着姜芥往外走，边捏着嗓模仿她的语气："什么'寒假练了那么久还是觉得不太满意'，那么勤奋你就六点来啊，现在都快十一点了，搁我这儿卖什么勤奋好学生'人设'呢？"

姜芥忍不住笑出来，伸手顺顺她的胸腔："无妨无妨，咱习惯就好。"

"好的。"沈北寒整整衣襟，恢复笑脸，问她，"吃饭吗？"

姜芥摊手，歪着脑袋："你忘了吗？我要……"

话还没说完，沈北寒已经猜到了，直接出声打断她："好的，好的，我知道了，你要去陪你家温医生，没办法和我吃饭，我知道了，我要一个人孤独地吃午饭。"

莫名就腾起丝罪恶感是怎么回事儿……

"后天，后天晚上！咱们补上火锅约！"姜芥同学拍胸脯，信誓旦旦承诺。

沈北寒"扑哧"笑了："行行！等你后天，到时双响炮也得安排上！"

姜芥小手一挥，豪气干云："十杯都给你安排上！"

沈北寒冲她五指摊掌，姜芥心有灵犀地伸手，"啪"一声，两掌合一。

沈北寒："好，协议达成！你可以退了！"

"哎！"姜芥哈腰，有模有样地往后退下，"小的告退！"

出教学楼前，姜芥正在洗手时刚好收到了一条微信，想着可能是十分钟前她发给温时卿消息来的回复，赶紧甩甩手，随意在裤腿上抹了抹，从兜里掏了手机出来。

猜得没错，确实是温时卿回过来的：

[小鱼仙草：既然明天要去你家做饭，我今天就继续偷懒，不做午饭啦！中午你要吃什么？学生路的粤菜如何？]

11:12

[小鱼仙草的：好，过来的时候路上小心。]

回完消息，姜芥抽纸抹干净被沾湿的手机屏幕，转身打算出去的时候，

247

正好进来一个女孩……大腹便便，行动有些迟缓，准确地说，应该是个孕妇。

　　姜芥目光从孕妇那看似即将临盆的肚子缓缓向上。瞧清面容后，她一愣。

　　这……不是温时卿他妹妹吗？

　　温念径直进了厕间，怀胎九个多月，临盆在即，虽然江之炎一再强调不让她独自出门，但奈何今日是学校老生报到的最后一天，她在家又实在憋得慌，便悄摸摸出来一趟。

　　温念方便完出来，肚子忽然猛地一阵剧疼，猝不及防地令她脚下一软，有些站不住。

　　"啊……"

　　见她大着肚子，姜芥不太放心，一直等在外边，这时一听里头传来道短促的叫声，眉心一跳，赶忙跑进去。

　　一看她扶着墙一脸痛苦地蹲在地上，姜芥整个人都僵了下。

　　姜芥忙蹲下去扶她："你怎么样？"

　　早春的天，还有些微寒凉。温念却泛了满头的汗，脸色逐渐变得苍白："肚子……我的肚子……"

　　姜芥视线顺着往下，瞥见她身下流出来的一摊水，怔住了："这，羊……羊水破了？"

　　话刚说完，温念突然"啊——"的一声，叫得越发痛苦了。

　　姜芥脑袋一滞，心慌意乱地摸出手机，紧张到说话都在颤："你你你等一下，我，我打120。"

　　"喂喂！这边有孕妇羊水破裂了……"

　　"请问具体在哪个位置？"

　　"延川大学，这边是……"姜芥想了一秒，报出完整的地名，"延川大学汇知楼一楼的女厕。"

姜芥看着温念不知不觉就被汗水浸湿的短发，心里的慌乱不减反增。想了想，她复又拿手机拨了个电话。

冗长的忙音似无尽头地响着，此刻的每一秒对于温念来说，都是煎熬。

就在姜芥以为无人接听的时候，话筒里细微的电流声忽然"嗒"一下，接着，温时卿沉润的声线从那头传来："喂。"

"温……温时卿！"姜芥这会儿的脑子乱成了糊，惊慌得一时不知该如何组织语言，一看温念喘得越发急了，声线瞬间拔高，"你妹她，你妹要生了！在学校！羊水破了！我已经打120急救了，可是他们过来需要时间，你妹现在好像疼得很厉害，我要怎么办……"

最后半句话，她说得差点儿哭了。那种无助的恐惧感再次袭来，比上次遇见车祸还要强烈。

"姜芥，你先冷静，冷静下来。"温时卿放慢语速，试图安抚她的情绪。

姜芥深呼吸两下，平复心情："好……冷静……"

"你按我说的做。"他的嗓音很沉很稳，一字一句都透着医务人员自身该有的镇定，"先把她扶着让她平躺下来。"

"哦哦……"

姜芥按开扬声器，手机放在一旁，两手并用托着温念的脑袋，小心翼翼地将她放下平躺。

"用围巾或衣服叠成厚厚的一个软垫，垫在她臀部，保持臀部高头部低的姿势，避免孕妇脐带出现脱垂的现象。"

闻言，姜芥垂眸望了眼自己身上的衣物，寻找可以叠成软垫的东西。可偏偏不巧，她今天穿了件皮质的外套，又硬又薄，也没有系围巾。

这时，外边经过听到动静的几个学生刚好走了进来，一见里头这幅场景，顿时吓得倒抽口凉气。姜芥扭头望一眼，见两个女孩儿脖子上系着围巾，忙伸手讨要："麻烦你们，借一下围巾好不好？"

两个姑娘愣了下，接着迅速回神，将脖子上的围巾解下递给她。

姜芥赶忙接过来叠好，垫在温念臀部下面，之后她重新拿起电话："温时卿……好了，我垫好了……"

温时卿："好，现在保持空气畅通，让她深呼吸，跟她说说话，尽量让她保持清醒状态，等救护车来。"

"好，好。"

姜芥就这么跪在温念身边，稳住自己的情绪，抓起她的手，放轻声线："听到你哥哥说的话了吗？深呼吸，我们深呼吸……"

疼痛感一阵一阵的，温念看着她，被她握着的手渐渐收紧，深吸一口气后，再慢慢吐出。

几次下来，见情况有所缓解，姜芥开始和她说话："你叫什么名字呀？"

"温念……"

"温、念……"姜芥扬唇，温柔地笑了笑，"言念君子，温其如玉，你的名字很好听哎……比温时卿还好听。"

闻言，温念原本紧张的心情逐渐放松下来，带着喘息声，问："你……是我哥的女朋友吗？"

"是呀。"姜芥说，"我追了你哥很久呢。"

温念微微笑了："他一定很喜欢你。"

救护车很快就来了，姜芥跟着坐上去，有医务人员在旁边，她总算安下点儿心。她想打电话给温时卿报个平安，拿起手机的时候才发现，原来她和温时卿的通话，一直没挂断。

她关了扬声器，重新贴到耳边，试探性地唤了声："喂？温时卿？"

"嗯？"

他熟悉的嗓音从里头传来，姜芥一愣："你一直在啊？"

"嗯。"男人的语气极轻，透着几分难以察觉的如释重负——

"怕你慌。"

救护车顺利抵达医院，温时卿早已等在急诊室，见到车上的姜芥后，第一时间跑过去："姜芥。"

而后，他又安抚性地抚了抚温念的脑袋："已经给之炎打过电话了，他很快过来。"

温念这会儿已经疼到不想说话，只轻轻一点头。

后来，江之炎和他母亲齐齐赶来。等温禾带着程澜和温子羡过来的时候，温念刚好进产房。

将近两小时的生产过程中，姜芥没敢走太远。没得到最后消息，她安不下心，就一直坐在产房长廊尽头的椅子上等着。

温时卿科室送来一个病人，他在温念进产房前就过去了，加上温家的人一心担忧着产房里头的情况，就没人注意到姜芥。

傍晚六点多，分娩室的红灯熄灭，护士抱着娇小的新生儿从里头出来，说话时的声线听上去格外甜美动听："温念的先生在吗？恭喜哦，添了位小公主。"

这一喜讯，姜芥也听到了。突如其来的喜悦令她下意识地站起身，一直紧绷的神经瞬间松了下来。

温时卿这时正好赶到，姜芥听闻脚步声顺势扭头，一见是他，心里最后仅剩的那点儿坚强，霎时便塌了。

她转身猛地扑进他怀里，娇小的身躯还在颤抖，眼泪开始不受控制地往下落："呜呜呜，太好了温时卿，你妹她母女平安……"

温时卿两手搭上她背脊，揽得很紧，贴着她耳郭说话时的嗓音，极其温柔："是好事，哭什么？"

姜芥放声哭得更肆无忌惮："我高兴，呜呜呜呜……"

温时卿摸着她毛茸茸的脑袋，哭笑不得："傻瓜。"

"咯咯……我说哥，你好歹还穿着白大褂呢？"一旁突然插入一道不适宜的女声，话里还透着几许戏谑的笑意，"能不能稍微注意一下？"

闻声，趴在温时卿怀里的姜芥身子一僵，哭声戛然而止。扭头看过去时，她两行眼泪还挂在脸上。

温禾高高扬着眉，看着他俩时的眼神意味深长："哥，这是我小嫂子？"

温时卿垂眸看姜芥，淡淡道："我妹，温禾。"

姜芥赶忙从温时卿怀里退出来，抬手一抹眼泪，打了个哭嗝，道一声："你好。"

"啧啧，真不容易，你居然真脱单了。"温禾走过来仔细看了姜芥两眼，目光又缓缓落到温时卿脸上，一脸疑惑，"哥，我这小嫂子看着比我年纪还小啊？"

温时卿面不改色："嗯，过年刚满二十一。"

温禾看着姜芥瞠目结舌，惊呼："你这是捡了大便宜啊。"

没多久，温老爷子也来了，看过温念和孩子，见都相安无事，也放下心来。后来一听温念说，送她来医院的是温时卿女朋友，温老爷子瞬间欣喜不已，第一时间就要拉着江之炎一块儿去道谢，顺便瞅瞅他这未来的孙媳妇儿。

医院外头的长廊里，姜芥陪温时卿回办公室换了衣服后再次过来，就猝不及防地"被"见了家长。

温伯言笑眼眯眯地打量着眼前这位年轻又漂亮的姑娘，心里一个劲儿地说着：不错，不错，真不错。

姜芥性格坦率，不内向，平日里不论什么情况，她都能热情随和地应对。但此刻，面对温时卿家的长辈，她再怎么外向，都做不到落落大方。只规规矩矩地站在那里，两手相互捏着，有些局促。

数分钟过去，温时卿忍不住笑了，出声打破沉默："爷爷，你再盯着人家看，会把她吓跑的。"

温伯言这时回过神，低低笑了两声，看着姜芥，语气格外和善："听时卿说，是你把她送来医院的？"

姜芥紧张地扬扬唇，应道："是的，我刚好碰见了。"

温伯言道了声谢，问姜芥："姑娘叫什么名字啊？"

姜芥这会儿紧张的心情缓解了不少，再开口时，语气都轻快了些："哦，爷爷，我叫姜芥，就是中药里的那个，小鱼仙草。"

温伯言思考片刻，而后恍然："哦哦，是那两个字啊。"他顿了下，几不可察地皱皱眉，试探性地问了句，"成年了吧？"

姜芥赶忙接话："成了成了，二十一了都。"

温伯言讶然："哟，二十一！跟时卿差这么多岁啊！"说着他又凑近她，放轻声线，"为了骗到你，我们时卿花了不少心思吧？"

噗……

温时卿的爷爷也太可爱了吧！

姜芥忍住笑，斜眼看了下旁边的温时卿，解释道："不是的，爷爷，是我追的他。"她皱皱鼻子，摆出一副无奈又辛酸的神色，小声抱怨，"他可高冷了，那时候老无视我，我花了不少心思，才追到手。"

温伯言脸上的惊讶又添了几许，声线沉了沉："居然能放着你这么漂亮乖巧的姑娘不要，他当初也太不识好歹了？"

姜芥赞同地点点头："是的是的，我也这么觉得。"

温念生产过后很是疲惫，姜芥不好去打扰，便打算等下次再来看她。

科室最近重新调了值班表，温时卿的轮休时间改成每周五晚至周日上午，夜班则改到周日晚上。

今晚因为在医院耽搁的时间有点儿久，所以吃过晚饭后，已经九点多了。

温时卿考虑到姜芥的学校宿舍有门禁，便没多做其他安排，反正明日两人补过情人节，散了会儿步后，就送她回宿舍了。

次日，期待已久的首次约会终于来临，兴奋不已的姜芥一夜都没大睡好，清晨早早就起了床。

沈北寒还在睡，为了不打扰她，姜芥把动作放得很轻。

刷完牙洗完脸，她认认真真地画了个妆。从衣柜里拎出前阵子新买的小裙子换上后，又给自己卷了个头发。等她收拾完毕穿上鞋出门，已经是两小时之后了。

姜芥出了寝室，刚带上门，隔壁寝室的门正好从里头被拉开，陈冰打着哈欠走了出来，穿着睡衣拎着热水壶，一脸困倦。

陈冰眼角的余光一瞥，看见门口精致漂亮的姜芥，目光惊艳一瞬，在她身上看了几秒，问："这么早啊？"

姜芥笑嘻嘻，心情无限好："是呀，去约会嘛。"

陈冰再惊："约会？和男朋友？"

姜芥笑而不语，答案都写脸上了。

陈冰投来羡慕的眼光："恭喜，恭喜啊。"

姜芥俏皮地冲她挤挤眼，应着："谢谢啦，也祝你早日脱单！我先走啦！"

陈冰笑道："借你吉言，拜拜。"

出了宿舍楼，温时卿的电话便来了，说是已到学校大门。

姜芥应了声"好"，挂了电话便赶忙拔腿跑出去。

黑色熟悉的小车就停在马路对面，打着双闪。姜芥左右注意着马路上的车辆，迈步小跑过去，拉门上车。

温时卿侧头，笑着提醒："安全带。"

姜芥乖乖系上。

他挂了挡不疾不徐地驶上马路，问："吃早饭了吗？"

姜芥摇头："还没有。"

"不是一早就起了？"他想到她今早六点半给他发来的微信消息，疑惑地蹙蹙眉。

姜芥讪讪一笑："不好意思，化妆打扮花了两小时……"

随即，姜芥做出羞涩状："这不是第一次约会嘛……"

温时卿失笑："那先去吃个早饭。"

解决完早饭，温时卿驾车一路朝超级市场驶去。车子缓缓驶进地下车库，停好车，两人乘电梯上楼。

在电梯里，温时卿想起她刚刚说的花了两小时化妆打扮，这会儿特意多看了两眼。

女孩儿穿了件他之前没有见过的棕色呢外套，里头衬着米色的高领毛衣，身下搭了条黑灰色的半身长裙，将她被裤袜裹着的细腿掩住，脚上穿的是双黑色马丁靴。

她长发微鬈，披在肩头，右耳后的碎发夹了两枚糖果色的细长夹子。白皙小巧的脸蛋上了妆，肤色红润细腻，唇上点缀的口红颜色格外柔和，加上她静静立在那儿仰头看着电梯显示屏时沉静的眉目，那漂亮诱人的小模样顿时就让温时卿心猿意马了。

薄唇微动，他挪了下步子，正想上去吻她，电梯忽然"叮"一声，抵达了。

小姑娘牵着他的手捏了捏，转头过来笑得明艳动人："走吧。"

"你想吃什么？"进到超市里，姜芥一边看着蔬菜栏里的果蔬，一边扭头瞅了眼后头推车的温时卿。

后者大致望一眼，回答得很简单："我不挑，你做什么我吃什么。"

姜芥思考一阵："海鲜吃吗？"

温时卿："可以。"

"牛腩吃吗？"

"可以。"

"沙拉吃吗？"

"可以。"

时间过去将近一小时，姜芥见东西挑得差不多了，便推着车去买单。

收银台排队的人很多，两人一个俊男一个美女，并肩走一起就是道亮丽的风景线，吸睛又养眼，一时倒惹了不少人的目光。

"我刚刚看到有好几个小姐姐一直在看你。"她挽着他的手臂，这么细细小小地说了声，"按着我第一次见你时的心理来分析，她们喜欢你。"

温时卿垂眸盯着她头顶，眼里闪过一丝促狭，反问她："你第一眼就喜欢我了？"

"是的。"她抬头，将心里所想的脱口而出。

到了公寓，温时卿按开密码锁，拉开门。姜芥第一时间钻进去，迅速换鞋，接过他手里的购物袋，目光闪躲："我……我去洗菜。"

娉婷的身影没入厨房，温时卿立在原地，微微愣了下，哑然失笑。

他脱了外套披在沙发上，进浴室冲了把脸，然后，走进厨房。

"要不要我帮忙？"

低沉的声线冷不防响起，姜芥择菜的小手忽地一颤，着着实实吓了一跳。

她心有余悸地顺了顺胸脯，转过来瞪他："吓死我了。"

温时卿笑了，又问一遍："要我帮忙吗？"

姜芥看眼自己手里洗了一半的蔬菜，放下甩甩手，说："你洗菜吧。"

食材如果先准备好了，后期下锅煮起来就格外方便。姜芥做饭的次数多了，也就极为熟练。很快，三菜一汤便出锅了。

温时卿摆好碗筷，将电饭煲放到餐桌上，把菜一一端上桌。

萝卜炖牛腩、清蒸螃蟹、海带排骨汤，以及最后的……

韭菜炒鸡蛋？

温时卿看着面前这盘黄绿相交的菜品，一挑眉，将放在心里很久的疑惑问了出来："你好像很喜欢炒这道菜。"

姜芥洗了锅放好，垂眸一看他指的是哪道菜后，笑着"哦"了声："因为我妈说我做的这道菜特别好吃，鸡蛋炒得很嫩，加上我自己也爱吃这个，所以就经常做了。"

说完，她反应过来有可能是他不爱吃，赶忙问："你不喜吃这个吗？"

温时卿再看一眼那绿油油的韭菜，顾自笑了声，应道："没有，我不挑。"

姜芥："哦。"

看来，是自己想太多了。

吃过饭，姜芥打算收拾碗筷，温时卿却横手过来，拦住她："放着，我来，你过去看电视。"

姜芥微微一愣，捏着碗沿笑笑："没关系呀，我洗就好了。"

他起身过来，拉过她的手直接走到客厅，打开电视，顺便把自己手机塞到她手里，言简意赅："坐着玩会儿。"

都这么说了，姜芥也就不和他争了，舒舒服服往沙发上一靠，顺带举起他手机。她指尖一滑，正想问他密码多少，屏幕已经无须任何密码地解开了。

姜芥还没来得及小小意外一下，眼球就被他屏幕上那张熟悉的主页壁纸给吸引了。

她穿着滑雪服，马尾扎得有些松垮，对着镜头嘟嘴比"V"，背后是大片皑皑的雪山。

俗气且专属她自己的拍照姿势，是她之前滑雪的时候发过微信朋友圈的照片。

姜芥内心惊叹：居然偷偷存下来，还当壁纸了！

灵光一现，她忽然想到什么，伸脑袋瞧了眼正在厨房里洗碗的温时卿，偷摸摸地点开手机相册……

最新一栏里的相片，是她夹在钱包里头送给他的那张，他用手机拍下存上了。再往上滑了滑，几张千篇一律的医学资料图里夹杂了一段十几秒的小视频。

姜芥拿近看了眼，视频封面里头的灯光有些暗，经过一阵仔细观察，发现里头的那张脸好像是她自己？

姜芥一脸好奇地点开——

"鸳鸯双栖蝶双飞，满园春色惹人醉，悄悄问圣僧，女儿美不美，女儿美不美……"

焦妍、沈北寒的大白嗓："美美美！"

姜芥蒙了，这不是焦妍来延川那晚去KTV的时候吗？看这角度，是徐医生拍的然后发给温时卿？

他居然也存了？这家伙，那天叫他一块儿来他还不来……

姜芥心底暗暗腹诽，正想翻上去看看还有没有别的关于她的照片或视频，温时卿已经收拾好出来了。

姜芥手下一颤，下意识做贼心虚地关了手机屏幕。

温时卿瞧见她脸上的小表情，走过去问："怎么啦？"

姜芥心虚："没……"

温时卿眼睛眯了眯，还就打算追问到底了，坐到她身侧，不紧不慢地将她手里的手机抽出来，打开。

姜芥正襟危坐，斜眼瞄过去，见他点开那个视频，心脏"咚咚咚"地，莫名跳得很快。

十五秒的视频结束，姜芥脑子转了转，决定先发制人，一脸严肃地呵斥他："你居然偷偷存我的视频！偷偷存我的照片！还一声不吭地拿我照片当壁纸！"

温时卿关了手机放一旁，目光灼灼地望着她的面容半晌，忽然很是无奈地笑了下——

"那不然怎么能时时看到你？嗯？"

"咻"的一声，有火花窜上脑门，将她维持理智的那根神经点燃，轰地在脑中炸开，噼里啪啦地持续了十秒左右，响声嗡沉沉的，不绝于耳。

面红耳赤地瞅了眼温时卿，姜芥幽幽然竖起大拇指："大哥，撩不过你，我认输。"

温时卿低低笑了，揽在她腰上的手轻轻一带，垂头吻了下去，问："想看什么电影？"

姜芥脑子停了好几秒才回过神来，木讷地开口："一……《一吻定情》？"

今日天气很好，阳光和煦，气温也适宜，加上又是周六，出来约会的人就多了，电影院里放眼望去，都是扎堆的小情侣。

取了票，离进场还有十多分钟，姜芥看了眼前头卖爆米花的窗口，扭头冲温时卿嘻嘻一笑："我想要爆米花和可乐。"

闻言，温时卿顺势望一眼，将手里的票塞到她手里："在这儿等我。"

姜芥乖顺地点点头。

温时卿几步走过去，加入买爆米花的队伍。姜芥摸出手机，给两张电影票拍了照，发到姐妹微信群，拉仇恨——

[小鱼仙草：今天是甜甜蜜蜜约会的一天。]

[阿沈：我在磨我的八十米大刀。]

[老盐巴：帮我多砍两刀，多谢。（抱拳）]

姜芥忍不住笑两声，戳着键盘正回复着，后头忽然传来一声叫喊：

"姜芥？"

熟悉又带着些许意外的声线。

姜芥下意识扭头，沈孜孜手里抱着爆米花和可乐，刚好在她眼前站定："你也来看电影？"

姜芥僵住："呃……是，是啊……"

"一个人？"

说完，沈孜孜目光正好瞥见走过来的温时卿——一手抓着桶爆米花一手握着杯可乐。她脸上一怔。

后者走近了，一见姜芥面前的沈孜孜，也是明显一愣。

"你们……"沈孜孜来回看两人，拖了个长音，脑子转得很快，"在谈恋爱？"

温时卿没说话，瞥一眼怔然的姜芥，微一点头。

沈孜孜两眼圆睁，讶然地看向温时卿，声线拔得更高："你那天说的女朋友……是姜芥？"

温时卿再一点头。

沈孜孜倒抽口凉气，还想再说什么，姜芥已经回过神来，一把拉住她："孜孜姐，你跟我舅来的？"

沈孜孜点头："他去洗手间了。"

姜芥一脸惊恐，又问："你们看的什么电影？"

沈孜孜："《飞驰人生》。"

姜芥松口气，而后仰头，开启哀求模式："拜托孜孜姐，你能不能先不要和我舅说……"

沈孜孜诧异地看她："那他总得知道呀。"

"我知道……"她扫一眼温时卿，可怜兮兮，"我还没想好怎么跟他说，我怕他知道了会气死……"

沈孜孜大致想象了下，嘴角抽了抽："……估计他真会气死。"说着，她视线滑到温时卿脸上，话里莫名多了几分幸灾乐祸的意味，"还可能不认他这个老同学。"

姜芥越发哀愁了："呜呜呜，所以我才想等晚一点儿再告诉他。"

沈孜孜思考片刻，应声："我可以帮你瞒着，但是……"她依然觉得不可思议，"你得和我说清楚你俩是怎么回事儿……"

姜芥感激不尽地使劲儿点头，应得很快："没问题！等回去了我就告诉你！"

说完，她警惕地伸脖子看了眼洗手间方向，一瞧方遇正好出来，大惊失色地冲沈孜孜又道："拜托拜托啊，孜孜姐！"

而后，拉着温时卿火速跑进场内了。

方遇顺着人群走过来，甩甩还沾着水的手，漫不经心地问她一句："你跟谁说话呢？"

沈孜孜面不改色："没。"

方遇伸脖子望了眼入场口："我刚才好像看到时卿了，他是不是跟他女朋友……"

话还没说完，沈孜孜直接抬手，一把勾过他脖子往外走，语气淡淡："我想吃芋圆了。"

"芋圆？"方遇弯着腰随她拖着走，茫然道："电影要开场了啊。"

沈孜孜步子没停："不想看了，吃完回家。"

坐进放映厅，姜芥才真真正正松了口气。她惊魂未定地顺顺胸脯，低低说着："太可怕了，太可怕了……"

温时卿侧目看着她，面无表情没说话。

姜芥向他望过去，问道："咋了？"

他眼眸微眯，伸手过来捏住她两颊，也不管在场有没有人看见，凑近亲了她一下，音色沉沉："既然是偷情，就要有个偷情的样子。"

电影结束，温时卿牵着她随人群走出放映厅，姜芥扔了爆米花桶和可乐杯，问他："知道我为什么要带你来看这部电影不？"

温时卿："嗯？"

姜芥似笑非笑："让你好好看看，看看那袁湘琴，我当初追你的时候，就跟她差不多，快被你虐得成渣了。"

她一本正经地拍拍他："你好好反省一下。"

路上，温时卿不疾不徐地开着车，问她："想去哪儿？"

姜芥想了会儿："去商场吧，我想给你妹妹的女儿挑件礼物，顺便……"她轻咳一声，"给我小舅舅也选个东西，方便到时候让他消火……"

温时卿笑了："有用？"

"……没用。"姜芥早有预知，"不过……有总比没有好吧？"

温时卿笑而不语，默默往银泰开去。

手机微信弹了条消息出来，姜芥点进去，是班级群里有人找她。

群里消息层出不穷，萧悦握着手机，侧头看了眼她后方正在打字的陈冰，故作漫不经心地问了句："陈冰，你怎么知道姜芥脱单了呀？"

陈冰"哦"一声，坦然道："早上出去打热水的时候撞见她了，她说她出去和男朋友约会，我才知道的。"她心不在焉地戳着键盘回消息，"你不是和姜芥关系挺好的吗？我以为你早就知道了。"

萧悦轻哂一声，不以为意地加重语气："我什么时候和她关系好了，她的事关我什么事儿？"

闻言，原本还沉浸于群里喜悦的陈冰和季思思齐齐一愣，相互对视一眼，心生疑惑。

陈冰使眼色：她咋了？

季思思耸肩一脸莫名：我不知道。

最后，陈冰讪讪一吐舌，一声不吭地继续看群消息了。

第六章　大声宣告我只爱你

你是唯一，恒定，不变，从认识到现在。温先生、姜女士已经携手走过这么远的距离了，两个人若是没有心灵的感应也不会有这段神奇而美妙的旅程，感谢爱和真实。

1.谁是第三者

次日，温时卿下午一点才上班。姜芥这天下午刚好有社工活动，温时卿便和她说好，接她来一块儿吃午饭，然后再去医院。

姜芥早上和沈北寒去琴房练歌了，等温时卿电话来告知她他快到的时候，沈北寒刚好也打算去学生街买点儿水果，就挽着姜芥一道出去了。

出了校门，姜芥左右张望一圈，没看到温时卿的车。拐角处过来俩人，沈北寒放眼瞅了瞅，有点儿眼熟。等她们稍微走近一看，是萧悦和季思思。

她戳戳旁边的姜芥，语气嫌恶："讨厌鬼来了。"

姜芥顺势看过去，迎面而来的季思思刚好看见她俩，挥手招呼道："姜芥！沈北寒！"

两人冲季思思笑了笑。

旁边的萧悦一脸爱理不理的神态，很是不情愿地冲她俩一颔首。

季思思："你俩在这儿等人吗？"

沈北寒直接无视萧悦，看着季思思说："嗯，我陪姜芥等她男朋友来接她。"

季思思眸色一亮，满脸羡慕："哇哇哇，真好哎，我也想拥有甜甜的爱情。"

姜芥眨眨眼，笑道："早晚的事儿！"

说着，她余光正好瞥见马路对面徐徐停下的车，扯了扯沈北寒，她又朝她们急急道："我男朋友来了，我先走了，明天课堂见哈！"

季思思顺着目光看向对面的黑色车子，暧昧地一扬眉："好的，拜拜哟。"

沈北寒轻喊一声："过马路慢点儿！"

"知道了！"姜芥挥挥手，小跑过去上了车。

温时卿和姜芥去了东湖路的一品轩餐厅吃午饭。姜芥今天出来带上了给温念女儿的礼物，是可爱的婴儿鞋。他们准备下午去看温念和孩子。

"小组活动还剩几节？"他问。

姜芥想了下："扣去今天的，还剩一节。"

"姜芥。"温时卿一顿，抬眸看她，"活动结束后，休息一阵吧。"

上次那场意外，至今令他心有余悸。

"总是这样来回奔波，太累了。"他说，"我舍不得。"

姜芥微微一愣，望着他的目光羞赧中带着点儿喜悦，她咧唇笑了："好，听你的。"

温念住的是单人病房，环境舒适，也不吵闹。

姜芥和温时卿过去的时候，江之炎也在，正站在小床边看他女儿睡觉。

去之前温时卿没来得及和温念提，所以这会儿看到姜芥出现在病房，温念是一脸惊喜："嗨！"

姜芥瞄一眼那张婴儿床，放轻脚步和声线，冲温念招手："嗨，打扰啦。"

江之炎看过来，冲她礼貌地一颔首。

"坐！"温念很是热情，"那天生完孩子我太累了，就没顾上当面谢谢你。"

姜芥毫不在意，笑笑："不不，你先生和爷爷都和我道过谢了，而且那就是举手之劳，没事！"

温时卿轻轻带上门走进来，将手里那袋姜芥带来的小礼物放到病床上，说："姜芥送给你女儿的。"

温念眸色微讶："你太有心啦！"

"就是点儿心意。"姜芥弯唇笑了笑，抬手指指婴儿床，一脸期待地看着温念，问，"我可不可以看看她？"

温念点头："当然可以呀。"

得到同意，姜芥蹑手蹑脚走过去，江之炎往侧站让开位置，温时卿也跟着站到她旁边。

刚出生两天的婴儿，头小，身子也小，胎发乌黑浓密，眼睛闭着，像两条长长的缝，面色红彤彤的，娇嫩又脆弱。

姜芥忍不住伸手在她脸蛋上轻轻一戳，真实的触感瞬间令她感到母性的伟大。她激动得直起身，看着温时卿笑得极甜："恭喜你呀温时卿，升级当舅舅啦！"

温时卿嘴角勾起一丝弧度，垂眸看着她的目光溢了满眼的柔情："也恭喜你，升级当舅妈了。"

听到这里，温念忍不住"扑哧"一声笑了出来。

姜芥的脸顿时就烧了，羞恼地瞪他一眼。

温念说："哥，你俩也赶紧结婚，生个孩子，给我家宝贝添个伴！"

温时卿眉梢一挑，看向姜芥，语气难得地轻佻："听到了？"

今天有小组活动，收拾好活动室，刚好五点钟，姜芥今晚和沈北寒约了六点的火锅餐，一看现在还有时间，她便打算去温时卿办公室坐会儿。

进到办公室，她发现里面是一如既往的干净整洁。

姜芥关上门，在原地站了会儿，视线锁定办公桌前的医生位，挪步走过去，弯腰坐下。

下一刻，办公室门毫无预兆地被人拧开了。

姜芥刚搭上椅子扶手的手一顿，下意识腾地站起身。

余岑刚好进来，抬眼一看，只见姑娘立在办公桌前，腰杆挺得笔直，两手贴在裤腿两侧，一脸严肃得像在站军姿。

姜芥望着眼前的妇人，莫名觉得有些眼熟，脑子迅速地运转两下后，她想起来了。

之前安排温时卿相亲的那位！温时卿他妈！

她这刚回忆起来，余岑就走过来了，打量她时笑得一脸和善："你是……姜芥？"

姜芥闻言，后背一颤，紧张得瞬间把背挺得更直了，连声音都不稳了："是……是，您好。"

"你好，我是时卿的妈妈。"余岑掩唇笑两声，伸手过来拍拍她肩："你不用紧张，我就是顺路来看看。"

话虽这么说，但姜芥一刻都不敢松懈，脑子里满是"给未来婆婆的第一印象很重要，不能垮不能垮不能垮！"。

"您来找时卿吗？"她放慢语速，特意把一字一句咬得很清楚，"他去给病人做检查了。"

余岑咧唇笑得更开心了，直言："不，我不看他，我听温念说你今天来医院了，就从她那儿过来碰碰运气，看看能不能见着你。"

姜芥讶然，声调微扬："见……见我？"

"爷爷那天回去和我提你了！"余岑笑眯眯地说，"什么时候有空，跟时卿回家里吃顿便饭！"

姜芥懵然地抬了下唇："哦哦。"

余岑："那我就先走了，你继续坐。"

姜芥从椅子和桌子间的空隙迈腿出来，一时没反应过来："啊，啊？这么快就走了啊？不等时卿回来吗？"

余岑拉开门，扭头过来，眉头一蹙，又很快就展开："等什么，我主要就是来看你的！"

姜芥有点儿不好意思："啊……"

"那我走了，你坐你坐！"

说完，余岑迈步出去了，带上门的时候，姜芥还清楚地从门缝里瞧见她快咧到耳根子的嘴角，那雀跃不已的好心情，全写在脸上了。

五分钟后，温时卿回来了。

拧开门一见在椅子上愣怔的姜芥，过去捏了下她的脸蛋，问："想什么呢？"

姜芥晃过神来，抬眸看他，声线平静："你妈刚刚来了。"

温时卿扬眉："嗯？"

姜芥腾地起身抓住他手臂，情绪波动稍有点儿大："我刚见着你妈了！"

温时卿没什么反应，只一笑："嗯，说什么了？"

姜芥深呼吸两口气，一本正经地仰着脑袋看他："她让你带我回家吃饭。"

他又"嗯"一声，低头顺势在她唇上一吻，说："那你找个时间，跟我一起回家吃饭？"

"……这么快啊？"

温时卿故作无奈地一耸肩："没办法，母命难违。"

时间过得很快，转眼，就到了三月末。

这学期学校里的课程安排比上学期要多，连声乐课的排期都多了两节。前阵子社工部那最后一节的小组活动结束后，姜芥就和周岚提出要休息一阵。

周岚想到她之前出的意外，直接就答应了，并说若是想回来，社工部随时欢迎。

没了社工活动，加上学校里课业繁多，姜芥平日里去医院的时间就更少了。虽然和温时卿日常见面不多，但每到周六，温时卿轮休那天，姜芥就会到他公寓，一起做饭、聊天、看电影，过过二人世界。

又是一周周五，下午三点多，姜芥刚下一节声乐课，温时卿电话正好过来。

她心情愉悦，接起来开口便打趣："喂，温医生是想我了吗？"

温时卿轻笑一声，坦然："嗯，是想你了。"

虽然经常听他说情话，但姜芥还是难以免疫。可能是因为他声音又沉又醇，说起话时温柔清慢，带着蛊惑力，常常能震得她耳朵发麻……

所以此刻，姜芥再次不争气地红了下脸。

她没出声，温时卿完全能想象得到她此时的神色，忍不住又笑了笑，道："下了班我直接过去接你，嗯？"

姜芥抱着歌谱应声，又有点儿茫然："接我去干吗呀？"

"和靳之、夏眠吃饭。"他稍顿，"忘了？"

温时卿上个月就和夏眠、徐靳之约好的一餐饭，因为他们仨不固定的上班时间，就这么一直拖到了这个月，还是夏眠找人换了班才抽出的时间。温时卿前几日跟她提过，她这两天忙于练新歌背歌词就给忘了。这会儿这么一说，姜芥顿时就想起来了。

一看时间，她赶忙加快脚步往宿舍走去，说："想起来了，想起来了，我现在回去化个妆换身衣服。"

温时卿："好。"

傍晚六点多，天将暗未暗，天边的余晖如火烧似的，将整个城市渲染成了橙黄色。

三月底的延川，气温总是时高时低。今日气温最高26℃、最低19℃，姜芥便穿了件圆领卫衣，身下搭了条短款的A字裙，脚上是运动袜、小白鞋，往校门口一站，妥妥一枚清新靓丽的校花，极其引人注目。

温时卿驾车缓缓靠边停下，按下车窗侧目望去，在瞧见校门前的姜芥以及……站她面前的小男生后，眸色一沉。

不用猜，他家姑娘又被搭讪了。

温时卿眯了眯眼，伸手拉门下车——过去"制裁"一下。

"小姐姐，可以加个微信吗？"男孩儿个子高挑，年轻俊秀，从刚才开始就一直找借口和姜芥搭话，此时又一边说着一边打开微信界面。

姜芥尴尬地笑了下，挥挥手正想拒绝，眼前忽然一黑，一只干燥宽厚的手掌实实捂住了她的眼睛。

姜芥一愣，还没来得及抬手掰开，就猝不及防地被他扣进怀里，带走了。

熟悉清冽的气味涌进鼻腔，姜芥不用看都知道是谁，原本要掰他的手收了回去，就任由他扣着走，嘴角还忍不住暗暗上扬。

从掩住她眼睛到反手把她扣进怀里然后带走，温时卿所有动作一气呵成。转身走之前，还仗着自己比那男孩儿个高的优势，垂着眼眸极其不屑、漠然且透着满满嘲讽之意地扫了他一眼。

那男孩儿愣在原地，手里还握着手机，好半晌才回过神来想起那个眼神，垂头走了。

姜芥就这么一路被他捂着眼走到对面，像个盲人似的，贴在他怀里，最后还忍不住笑出了声。

温时卿在副驾门前停下，松开她，居高临下睨她，没说话。

姜芥笑得两肩一颤一颤的，凑到他下巴亲了口："吃醋了呀？"

小姑娘微微歪着脑袋，长发斜垂，咧唇笑着，露出两排白牙，看着他的那对眼眸清透纯粹得跟玻璃珠似的，该死的诱人。

要不是在大街上，还是学校门口，他真想直接把她压在车门上亲！

温时卿闭了闭眼，压下胸腔的躁动，目光一瞥她那两条白嫩细长的腿，蹙了蹙眉，音色沉沉："穿这么短裙子做什么？"

姜芥垂眸看了眼，不解道："不短呀。这都到膝盖了。"

温时卿又瞅一眼。

确实刚好到膝盖。

他抿抿唇，一时无话可说，绷着脸替她拉开车门："上车。"

晚饭地点，定在了Magic餐厅。

车子抵达的时候，天已经全黑了。

姜芥跳下车，关上车门走到温时卿旁边。后者自然而然牵起她，落了车锁往里走。

门口的侍应生微笑着拉开大门，两人并肩走进去。等电梯的时候，姜芥闲来无聊，斜眼过去瞄他。

男人今天穿了身西装，黑色的，里头搭着尖领的白衬衫，没打领带，十足的精英范儿。他立在身侧，背脊挺得很直，就像去年她在地铁上对他一见钟情时那般。

电梯"叮"一声到达，门缓缓打开，温时卿牵着她迈进去。

门又慢慢关上。

空间不大，四面是铜色的玻璃镜面，映着他和她一高一矮的身形。

他穿着西装，她穿着休闲衫。

乍一看，恍然有种家长带小孩儿来吃饭的感觉。

萧悦今晚和网球社的同学们出来聚餐，地点就在Magic餐厅旁边的火锅店。

其间她接了个电话，火锅店人声鼎沸，她嫌吵，便拿着手机出来了。通话结束，萧悦转身正想回去，眼角的余光正好瞥见一道熟悉的身影。

那女孩儿挽着个男人，笑得很是灿烂甜蜜。男人背对着萧悦，看不清面容，但光是一个高挑俊挺的背影，就足够令人浮想联翩了。

而那道身影的主人，曾无数次让她感到深深的自卑。

她甚至嫉妒得发狂。

同是生而为人，为什么自己没她漂亮？凭什么她的机会永远比自己多？凭什么她能讨得所有人的喜爱？又凭什么，她能得到这么好的男人？

夜色，被街头五彩的灯光染了层朦胧的光圈。

萧悦就这么站在火锅店门口，一直望着。

男人很贴心，替姜芥拉开车门，在她弯腰钻进去的时候，大手还悬在她脑袋上，防止她撞到头。

"嘭"一声，车门被关上了。男人从车头走过来时的身影，有那么几秒，令她看清了面容。

眉目明朗，轮廓精致，棱角分明，英俊得不像话。

但同时，也令萧悦震惊到目光一顿。

这个男人，她见过。

上学期校庆，他就坐在她旁边。

可这男人，明明有孩子了。

难道……

某种想法涌上心头，萧悦忽然笑了，带着几许嘲讽和鄙夷。

姜芥，你可真能装。

翌日周六，温时卿轮休。

姜芥一早就起了，正化妆的时候，温时卿来了电话。她瞄一眼还在睡觉的沈北寒，拿起手机蹑手蹑脚地走到阳台，带上门，接起："喂，你到啦？"

"还没有。"温时卿提起咖啡壶倒了一杯，"中午不在公寓做饭了。"

姜芥："啊？那去哪儿啊？"

温时卿抿一口黑咖，声线淡淡："去我爸妈那儿。"

姜芥一愣，还没来得及开口，又听他说："我妈下了最后通牒，让我这周末前必须带你回去吃饭。"

"不过如果你没准备好……"他一顿，"我就找借口替你推了。"

姜芥抠着阳台上那块漆，鼓鼓腮帮子，声线细细地带着点儿羞涩："去吧……"

从上次在办公室里见到他妈妈快过去一个月了，其间温时卿提过两次，她都巧妙地避开了，这次再拒绝，好像就有点儿矫情……一点儿都不符合她善解人意的性格。

于是她一咬唇，坚定了语气："去！"

那头的温医生满意地笑了。

半小时后，温时卿到了。姜芥收到消息，拎了包迅速跑下楼。

本以为他还是等在校门口，谁想他今日把车停在外头后直接走进来等她了。

今天他的装扮和平日的不太一样。不是严谨的精英派西装，而是休闲款的格子衬衫外套，里头是白T恤衫，搭着九分牛仔裤，脚上穿着双白色板鞋，他站在梧桐树下垂头看手机时俊逸的身影，让姜芥有一瞬"这是哪个系的帅学长"的错觉。

下意识地，她垂头看了眼自己身上的米色连衣裙，和他一对比后，松了口气。

还好还好，没穿得比他老。

姜芥喜眉笑眼地咧了咧唇，出声唤了声："温时卿！"

树下的男人抬眸看来。

姜芥冲他一挥手，迈步正想过去，忽然被人叫住了——

"姜芥！"

她闻声侧头，萧悦正抱着歌谱和琴谱朝她小步跑来："早啊。"

姜芥一颔首，微笑："早。"

萧悦目光瞥一眼不远处的温时卿，似笑非笑地透着点儿不明的意味："男朋友呀？"

姜芥点头"嗯"一声，一看温时卿挺起背脊要走过来，她冲萧悦道一句："先走了，拜拜。"

说完，她便迈步朝温时卿跑了过去。

"走吧。"姜芥伸手挽上他手臂。

不过才走了两步，身后冷不防又传来萧悦的喊声——

"姜芥！"

两人齐齐回头，姜芥茫然地一蹙眉，看她。

萧悦站在台阶上，嘴角原本的那点儿笑容早就消失不见，居高临下地看着姜芥，扬声问："你不觉得你这样太过招摇了吗？"

姜芥一脸莫名，不明所以到都不知道能应她什么。

不过萧悦也没给她回应的机会，说完没多久直接转身进了宿舍楼。

留姜芥在原地一脸茫然地反问温时卿："我招摇什么了？"

温时卿面无表情，抬手覆上她毛茸茸的脑袋，只道："和她无关。"

从延大到郊区的他爸妈家有四十多分钟车程。为安全起见，姜芥不打扰温时卿开车，全程都垂头看手机。

车子一路稳当地朝郊区驶去，就在姜芥差点儿睡着的时候，温时卿缓缓踩了刹车，车停下，他说："到了，下车吧。"

姜芥正想眯一下。

车门"嘭"一声关上，姜芥踩在庭院那石子路上，恍然才想起："天哪，温时卿！我忘记给你爸妈买礼物了！"

温时卿看了眼大惊小怪的姜芥，打开后备厢，从里头拎出几个礼盒，举到她面前，挑眉道："你觉得我会考虑不到吗？"

姜芥顿时心安到泫然欲泣，一把抱住他蹭了蹭："你可真是我的贴心小可爱。"

贴心小可爱？

温时卿被这称呼逗笑了，舌尖一顶后槽牙，说："进屋了。"

姜芥直起身，整整衣襟裙摆和头发，顺便拿小镜子检查了下妆容。

在确定妆没花后，她又仰头看他，笑嘻嘻地厚着脸皮讨夸："你的小仙女好看吗？"

温时卿垂头，在她唇上一吻，音色温柔又低沉——

"好看，世界第一好看。"

今天中午这餐饭，余岑是期待已久了。她一早就拖着温子谦一块儿上超市，买菜、买肉、买海鲜，恨不得把整个超市搬回去，搞个满汉全席。

买完菜回来，她扔了包就心情愉悦地钻进厨房了，洗菜、切肉、处理海鲜，忙活到现在准备开始做饭时，刚好听到外头传来车子驶进院子的引擎声。

她脑袋探出窗外一看，温时卿正停了车子走下来，接着姜芥也从副座上下了车。

余岑瞬间心花怒放，扔了手里的菜迈着小碎步便朝玄关走去。

"咔嗒"一声轻响，余岑拉开大门，张了张口正想唤温时卿，声音却在瞧见她儿子亲他家小女友的那一瞬，硬生生地吞回了肚子里。

"好看，世界第一好看。"

余岑登时有种惊世骇俗般的错觉。

她这冷漠寡言、单身了二十九年的儿子，撩得人家小姑娘面红耳赤的说不出话来……可真是前所未有啊。

姜芥站原地害羞了半晌，脑子里甚至自我怀疑地想：之前追温时卿时那厚脸皮的自己哪儿去了！怎么现在动不动就能被人撩得脸红心跳！

这该死的！可恶的！又令人上瘾的……爱情。

姜芥红着脸看他一眼，嘴里似咕哝地道一声："进去了。"

说完，她转身。

目光在和大门前笑得意味深长的余岑撞上后，姜芥一愣。

下一秒，她脑子里开始飘过——

"天，温时卿他妈什么时候站那儿的？

"刚刚是不是被看到了？"

温时卿也看到了，倒很是淡定，微微一笑，唤了声："妈。"

余岑整张脸笑开了花，应声时的声调都拔高了好几度："哎！"

闻声，姜芥体内的温度烧到难以承受，此刻窜上脑门，倏地从头顶上炸出了朵蘑菇云。

余岑拉着大门，招招手："快进来，快进来。"

温时卿垂眸看了眼呆滞的姜芥，几不可察地一弯唇，牵起她往屋里走去。

温时卿："妈，这是姜芥带给你们的一些见面礼。"

姜芥木木讷讷地被他带进玄关，半晌才回过神来，赶忙冲余岑打招呼："阿……阿姨好！"

余岑开心极了，笑得合不拢嘴："哎哟！来吃饭还带什么礼物！"

姜芥："第一次来你们家里拜访！应该的应该的！"

余岑笑着拍拍她，又看向温时卿："那时卿，你照顾一下姜芥，妈回厨房炒菜去！"

温时卿从鞋柜拎了双女式拖鞋，放到姜芥面前，应了声："嗯。"

得到回复，余岑转身进厨房了，走路时的小步子踢踏踢踏的，极其欢快。

姜芥换了鞋进去，跟着温时卿准备到客厅，结果半途经过厨房，就听到里头传来一句细小却又极其清晰、夹杂着兴奋的温妈妈的声音：

"哎呀哎呀，老公，我跟你说！我刚刚出去开门，就看咱们时卿抱着人家小姑娘呢！那温柔沉醉的模样……"

姜芥：还真被看到了……

旁边的温时卿哼了声极轻的笑，没说话，继续牵着她往客厅走。

这时，楼上传来道脚步声，姜芥极其敏感，条件反射般甩头。

温老爷子拄着杖，从二楼的拐角走出来，而后扶上楼梯的扶手，慢慢一步步往下走。

温时卿见状，赶忙跑上去唤一声"爷爷"，搀着他下楼。

姜芥吐口气，走到楼梯口，两手规规矩矩地背在后头，挺胸收腹站在那儿，乖巧得像个小学生。她微仰头看着温老爷子，咧嘴甜甜地叫了声："爷爷您好。"

这一声简直要唤到温伯言心里去，开心又满足地笑了两声，连连应着："好好好。"说着，他又侧头看了眼温时卿，"你家这姑娘可真好！哎，配你时卿啊，就更好了！"

姜芥也伸手搀住他，红着脸嘻嘻笑两声，说："我也这么觉得。"

温伯言边走边说："以后有空啊，就常跟时卿来家里吃饭，最好每个周末都和时卿来一趟，下次爷爷把我老温家的那些小辈都给叫上，大家一块儿热闹热闹！"

姜芥慢慢扶着他在沙发上坐下，大大方方地应了声："好呀，只要爷爷您不嫌我聒噪，我得空就来！"

温老爷子摆摆手："你来我高兴还来不及，怎么会嫌你聒噪！"

温时卿笑了："那以后我就带姜芥常来。"

温子谦这时从厨房出来了，穿着休闲服，个高腿长，眉目端正俊朗，除了眼周的细纹外，看不出什么岁月的痕迹。那股悠悠峻冷的气质，让姜芥仿佛看到了温时卿将来的模样。

姜芥内心不禁惊叹：哇，真是什么样的爹就能生出什么样的儿子啊……

"叔叔好！"姜芥立正站直，一副崇敬脸。

温子谦头一次见这姑娘，见她一本正经的，瞬间被逗笑了，两眼弯弯的，使得眼周的细纹更深了些："不用这么拘束，坐，坐。"

姜芥稍稍垮下肩膀，赧然笑笑，在温子谦坐下后，才到温时卿旁边坐下。

温子谦看着她想了半晌，问："你……叫什么名字来着？"

"姜芥！"她像个在课堂被提问的小孩儿。

"噢噢噢，对对，时卿妈妈和我提过。"温子谦讪讪地笑了笑，"我最近老没记性。小鱼仙草，对吧？"

姜芥小鸡啄米似地点点头，连连应声："对对对。"

"一味良药。"温子谦点点头，"不错，好名字。"

余岑动作很快，没一会儿便炒了一大桌菜，大伙儿整整齐齐地坐下吃饭。

余岑给姜芥舀了碗鱼汤，笑着问她："芥子是北阳人吗？"

姜芥接过汤碗，说了声"谢谢"，答应道："是的，我爸爸是北阳人，我妈妈是R市人。"

"时卿是在北阳念的大学。"余岑笑笑说："我听时卿说，你小舅舅和他是高中同学，还是好朋友？"

姜芥点了下脑袋："嗯。"

"那你俩这事儿，你小舅舅知道吗？"

姜芥咬着筷子，笑容有点儿僵，斜眼看了下温时卿，半吞半吐道："还……不知道……"

说完，她脑袋埋得更低了。

温时卿见了，一弯唇，出声替她圆场："妈，现在还不急。"

余岑没多意外："没事没事，你这么年轻漂亮，跟我们时卿谈恋爱，是亏了点儿，对你小舅舅难以启齿也很正常，不急不急！"

姜芥越发不好意思了："不是，不是的，阿姨，时卿很好的，不然我也不会追他好几个月……"

最后半句话，她压低了声音，细细小小的，有些羞涩。

闻言，温子谦和温伯言都齐齐笑了。

前者这会儿恍然大悟："原来之前林主任说的科室里有姑娘在追时卿，是你呀？"

姜芥挠挠头，讪讪一笑："是……啊……"

温子谦又沉沉笑两声："那还真是咱们时卿占了大便宜。"

时间过得很快，还没来得及抓住三月的小尾巴，转眼就迎来了四月。这是个草长莺飞、春意盎然的季节。

同时，也迎来了延大一年一度的艺术节。

今早一节乐理课结束后，系主任来了趟教室，详细说了关于艺术节比赛的事儿。

这场艺术节，是面向整个延大的，不止延音的同学参加，全校的学生都会参加。

他们毕竟是专业的音乐生，若是在艺术节上失了手，那整个音乐学院颜面何存？如此一来，系主任就格外重视。

艺术节的比赛分为两个部分，一个是器乐，另一个则是歌唱。歌唱又分了独唱和合唱，作为声乐系的学生，自然是两个都要参加。

姜芥去年参加了合唱，独唱没报，今年就打算报个独唱，因为偶尔她也想唱个通俗歌，变变口味。

系主任手搭着讲台，四下扫视一遍，沉声说道："独唱每个人都要参加海选，合唱也是全部参加，你们组好声部了，挑个女领唱，领唱名单后天交给我，知道吧？"

众学生应一声："知道了……"

次日，遵循系主任的要求，17级的同学们趁着午间集合了一下，准备挑个领唱出来。

姜芥早上没课，去了趟医院，这会儿便让沈北寒先去教室，她已经在回学校的路上了，到时直接过去。

沈北寒喝着奶茶到教室的时候，黑板上已经写了几个候选人，分别有：

姜芥、季思思、翁语函、萧悦，还有她。

沈北寒一愣，咬着吸管的嘴一松，反应贼大："哎哎哎，别写我别写我，我不想领唱，郑宇哥哥你快把我名字擦了！"

闻声，众人扭头看来。季思思抬唇，干巴巴笑了下，道出心里话："其实我也不想领……把我也擦了吧……"

郑宇："什么鬼！难得的表现机会！"

沈北寒挥挥手："不要不要，擦掉擦掉！"

于是郑宇默默擦了她和季思思的名字，留下姜芥、翁语函和萧悦三人。

翁语函含着棒棒糖，一看黑板上那仨名字，顿时也不想领了，大大方方直言："要不你干脆把我和萧悦也擦了吧，姜芥长得漂亮，形象好，她领唱的话，也是给咱们级争光！"

一旁一直沉默的萧悦听了眉头一皱，侧目看向翁语函，语气里有明显的不悦："你要擦，擦你自己的，别算上我。"

萧悦说完，在场的人都一愣，教室里瞬间静下来。

沈北寒看不惯她，翻了个白眼，轻哂一声："我发现你还真是没什么自知之明。"

"呵。"萧悦不以为意，"漂亮就能争光？"

沈北寒还真就打算和她杠上了，意有所指不紧不慢道一声："人家可不只比你漂亮呢。"

"那又如何？"萧悦站起身，正视她，眼里是满满的鄙夷，"还不是做人不地道，插足别人婚姻？"

此话一出，众人哗然。

沈北寒目光一怔，脸陡然沉了下来，厉声道："你胡说八道什么？"

萧悦双手抱胸，嗤笑一声："怎么？你还不知道？"

"你……"沈北寒张了张口，刚一出声，就听门口传来一道阴沉的女声：

"再说一遍。"

姜芥迈步进来，站到萧悦身前，目光凌厉带着怒意，阴恻恻地重复了一遍，"你给我再说一遍，萧悦。"

姜芥个子比萧悦高了半头，此刻站在她面前，居高临下，漂亮的脸蛋多了几分戾气，瞪着眼看她，顿时就让萧悦心里虚了下。

不过萧悦转而一想，那是她亲眼看到的，又没捏造，一下子底气又恢复不少，于是昂首挺胸地直视她，说："我说错了吗？你破坏别人家庭，不知廉耻！"她两手环胸，嗤之以鼻，"看那男人长得斯文英俊，想不到也是个渣男，抛妻弃子……"

"啪！"一声脆响，姜芥挥手狠狠地拍在桌子上，打断了她的话，也令众人冷不防吓了一跳。

姜芥面不改色："把你的嘴，给我放干净点儿。"

萧悦吓得两腿一软，坐到了椅子上。

姜芥轻哂一声，一手撑上桌沿，微微倾身，朝她凑近，盛气凌人地抬手在她脑门上轻轻一推，声线阴郁森冷："最好别让我听到外头有什么闲言闲语。"

萧悦从来没见过姜芥这副模样，张狂暴戾的，生生吓得她一颗心因恐惧而跳得极其厉害。

可她偏偏自尊心太强，在座班上同学这么多，她哪怕再害怕，脑子里也只想着要挽回点儿尊严。

内心斗争许久，萧悦霍地站起身，冲姜芥吼道："我说错什么了？去年校庆，那男人就坐在我旁边，我亲眼看到他带着老婆孩子，也亲耳听到那小孩儿叫他爸爸！"说着，她扭头四下巡视一圈，在看到陈冰的身影后，伸手朝她一指，"陈冰也看到了，她当时就坐我旁边，大家可以问她！"

闻言，大伙的注意力一下子转移到陈冰身上，局外人莫名其妙地被点了名，陈冰一脸茫然地看着大家，好半晌才回过神来，实话实说："我，我那天一直在玩手机啊，我又没注意……"

姜芥回眸看向萧悦，就静静地看她想搞什么把戏。

萧悦蹙眉急了下，又问她："那你有没有看到那男人抱着那小孩儿？有没有看到那男人的老婆？"

这么一问，陈冰倒有点儿印象。离场的时候，场内灯光明亮，她起身时，余光正好瞥见那男人高挑的身影，因为男人很英俊，她就多看了两眼，还看到那男人抱起身边的男孩儿，后面一直跟着位女人。那时她还想着：果然，这么帅的男人都是有主的。

此刻回想起来，陈冰迟疑了，一脸为难地看着姜芥，没敢马上说出来。

姜芥瞧见她为难的样子，倒不慌乱，问心无愧地冲她一扬下巴，说："陈冰，你实话实说，没关系。"

陈冰微一垂头，半吞半吐地说："有……"

话音未落，四周又是一片窃窃私语。

"不过。"陈冰又道，"我只看到他抱着那小孩儿，至于那女人和那小孩儿是什么关系，我不敢乱说，因为我没听到……"

沈北寒眉头皱了皱，有点儿蒙，那天和温医生一块儿来看校庆演出的，不是小嘉吗？他莫名其妙为什么喊温医生爸爸？

众人议论纷纷，萧悦这会儿又找回了些信心，看着姜芥越发有底气："但是我听到了，我亲耳听到了，我可以发誓，如果我骗人，我就出门被车撞死。"

话音一落，那议论声越发大了。

姜芥这时想起张橙橙后来跟她说的小嘉叫温时卿爸爸的事儿了。不过她也不急着解释，只一笑，似自言自语般说了句："原来那天坐他旁边的是你啊？"

萧悦张口还想说什么，听姜芥又问："你想当领唱？"

姜芥的话题转换得有点儿突然，萧悦还没来得及反应过来，姜芥又轻笑了一声："我就偏不让你当。"

姜芥站上讲台，屈指敲了敲黑板上的三个名字："来，不是要选领唱吗？大家别耽误时间了，来选吧，选谁都可以。"

姜芥看了眼台下的萧悦，脸上满是真诚和坦然："我没什么好解释的，事无不可对人言，我没做过没什么好心虚的，信不信是你们的事儿，不过选领唱嘛，还是要看看实力，毕竟班级荣誉更重要些。大家说是吧？"

沈北寒虽然纳闷，但心里肯定是相信姜芥的，因为温医生她又不是没见过，他温时卿要是有老婆，那他朋友也不会那么积极地去撮合他和姜芥啊。想想无果，沈北寒把此事先放一边，站上去说了声："大家拿纸条写名字选人吧。"

五分钟后，同学们的纸条交上来，郑宇负责唱票。

最终结果，姜芥三票，萧悦一票，翁语函三十票。

所以最后的领唱，由翁语函担任。

萧悦脸色煞白。

但这是姜芥意料之内的。

她和萧悦各执一词，她自然是坦荡不心虚，而萧悦又那么坚持，在座的人估计也是保持中立，不会立即站队，不选她也不选萧悦，自然就是翁语函。

选人结束，姜芥看这结果，是既满意又得意，看着萧悦又笑了，故作惋惜地"啧啧"两声："你自己什么实力，自己掂量清楚了再来和我斗，行吗？"

接着，她挽着沈北寒离开了。

等萧悦红着眼也走了后，教室里剩下的同学瞬间炸开了。

男生们纷纷惊叹好一出大戏，且摸着自己的小心脏，还没从刚才那一幕里缓过神来，直道："可怕，可怕，女人真可怕！"

回宿舍后，沈北寒把心里的疑问问了出来。姜芥大致把张橙橙的原话向她解释了一遍，说是小嘉为了给她铲除情敌才叫温时卿爸爸的。

沈北寒听后一惊："我的天！合着这情敌清除干净了，误会也惹了不少。"

姜芥懒得提，也真的是无所谓，挥挥手说："反正都是子虚乌有的事儿，你知道就行了。"说着她又想到什么，说，"哦还有，你不要和焦妍提这事儿，我怕她到时候会小题大做地从北阳赶过来告诉温时卿。"

"啥？"沈北寒再惊，"发生这种事你居然不打算告诉温医生，也不打算为自己平冤昭雪解释一下？"

"如果是以前，我肯定不会就这么算了。不过现在啊……"姜芥长叹一声，"温时卿本来工作就够忙了，我不想给他添烦，而且小嘉现在远在北阳，我这空口无凭的，解释了也没人信啊！"

沈北寒听她这么说，倒觉得也是，脑子里一想起萧悦刚刚那模样，瞬间火气又上来，愤愤不平，咬牙切齿："见鬼，我真是服了，她到底哪来的自信，就她一个人听到，也敢这么乱说，她真的不是蠢，是没脑子吧？"

"是吧……"姜芥有点儿累了，困困顿顿地爬上床，"我得睡一觉，年纪大了，跟人吵架都没以前体力好了。"

次日，领唱名单由班长交上去了。

昨日那一事，也基本在系里传开了。

虽然大伙儿表面上都保持中立不站队，但毕竟无风不起浪，没有人会去冒这种捏造谣言最后留下骂名的险，更何况萧悦昨天还发了誓。所以大部分人都还是偏向于"姜芥当第三者"那一说辞的。

流言蜚语蔓延起来很快，不过一个下午加一个早上，不止声歌系的人知道，连隔壁钢琴系、管弦系的人都知道了。

中午下了课，姜芥和沈北寒照常去食堂打饭，姜芥找位置坐的时候，就无意间听到仁钢琴系的女生在那儿闲言闲语：

女生A："声歌系那姜芥当第三者，你知道吧？"

女生B："知道知道，早上听隔壁寝室的人说的。"

女生C显然不敢相信："不会吧，她漂亮又优秀，听说家里还有钱，有必要吗？"

"啧，就是因为家里有钱，什么都尝试过了，所以想试试刺激的呗！"

女生A嗤笑，"我平时就看她挺不爽的，装得大大咧咧坦坦荡荡的，以为自己长得漂亮就多了不起似的……"

"啪嗒"一声响，打断了女生A的话。盛饭的不锈钢餐盘砸到了桌上，动作大得连菜的汤汁都洒了几许出来。

那三个女生吓了一跳，下意识往后退以防被溅着，女生A抖抖衣服，正想骂人，抬头一见姜芥站在身前，脸上明显一怔。

"我长得漂亮是挺了不起啊。"姜芥居高临下地看着女生A的脸半晌，指了指自己的脸蛋，哼声笑，讽刺道，"起码比你了不起。"

女生A被激怒了，站起身，反唇相讥："你当第三者，你当然了不起。"

女生A的声音很大，一下吸引了四周人群的眼光，不远处正在打饭的沈北寒也闻声望了过去，一见当事人是姜芥，赶忙和阿姨算了钱跑过去。

姜芥不以为意地用舌尖一顶腮帮子，目光陡然一沉："你看到了？我当第三者，你看到了？"

女生A当然没看到，但她觉得能传出来就不是无凭无据，她一挺胸，应她："我是没看到，有人看到了。"

"那人说您脑子有问题，您脑子就真有问题？"说着，姜芥上下看了她一眼，眼里是满满的不屑，"看你这德行，脑子可能真有问题。"

"你！"

眼见两人越争越激烈，旁边的女生C立马站起身扯住女生A，劝道："算了算了，别吵了，还在食堂呢。"

沈北寒这时也一把将餐盘摔桌上，声音"哐哐"作响，气势凌人："吃完没？吃完走开，吃饭都堵不住你的嘴？"

几人毕竟是说人闲话在先，加上那谣言没有经过证实，她们自然也不占理。这么一闹，她们哪有心思吃饭，悻悻然地端了餐盘走开了。

姜芥跨腿在她们这个座位上坐下，伸手把自己的餐盘扯过来，垂头吃饭。

2.发小一出，误会全解

临近独唱海选，系里又有合唱排练，姜芥这两日忙着练习就抽不出空去医院和温时卿见面。不过如此一来，她倒是也能松口气，起码这几日因为流言而影响的坏心情，不用在他面前伪装强撑了。

下午开始排练前，温时卿来了通电话。姜芥心情有些沉重，不过还是得接。

她握着那在震动的手机，深吸一口气，嘴角咧高，接起，声线故意拔得很兴奋："喂，怎么啦？"

他醇醇的嗓音像是道大提琴音，温柔清慢地从那头传来："吃饭了吗？"

姜芥甩着手臂到观众席的位置坐下，笑了声："吃了呀，你吃了吗？"

温时卿捏了捏手里的三明治，道："在吃。"

姜芥："嗯嗯。"

而后，电话里的两人都不约而同地沉默了一阵。

"没什么要和我说的吗？"他忽然出声这么问道。

姜芥心头一跳，下意识想到这两天发生的事儿，可一想他一直在医院，沈北寒也没他的联系方式，所以他应该是不知道的。

姜芥故作轻快，应他："我能有什么事儿呀？这两天都忙着艺术节排练，你这两天都给我打电话的，又不是不知道。"她一顿，想了想，试探性地问他，"怎么突然这么问呀？"

那头默了片刻，音色淡淡："没有，你平常都会和我说很多，今天话这么少，我有点儿不习惯。"

闻言，姜芥暗自松了口气，笑了："嗨，就是这两天排练有点儿累，所以就不太想讲话。"她打趣他，"是不是没我在身边，特别想我，特别不习惯呀？"

他很是坦然，直言："嗯，晚上下班去接你吧，一块儿吃饭。"

两天没见，姜芥也挺挂念他："当然好呀。"

温时卿："嗯。"

这时，同学们陆陆续续来了，姜芥一看时间差不多，要排练了，便冲电话里道声："那我先不跟你说啦，准备排练啦，你好好上班啊。"

"好。"

通话结束，姜芥刚关了手机，就见萧悦从她眼前走了过去，眉目微垂，正视前方，好似没瞧见她一般。

姜芥阔步上去，一把扯住她手臂，用力往回一拽。

萧悦从刚刚进来就瞧见她了，前两天那事她至今还后怕着，一路从她旁边走过去就一直提心吊胆、战战兢兢。这会儿姜芥这么一拽，愣是吓得她整个人一慌，下意识就尖声叫了出来。

众人闻声均是一惊，齐齐侧头，一瞧又是萧悦和姜芥两人，个个装作若无其事地往台上去，打算静静看戏。

萧悦心慌意乱地看着她："干……干什么？"

姜芥莫名觉得有趣，合着这姑娘的胆子这么小？

"排练结束跟我走一趟。"她面无表情，说话声音也淡淡的听不出什么情绪，但在萧悦听来，就有种阴郁的恐惧。

萧悦慢慢挣开她的手，故作镇定地挺起胸膛，说："你想干什么？"

姜芥似笑非笑："你觉得我想干什么？"

萧悦张了张口，正想回应，系主任这时进来了，拍手招呼大家站好队准备排练。

姜芥瞥她一眼："结束了再来找你。"

说完，她转身上台站队了，就留萧悦一个人在那儿思绪万千、胆战心惊。

沈北寒问她："你要找她干吗？"

姜芥甩甩头发："带她看看真相呗。"

沈北寒"哼"一声，咕哝："那你还不如等我。"

姜芥："什么？"

沈北寒抿唇："没。"

姜芥不明就里看她一眼。

排练了将近两小时，系主任临时有点儿事儿，便让大家中场休息二十分钟，说完就急匆匆离开了。

沈北寒一看系主任走了，也拿起手机不动声色地出去了。

姜芥去了趟洗手间回来，见沈北寒不见了，纳闷地寻了一圈，季思思见了，问她："芥子，你找沈北寒吗？"

姜芥点点头。

季思思说："她刚出去了，不过她是带着手机出去的，你急的话可以给她打个电话。"

姜芥冲她一笑："谢谢啦。"

季思思："没事！"

要说这次这件事，萧悦宿舍里的季思思和陈冰都是较偏向姜芥的，她们虽然不了解姜芥什么人品，但她们和萧悦同寝快两年了，对于萧悦的品行可谓是一清二楚——经常没事找事，说人闲话，口无遮拦，拿自己的无脑当作真性情，总是让人陷入尴尬。

如果这些流言是从别人口中传出来的，她们大概会相信，但从萧悦口中说出来，她们就对此持保留意见，不听也不信。

姜芥等了五分钟，见沈北寒还没回来，拿了手机准备打电话。联系人名字刚点出去，她就听门口传来一道熟悉的声音：

"芥子！"

姜芥下意识地甩头。

焦妍穿了身修身的T恤牛仔裤，长发披肩，身材高挑纤瘦，立在小剧场的边门前，挑眉微笑着看她。

在场男生均是惊艳地"哇"一声，七嘴八舌："好正啊！"

姜芥一脸惊喜，举着手机差点儿跳起来："老盐巴！"

见她跑过来，焦妍也迈步走进去，占着身高优势，伸手勾住她脖子：

"想不想我？"

姜芥兴奋地一把抱住焦妍，问："你怎么来了？"

焦妍弯唇，笑得不可一世："我听说你们学校最近不太平，总有人在乱说，爱嚼舌头。"说完，她抬眸，目光凌厉地扫了眼台上的女生们，声线阴冷，"哪个是萧悦呢？"

这会儿，在场的人全明白了，是来出头的。

人群里的萧悦听着那声心头一颤，而后缓缓站起身，装作毫不畏惧的模样，问："有事儿吗？"

焦妍两手抱胸，散漫地站着，看着她时脸上是大写的"全世界我最拽"，轻笑："没什么事儿，就是烦请你睁大你的双眼，顺便掏掏你的耳屎，看清楚，也听清楚啰。"

说完，焦妍拨了个电话给沈北寒，待电话接通后，开口直问："来了没？"

沈北寒边跑边喘："来了来了，快到门口了，你别催！"

姜芥茫然："什么来了？"

焦妍挂了电话，故作神秘："今天来的，可不止我哟。"

闻言，姜芥脸上一愣，脑子里刚想到什么，就听门口传来一声熟悉又沙哑的："妈妈！"

姜芥侧目，惊喜道："小嘉？"

"妈妈，小嘉很想你！"说完，男孩儿小跑着过来一把将姜芥抱住。

萧悦当场僵住，这……这小孩儿不是……

在场人的内心又是一番涌动，合着这反转是一层又一层啊！

姜芥怔了一下，回手抱住他，有点儿难以置信："小嘉，你，你怎么来了？"

小嘉脑袋抬起来，瞅她微微一笑："不止我来了，爸爸也来了。"

话音刚落，沈北寒正好喘息着站到边门，后头的温时卿跟着迈步走了进来。

萧悦一眼就认出那男人，瞬间大惊失色。

姜芥神情微变，下意识想到他下午电话里问的那句"没什么要对我说的吗"。

所以，他早就知道了？

温时卿走到她面前，伸手揉了揉小嘉脑袋，冲姜芥笑得很是温柔："怎么？"

姜芥脑子都还没缓过神来："你……你不是在医院吗？"

温时卿："找别的医生帮忙代了班。"

陈冰这会儿也认出温时卿和小嘉是那晚的男人和小孩儿，站起身不自觉出声："这不是……"

郑宇不可思议地问了一句："姜芥，这真是你儿子？"

姜芥侧身，正对着他们，摸着小嘉的脑袋笑了下："嗯，我儿子。"

"这孩子得有十多岁吧？"有人这么道一声，"那你不是十岁就……"

沈北寒忍不住骂了句："你是不是傻，你觉得有可能吗？小嘉是姜芥和她男朋友领养回来的孩子。那晚萧悦遇见的就是小嘉和姜芥她男朋友。"她冲陈冰一扬下巴，"是吧，陈冰？"

陈冰点点头，忙应声："是他们。"

众人闻言，恍然大悟地倒抽一口气。

焦妍的注意力一直都在萧悦那张脸上，她走过去，挑挑眉，一副轻狂样："你那天看到的是他们俩吧？叫他爸爸的，是那小孩儿吧？"

萧悦没作声，不过那煞白的脸色已经把她心里的回答写在了脸上。

沈北寒跟过来，和焦妍唱着双簧："来，你说说，谁当第三者，谁不知廉耻？"

真相大白，萧悦是彻底说不出话来了，站在那儿不知所措。

姜芥这时走到她面前，也没多说其他，只道："道歉吧。"

"不只对我道歉。"她说，"还有我的男朋友。"

众人那么多双眼睛看着，萧悦一时局促不已。心里那无路可退却又死要面子的倔强，让这会儿被揪了短的她，只感觉自己被狠狠地羞辱了一番，感到无地自容。

说到底，都是嫉妒心和自尊心在作祟。

最后，她一捂脸，哭了出来，就像个找不着依靠的小孩儿，无助又悲伤。

姜芥一心只觉得她是个可怜人，加上都是同班同学，本就没打算多为难她。不过她当众哭了，倒是让姜芥小小地意外了一下。

沈北寒看惯了她爱装无辜的模样，此刻根本无动于衷，甚至嗤之以鼻，一翻白眼，扭头不想看。

姜芥面不改色，还是那句："道过歉，就算了。"

萧悦呜咽了良久，然后一抹眼泪，朝姜芥俯身带着哭腔，道了声："对不起。"

姜芥瞥她一眼，不做回应。

她又挪步移到温时卿面前，依旧是一俯身："对不起。"

说完，萧悦哭着跑走了。

误会解开了，下午目睹了一切的同学们，有的觉得大快人心，有的却对萧悦深表同情。他们什么想法，姜芥不知道，也不在乎。只想着这一切平息下来，就够了。

没多久，系主任回来了，一看台下多了几个人，微微一愣。

姜芥忙解释："老师，他们是我朋友，趁着中场休息来找我聊天，咱们开始排练了他们就到外头等我。"

系主任倒是平易近人，挥挥手毫不在意："没事没事，想待着就待着吧，坐，坐，外头等也是等，坐这儿等也不碍事。"

焦妍再乐意不过了，按了垫子坐下，冲着系主任笑嘻嘻的："谢谢老师！"

排练继续，温时卿坐在台下，看着上头正张嘴唱歌的姜芥，想起刚刚的一幕一幕和沈北寒昨日说的那些，忍不住垂头哑然失笑。

看来他家姑娘，比他想象中的还能耐。

以往还真是……低估她了。

3.你是蓄谋已久

后半场排练，从开始一直到结束，系主任也没发现萧悦不见了。可能因为后来大部分的时间都在分声部训练，由低声部的男生开始，等排练完就已临近傍晚了，也没时间去注意她。

排练一下午，大伙儿到最后都唱累了，系主任也就不多留，简单交代了一下下次排练的时间后，便放他们走了。

晚饭地点选在了潮福城，一家港式茶点酒楼。

途中，方欣来了通电话，姜芥一看那来电号码，就预想到电话内容了。

电话接通，果不其然，开头就劈头盖脸地被骂了一通，而后方欣女士开始一轮长篇教育，一路从学校训话到晚饭地点……

整整十五分钟，姜芥举着手机的手都要酸了，后座那三位始作俑者还在幸灾乐祸地大笑。

车子在停车场停好，姜芥跳下车恶狠狠地瞪了沈北寒和焦妍一眼后，随即又一脸乖顺地对方欣连声应着："是是是，我知道了，妈，我错了，您别生气，我以后让焦妍带小嘉来之前一定先和您商量，一定不让您白跑一趟学校去接他……不不不，我是说一定让您提前知道！对不起，对不起，妈，我错了……我真错了……"

闻言，方欣女士这才消了点火，抬手顺了顺自己起伏的胸膛，厉声甩了句"我给你小舅舅打电话交代一下！"后，直接就挂了电话。

姜芥听着那阵连续的"嘟嘟嘟嘟……"，一瞬间松了口气。抬头再一见沈北寒、焦妍两人事不关己的模样，火气值登时升到顶峰，咬牙切齿低吼一声："你们一个个的不给我解释清楚，晚上全都不准吃饭！"

焦妍牵着小嘉，一脸淡然地驳她："嗬，咱们来给你捉妖，你还怪罪咱们？那这样说来，你男朋友也没得吃。"她抬手一指锁好车的温时卿，"是他给我和小嘉买的机票。"

姜芥慢悠悠扭头看过去，还没问出口呢，迈步过来的温时卿，直接伸手罩住她整张脸，音色沉沉，带着几分严厉的责备："你该好好反省一下自己，这么大的事为什么要瞒着我？"

点好菜给服务员下单，姜芥拍拍桌子，看着眼前这四位不知何时组成的"大龙凤剧团"，步入盘问环节："说吧！都怎么回事儿啊？"

小嘉冷笑一声，看着姜芥最先开口："你真行，连这点儿事都要我出面，你过来，看看我的手。"他挽高袖口，举到姜芥面前，问她，"看到这鸡皮疙瘩了吗？"

小嘉面无表情继续说道："刚刚演戏叫你'妈妈'叫得，恶心到现在都消不下去。"

话音未落，焦妍和沈北寒就已仰天大笑。

温时卿弯了弯嘴角，给大家加满茶，笑笑不说话。

姜芥抿口茶水，幽怨地瞪她们，又问："你们什么时候下的飞机啊？"

焦妍："中午，温医生来接的我们。"

姜芥微愣，侧目看他："那你中午给我打电话的时候……"

温时卿转了转茶杯，应一声："已经接到了。"

焦妍又说："我在医院无聊，就和阿沈联系来你学校了，小嘉就一直跟着温医生。"

沈北寒接着道："本来是打算等排练结束再让他们来的，不过系主任刚好临时有事，我就提前让他们过来了，因为怕萧悦跑了。"

"那么远从医院过来，你们也还真赶得及……"姜芥嘟囔。

小嘉打断："我们三点多就来了，就在你学校闲逛着。"

姜芥一顿，内心忽然间，温暖又充实，她看着他们，眼里是满满的感动，伸指抠抠温时卿放在桌面上的手，问："你什么时候知道的啊……"

温时卿："前天。"

姜芥一脸震惊。

沈北寒："那天在食堂和钢琴系那傻人起了冲突后，我就火速联系老盐巴了。"

姜芥感到疑惑，目光在温时卿和他们仨之间流转："那你们怎么联系上的温时卿？"

290

"找你舅啊！"焦妍说，"跟他说想向温医生了解一下小嘉的情况什么的，他就推了微信过来。"

姜芥竖拇指："……牛。"

"然后啊……"沈北寒手撑下巴，满脸兴奋，"我就和你家温医生详细描述了一下你那天在教室单枪匹马勇斗'长舌妇'的画面。"

晚饭结束，小舅舅方遇打来了电话。

姜芥打算拉车门的手放下，走到一边接起："喂，舅。"

方遇还有些蒙："怎么回事儿啊？你妈刚刚打电话给我，我开会没接着，后来给她回了过去，她说焦妍带着小嘉来延川了？"

姜芥干巴巴一笑："是啊……"

方遇略一蹙眉，端起长辈架子，训道："你怎么做事这么没分寸，这么大人了，要小嘉去延川好歹跟你妈提前商量一下啊，这一声不吭的，小嘉身体不好，你妈肯定担心啊。"

姜芥心里暗暗叫苦：舅……我也是一脸惊吓的啊……

"我知道了，舅，你别训我了，我妈刚训了我十多分钟，我已经在反省了……"姜芥开始扮无辜。

方遇想想也不多啰唆了，只问她："那你看看要不要让焦妍和小嘉晚上住我这儿？"

姜芥"啊"一声，想了半会儿："你等等，我去问问。"

她过去敲了敲后座的车窗，焦妍按下来："咋？"

姜芥："我舅问你们晚上要不要去他家睡……"

焦妍毫不犹豫："不要，我订酒店了，酒店让我自在点儿！"

"哦。"姜芥扭头对电话道，"她说她订酒店了。"

方遇："那成，那就先住着！明天再一块儿吃饭！"

电话挂断，姜芥拉开车门坐上去。车子驶上马路，姜芥后知后觉又想起来好像哪里不对，回头看着焦妍："不对啊，小嘉今天不是上课吗？你怎么把他带出来的？"

焦妍面不改色地按手机："我昨儿个就跟他商量好了，让他收拾件衣服装书包里，我去他学校接他然后找老师请假，反正明天周六不用上学。"

习惯就好，习惯就好。

翌日傍晚，方遇来电话了，约她们吃饭，说上次焦妍来延川没好好招待她，今晚吃完饭再请大家喝酒。

难得的糜烂生活，三人当然是鼓掌说好，打了车火速就往方遇说的吃饭地点去了。

方遇问焦妍："你们怎么忽然就来了啊？"

焦妍淡然自若，扯淡扯得脸不红心不跳："我想我闺密，小嘉想他姐姐，我俩达成共识，二话不说翘了课就买机票飞过来了。"

方遇嘴角抽了抽："……成，成，吃吧。"

"待会儿想去哪儿玩？唱歌还是小酒馆？"方遇又问。

沈孜孜不紧不慢插一嘴："蹦迪吧？"

姜芥、焦妍、沈北寒内心齐齐赞同，正想出声应好，方遇甩头，凌厉地说："不行！唱歌喝酒都成，就是不蹦迪！"

沈孜孜斜他一眼，妥协道："行吧，你出钱你说了算。"

于是小舅舅自行做了决定，说："那就小酒馆，有没有意见？"

姜芥、焦妍、沈北寒内心想：你都这样说了，还能有啥意见？

姜芥："没。"

"没意见是吧？"方遇边说边拿手机打开微信，"没意见我就叫温时卿一起来了。"

闻言，在座知情的四人面上微微一愣，而后不约而同地朝姜芥看去。

焦妍还夸张地咳了几声。

方遇发完微信听她咳个没完，好心问："你咋了？"

焦妍清两下嗓，道一声："喉咙不太舒服。"

于是，方遇拎起桌边的水壶，放到她面前，"咣啷"一声，说："不舒服你就多喝点儿水。"

晚饭快结束时，方遇去了趟洗手间，顺便买单。

沈孜孜一看方遇走远了，趁隙往姜芥面前一凑，也不拐弯抹角，直问："说吧，怎么回事儿？"

焦妍不知道沈孜孜已经知情，还在笑嘻嘻地硬扛："什么怎么回事儿啊？"

姜芥戳戳她："不用装了，孜孜姐早就知道了我和温时卿的事儿。"

焦妍一摆手，"嗨"一声："那你早说啊！"

沈北寒喝了口饮料，最先开口："其实是最近学校里出了点儿事，不得已才让焦妍和小嘉来的。"

沈孜孜眉头微微一蹙："出什么事儿了？"

姜芥想了想，一时间不知道从哪儿说起，最后应她："有点儿复杂，一时半会儿也说不清楚，还是等我回去了和你细说吧……"

"你舅回来了。"焦妍忽然这么提醒一句。

四人赶忙齐刷刷垂头看手机，装出一副什么也没发生过的样子。

方遇走过来见她们一声不吭地在各自玩手机，拎起外套小小讶异了一下："嗬，难得的安静。"

八点半，一行人在乐口思餐馆落座。

乐口思是一家音乐餐馆兼酒馆，五点到八点主要经营晚餐。过了八点之后，便是酒馆时间。有驻唱有氛围，还可以看球赛，是延川年轻人的娱乐场所之一，同时也是街区里人气排名第一的小酒馆。

方遇点了两打啤酒和两桶可乐威士忌，另外叫了些水果和下酒菜。

姜芥看他正在和服务员说话，悄摸摸地拿手机给温时卿发微信：

［小鱼仙草：温医生，你来不来玩呀？］

温时卿下午回了趟父母家，吃过晚饭后才离开的。到公寓那阵，才看到方遇发来的消息，原本想答应的，但忙了一上午，下午没有休息，着实是有些累了，便回绝了。

这会儿他一看姜芥发来的消息，顿时就后悔了，后悔拒绝了方遇，因为今天一天没见着她，真有点儿挂念。无奈，他笑笑，回复：

［W：没去。］

［我的良药：怎么不来呀？是不是太累了？］

［W：嗯，有点儿。不过现在更想见见你。］

［我的良药：嘻嘻，那我晚上偷偷去找你吗？］

那头的温时卿看到这句话，胸腔突然开始躁动，鬼使神差地，他回了句：

［W：等你们结束，我去接你？］

［我的良药：好呀，那你先休息，我好了给你打电话。］

［W：嗯，别喝太多酒。］

［我的良药：知道啦！］

聊天结束后过了一小时，温时卿洗过澡洗过衣服，收拾了一下屋子，准备靠床上看会儿书时，微信忽然来了条消息。

他滑开，是焦妍发来的，内容很简单，是一段一分钟的视频。

从那小图的封面里，他明显可以看到里头的主角，是姜芥。

温时卿玩味地一挑眉，点开。

嘈杂的背景音乐一涌而出，酒馆里头诡谲的灯光忽明忽暗，晃得有点儿刺眼。她家姑娘站在酒桌前，穿着小裙子，长发披肩，正和对面的沈孜孜挥手划拳，嘴里铿锵有力地喊着：

"哥俩好！五魁首，六六顺，哥俩好，四季发！"

那豪迈飒爽、胸有成竹的气势，连续两回喊赢了沈孜孜，哪怕他没在现场，他也能料想到她家姑娘会成为全场的焦点。

视频结束，温时卿退出去，焦妍刚好又发来一条文字消息，带着满满的寻衅意味：

［焦妍：温大医生，你今晚怎么不来呀？你老婆到目前为止，已经被五六七八个小青年要微信了哟。］

［焦妍：她简直太酷太靓太辣了。］

最后，温医生将手里那本还没来得及翻开的医学书往床上一扔，点到方遇微信：

［W：在哪儿？我过去。］

乐口思离温时卿的公寓不远，开车五分钟到达，出门前，他犹豫了会儿，最后还是放了车钥匙，选择步行。

温时卿到乐口思门口时，已经十点多了，正是夜生活开始的时间，推门进去，里头已座无虚席。音乐声、欢呼声、猜拳声混在一起涌进耳里，顿时让他烦躁地皱了下眉。

站在入口处，他目光巡视了一圈，在寻到姜芥的身影后，迈步走了过去。

男人身高腿长，长得又俊，这一路过去，所到之处均吸引了不少女人的目光。只是温时卿绷着张脸，似乎不太高兴，也因此让那些蠢蠢欲动的女人，都望而却步。

步子越走越近，在喧闹的背景音乐声中，他听到前方的焦妍喊了声："许墨、李泽言、周棋洛你选哪个！"

沈北寒："许墨！"

沈孜孜："白起！"

姜芥："我还是选李！泽！言！"

温时卿在她身后站定，声线沉沉地问了句："选谁？"

在座的几人齐齐一愣，下意识甩头。

坐在最里头的方遇目光一喜："哎，时卿来啦？"

姜芥看着他，怔住了：怎……怎么突然又来了……

桌子本就是八人桌，位置很是宽敞，焦妍暗暗笑了笑，立马站起身把姜芥往里推，让温时卿在她旁边坐下，自己则坐到对面，和沈孜孜一起。

方遇不满意这位置坐法，蹙蹙眉："让时卿和我一块儿坐啊！"

焦妍"哧"他一声，皮笑肉不笑："我想和小舅妈一起坐，一拼高下，可以吗，小舅舅？"

方遇："……行行行。"

温时卿坐下来，视线在桌上扫了一圈，两打空酒瓶，两桶喝光的可乐威士忌，目前在喝的，是青岛啤酒。

他目光沉沉地睨了眼姜芥，见她面红耳赤的，压低声线问道："喝多少了？"

姜芥顿时就不敢放肆了，捂嘴打了个酒嗝，乖巧地比了个六："才六瓶啤酒，不多。"

方遇前期被她们灌了不少可乐威士忌，洋酒后劲儿大，他这会儿有些飘了，靠在里头的墙面上，盛了杯满满的啤酒，放到温时卿面前，说："快，兄弟，替我报仇！"

焦妍坏心眼蔫儿多，见温时卿看着那杯酒没动作，冲沈北寒使了个眼色，开始起哄："喝啊，温医生！你咋不喝？"

沈北寒也掺和："是啊，温医生，你快喝啊，这么不给小舅舅面子吗？"

她特地加重了"舅舅"两个字。

温时卿莫名有种跳了狼坑的感觉，捏了捏眉心，举杯仰脖一口气干了。

"好好好，海量啊，温医生，继续继续！"

说完，焦妍、沈北寒嫌不够事大，拿了七八个空酒杯加满，整整齐齐地排在温时卿面前。

姜芥瞪着她俩，按住温时卿准备举杯的手，咬牙扯笑："会不会太过分了点儿……"

焦妍张口正想反驳，方遇倒是一把先拿开了她的手，醉醺醺地说了声："过什么分，他迟到了，这是该喝的量！"

焦妍、沈北寒齐声应道："小舅舅说的没错！"

沈孜孜一派淡然："喝吧。"

温时卿看眼姜芥，浅淡一笑："没事，我喝得下。"

最后的最后，方遇醉了，醉到脑子都蒙了。沈北寒和姜芥也在醉的边缘徘徊着，焦妍晚上光劝酒了，自己喝得不多。温时卿除了脸有些红外，人还是清醒的。

唯有沈孜孜，明明晚上猜拳输了一杯又一杯，喝得比姜芥还多，但似乎千杯不倒，脸不红，走路也没歪，面不改色地扶着方遇一路出来，意识清醒得惊人。

门口整齐地停着几辆出租车，沈孜孜扶着方遇坐上去，对温时卿交代一声："你送她们回去啊！"

温时卿点头应下。

刚关上车门，原本快要睡过去的方遇这时忽然睁眼，从车窗探出脑袋，冲温时卿喊了句："时卿，送我外甥女她们安全到酒店啊！"

方遇的声音随着出租车远去，温时卿看着那辆渐远的黄车，拉开后面一辆出租车的后座车门，说："上来，送你们回去。"

几人前后上去。

焦妍订的酒店就在这市中心圈内，并不远，上车不过几分钟就到了。

又是一周周五，温时卿下了班来学校接姜芥。她刚结束合唱排练，怕温时卿久等，就让沈北寒帮忙带书回去，自己就径直去校门口了。

坐上车，姜芥关好车门，喜眉笑眼地扣上安全带，说："久等啦，咱们今晚吃小龙虾好不好？我想吃好久了。"

虽然温时卿总觉得这种东西不干净，但他家姑娘喜欢，那就偶尔吃一回也不为过，于是他应下："好。"

姜芥心花怒放："去东湖路巷子里的那家！味道超级好！"

那家店虽然开在巷子里，但店面很大，这会儿正是人多的时候，不过他俩来得及时，正好有一桌空位。

过两天歌手大赛复赛，嗓子不能坏，姜芥就点了两份蒜香小龙虾，外加一份泡面。怕温时卿不够吃，她还另外点了盘炒粉。

一顿饭，姜芥吃得格外满足。温时卿吃不太来这种东西，所以那两盆小龙虾，基本都下了她的肚，撑得直不起腰。

买过单，姜芥挽着他一蹦一跳地推门出去。下了台阶，姜芥还沉浸于刚刚小龙虾那味道里呢，就听旁边冷不防传来一道熟悉的男声：

"姜芥？"

沈孜孜今晚和学校里的老师们聚餐，于是方遇就在警局吃晚饭，之后加了会儿班，等沈孜孜结束了，再去接她。

按着沈孜孜给的地址找到这家餐馆后，方遇把车停在巷子外头，给她发了条消息，接着走进来边抽烟边等她。

两分钟过去，餐馆门被推开，方遇扭头。

不是沈孜孜，是对男女。

门口的路灯很是明亮，明亮到一眼就能瞧清，那对男女的脸。

俊男美女，很是养眼。但同时，也颇为熟悉。

方遇夹着烟的手一顿，怔在原地，他简直不敢相信自己的眼睛——

"姜芥！"

愤怒的，阴沉的，甚至夹带着几分难以置信的，是来自小舅舅熟悉的声音。

门口的姜芥步子一顿，目光还没来得及看过去，就感觉一股凉意从脚底板一路窜上后颈，令她恐惧到不由自主地抖了个寒战。

她咽了下口水，缓缓侧过身去。

方遇就站在两米外，指间夹着烟，那双眼在和她对上后，陡然一沉。下一秒，他狠狠地甩了手里的半截烟，气势汹汹地走了过来。

姜芥心头一颤，下意识挡在温时卿面前，两手大张地护着他。

虽然早已做好面对这一幕的心理准备，但温时卿此刻还是愣了一下。不过很快，他就收起眼底的那点儿愣怔，面色淡然地望着方遇。

小舅舅两步并作一步站到他们俩面前，胸膛起伏了两下，手指姜芥，眼睛却看着温时卿，绷着脸问了句："你女朋友？"

温时卿点头："嗯。"

方遇闭了闭眼，又问："年前开始的？"

温时卿："嗯。"

夹在两人中间的姜芥，一颗心忽上忽下，紧张到快要蹦出来，时刻盯着方遇那双手，生怕他一言不合就朝温时卿挥过去。

"舅……舅。"姜芥颤颤巍巍，护着他的手始终没放下，"跟温时卿无关，是……是我，是我追的他，我追了他很久，好不容易才追到的……"

"你追的？"方遇舌尖顶了顶后槽牙，垂眸看着她，一张脸黑沉得吓人，"我带你去和他吃饭那天，你就看上他了？"

姜芥目光闪躲，声线虚了几分："还……还要早……"

方遇顿时就被气笑了。这一瞬间，他忽然就明白了。

记忆就像走马灯似的，清晰地，一幕一幕地，涌了上来。

这一切的一切，似乎都通了。

他从高中那时开始到现在，最最信任的朋友，居然背着他和他家外甥女搭上了？

更气人的是，他俩之间的线，还是他无意之中给牵上的？

喝醉酒那晚他还让他送他外甥女回酒店？

甚至于，还带他去见他外甥女的爹妈？

这种被背叛的感觉，令方遇七窍生烟，气得连手都在抖。

"你是蓄谋已久的吧？我拿你当兄弟，你竟然想做我外甥女婿？"方遇嘶吼道。

沈孜孜这时正好推门出来，一见这场面，立马几步跑过来扯住方遇："你干吗啊，大街上在人家店门口的。"

方遇叉着腰歇了口气，还想再说什么，却被沈孜孜不由分说地强行拉走了。

4.要满分才够甜

翌日周六，没上班的日子温时卿与姜芥约好，一起去他父母家。

车子在小区的院子里稳当停下，副座的姜芥一看楼前多了两辆车，想临阵脱逃的那股劲儿又冒出来了。

她扯了扯安全带，直挺的背脊弯下去，苦恼状："温时卿，我觉得我还是先告辞吧……"

温时卿抬手摁住她，问："怎么？"

"我……"姜芥眉头皱了皱，嘴角往下一瘪，哀号，"我没脸见你爸妈和你爷爷，我舅舅……"

温时卿笑了，解开安全带，安慰道："放心吧，方遇那边，我会处理好的，你不用想太多。"

姜芥："可……"

温时卿松开她，推开车门下去，绕到副座拉开门，朝她伸手："走吧，一起回家。"

姜芥心里忐忑，手没伸。

温时卿轻笑一声，又道："今天这么畏畏缩缩，都不像你了，平时那股热情劲儿呢？嗯？哪儿去了？"

姜芥目光闪躲地看他一眼，最终把手递给他。温时卿握紧，见她双脚下了地，臂上稍稍用力，将她往怀里轻轻一带，趁着她讶异抬头那阵，垂头在她唇上一吻，温柔轻浅。

姜芥原本还纠结不安的小情绪，瞬间就被他这吻给盖了过去，下意识扭头先看看四周有没有人。

温时卿面不改色，关上门拉着她直接往屋里去了。

开了门锁换过鞋进去，两人刚好撞见从客厅准备去厨房的温禾。后者瞧见他们，步子一顿："咦，哥你回来啦！我小嫂子呢！"

躲在温时卿身后的姜芥默默移出来："在……在这儿……"

温禾冲她招招手："嗨！"

玄关和厨房离得近，在里头炒菜的余岑听到声音立马关了火跑出来："姜芥来啦？"

"来来，进去坐。"余岑伸手牵住姜芥，往里屋走，"听时卿说你喜欢吃虾和螃蟹，阿姨今天买了很多，一会儿记得多吃些！"

姜芥："谢谢阿姨。"

"谢什么谢，早晚都是一家人！"

下午，两人就一直待在他父母家，偶尔逗逗温念的孩子，偶尔陪温老爷子说说话，偶尔和温时卿妈妈一块儿烤饼干。

等吃过晚饭后，两人才离开。

回公寓途中，温时卿收到一条微信消息，趁着红灯，他瞄了眼亮起的手机屏幕，在看到上头方遇两个字后，目光一顿，伸手拿过来打开：

［方遇：过来。］

［W：哪里？］

［方遇：我家。］

［W：知道了。］

温时卿把手机放回原位，绿灯刚好亮起，姜芥看他刚刚似在回复消息，随口问了句："怎么了？有事吗？"

温时卿默了下，扯谎："嗯，医院临时有事，要过去一趟。"

姜芥："要我陪你吗？"

温时卿面不改色："我怕会忙到太晚，现在先送你回学校吧。"

将姜芥送达后，温时卿掉头往方遇公寓驶去。

快到小区时，方遇又发来条微信，温时卿放慢车速，摸过手机看一眼：

［方遇：路过小卖店，带两瓶白酒，要最高级别的那种。］

尽管料想到今晚有场恶战，温时卿还是拎着那两瓶昂贵的酒英勇迎战去了。

门铃响了两声，来开门的是沈孜孜，瞥他一眼，一副早就知道他要来的模样。

温时卿换了鞋进来，把酒递给她。

沈孜孜一脸蒙："干什么？"

温时卿："方遇要的。"

这时，方遇听到动静从里屋出来，穿着休闲卫衣和运动短裤，仰着脑袋跩天跩地地走过来，语气十分嚣张："那我要的，进来坐。"

温时卿跟着他径直走到餐厅。

餐桌上摆了几碟小菜和两个空酒杯，除了他带来的两瓶白的，方遇还另外准备了一箱青啤，看这副架势，怕是要一番血战。

两人坐下面对面相视片刻，方遇忽然冷笑一声："看你很轻车熟路啊在我家，趁我没在来过几次了？"

方遇扫一眼温时卿，倒没再追问下去，开了瓶白酒，给杯子倒满，眉梢微挑，问他："能喝？"

淡淡的语气，不是正常询问，是透着点儿目的性的挑衅。

温时卿早有所料，点点头。

见状，方遇把自己的杯子也推到他面前，不怀好意："那这两杯，你都干了，没意见吧？"

温时卿看一眼他，又看一眼酒杯，最后举杯仰脖，眼睛都不带眨地全一饮而尽了。

方遇笑了，眼里尽是不以为意："想做我外甥女婿，那可得千杯不倒。"

客厅里的沈孜孜简直看不下去了，"……方遇你差不多得了。"

"行了！"方遇低斥一声，"我们说话，你别插嘴！"

沈孜孜翻了个白眼。

接着，两人默默地你一杯我一杯，就跟拼酒似的，不带歇地下肚了一瓶酒的三分之二。

喝得太急，这会儿两人脸都有些红了。方遇一拍桌子，歇口气，上来就问："越线了没？"

温时卿直视他，毫不犹豫："没。"

方遇这下总算是步入正题："我说她才二十一岁，你怎么下得了手？"

温时卿沉默了下，刚想张口说话，一旁的沈孜孜插嘴了，毫不客气戳穿："据当事人姜芥亲口透露，是她主动追的温时卿。"

方遇顿时无言，但气势还是要有，戳戳桌面，拔高声线，"我知道！我的意思是，她才二十一岁，你怎么能让她追你！"

"真的是日防夜防，兄弟难防了还。"方遇自嘲地笑了声，又问他，

"你喜欢我们姜芥什么？"

温时卿垂了垂眸，直言："都喜欢。"

方遇"哼"一声，显然不吃这套："你别跟我整这些花里胡哨的，要不是芥子喜欢你，你门儿都没有！

"还有，她说好不容易才追到你，你是让她追了多久？"方遇想到这茬儿又开始冒火，"为了你居然都去当社工了！整天借我家厨房给你做饭，给我吃剩饭，你竟然还吊着她！你还是不是人！？"

温时卿面色淡然，应得很快："不是。"

方遇噎住，本想着温时卿为自己辩解几句的话，他还能没事找事给点儿下马威，这承认得这么快，有点儿不按剧情发展走啊……

温时卿举起酒杯，仰头又吞了口白酒，声音很缓很沉："如果早知道我会这么爱她，在她拦下我表白的那一天，我一定毫不犹豫地接受她，和她交往，和她结婚，和她偕老。

"其实说到底，是我太懦弱，她那么年轻，我不敢触碰，那时候只怕给自己留后患，我宁愿狠点儿心，让她离我远远的。"

想到有人竟然要拒绝他家外甥女，方遇莫名又腾起三分火，吼他："那你后来又接受她干吗？"

温时卿笑了，眼里带着几分无奈和疼惜："她那么热情、勇敢、善良、漂亮，哪个男人能拒绝得了？"

方遇得意地轻哼一声："这还差不多，我亲手带养大的小白菜，自然是比外头的野花好一千一万倍！"

最后的最后，两人干掉了两瓶白酒，方遇醉到说话都打结了，抱着沈孜孜在那里对着温时卿咿咿唔唔："温……时……卿！你……你对……你对不……起我！"

温时卿整个人趴在餐桌上，脑袋昏沉得抬不起来，更别说说话了。

沈孜孜看这样不是办法，她一个人也顾不过来两个醉鬼，最终，给姜芥拨了个电话。

姜芥赶来的时候，温时卿已经被沈孜孜扶到沙发上躺着了。身高腿长的挤在沙发上，清俊的脸被酒精熏染得很红，浓重的酒味弥漫了整间屋子，熏得姜芥快要窒息了。

姜芥被气笑了："这俩喝多了想作诗呢？酒仙李白？"

温时卿今晚开着车来的，此刻这副德行，肯定是不可能开车了。姜芥和沈孜孜便合力把醉倒的温时卿扶到楼下，拦了辆出租车。

沈孜孜关上车门，交代道："到家给我打个电话或者发个消息。"

"好。"姜芥应允一声，车子缓缓驶远。

公寓密码锁解开，姜芥驮着温时卿跟跟跄跄地进去，一路上来，简直费了她浑身的劲儿。好不容易把他扔到床上，姜芥喘两口气歇了阵，给沈孜孜发了微信消息后，开始给他脱衣服。

"真能耐，骗我说医院有事，结果跑去喝成这副鬼样子！"姜芥一边给他解衬衫纽扣，一边咬牙切齿地碎碎念。

姜芥今晚约了方遇吃饭，没有温时卿也没有沈孜孜，就他俩。方遇虽然气还没全消，但其实他就是个嘴硬心软的主，一看自家外甥女打电话来，那心里乐得，嘴角都忍不住微微上扬。

哼，谈了男朋友又怎样，还不是我这个小舅舅更重要些！

"干吗啊？"电话接起，方遇故意装出一副不耐烦还在生气的模样。

姜芥嘿嘿笑了声，温声问："舅，吃饭了吗？"

"干嘛呀？有事说事，在吃呢！"

姜芥继续赔笑着，好声好气地："晚上一起吃饭吗？咱们俩好久没一块儿吃饭了……"

方遇嚼着饭菜，说话腔调十分欠扁："跟我吃什么饭啊，你不是有男朋友了吗？找你男朋友啊！还要小舅舅干吗？"

"我……我错了舅……"姜芥开始扮可怜，捏着嗓求原谅，"我给你赔礼道歉，给你捶腿捏肩，给你端茶倒水，你别生我气了……舅！"

说到最后，姜芥也不顾这里是食堂，端着打饭的菜盘，她对着手机旁若无人地哀号出声。

方遇听不下去了，喝住她："行行行，行了！别吵吵了，晚上几点？"

姜芥立马恢复笑脸，答："五点半吧，我五点下课！"

方遇："知道了，我不接你，你自己过去！挂了。"

不接就不接……小气鬼！

晚饭地点约在了一品轩餐厅，姜芥提早十分钟到的，坐在里头等了二十多分钟，方遇来了。他穿着薄款的风衣和牛仔裤，面容俊朗，英姿绰绰，走过来时带着种威武不凡的气质，格外引人注目。

姜芥赶忙站起身，嬉皮笑脸地哈腰迎接他坐下："舅，来来，坐坐。"

"怎么？改行当店小二了还？"方遇没给她好脸色，坐下来，睨她一眼，"有事说事！"

姜芥倒满杯茶推过去："你先喝茶，急啥啊，还没点菜呢！"

方遇眸子垂了垂，端起茶杯抿一口。

姜芥喊来服务员点菜。

下好单，等服务员走远了，她转转小指头，试探着问他："舅……你还生气不？"

方遇"哼"一声："怎么？一顿饭就想买通我了？"

"不是，不是！"姜芥忙出声。

"呵……"方遇冷笑，"消气？你们两个合起伙来瞒了我这么久，还让我消气？"

"不是，我真没想瞒你的，一开始……"姜芥目光微敛，有些小委屈，"谁让你之前说不让我找上了年纪的男朋友啊……"

方遇被气笑了："合着还怪起我来了？哦，那你找都找了，是打算瞒着我一直到你俩私定终身？"

"我没有！"姜芥嗫嗫嚅嚅地，"我就怕你……生气，才一直不敢说的……"

方遇目光侧了过来，声线拔高了一个度："那你当初喜欢他的时候怎么不告诉我？"

姜芥脸上微微一愣，扯笑："我那时候不是怕你会不让他和我谈恋爱吗?"

方遇"呵呵"笑了两声:"我只会掐死他。"

方遇沉默了会儿,看着她叹了口气,突然开口:"算了,我不想说那么多,到时候你又怨我做坏人。你自己喜欢,你自己看着办。"

"真的啊!"姜芥高兴得差点儿从软椅上跳起来,抓着方遇的手,喜上眉梢的同时又感动得泫然欲泣,"呜呜呜,舅,你真好……"

"我先声明啊!"方遇打断她,一脸的不情不愿,"我还没有完全同意,虽然我跟温时卿是多年的朋友,他性子我也摸得挺透,但他话太少,心思多,有些想法我还真不太了解……"

姜芥颇为赞同地点头:"嗯嗯,他真的很闷。"

"昨晚跟他聊了聊,看他挺重视你,我就大发慈悲,给他个考核的机会。"说着,方遇又给她个嫌弃的眼神,"你自己也留个心眼,别看人长得好看就一颗心扑死过去,你才二十一岁!人漂亮家境又好,没了他还可以有其他男人!现在这样,怎么说都是你吃亏!还有,将来要是你们处不下去了,必须你甩他!"

姜芥幽幽然:"舅……你就不能往好的方面想吗……"

方遇理所应当道:"那我是不是得考虑周全点儿!"

好不容易哄得小舅舅同意,姜芥这时除了顺从还是顺从,立马小鸡啄米般回答:"是是是!我舅说的是!"

"还有啊……"他目光左右扫了一圈,朝她凑近,放轻声音,"自己保护好自己。"

周日中午,姜芥和沈北寒经过校公告栏,沈北寒无意间瞥见上头刚贴的歌手大赛海报,目光一喜,拉着姜芥跑过去。

"放眼看看,还是你最漂亮。"沈北寒立在公告栏前,捏着下巴边盯着海报,边若有所思地说。

姜芥这时也才看清楚除了她以外其他入选的九位歌手:"尤琪敏、何晓甜、呼德、李婷婷、江一鸣……居然有这么多个不是咱们院的。"

"是啊。"沈北寒指指另一张海报，"喏，你看，咱们系进决赛的也就你和一学妹，另外仨是隔壁钢琴系和管弦系的。"她撇撇嘴，"其实咱们本专业的人好像都不太想参加这歌手大赛……"

姜芥茫然："为啥？"

沈北寒同是一脸不知晓地耸耸肩："不知道……可能怕输给其他专业的觉得没面子？之前就有一年总冠军被建筑系的拿了。"

"……其实比赛也就是为了锻炼自己而已。"姜芥不以为然，"名次啥的对我来说，没啥重要的……"

闻言，沈北寒神色讶然地看着她："嘿姐！可别这么想！怎么说咱也得拿个奖回来！"沈北寒又揽过她，拍了拍，边往外走边说，"参加都参加了，咱比赛就算不冲着拿名次，好歹也冲着那冠亚军奖品去啊！冠军足足一万块现金呢！不要白不要啊！"

沈北寒："对了，你不会才知道吧？"

姜芥"昂"一声："我一时忘了。"

沈北寒比她还激动："所以现在是不是有动力了？"

"有！"她一点头，斗志昂扬地做了个决定，"那从明天开始，我要闭关修炼了！除了温医生外的人！勿扰！"

沈北寒斜她："……见色忘义！"

晚上吃完饭回去，温时卿发了微信视频过来，温时卿那边要忙着写病历，就把手机架在前头，维持一种时时刻刻都能看见她的状态。姜芥就缩小视频框，默默地举着手机刷微信朋友圈。

各自做着各自的事，虽一言不发，但内心却充满着一股平淡又温馨的踏实感。这是温时卿和姜芥最不谋而合的一种相处方式。

温时卿喝了口水，问她："决赛是周六晚上？"

"嗯嗯。"

"不用紧张，照常发挥就好。"他眉峰动了动，轻笑一声，音色沉沉——

"有我在。"

时间过得很快，转眼就到了歌手大赛决赛的日子。当晚，姜芥唱了首《怨苍天变了心》。她的翻唱，将原来节奏较快的旋律，改成了缓慢似深情款款般述说的演唱，中间还加了段京剧唱腔，平静中夹杂着哀，哀而不伤，和结尾情绪的爆发形成冲突，将整首歌曲的情感演绎得淋漓尽致。

后期高音迸发出来的同时，她怀着满腔的怨恨和倔劲，将整首歌的情绪推到了最高点，最后，又无奈怨叹般地给歌曲完美收了尾。

同样的歌曲，她倾注了专业的歌唱方式和自身对歌曲情感的理解，唱出了自己独特的味道，甚至引得全场的掌声到她鞠躬下台后都久久未停。

最后的冠军，她拿得毫无悬念。

颁奖的时候，后台正在举着手机给焦妍直播的沈北寒，尖叫着晃着手机冲焦妍喊道："老盐巴老盐巴！芥子第一！第一！你看到没！"

焦妍同是尖叫："我看到了！我看到一万块来了！"

沉甸甸的冠军杯接到手里，姜芥顿时才有种"我得冠军"了的真实感，心情激动到难以平复。

温时卿坐在台下，瞧见她紧张时揪着裙摆的小动作，鼓着掌默默地笑了。

这样一位明艳动人、时刻绽放着光彩的小姑娘，是他家的……想想，就无比骄傲。

晚会结束，吃过消夜回到宿舍，已经将近深夜零点了。洗过澡，姜芥往床上一躺，从枕边摸过手机。

从傍晚开始到现在，消息一箩筐。有爸妈发来的，有焦妍发来的，有温时卿妈妈发来的，还有刚刚学生会发来的比赛时的剧照。

给爸妈回复了消息，姜芥心想着这几天忙着都没怎么和他们打过电话，这会儿想拨个过去，结果一看时间，已经很晚了，便不做打扰地在群里又发了条"晚安"。

等所有消息回复完，她顺手又刷新了一下微信朋友圈。

这一刷，她倒是惊了。

除了刚更新的几条动态外，往下一滑，她比赛唱歌的视频霸占了她今晚的半个朋友圈。

当然最让她喜欢的，还是属温时卿那条——

[小鱼仙草的：我的良药，小鱼仙草。]

翌日，由于姜芥昨晚很晚才睡，着实起不来，便干脆赖着不起了。直到中午十二点多，她才心满意足地起床。

这时，手机忽然"嗡"地响了起来，伴着欢快的卡通铃声。姜芥第一反应以为是温时卿打来的，结果一看，竟是方遇。

她划开接起："怎么啦，小舅舅？"

沈北寒闻声扭头看她。

那头似乎说了什么，只见姜芥原本舒展的眉目顿时拧了起来，面色逐渐变得凝重，连目光都没了神。

电话挂断，她焦急地对沈北寒说了声："寒寒，快帮我叫车，去市立医院。"

温时卿赶到急诊科没多久，就有救护车进来了，他看眼车牌，是R市过来的。

急诊科里的护士推了急诊床出来，温时卿上前打开车门，帮忙把担架抬下来，换到急诊床上。

推床进了电梯，四周静下来，气氛一时变得越发凝重，温时卿看一眼在一旁默默拭着眼泪的黄双蓉，抿了抿唇，沉吟半晌："姥姥，芥子一会儿就到了，您不要太担心，注意自己的身体。"

黄双蓉扭头看过来，红鼻子红眼地一颔首，问道："你也是医生吗？"

"嗯。"

"芥子她姥爷不会有什么事儿吧？"话问出口，老人家的情绪难以控制，一时忍不住又流了出眼泪。

温时卿正想安慰，兜里的电话响了，是姜芥打来的："喂，你到了吗？"

电梯"叮"一声抵达了，温时卿边举着电话边推床出去，嘴里说着："已经接到他们了，你上来十二楼的心内科，顺便给你姥姥带瓶水。"

听到他的话，黄双蓉有所觉地看过去，等他挂了电话，忙问："是芥子吗？"

温时卿："嗯，她现在上来。"

病床推到心内科，温时卿把病历资料递到主治医生陆衍手上，科室里的护士接过病床往治疗室里推。

温时卿在治疗室门口顿住脚步，转身又冲后头的黄双蓉道："姥姥，您先在这儿等着，芥子马上就来。"

话音刚落，姜芥熟悉的声线正好从身侧传来："姥姥！"

病房门口的两人齐齐侧头，姜芥两三步跑过来，胸膛起伏着，格外担忧地问温时卿："姥爷怎么样了？"

温时卿眉头紧拧："陆医生在检查，你先在这儿陪姥姥，我进去看看。"

姜芥给方遇发了位置，在治疗室外头坐了没五分钟，他便过来了，和沈孜孜一起。他跑过来刚要问情况如何，治疗室的门开了，温时卿和陆医生先后出来，相互说了几句姜芥听不懂的专业术语后，就听温时卿冲他道了声"谢谢"。

见陆医生走远了，方遇和姜芥齐齐凑上去，问："怎么样了？"

温时卿取下口罩放大衣兜里，语气凝重："是二度II型房室传导阻滞，需要做手术植入心脏起搏器，今天先安排入院，做个术前检查，等你们家属签字同意手术后，就可以安排时间做手术。"

他话刚说完，治疗室的门再次被打开，两个护士推着病床出来了，方嵘躺在床上，罩着氧气面罩，此刻恢复了点儿意识，两眼微微睁着，缓慢地在呼吸。

几人就跟着病床一路到病房里。而后，方遇和沈孜孜去办住院手续。

方欣和姜继诚的电话都关机打不通了，姜芥想着他们应该在来延川的飞机上了。听姥姥刚刚说，大舅和小姨这会儿也从沂市马不停蹄地往延川赶了。

去往住院大楼的路上，要经过一座小石桥，桥下的河水浅到见底，偶有浮游动物漂浮而过，说清也不清。

桥头安了两盏路灯，飞蛾集群地在那光线下，为了追求光明和热量，不知疲惫地翻飞抖动。

姜芥就握着他的手，慢慢往前走着。

"温时卿，你怕死吗？"

良久，她突然开口，那淡然的语气，仿佛在询问平常事。

温时卿脸上一愣，还没出声应她，只听她又道："我本来以为，我很怕死。可原来不是。"

这话，小嘉曾经也问过她。

她的回答是什么来着？哦，她没有回答。

"最让我恐惧的，"她说，"是将来我要亲眼看着我身边最亲最爱的人一个个离我而去。"

她侧头过来，抬眸望着他。夜色中，他只见她一双眼比星河还要璀璨："如果可以选择，我希望自己的离开，能比他们，甚至比你……都早……"

最后的音节刚落，温时卿忽然抬手猛地将她揽进怀中，手上的力度大到指尖都陷进她肩上的肉里，脑子都有一瞬乱了分寸。

"温时卿。"她侧脸贴着他的胸膛，抬手环住他，憋了许久的眼泪，此刻终是忍不住缓缓滚了下来，声音都在发涩，"我姥爷他……会没事的吧？"

自三岁那年爷爷、奶奶去世后，姜继诚和方欣因为生意上的事总是很忙，姜芥记忆里照顾她最多的，便是姥姥、姥爷和方遇了。

长这么大，她总觉得生命很漫长，总觉得姥姥、姥爷会陪着她一辈子。在今日之前，她甚至都没想过他们会离开。

可现实摆在眼前，姥爷突来的疾病，犹如晴天霹雳，将她整个人劈得七零八落，方寸大乱。

在医院门口，行人来去匆匆。

姜芥就这么趴在温时卿怀里号啕大哭。

"咱们快上去吧。"发泄完之后，心里舒畅多了，她收拾好情绪，吸吸鼻子拉着他往前走。

"姜芥。"温时卿走在后头，突然唤她。

姜芥回头看一眼："嗯？"

"不要太担心。"他说，"术前检查没问题后，安排手术成功植入心脏起搏器，就会没事的。"

昏暗的光线下，女孩明艳的脸蛋上，漾起了一丝微笑。

5.见家长

方欣和姜继诚到医院的时候，已经午夜十二点了。

姜树和小嘉暂时托管到姜芥姑姑那里。

姜芥安慰了方欣，并告诉她，医生说明天做完术前检查没什么问题后，姥爷就可以手术。等手术完，姥爷就会没事的。

这是温时卿晚上安慰她时说的话，她原话转述给妈妈。于他，她向来信任。

和方欣出了住院大楼，姜芥手里一直握着的手机震了下，来了条消息。她翻过来看一眼——

［小鱼仙草的：在医院吗？］

姜芥讶然：

［小鱼仙草：你怎么还没睡？］

消息发去，他直接一个电话拨过来了。

震动声在这静谧的小道上听起来格外突兀。旁边的方欣好奇地扭头过来："这么晚了谁打电话？你小舅？"

姜芥下意识地把手机屏幕往胸口上一贴，莫名地心虚了一下："朋……朋友……"

"这么晚了……"方欣碎碎念一声，忽然想到什么，"男朋友？"

姜芥一愣，抬眸子看她，心里想了半会儿，不对呀，她有什么好心虚的？小舅都知道了，她还藏什么？

于是她一点头："嗯。"

"真是呀？"方欣小小意外了一下，听着还在锲而不舍作响的手机，笑了笑，"你先接。"

"哦。"姜芥忙滑开接起，"喂……"

电话挂断，方欣忍不住笑了："谈多久了？"

姜芥一猫唇，顿时觉得有点儿羞涩："有一阵子了……"

"延川的？"

"嗯。"您也认识。

"大学同学？"

"不是。"

"你舅知道没？"

"……知道了。"

姜芥细细应一句，眼角的余光也在这时瞥见前头不远处一辆熟悉的黑车。

男人修长的身影倚着车门，换了身休闲服，浓重的夜色里，他俊朗的五官在指间燃着的那点儿红光下，若隐若现。

姜芥登时怔在原地，要说出口的话到了嘴边竟戛然而止。

方欣见她突然停下来，目光也顺着她的视线望去："怎么了？"

姜芥回过神，见前头的温时卿一支烟快抽完，忙转头冲方欣道一声："妈，您先回去，我一会儿就来。"

方欣茫然地蹙了下眉，放眼瞧了瞧。

昏暗的路灯下，隐约间只望见一抹俊挑的背影，她顿时明白过来："行吧，你去吧，注意点儿安全，早点儿回来。"

"知道了，妈。"姜芥急急地应一声，转身拔腿跑过去。

方欣望着她匆促奔跑的身影，忽而弯唇笑了。

闺女大了，总留不住的。

温时卿晚上从医院回到家，洗了澡换了身衣服后，就一直在书房看书。因为记挂着姜芥今晚没怎么吃饭，便没想着去睡觉，见时间差不多了，就直接开车出来，想接她去吃点儿东西。

这会儿和她通完电话，他倒没急着走，下车点了支烟，不紧不慢地抽着。

烟头即将燃尽，他扔了踩灭。指尖刚触上车门把，就听后头传来一道熟悉软糯的嗓音——

"温时卿。"

他下意识地扭头。

姑娘停在距他三米远的地方，两手撑着膝盖，正在弯腰喘息，披肩的长发垂下来，稍稍掩住她半边小脸。

歇了会儿，姜芥迈步走过去，什么也不说直接伸手先抱他。

温时卿唇角扬了扬，抬手顺势回抱住她。

"你怎么来了也不和我说呀？"她语气很轻，虽带了几许责备的意味，但心里责怪的，却是自己。

"嗯，睡不着就出来一趟，看看你。"他说，"怕你难受。"

云雾飘散，将笼罩了一晚的月光露了出来。

蓦然间，她的心软得一塌糊涂。

"温时卿……"她正着脸贴着他的胸膛，音色闷闷的，有些羞涩又动容地想哭，"我好喜欢你哦……"

温温软软的声线，听在温时卿耳里，还多了许撒娇的意味，猝不及防得让他脚后跟都一软。

他轻笑一声，莫名被她的表白给撩到了，一时竟不知该如何回应，只感觉耳根子都在隐隐发烫。

"我饿了……"大概也是因为害羞了，她没给他回应的机会，赶紧不动

314

声色地把这个话题掩过去。

"想吃什么？"他问。

"可以吃麦当劳吗？"姜芥弱弱地提议。

"可以。"温时卿一顿，语气温柔得不像话，"只要你喜欢，都可以。"

医院附近就有一家二十四小时营业的麦当劳，温时卿直接把车停在了路边，和她走过去。

姜芥要了薯条、鸡块，还有可乐，肚子虽然饿，但太多她也吃不下。

温时卿取了餐点过来坐下，拆了包番茄酱挤在餐纸上，尽管他一度觉得这很不卫生，但有些时候，该忽略的还是得忽略。

"你这么晚不睡，明天上班会不会没精神？"她拈了根薯条蘸上番茄酱，咬在嘴里。

温时卿面色淡淡："习惯了。"

"不是说和你妈妈在一起吗？"温时卿抬眸看她，"怎么又出来了？"

"和我妈说来找男朋友呀。"姜芥歪着脑袋，俏皮地冲他挤挤眼。

温时卿眉梢一挑，忙问："阿姨知道了？"

"知道我谈男朋友了。"姜芥咬了口鸡块，"不知道男朋友是你。"

她目光黯淡下来，"我想等姥爷平安无事了，再和他们说。"

"嗯。"他低低应了句，"不急。"

半晌，他又突然补充道："早晚你都要嫁过来，做温太太。"

次日一早，温时卿陪着陆医生来查房。陆医生向方欣详细交代了手术具体事宜后，两人便离开了。温时卿前脚刚走到楼道，姥姥和小姨后脚就从电梯里出来了，三人相视一笑，打了个招呼。

姥姥昨夜休息了一晚，今日精神头不错，进到病房见着姜芥，随口问了句："芥子啊，你那男朋友，叫什么名字啊？他胸前挂的那名牌字太小，姥姥都看不清。"

姜芥脸上一愣，还没来得及出声，旁边姜继诚捕捉到了敏感字眼，先她一步开口："男朋友？什么男朋友？"

"就是刚刚从咱们病房出去的那医生。"

方欣怔愣半晌，反应过来："您说温时卿？"

"对对。"姥姥点点头，"是姓温。"

"您说错了吧？"姜继诚提醒一句，"时卿是方遇的高中同学。"

"方遇的高中同学？"姥姥讶然，若有所思，"怪不得我看着那么眼熟呢……"

而后，姥姥加重了肯定的语气，"我没记错，那温医生昨儿个亲口说的，说咱们芥子是他女朋友。"

"对啊。"小姨这会儿接话，"昨晚他还送芥子回来。"

姜继诚和方欣的目光齐齐侧过去看姜芥。

前者是茫然中带着点儿难以置信，后者是纯不可思议。

事情无意间被踢包，姜芥顿时窘迫极了，默默地背过身，选择回避。

方欣走到姜芥身后，抬手把她扳过来，平静地朝她问道："你昨晚说的男朋友，是温时卿？"

她鼓了鼓腮帮子，抬眸看看方欣，又看看姜继诚，垂着脑袋好半天才从牙缝里挤出个："是……"

姜继诚更不明所以地抬高了声音："你什么时候谈的男朋友？"

愕然的眼神一个接着一个，姜芥尴尬地一咧唇，弱弱地带着点儿无措："那个……爸妈，这事等姥爷手术做完了……我再告诉你们，成吗？"

方欣顾虑到方嵘的手术，抿了抿唇，淡淡道一句："等过几天再说吧。"

姜芥："嗯……"

这事暂且搁置下了。

次日，术前检查结果出来，没什么问题，陆医生安排了下午三点给姥爷做心脏起搏器植入手术。

手术期间，除了方遇请不到假不能到场外，全家人就一直在手术室外等

316

着。姜芥一颗心静不下来，也坐不住，在长廊里来回踱步。

两小时后，"手术中"的红灯灭了。

姜芥第一时间跑到手术室门口。门徐徐而开，陆医生一身绿色的手术服走了出来，摘了口罩，面色淡然："手术很成功，等病人出来后，来个家属到我办公室。"

陆医生开口的第一句话说出来，姜芥就彻底松了口气，那颗吊在嗓子眼好几日的心，总算放了下来。

家人们忧愁的情绪也烟消云散。这下终于，雨过天晴。

自打昨天知道自己宝贝女儿和温时卿在谈恋爱之后，姜继诚从他进门那刻起就没给过他好脸色。此刻温时卿目光刚好瞥过来，两个男人的视线撞在一起，姜继诚火气值登时又升了几分，脸色愤愤地一甩头，重重地"哼"了一声，透着明显的不屑。

昨天被他们意外知晓和温时卿的事情后，姜芥还没来得及告知他，所以对于姜继诚这会儿一百八十度的态度转变，温时卿一时蒙了下。

姜芥尴尬地垂头，步子缓缓挪到温时卿身边，扯了扯他的衣袖，细声道一句："他们知道了……"

方欣这时也看过来，笑了笑，语气和善："时卿啊，你什么时候下班？待会儿和叔叔阿姨一块儿简单吃个饭，聊聊你和姜芥的事儿？"

温时卿一颔首，还没来得及张口呢，旁边的姜继诚又是一声"傲娇"的轻哼，应得很是迅速："我不吃！"

方欣侧目过去，皮笑肉不笑："那你就饿着。"

说完，她又重新看向温时卿，变脸可谓神速："待会儿等姥姥和小姨来了，咱们就一块儿下去。"

温时卿应下："好，那我先回办公室换个衣服。"

姜芥跟在他旁边，小心翼翼瞟地一眼姜继诚："妈……那我也出去一趟……"

方欣满脸笑意："去吧，去吧。"

病房门被带上，姜芥吐口气，转身挽住温时卿迅速撤离。

温时卿伸手勾过她脖子，仗着身高的优势把她往怀里带，就这么半揽着下楼梯，问她："叔叔阿姨怎么知道了？"

"姥姥不小心提起的……"姜芥抬头看他，"你什么时候和姥姥说的你是我男朋友啊？"

温时卿眉峰一动，回忆了下，说："那天情况紧急，没想太多，刘医生问了，我下意识说是女朋友的姥爷，姥姥当时就在旁边，应该是听到了。"

姜芥晃了下他搭在肩上的手："难怪。"

"我爸昨天知道后，有点儿不高兴……"她撇嘴皱眉地，一脸忧愁，"我妈倒还好，她本来就挺满意你的。"

姜芥叹口气，眉眼耷拉，目光幽幽："我爸那儿可能不好办。"

走到十一楼楼道时，温时卿停住，原本搭在她肩上的手移到她脑袋上拍了拍，面不改色："兵来将挡，水来土掩，放心。"

当天晚上回到酒店，姜芥同学踩着小碎步到阳台，试图安慰一下似乎受了委屈的亲爹。

老姜同志两手搭在护栏上，指间夹着烟，微弱的火光嵌在夜色里，向上袅袅地飘着细烟。

这一眼看过去，姜芥莫名觉得姜继诚同志的背影，很是萧条。

"爸……"

姜继诚闻声侧过来看一眼，手指一抖那一长截烟灰，不搭理她。

显然，气还没消。

"爸爸……"姜芥走过来，抱住他手臂撒娇般地晃了晃，"您别生气了……"

姜继诚还是没吭声。

"爸爸，您别气了。"姜芥语气恹恹的，开始走可怜路线，"我错了……"

姜继诚同志"啧"了声，终于憋不住了："不是啊，姜芥子，你说你急啊？你爸我又没催你嫁人，你干吗这么早就谈男朋友？还找上了你小舅舅的同学？"

姜芥鼓着腮帮子，一脸无辜相，嘴里嘟囔："那我就喜欢他那款的嘛……"

"他那款的？他什么款？"姜继诚哼哼，"不就一张脸长得好看些，他能什么款！"

姜芥僵着嘴角，很是不解："爸……您当初不是觉得他人挺好的嘛……说他成绩好性格乖……"

"那这选女婿跟成绩好有个屁关系！这是两码事！"姜继诚抬高声音反驳一句，那怒发冲冠的模样像只炸了毛的猫咪，愣是吓了姜芥一跳。

姜芥声音越来越小："那他性格……"

她话还没说完，姜继诚忽然转身面对她，气势汹汹地说着："性格乖？乖有什么用？男人乖有啥用！有啥用你说说！乖的男人就是个妈宝！"

姜芥斜着眼珠子，试探性地拉长音："其实他也……不……算乖……"

"不乖？"老姜同志低吼一声，越发激动了，"不乖的男人还像话？！嫁过去指不定拈花惹草！你将来能管得住？"

姜芥无奈地想哭："那他对我是真的很好呀……"

"很好？"姜继诚胸膛起伏两下，嗤之以鼻，"只会对你好的男人有什么用？将来如果有一天他对你不好了，你啥都捞不着！"

面对老爸的吹毛求疵，姜芥蔫了，无力地以手抚额，冲他强颜一笑："行，爸，那您说说，他还有哪里让您不满意了？我让他改！"

姜继诚大手一拍阳台护栏，字字铿锵有力："他拱我家小白菜，他就哪儿哪儿都让我不满意！"

对于姜芥这个女儿，姜继诚宝贝得不得了，当她掌上明珠般疼爱。他也自以为非常了解自己的女儿，他心里原本估计，以姜芥的性子应该三十岁左右才会结婚，甚至他都想过将来给她招个上门女婿，这样不用出嫁也不用担心她离家太远。

可眼下，她不仅二十一岁就谈了男朋友，还找了个距离北阳足有一千多公里的延川人，这意料之外的结果，简直让姜继诚心如刀绞，濒临崩溃！更别说接受温时卿了。

几日后，姥爷的精神恢复了不少，他也听姥姥说了姜芥和温时卿两人的事儿，老爷子性格开明又随和，加上对温时卿还挺满意，就没多说什么，只让姜芥暑假的时候叫他去北阳家里坐坐，吃顿饭。

这边有了姥姥、姥爷的同意，加上还有方欣撑腰，姜芥心里才舒了口气，只要她妈妈满意，一切就还有转圜的余地，因为老姜同志从来……都是唯方欣女士之命是从。

六月底，烈日炎炎，校舍里的蝉鸣不绝于耳，榕树荫跟着日头转了个方向，恰好在宿舍大楼的阶梯上，罩下一片阴影。

期末考结束的第二天，沈北寒就迫不及待地搭上动车回家了。姜芥则搬去小舅舅公寓，准备在他家小住几日。

今天刚好周六，温时卿轮休。他车子开到姜芥宿舍楼下的时候，后者刚好提着箱子下到一楼。

放好行李，两人前后坐上车。温时卿系好安全带，启动车子挂挡，低速驶上校园公路。

"啥时的机票？"他问。

"大后天。"姜芥答。

温时卿沉默了下："我找李医生换个班吧。"

姜芥一愣："换班做什么？"

"陪你。"

他的声线很沉，简单的两个字，从他嘴里说出来，没有什么多余的情绪，却像风一样，将她的心吹起了阵阵涟漪，一圈一圈地，往外荡开，久久不能平静。

姜芥弯唇，目光落在他身上，但笑不语。

他似乎是习惯了单手握方向盘，转弯的时候总是和她第一次坐他车时一样，摊开大掌，抵着盘沿，游刃有余地打着方向。

瘦削有力的腕骨，修长如玉的手指。

姜芥清了下嗓，面对他，忽问："温医生，我能做你的方向盘吗？"

路口红灯，他缓缓踩住刹车，停下，摘挡。

光影交错，女孩脸上的笑容简直比她身后的阳光还要灿烂，一瞬间，温时卿连心都化了。

他伸手，捏住她下颌，凑过去亲了一口，音色醇厚又迷离——

"可以，只要你愿意，做我老婆都可以。"

两天后，姜芥依依不舍地回北阳了。

之后，又是一段漫长的异地恋。

整个七月，姜芥除了练琴练声、偶尔和焦妍出去逛街吃饭外，大部分时间都是沉浸于对温时卿的思念中。

当然了，劝服老姜同志，也是每天必不可少的任务。

6.钟情你的流年

八月，盛夏。

温度高到连吹过来的风都卷着热气，热到令人窒息。

温时卿这个月申请到了年假，便打算来北阳一趟，正式地见见姜芥爸妈。

方欣得知后，高兴得不得了，迫不及待地就要去收拾客房。至于姜继诚……

姜芥第一次跟他提这事的时候，老姜同志刚好有生意上的电话，接通后直接回了房。所以，告知失败。

姜芥第二次提的时候，碰上老姜同志准备出门去公司，她蹦跶着到姜继诚面前，面带笑容地说着："爸爸……您什么时候有空呀？时卿这两天会来北阳，想和您见见。"

姜继诚穿好鞋子，目光愣了愣，装模作样地想了下："那可不巧了，我这两天都没啥空。"

过了两天，老姜同志傍晚下班回来，姜芥又笑嘻嘻地凑上去："爸爸……您……"

话还没说完，姜继诚同志忽然一皱眉，"哎哟"叫了声："芥子，爸爸有点儿累，头疼，先上去躺会儿，有什么事儿下次说！"

说完，他踩上拖鞋快步就上了楼。

往后的三天，姜继诚同志都是早出晚归，每天趁着姜芥没起床就出了门，晚上又等到姜芥房间熄了灯才进家门。

总之就是，能躲就躲！

这天夜里，很晚了。姜继诚回到家时，除了玄关留了盏路灯外，客厅和厨房里都乌漆麻黑，静悄悄的。

老姜同志松了口气，换鞋。

他步子刚踩上楼梯，身后客厅的灯光忽地亮了起来，屋内瞬间一片通明。

姜继诚心头一跳，下意识地扭头。

姜芥穿着睡裙立在沙发旁边，两手抱胸，面带微笑，那好整以暇的模样，估计是等他有一阵了。

姜继诚尴尬地笑了声："还……还没睡啊？"

姜芥神色不变："爸爸，咱们能聊聊吗？"

"现在啊……"他看眼时间，又笑着开始推脱，"现在都十二点了，太晚了，明天聊吧？明天聊……"

"我不要。"她态度很是坚定，"您今晚要是不和我聊聊，我就不睡了。"

姜继诚笑容僵住，沉默了半晌，终究无奈地妥协，叹气道："那聊吧聊吧。"

他转身到沙发上坐下："聊什么？"

姜芥也跟着坐下，两腿盘起，看着他，一脸认真："爸爸，您有这么不喜欢温时卿吗？"

姜继诚抿唇，目光微敛，语气不明："还好吧。"

"那您为什么老躲着不想见他啊？"

"爸爸就是觉得……"姜继诚心情低落，眼里一下子暗淡下来，"太快了，爸不想你这么快嫁人。"

姜芥沉默，看着爸爸消沉的情绪，莫名地感到心酸。

"可是爸爸……"姜芥伸手握住他宽厚的手掌，声线很轻，"我还没有要嫁人呢，温时卿只是想正式地来见见您和妈。"

姜继诚张了张口，欲言又止，最后挥挥手，只道："爸爸的心情，你不懂。"

"那爸爸，您希望我将来孤独终老吗？"

姜继诚顿时神色一变："当然不希望了！"

姜芥笑了："那我早晚也得结婚呀。"

姜继诚义正词严："那至少现在还不行，太早了！"

姜芥哭笑不得："我们现在没有要结婚。"她又强调一遍，"温时卿只是来家里拜访，见见你们。"

"来拜访？"

"嗯！"

"不提亲吧？"

姜芥一字一顿："不提亲！"

姜继诚吁了口气："那还差不多……"

于是，老姜同志这边，总算是松了口。

隔日，温时卿搭了早上的航班飞来北阳。

姜芥接到他回家里，小嘉和姜树正好从楼上下来。一大一小走到温时卿面前，前者还是那副小大人的模样，面无表情："温医生。"

温时卿居高临下，淡淡道："长高了。"

小嘉："有点儿。"

姜树是第二次见到温时卿，小小的个子站在他长腿边，只到他大腿的高度。姜树仰头吃力地看着他，一脸惊讶："叔叔，你好高啊。"

小嘉不紧不慢："你要叫哥哥。"

姜树："哦，哥哥你好高啊。"

姜芥笑喷："这是我弟，姜树。"

温时卿蹲下身，与他平视，莞尔："你好。"

姜树好奇地看他几眼，又问："你是我姐的朋友吗？"

温时卿一顿，纠正："男朋友。"

"男朋友？"小姜树的脸忽然绷起，一本正经，"小舅舅说，凡是我姐的男朋友都不能进家门！"

温时卿眉梢一挑，面不改色："你小舅舅的意思是，除了你姐男朋友以外的男人，都不能进家门。"

小孩儿一脸茫然："是吗？"

温时卿："是。"

姜树侧身让开道："那你进来吧。"

这时，姥姥、姥爷，还有方欣、姜继诚都从楼上下来了。

姜芥见了，拉着他往里走，笑说："爸妈，姥姥、姥爷，时卿来了。"

温时卿颔首一一打过招呼。

方欣热情得不得了，几步过来领着温时卿到客厅："快坐，坐飞机辛苦了。"

姜继诚哼哼："他又不开飞机，辛苦什么？"

方欣沉下脸来，斥了声："说什么你！"

温时卿只一笑。

"姥爷最近身体如何？"温时卿侧目看向方嵘，关心地问道，"有没有定期去复查？"

姥爷笑着应道："有有，复查了，医生说没什么大碍。"

姥姥这时也开口了："他最近精神也好了不少。"

"那就好。"

而后，方欣以做饭为由，拉着姥姥进了厨房。姥爷也找借口把小嘉和姜树带去了后院，顺带连姜芥也没落下。

姜芥虽不情愿，但无奈姥爷多次催促，最终也跟着去了。

屋里的大门被带上，客厅里静了一瞬。

姜继诚默默地瞧了他几眼，轻咳两声，端着架子一脸严肃："认识你也很多年了，我就不拐弯抹角，直说了。"

温时卿把脸抬起来，从容不迫地正视他："您说。"

姜继诚单刀直入："谈恋爱可以，结婚这事，等芥子毕业了再说。"

温时卿没有犹豫："好。"

对于他的果断，姜继诚有些许意外，不过很快，他就收起眼底的诧异，又问："你喜欢我们芥子什么？"

温时卿眼眸微垂，嘴角勾起丝温柔的弧度："善良、热情、勇于表达。她就像个小太阳，总是孜孜不倦地围绕着我，给我温暖。她比我勇敢，比我更懂人心，甚至纯真美好得让我想用一生的时光去守护她。"

他的目光，真诚又坦然。一字一句，简直要说到姜继诚心坎儿里了。

一时间，姜继诚眼眶微微的，有些发热。

半晌，老姜同志缓和好情绪，"傲娇"地轻哼："我家闺女，自然是无可挑剔！"

夜里，万籁俱寂。

姜芥关了灯，躺在床上盯着天花板，听着空调的"嗡嗡"声，翻来覆去睡不着。

半晌，她下床蹑手蹑脚地拉开房门，悄悄地走到温时卿房门口。

伸手，放轻动作，拧开。

温时卿已经熄了灯，靠在床头正在给姜芥发微信，结果消息还没发出去，就听门锁"咔嗒"一声，一道娇小的身影鬼鬼祟祟地钻了进来。

温时卿握着手机愣了下。

姜芥锁上门，立在门边看着他。黑暗中，他只见她笑起来时那两排白牙无比闪亮。

姜芥像抹游魂似的，无声无息地躺到他身边，往他怀里钻，说："我睡不着。"

温时卿伸手搂住她："嗯。"

"咱们说说话。"

温时卿一动不动地压制下内心的躁动。良久，他道："你说。"

姜芥下巴一仰，嘻嘻笑了两声："你和我爸说了什么呀？他怎么忽然就同意我俩了？"

温时卿云淡风轻："说我非你不娶。"

见他似乎不打算说，姜芥也懒得再问了，反正老姜同志同意了就好。

"温时卿……"她软软地又唤他一声。

"嗯？"

"你什么时候向我求婚？"

他的声线渐沉："等你准备好嫁给我的时候。"

三年后

又是一个五月。

2017级本科毕业音乐会，在今晚，轮到了姜芥。

这天，姜继诚、方欣、姥姥、姥爷、小嘉、姜树、方遇、沈孜孜，还有焦妍都来了，就连温时卿的家人也都齐齐到场，一块儿见证姜芥这毕业的重要时刻。

当晚的音乐会，姜芥一共演唱了八首歌曲。她在为自己五年大学生涯正式画上句号的同时，也算是对家人做了个学业上的汇报。

翌日，为了庆祝姜芥顺利毕业，余岑和方欣在闲云居酒庄订了个露天烧烤位，两家人联合起来举办了一个庆祝Party（聚会）。

春末，夏天才刚刚诞生，早晨的阳光温暖又和煦，照在身上，连心情都明媚了几分。

温时卿含情脉脉地盯着姜芥说："今天天气好，我们搭地铁去。"

姜芥一头雾水地眨了眨眼："搭地铁？"

吃过早饭，两人进了附近的地铁口。

刷过卡进站，温时卿牵着她到地铁三号线等候。

不一会儿，列车到站，门徐徐而开，两人前后进去，找位置坐下。

而这会儿，车里头还算空荡。

姜芥看着上头一闪一闪的站点提示红灯，忽然就想到了四年前——她和温时卿在地铁的第一次相遇。

同样的三号线，同样的他就坐在旁边。

姜芥顾自笑了下，扭头过去看他，说："我当年就是在这里对你一见钟情的。"

"嗯，我知道。"

他应一声，倒是一派淡然，背脊稍靠着光滑的椅背，看着她时的那双眼深沉清透，微微噙着笑意。

"你知道那天你在我旁边看书的时候，我心里在想什么吗？"姜芥问他。

"想什么？"

"我在想，这男人也太帅了，越看越帅，就在我纠结要不要把书借给你，然后顺便向你要个联系方式的时候，你忽然站起来了……"她瘪嘴做出一副伤心状，"然后下了车，留我一个人单相思。"

温时卿忍俊不禁。

姜芥目光往他身上瞅了片刻，忽然反应过来，他今天穿的这套铁灰色的西装，似乎有些眼熟。

"你这衣服……"她把心中的疑问问出口，"是不是那年……"

"是。"他说。

"是巧合吗？"

"不是。"

"所以……"姜芥若有所思地一挑眉，"今天是想带我来场往事回忆？"

温时卿沉吟半晌："算是吧。"

中转站下了地铁，温时卿直接打了辆车，往闲云居酒庄赶去。

到目的地下了车，姜芥拿手机出来看一眼，纳闷："我爸妈今天怎么没给我打电话，不会还没起吧？"

说着，她就要给方欣拨个电话。

温时卿抬手拦住："他们已经到了，我爸妈和他们在一起。"

姜芥"哦"一声，盯着手机又总觉得哪里不对劲儿，边跟着温时卿往前走边说："焦妍昨晚明明说她今天早上会给我打电话的，也没打啊……不会我手机欠费了吧？"

她语气慌了下，温时卿声线淡淡地打断："她也到了。"

"啥？"

他步子停住，站到她身前，忽然说："你把眼睛闭上。"

莫名之间，温时卿有点儿紧张，抠了抠眉心，又说："我给你准备了一个惊喜，你把眼睛闭上。"

姜芥瞠目结舌。

温时卿失笑："让你闭上，不是让你睁大。"

姜芥把眼睛闭上，心里的期待和兴奋开始不断地向外冒着小泡泡。

温时卿牵着她往前，视线一边看着脚下的路，一边注意她有没有偷偷把眼睁开。

"不许偷看。"他沉声嘱咐了句。

姜芥笑嘻嘻："不看，不看。"

走了一小段路，身边的温时卿停住了，牵着她的手慢慢松开。

手里的温度突然抽离，闭着眼的姜芥心下一愣，张口问了句："到了？"

半晌过去，他没有回应。

春风忽地拂来，凉丝丝的，吹歪了她乌黑的长发和雪白的裙摆。

这一瞬，四周静到仅剩这柔和的风声。

姜芥倏地把眼睁开了。

在这片空旷的草坪上，粉白两色的气球造出了一条浪漫的小道。她和他的家人、朋友们就站在小道两旁，欣喜又期待地看着温时卿抱着束美丽的鲜花，缓缓地朝她走近。

这个惊喜，姜芥差不多猜到了三分。

眼泪真的瞬间就涌了上来。

明明他还什么都没有说，还什么都没有做。

姜芥仰头看着天空，尽量地把泪憋回去。

男人由远及近，最后，在她面前站定。

阳光斜斜地由上往下，在他棱角分明的轮廓上洒了层淡淡的柔光，将他眉眼间四溢的柔情，毫无保留地映在她的眼里。

他沉润清慢的声线由风徐徐地送来，悦耳动听——

"姜芥，不知不觉，我们已经在一起三年了。这三年里，我无时无刻不在想着，我该如何向你求婚。

"我比你大了九岁，因为年龄的原因，我曾经挣扎过，也退却过。可最终……"他轻笑一声，"还是沦陷了。

"我太感谢四年前上天赐给我的那场地铁初遇了，若不是因为如此，我不会看到你的书，不会与你说话，也甚至不会同你相识。

"我从来都没想过，我会如此深沉地去爱一个人。

"你总问我，到底什么时候会向你求婚。"

说着，他单膝下跪，从上衣兜里取出一个鲜红的戒盒，仰头看着她，目光温柔："现在就可以。"

他打开戒盒，那枚晶亮璀璨的钻石戒指在阳光的映衬下，熠熠生辉。

"姜芥，嫁给我吧。"

男人原本沉稳的声线有些发颤，语气里透着明显的紧张和渴望。

紧接着，在场所有人都激动得欢呼起来。

姜芥好不容易憋回去的眼泪，顿时又滚了下来，那局促又动容的心情简直无处安放，看着他又是哭又是笑。

"好。"

她抹了下眼泪，可一时又控制不住抽嗒一声，最后，坚定了语气，"好！"

在欣喜若狂的欢呼声中，她看着那枚钻戒，缓缓滑入自己左手的中指。

鲜花递上，姜芥微一倾身抱过，温时卿站起来，连花带人一把拥进了怀里。

在这春意盎然的日子里，在家人和朋友们的见证下，我爱的人，成了我的爱人。

我想，我大概永远都忘不了，那年医院的停车场里，那个漂亮勇敢的女孩，那道干净柔和的嗓音，和那段紧张又真挚的表白了。

她治愈了我的心，惊艳了我的时光，甚至在我的生命里，镌刻上了关于她的一切。

所谓的一见钟情，都是为了等待已久的重逢。

如果你也有喜欢的人，如果你也对他念念不忘，如果你也难以放弃，那就尝试坚守住你的信念。上天是公平的，它会将你的温暖和心意悄无声息地带到你所爱之人的身边，你只要保守你的心，胜过保守一切。

——完